紅皇后

REINA ROJA

胡安・高美
Juan Gómez-Jurado

TO ALL MY BELOVED
TAIWANESE READERS.
TO-SIĀ!

致我所有親愛的臺灣讀者們，多謝（臺語）！
胡安・高美

致

鮑伯

說明

安東妮娜．史考特每天允許自己有三分鐘的時間思考自殺這件事。或許三分鐘對多數人而言是微不足道的存在，但這對安東妮娜卻十分重要。她的那顆小腦袋就像賽車輪胎一樣，擁有超高速運轉能力，很多事物在腦子裡無止盡繞圈，但問題是她的思緒卻沒有如同電腦一樣的能力，能快速分類，有條不紊地運算。因此，若要比擬安東妮娜腦子裡的狀況，可以想像成一座叢林，裡面住著成群的猴子，每天不停瘋狂跳動，不時一手攀著藤蔓，一手緊著各種事物，在空中快速往返，不停盪來晃去。簡而言之，史考特的腦袋裡就是裝著無數隻齜牙咧嘴的猴群，拿著無數的事物，無止盡地在空中來回穿梭。

所以，這三分鐘，對安東妮娜很重要。這段時間她閉上雙眼，光腳盤腿坐在地上，努力專心一致：計算自己若從眼前窗戶跳下去時，身體撞地的重力速度是多少；或她需要服用多少劑量的普洛福麻醉藥，讓自己長眠不起；或在怎麼樣的天氣與溫度條件下，沉到結冰的湖裡的身體才會失溫。

她不斷思索該如何獲取像普洛福麻醉藥劑這類的醫療物品（賄賂護理人員），以及尋找在這個季節裡，在家附近的結冰湖面（應該是索里亞國家自然保護區裡的黑池水）。最後，她刪除從閣樓往下跳的方式，因為那扇窗口太小，她大概無法穿過。

若要硬幹，她最終下場可能就是躺在病床上，忍耐著上半身的洞口吞進那堆噁心八拉的食物，同時還要忍受下半身另一個洞口腹瀉不止。

這三分鐘，她所思所想的自殺方法，是屬於她自己的，十分神聖，是足夠懸住她性命的繩索。因此，她十分、非常厭惡那個從一樓爬向三樓的陌生腳步，不斷干擾她的日常活動。

她能清楚辨示那不是鄰居的腳步聲，她知道他們每一個人的上樓方式。更不是郵差，那天是週日。反正不管是誰，安東妮娜確信是來找她的，而這讓她更加不悅了。

第一部分　喬

愛麗絲興奮的說：
「在我的國家
我們如果跑得像我們一直以來那樣快，
過段時間就能抵達別處了……」
皇后回答：
「好慢的國家啊！
在我們這裡，如果想要待在原地，就要不停的跑。
如果要跑到別處，就得跑兩倍快。」
路易斯．卡羅，
《愛麗絲夢遊仙境》

1 承擔

喬・古鐵雷斯不喜歡樓梯。這無關美學喜好，而是老舊的問題（他進門時看到這棟建築物建於一九〇一年）。

這座樓梯已經使用了一百一十九年了。雖然看起來十分堅固，也保養得宜，還上了新漆，但每個階梯踏板的中心皆已磨損。

每一次腳一踩上去就會嘎吱嘎吱作響。而且，採光不佳。三十瓦的燈泡高掛在天花板上，人影顯得更加暗黑深邃。

古鐵雷斯一步步往上爬，門縫下不時傳出外國陌生語言的交談聲，以及飄散出異國香氣與古怪樂器演奏的異國音樂。

他人此刻在馬德里的拉瓦皮耶區，時間是週日下午，相當接近晚餐時刻。

喬其實並不討厭的樓梯。

實際上，他十分擅長應付上個世紀的事物（他與母親同住），對暗處也不陌生（他是同性戀），並且常常身處在危機四伏的環境中，進入可疑的外國人圈子裡（他是個刑警）。

喬所不悅的，是他需要爬樓梯。**天殺的老公寓**，喬內心咒罵。**連裝個電梯的空間都沒有，這種事在畢爾包絕不會發生。**

喬討厭爬樓階，但這跟他變胖無關，他雙臂與那小小的啤酒肚看起來還算相配，況且他還沒胖到引起上司關心的程度。

他的體格，雖然從外表看不太出來，但扒去衣服，他可是個有莊稼漢般的好身材。

他抬舉石頭的最高紀錄（註1）可是高達兩百九十三公斤。不過，他把舉石頭當成週六早上的娛樂，實際目的不是想鍛鍊體能，或是將來要去參加巴斯克地區傳統的舉大石比賽，而是為了不要讓同事找他麻煩，取笑他的性向。

生活在西班牙北方，又幹條子這一行，他職場上充斥著大男人主義思想，而且食古不化的程度要比他當前奮力往上爬百層階梯還要厚實，堅不可摧。

此外，喬的上司真的不曾囉嗦過他的身材，不過理由並不是上司並不嫌棄，而是喬還有個比這件事更值得罵上幾句的問題，而且只要一提起，不僅能讓喬乖乖閉嘴，還能永遠滾出警局。

事實上，喬的現狀，據官方說法是：停職停薪。

真的，喬不胖，只不過他的啤酒肚讓他的雙腿，看起來細得像竹籤一樣。想當然耳，喬爬樓梯的樣子看起來一點都不身輕如燕。

喬爬上三樓，站在轉折處，突然感激前人的偉大思想，僅設置一處平臺。雖然那平臺僅只由四塊扇形板塊拼出的一面圓形，但有它們存在，不僅避開強迫一口氣

註1 抬舉石頭是西班牙北部的巴斯克地區（例如，畢爾包）十分流行的運動項目。該運動就是把各種大小形狀的石頭抬舉，放置肩膀上。

往上爬到底的壓力，同時也讓喬得到喘口氣的機會，便也足以讓他覺得自己彷彿置身在天堂之中了。另外，就算稍微停留在那塊平臺上，他也不會因此錯過那位可能不樂意見他的人。最後，他站在平臺上，還意外獲得自我反省時間，順便省思自己人生的際遇，哀嘆一會兒自己如何落到這般悲慘境地，並且外加抱怨一會兒：「沾得滿身腥！」

2 倒敘

「……你這次吃不完兜著走了，古鐵雷斯警官。」局長落落長的訓話終於結束。他一口氣講完一大串話，結果是他的臉紅得像隻放入壓力鍋的龍蝦一樣。此外，他從鼻子噴出的氣息，更像壓力鍋噴發的氣體，濃厚又急促。

現在喬在畢爾包城，歌冬尼斯街上的國家警政署裡。時間就是喬在拉瓦皮耶區的一間公寓裡，爬上最後六層階梯的前一天。當時，他正面對偽造文書、毀壞證物、妨礙公務與褻瀆職務等重大罪責的指控。這至少會讓他吃上四到六年的牢獄之災。

「如果檢察官機車一點，可能會求處十年刑期。讓你坐牢坐久點，法官何樂而不為？誰不想把收賄刑警置之死地而後快。」局長一邊說，一邊把手掌拍在不鏽鋼桌上。

他們在訊問室中。這個地方沒人會想當個常客，經常進出。古鐵雷斯警官正坐在裡頭，他的案子成為警局裡第一優先處理的急件，也就意謂著房間裡的暖氣溫度將高於舒適宜人，送出接近燥熱、足以窒息的高溫。他的眼前有一束強光，目光所及的玻璃杯內，不會裝開水。

「我沒有收賄。」喬回答。他內心不斷告誡自己絕不能衝動扭開領帶。「我分毫未收。我從未把不屬於自己的錢放入口袋中。」

「講那麼好聽。你他媽的快從實招來？」

實情？喬想到了戴希瑞・高美。也可以叫她戴希，或稱小光。戴希十九歲，但外表看起來更小。她十六歲開始在街頭混日子，日常就是被揍、被睡與被餵藥。任人擺布，隨手丟棄。喬從沒遇過像戴希這麼慘的女孩，而當人遇到這類的女孩子，總會有一股陌名的感覺湧上心頭，就像沒有任何預兆的漲潮一樣，無來由地淹沒了理智。

喬和戴希根本沒發生什麼事。她會對他笑，他們會在下午（不曾在早上）六點一起喝咖啡。然後，突然間，喬開始在乎起她，以及她身上被注射的那堆毒藥。因此，就去找藥頭商量，看看是否能阻止賣藥給她這檔事。事與願違，他們不會放過她。毒販良心上的缺陷，就像他們那張口的牙齒一樣，不是缺一顆，就是掉一半。所以，她哭倒在喬的懷裡，這便使得喬身體裡的一股氣爆開。他下決心不讓她變得更糟，因而計畫在車上放進四塊半的海洛因磚，用來跟毒頭進行交易，並用現行犯的方式逮捕對方，讓他入獄關個六到九年。

「我說的是實話。」喬回答。

局長的雙手像在洗臉一樣，在臉上下搓揉，彷彿這麼做能佯裝沒聽見喬那難以置信的回答，當然一切都是徒勞無功。

「至少把那人的名字供出來，古鐵雷斯。你明明不吃女人那套？還是現在你也在那兩條街上找女人了？」

喬搖頭否定。

「如果計畫確實執行，倒還沒話說。」局長語帶諷刺。「掃黃掃毒，多麼棒的想法！搜到三百六十五克的海洛因，不用囉唆，直接判刑。沒有廢話，免辦理移交手續就可求處最高刑期。」

多麼完美的計畫。問題是這個計畫好到讓喬忍不住先跟戴希分享。他想讓她安心，讓她知道現在眼睛上的瘀青，肋骨上的裂痕，都是最後一次，不會再發生了。只是戴希，她是個濫情的毒蟲，十分同情賜毒給她的藥頭。因此，洩漏祕密，全盤托出警察的計畫。最後，藥頭不動聲色，命令戴希拿著手機躲在街角拍下交易過程，並立即把影片用三百歐元賣給電視臺（如此喬就被賣了）。隔天，喬成了藥頭被逮捕，他的販毒行動在各大報頭條新聞放送，影音犯罪畫面在各家電視臺不停輪播。

「局長，我不知道有人在拍。」喬十分羞愧地回答。他不時抓著自己捲曲的紅髮，不時又扯著濃密卻攙有幾根白毛的鬍鬚。

他回想整個過程，不禁覺得戴希取景角度很爛，手抖得十分厲害但又沒抖到拍攝內容看不清楚，妨礙做為呈堂證物的水準。她那張娃娃臉也出現在影像之中，她看起來就像在演電影一樣，試圖詮釋一名無辜可憐的毒蟲女友正在拍攝男友如何向警方買毒，並如何遭受不公平待遇。另外，藥頭的真面目，不管是午間或晚間的政論節目都沒有提及，沒人討論藥頭在影像中穿著的無袖背心和一嘴大黃牙，取而代之是他們找出一張十年前他首次領取聖餐的照片。媒體一心塑造他成一個迷失小天使的形象，進而譴責社會才是罪魁禍首……等一堆陳腔濫調。

「你讓我們警局顏面掃地，古鐵雷斯。只有白痴和渾蛋才能幹出這種事。你真心以為瞞得過我？」

喬再次搖頭。

局長相當快就看到那支影片，掌握整個事態發展。那支影片在網路上爆紅，影片串燒分享的速度像超強傳染力的病毒一樣，不到二小時就傳遍整個西班牙。如此，局長很快就從自己的通訊軟體上接收到那段影片的觀看連結。當然，喬也就飛快地收到檢調人員激動的傳喚，並以最快的速度提著自己的人頭與肝膽出現在警局，坐進審訊室裡。

「真不好意思，局長。」

「你不好意思的事可多著！」

局長起身，嘆了口氣，走出審訊室。他那憤憤不平的樣子，彷彿他這輩子也不曾為了人贓俱獲，設局栽贓，遊走在法條邊緣。當然，沒有人能指控他是否做過這些事，因為他可沒笨到被抓到。

喬獨自待在審訊室裡。忍受著高溫的烘烤。他的手錶與手機全被沒收了。這是審問犯人的標準作業程序，主要為了讓待在裡頭的人失去時間感。桌上留有一個信封袋，裡面只有一些無法用來打發時間的個人物品。審訊室裡的時間似乎走得特別慢，慢到讓喬開始鑽牛角尖，不斷拷問自己愚蠢的作為。此外，他手邊沒了對外交流的工具，他開始胡亂猜想自己要在巴紹里監獄蹲多少個年頭。若被送到那座監獄裡坐牢，極有可能遇到幾個想用拳頭迎接他的朋友，大概是有好幾個人（三分之一的囚犯）都想跟警察同睡一寢，當好室友。

不過，可能基於保護他的人身安全，會把他送到更遠的獄所去，只是他老娘若想探個監，又會太遠，路途太不方便，很可能就會導致他每個週末再也吃不到老娘煮的巴斯克燉魚。換句話說，若他被判九年，一年有五十個禮拜天，那就會有四百五十個週日肚子裡沒有巴斯克燉魚。這真是最壞的消息了，這才是他無法忍受，最駭人聽聞的處罰。另外，老娘年事已高，當初懷他時是二十七歲，一路含辛茹苦拉拔他，讓他衣食無缺，沒有半點匱乏長大成人。現在他四十三，老母年屆七旬。所以喬出獄時，老娘也極有可能再也沒力氣做巴斯克燉魚。當然，前提是她要能撐得過聽到自己兒子服刑消息時沒嚇出心臟病發，一命嗚呼。而這一定是住在二樓的那個長舌老太婆說的，老娘會知道他的悲劇只有那個舌頭像蜥蜴一樣分岔的女人多嘴，她最愛隱身在花草堆中伺機而動。

其實，喬在審訊室裡的時間只過了五個鐘頭，但他卻覺得有三天三夜那麼久了。喬從小就坐不住，看來他坐牢的日子裡，更不可能有任性妄為的機會了。但就算如此，他也沒想過要自殺。喬是把生命視為至高無上的存在。再加上他是個不可救藥的樂天派，總認為就算高牆倒塌壓在身上，也是彰顯上帝意志的考驗。當然，他也只能如此思考，否則他根本無法理解自己為何主動拿條繩索勒住自己的脖子，最後竟搞到找不到逃脫的方法。

正當喬的腦袋還陷在未來要面臨的可怕場景時，門開了。他以為局長回來了，但來的是一個瘦高的男子。四十歲左右，皮膚黝黑，穿著體面，八字鬍修得極為細短，眼睛十分漂亮，看起來不像真人，而是像從畫布中走出來一樣。他身上穿的襯衫雖然沒有熨燙平整，手上拿的公事包也看似很不起眼，但其實兩樣東西實質上都價值不菲。

他露出微笑。這是不妙的預兆。

「您是檢察官？」喬發問。他覺得情況有些詭異。

他從未見過此人。但這個陌生人卻一副自在得像在自家裡頭一樣。他拉開鋁製椅子，拖過磨石子地板發出刺耳的聲響。然後，就坐在喬的對面，面容始終保持微笑。他從公事包中取出幾張文件，仔細研讀其中的內容，就像喬現在只是坐地鐵時，他對面的乘客。

「請問您是否為檢察官。」喬堅持想知道答案。

「痾……不是。我不是檢調人員。」

「那是律師囉？」

陌生人嘆了一口氣。一副感到冒犯，但同時也覺得有趣。他回：「也不是律師。我不是律師。你可以叫我曼多。」

「曼多？這是名字還是姓氏？」

陌生人眼睛直盯著文件，沒抬眼看他。

「您的處境挺麻煩的，古鐵雷斯警官。您現在已經被懲處為停職、停薪。從桌上這些文件看來，你身上還背有幾項罪責。不過，現在我要跟你說個好消息。」

「您有支神奇的仙女棒能讓這些都消失？」

「很類似。您在單位裡工作二十多年了，逮捕過不少人，也收到不少不服從上司指令的警告。您似乎相當喜歡跳過程序，抄捷徑。」

「世上沒有人可以一直遵守規定，照本宣科。」

曼多再次平心靜氣地把文件收進公事包內。

「警官，您喜歡足球嗎？」

喬聳聳肩。回答：「偶爾會看看皇馬競技隊的比賽。」他無聊才看，但就只看皇馬競技足球隊。

「您有看過義大利的球隊嗎？義大利人踢足球有個最高原則：沒人記得老二。他們不在乎用什麼手段求勝，也不認為犯規有礙運動家精神。給對手一腳，他們覺得本來就是比賽的一部分。有個智者稱此為臭屎主義的哲學行動。」

「哪位智者？」

現在輪到曼多聳肩了。他說：「您也算個臭屎達人。您最近的壯舉是扮毒梟在後車箱中交易。這種事當然行得通，但前提要裁判沒看見才行。古鐵雷斯警官，更不能讓媒體拍到，但您的影片現在網路媒體中不斷分享、流傳，還打上標籤#警察來找碴。」

「嗯……曼多，不管應該怎麼稱呼您，」喬一邊說話，一邊把他那兩條粗壯的雙臂放在桌上。「我心情很不好。我知道自己的警察生涯完蛋了，現在我家老娘一定很擔心我，因為我這個時候還沒回家吃晚餐。然後，有可能來不及通知她，就要有很多年見不到她。所以，如果可以，請有話直說，不然請哪邊涼快哪邊去。」

「我想向您提個合作方案。只要您遵照我的指示做事，我能讓您免於無妄之災……或用您上司的話來說，從這惡運中脫身。」

「您能跟法官說情？和媒體說理？得了吧！以為我三歲小孩那麼好騙。」

「我懂，要您信任一個陌生人並不容易。我相信您一定有更好的人選來幫忙脫身。」

喬根本沒有更好的人選幫忙解決自己這場災難。事實上，他不僅沒有更好的人選，甚至連更壞的人選也沒有。這件事在他剛才擁有的五個小時裡，就已經清楚發現自己根本求助無門。

所以，他認了。

「您想要我做什麼？」

「古鐵雷斯警官，我只是想要您去認識一位我的老朋友，帶她去跳個舞。」

喬噗嗤笑出聲來，只是這笑聲中沒有一絲開心。

「恐怕您沒有好好看過我的履歷。我嗜好欄位上並沒有填寫跳舞這一項。而且，我不覺得您的朋友會想和我跳舞。」

曼多又笑了，而且是誇張的哈哈大笑。他的笑容讓喬心頭蒙上陰影。

「警官，她當然不想。不過，這事我會助您一臂之力。」

3 舞會

因此，現在，喬·古鐵雷斯就位於（馬德里的拉瓦皮耶區）梅南可莉亞街七號的頂樓的臺階前。他的心情有點複雜，不知該哭該笑。曼多到底是誰，他從局長那裡得不到任何解答。

「他是哪來的？情報單位？內政部？復仇者聯盟？」

「乖乖照做就對了，別廢話那麼多。」

不過，目前指控喬的輿論已經平息下來了。儘管實際上喬還不能復職，也沒有薪水可領，但那支可以見到他在後車箱與藥頭分贓海洛因的畫面，已經不見蹤跡，而且任何相關新聞報導、電視節目都「神奇地」不再提起這件事。網路上或許有人持續關注，但喬並不在意，因為那只是時間問題。等到Twitter上那群鬣狗找到另一具屍體，他們就會往那裡追，一路窮追猛咬，必要時咬得屍骨無存，留下一堆白粉，才會罷手。

當前，古鐵雷斯警官的呼吸急促，心悸混亂。他會有這樣的狀態，一方面是爬了三層樓的關係。另一方面，也是因為他對即將面對的安東妮娜·史考特沒有太多的瞭解。曼多沒有提供給他太多這位女性友人的背景資料，所以他內心有些惴惴不安。

除此之外，喬和曼多的交易還包括了另一件事，而關於那一部分，就算曼多說得不多，喬也嗅得出來事情很大條。

他終於爬上三樓，站在閣樓房間的門外。

那是一扇綠色、老舊、斑駁的門。未上鎖。敞開。

「有人在嗎？」

他謹慎地踏進公寓。入口處沒有任何裝潢，甚至連一件家具都沒有。沒有掛衣架，沒有家樂福最廉價的特賣菸灰缸，只有地板上堆放著便當盒，全都疊放在一起。儘管餐盒內沒有食物殘留的痕跡，但整個空間隱隱約約散溢著一股印度咖哩味，或摩洛哥的古斯米，以及其他六、七個不同國家的食物味道。喬聞著各國食物香料相互交混，不禁覺得自己踏入古代祭壇，身處在另一個世界的迷濛氣息裡。

從門口進入後，有一條長廊，也毫無裝潢，沒有畫，沒有櫃子。左側有兩個房間。一個在他身旁，另一個在走道盡頭，全都敞開。第一個空間是浴室。喬隨意瞧了一眼。有牙刷，草莓口味的牙膏，一塊肥皂，一瓶沐浴乳，以及只剩半瓶的身體按摩凝膠乳霜。

哇，想不到她是在意外表的人。喬暗自打量。

右側只有一間臥室，空的。組裝的衣櫃，敞開。他探頭察看了，裡頭沒有幾個衣架，也沒有幾件衣服掛在衣架上。

喬自問房內的東西那麼少，怎麼住人，深恐自己來晚了一步，人去樓空了。他再度往房內走。左半邊是個小型料理區。水槽裡有幾個盤子。料理檯是一個大平面的白色石英石。往洗水槽的路上，有一支髒的小湯匙，掉落在地。

他往走道的底部房間走去。一間客廳。傾斜的天花板上有一條深黑色木製橫梁，牆壁四面的砌磚裸露在外。兩扇天窗與一個窗戶是室內光線的來源，但屋內十分昏暗。

外頭。日落時分。

裡頭，安東妮娜・史考特盤腿坐在房子正中間的地上。三十幾歲。穿著白T恤與黑褲。赤腳。她面前有一臺 iPad，接著一條很長的電源線插向插座。

「你打擾到我了。」安東妮娜抱怨。她把 iPad 翻面，讓螢幕那一面朝向老舊木製拼裝地板。「真沒禮貌。」

喬不是那種因為對方是女性就退讓的人，他是會以其人之道，還治其人之身，完全不甘示弱。可以說具有運動員的好勝心性格，或是雄性心態，自我防備心很重。

「妳們都不關的？妳以為自己住的這區很安全喔？我有可能是個變態性侵犯？」

安東妮娜眼皮半垂，一副意興闌珊，對喬的說詞嗤之以鼻。

「你不是變態性侵犯。你是警察。巴斯克人。」

喬是個巴斯克人，這是顯而易見的事，從他講話的腔調就可以聽出來，他完全不想否認。但是，知道他是個條子，這點倒使他吃驚。當然，警察身上是真的會散發警察的氣息，但是若單憑喬的外表，其實他更像行銷經理。喬對穿著很講究，外加由於住在家裡不必負擔房租費用，所以可以把大部分薪水都花在治裝費上。他現在身上穿的西裝外套是由三種布料量身剪裁而成的涼爽羊毛，而腳上穿的是雙義式皮鞋。

「妳怎麼看出來我是個警察？」喬問。他的身體傾靠門框。

安東妮娜指向喬外套的左側。就算他穿的衣服剪裁能藏住手槍位置的突出，但仍無法完全遮蓋不見。況且，他的飲食習慣破壞了衣服原本修飾身形的功用。

「我是古鐵雷斯警官。」喬承認自己的身分。他猶豫自己是否該伸手打招呼，但及時制止自己的行動。他被警告過這個女人不喜歡身體接觸。

「曼多派你來找我。」安東妮娜並不發問，直截了當下結論。

「他通知過妳我的到訪嗎？」

「沒有必要。沒人會找到這裡來。」

「至少妳的鄰居會來這裡，帶食物給妳。他們應該很敬重妳。」

安東妮娜聳聳肩。

「我是這整棟大樓的房東。當然，這樓我老公的。食物是我跟他們收取的房租費用。」

喬心中快速計算了一下。五層樓，一層樓有三間公寓，每間收一千歐元。

「哇塞！那些摩洛哥菜所費不貲，一定美味非凡。」

「我不喜歡煮飯。」安東妮娜帶著一抹微笑，回答他。

此時，喬才發現到眼前女子長得滿美的。**當然也不到美若天仙，讓人痴迷、瘋狂的程度**。乍看之下，安東妮娜的五官並不引人注目，如同一張白紙一樣。她那一頭半長不短，沒有束起的黑直髮蓋住了她的長相，但她的臉一旦揚起笑容，臉蛋瞬間神采奕奕，像棵聖誕樹一樣引人注意，而這時才會發現到原以為深咖啡色的眼珠，其實是橄欖綠的顏色，嘴角邊各掛有一個酒窩，與她的尖下巴連出一個正三角形。

但她神情正色之後，這些畫面便消失了。

「請你現在離開。」安東妮娜對喬下逐客令。

「我會走的，但妳得要先讓我說完話才行。」警官回應她的指示。

「你以為你是第一個曼多派來的人嗎？在你之前，已經有三個人來找過我了。最後一個是在半年前。我的答案都一樣：我不感興趣。」

喬抓了抓他頭髮（就是那一頭，我們之前提過的，又捲又蓬鬆的紅頭髮），深吸一口氣。空氣要注滿這個巨大身軀，需要幾秒鐘的時間，而且需要好幾升的氧氣才夠。他其實只是在爭取時間，因為他內心根本不曉得要向這個才認識三分鐘的孤僻女子說些什麼。曼多要他達成的任務：**讓她上車。任何方法都可以。欺騙、威脅或阿諛奉承都可以。反正讓她上車就對了。**

讓她上車。但他並沒說她上車之後會發生什麼事。這才是喬惴惴不安的事情。**這女的是誰，她為什麼這麼重要？**

「如果我事先知道，會準備好摩洛哥菜當伴禮。覺得是好主意嗎？妳幹過警察？」

安東妮娜嗤之以鼻，一臉不爽。

「你什麼都不知道，對吧？沒人向你透露半點事情。大概就只要你把我帶上車，但你連我們要去哪都不曉得，這可能是你做過最荒謬的事情之一。但是我不願意，不用客氣。我沒有他過得更好。」

喬指著空蕩蕩的屋子和磚頭裸露。

「我懂了。最近流行躺在地上睡覺。」

安東妮娜瞇起雙眼，氣勢收斂了一些。

「我才不是睡在地板上。我睡在醫院。」她吐出了這句話。

她對談論這件事感到不舒服。喬思索。**她對於讓自己不舒服的言論都會出聲抗議**。

「妳生病了？不對，妳沒有生病，是妳丈夫生病了？」

「關你屁事。」

突然，所有拼圖都找到了位置。喬無法再保持沉默。

「妳先生發生事故，生了病，所以妳想陪在他身邊。這是人之常情。但是，拜託請替我想一下。他們要我來請妳上車，安東妮娜。如果我沒辦妥這件事，我就會很慘。」

「那不關我的事。」安東妮娜口氣變得十分冷淡。「一個又胖又沒用的警察，自己辦事不力，惹上大麻煩，才會被派來找我，這可都不是我惹出來的問題。現在請你走吧。並且，告訴曼多不要再找人煩我了。」

古鐵雷斯警官一下刷白了臉，腳步後退了一步。他已經不知自己還能在這段談話中多說些什麼好。沒錯，是他自己先惹出事端，才在此招來斥罵，一切都在白費功夫，浪費時間。他只能回畢爾包，面對局長，抬頭挺胸接受自己犯蠢的後果。

「好吧。」喬答道。但在他轉身走向長廊前，他怯懦地表達。「但是，他要我跟妳說，這一次跟以往不同，這一次是他需要妳。」

4 視訊

安東妮娜・史考特看著古鐵雷斯警官巨大的背影從走廊消失。她默數著逐漸遠去的拖沓、沉重的步伐。當他走到三樓時，她才把 iPad 翻向正面。

「奶奶，我們可以講話了。」

螢幕上有個老女人，眉目慈祥，頭髮蓬鬆濃密，而她臉上的皺紋比起北邊里奧哈葡萄園上的耕地還要深。會以此做為比喻，主要是因為這位女士正喝下最後一口酒杯裡的紅酒。

「妳怎麼打來了？現在還沒到十點。」

「因為我聽到他走上樓，所以我就打給妳，想要妳也在場，以防事情變得一發不可收拾。」

她們兩人用英文交談。喬治妮亞・史考特現在人住在英格蘭西南部的格洛斯特郡外的切德沃思的小村莊裡。她住的農莊是一個牆上掛的日曆還停留在好幾世紀以前的世外桃花源。房屋仍是羅馬式的建築，牆面上爬滿苔蘚，不過那裡仍有無線網路，因此史考特奶奶與安東妮娜每天仍會通話兩次。

「那男的感覺滿帥的，聲音很好聽。」奶奶如此表示，她衷心希望自己的孫女不要再鑽牛角尖，趕緊離開巢穴。

「奶奶，他喜歡男的。」

「說什麼傻話，小妞。妳用手摸他一把就不會有男人愛男人了。想當年，我可治好許多男人。」

安東妮娜給了一個白眼。史考特奶奶徹底活在溫斯頓・邱吉爾時代下的「政治正確」。

「奶奶，這種說法很糟喔。」

「小妞，我活在這個世界已經九十三年了。」奶奶回答，並認為這是最好的辯詞。接著，她開始斟酒。

「曼多找我回去工作。」

奶奶左右搖擺地傾倒出勃艮第紅酒，有些許的酒水灑在桌上，但算個驚人之舉，平時史考特奶奶想靠自己的力量簽名都沒有力氣，不過只要是倒酒，她的手卻能像外科醫生一般沉著。

「但妳不願意？」奶奶好聲好氣地反問。她的聲調柔得像一隻無害的小綿羊，幾乎讓人看不見背後躲藏的大野狼。

「妳知道答案的。」安東妮娜點點頭，她不想再和奶奶拌嘴了。

「我懂，我的小寶貝。」

「因為我，馬可士躺在床上三年了。都是我害的，都是這份工作害的。」

「不是的，安東妮娜。」奶奶輕聲細語地反駁她。「錯不在妳。錯在那個開槍的混蛋。」

「那也是我逼出來的。」

「我的寶貝，雖然我只是老女人，」奶奶嘆息的背後稍稍露出了狼牙。「但我要說句話，假若是被指控見死不救，沒有立即採取行動，那妳才真的要關在這閣樓裡頭。」

安東妮娜頓時啞口無言。這段時間裡，她腦袋中的猴群不斷高速相互連結運轉，但就算她擠破腦袋，仍無法逃脫出自己設下的陷阱。

「奶奶，妳幹麼說這種話？」她抗議。

「我不能再任由妳一個人在此自憐自艾下去了，浪費自己的天賦。我實在太自私了。」

「自私？妳？奶奶？」安東妮娜大吃一驚。喬治妮亞·史考特十九歲便報名進醫護自願隊，在諾曼第戰役第一日的七十小時過後，就已下船，戴著半掩住眉毛的笨重鋼盔，提著裝滿嗎啡的醫護包，把一罐罐重要的小玻璃瓶容器帶到戰區。納粹德軍近在咫尺，但她在那裡，激勵人心，幫忙包紮傷口，截肢病患，注射麻醉藥物。

安東妮娜無法想像自己的奶奶是個自私自利的人。

「沒錯，我太自私了。我把妳寵成一個無所事事的人，任妳整天關在家裡，然後到晚上……又更加封閉。我真想念以前妳上班的日子，那時妳會和我分享很多事情。我如今年歲已高，要活也沒剩幾日。」老婦人邊說邊拿起酒杯。「無論是妳，還是這杯紅酒，都不如從前了。」

安東妮娜雙手環抱肚子，放聲大笑。奶奶一直都覺得水只能做兩件事，一是洗澡，二是煮海鮮。但是，安東妮娜聽懂了奶奶話中的意思。在那件事情發生之後，**在那人做了那件事之後**，所有人都見風轉舵，改變偵察方向，只有她卻堅持不變，如此她就鑲嵌不進世界裡了。世界就得要充滿無可奈何，讓一連串反覆無止盡的瑣事充滿每天的日子，讓沒完沒了的麻煩塞進人生之中。

「或許妳是對的。」安東妮娜突然間答了出來。「或許讓腦袋忙些，對我會好些。反正就只有今晚。」

奶奶噙了一口紅酒，露出一臉心滿意足的微笑，一個糖果廣告上才看得到的微笑。

「小妞，一個晚上而已，糟不到哪去。」

5 兩道問題

喬下樓的步伐就如同他上樓一樣緩慢。這不是他正常的速度。一般他在下樓時，會善用自己與地心引力的關係，猖狂得往下衝，而這本是十分平常的事（與他變胖無關）。然而，當下，這個看似輕鬆平凡的任務卻讓他意志消沉，他不知道該怎麼辦才好。徘徊、躊躇拖緩了他的腳步。

他站在三樓階梯轉折處的平臺上，電話響了。喬坐下身子，接起電話。他不喜歡邊走路邊講電話，他不想自己若有似無的喘氣聲被人聽見。

不認識的電話號碼，但喬明白是誰來電的。

「她不願意。」他一接起電話，劈頭就說。

曼多在電話另一頭，發出不苟同的碎語。

「太令人失望了，古鐵雷斯警官。」

「不然還能怎樣，那女的腦袋有問題，公寓裡連一件家具都沒有，有病才生活在一棟空蕩蕩的房子裡。鄰居還可憐她，幫她送餐。另外，她還說自己有個生病的丈夫。」

「她丈夫已經住院三年了，至今仍在昏迷當中。史考特認為這是她的錯。這本該成為她更加積極參與的動力，但她卻開始逃避。假若我能再與她談談……」

「這不關我的事。喂！我已經照您的指令做了，話已帶到。我想您也要遵守自己對我的約定。」

曼多深吸一口氣，一口又細又長且帶有焦躁不悅的味道。

「警官，如果願望是塊巧克力蛋糕，大家可能都成了胖子。我只能盡力而為，但我們要她上車。現在立刻。」

喬要賭一把，他把一塊硬幣放入吃角子老虎機中。

「別再故弄玄虛，跟我說明白……」

電話線的那頭一陣沉默。安靜好一段時間。喬幾乎聽見那臺吃角子老虎機器正迴轉，打著盤算。

「您必須明白接下來所說的話都是最高機密。您知道此事後，後果必須自行承擔。」

「我瞭解。」

突然間，出乎意料三顆草莓連成一線。

「我需要請安東妮娜來協助調查一件棘手的案件。我先跟你說一些她先前的個人事蹟。」

如此一來，曼多開始跟古鐵雷斯警官說起安東妮娜這個女人。雖然談論的時間前後不到一分鐘，卻也足以瞭解這位女性。喬剛開始覺得曼多說得太離譜，甚至是誇張到難以置信，但不知不覺間，他站起身來，不自覺地來回走動。

「我瞭解了。那至少讓我知道自己上司是誰？」

「那一點都不重要。時機到了，自然會知道。現在，您唯一要做的就是把安東妮娜・史考特帶上車。地址我剛才已經傳到手機上了。」

喬感覺到耳邊的手機微微顫動。

「為什麼史考特那麼重要？我相信在行為分析鑑定組裡面，有六、七個犯罪分析專家可以……」

「對的。」曼多打斷他的話。「但沒人像她那麼厲害。」

「媽的，這女的怎麼會那麼強？難道是我知道的那個寫犯罪小說的克麗絲・史達琳？」喬聲音顯得急躁，他感到不耐煩，焦急得想到答案。

曼多清了清喉嚨，似乎正費盡全身力氣準備做出回答，但彷彿又被什麼制止住了，就像他個人是十分想要全盤托出，但他不可以。

「古鐵雷斯警官……您說的這個女的，她並不是名警察，也不是罪犯調查專家。她一生沒拿過槍，沒配戴警徽，但她救過數十條性命。」

「怎麼辦到的？」

「我很想告訴您，但若您能親眼見到會更驚訝。所以，我需要您請她上車，讓她即刻開始幫忙。」

曼多掛上電話。正當喬想要轉身上樓時，他聽到一聲叫喚。

「警官。」

喬從欄杆探出頭，在三樓底下的陰影處，安東妮娜揮手向他打招呼。

喬想。**這女的是個妖女**，**巫婆**，**鬼怪**。這些話用來說一個人內在或外表，都是相當難聽的。

喬走近她時，她臉上洋溢著笑容。

「我有兩個問題。如果你答對了，今晚我能跟著你到處去。」

「什麼……？」

安東妮娜舉起一根手指頭。她的身高，加上鞋子，大概有一百六十公分左右，勉強才能碰及喬胸口的位置。現在他們倆相當靠近，喬能看見她脖子上幾處傷痕。雖然已經結疤，但皮膚上仍留有印記，其他的可能藏在T恤下，無法看見。

「第一個問題。你做了什麼？我猜你一定惹上大麻煩了，曼多總是派走投無路的人來找我，他自作主張地以為只有別無選擇的人才會願意跟我一起工作。」

「真的，是他自作主張。」喬認同這個說法。

安東妮娜沒有會意到對方的暗諷，她對此就像穿上一件新買的 Gore-Tex 雨衣，能毫不在意外頭的風風雨雨。她依舊充滿好奇地盯著喬，並順手扯扯胸前的斜肩背包。喬別無選擇，只能回答。

「我……策劃把三百六十五克的海洛因放進皮條客的後車箱。」

「情況不妙。」

「他是個垃圾，鞭打女孩，她最後會被打死的。」

「越來越不妙。」

「我知道。但我不覺得自己不對。我犯的錯是自己被抓到把柄，竟然笨到先跟那婊子分享自己的計畫，讓她把我的行動拍下來。真是跳到黃河也洗不清。我只能鋃鐺入獄了。」

安東妮娜點點頭。

「不用懷疑，你有罪。」

「不用懷疑，妳很苛刻。第二個問題是什麼？」

「你常常不遵守規則，擅自行動嗎？你覺得規則會阻礙工作，影響判斷嗎？」

「沒錯，我常會弄些假證物，做偽證，毆打目擊者，為罪責賄賂法官。不然，妳覺得我怎麼能當上警官？」

安東妮娜雙眼瞪大，她從喬說話的口氣中覺得話中有話，意思不能用表面的字義來理解。

「我換個簡單的方式問這個問題好了，你是個好警察嗎？」

這個問題十分侮辱人，竟然把無庸置疑的事變成一道問題，而這個問題就是一切的根本。

「妳問我是否是個好警察？」

他自從蹚這渾水後，就不斷自問這道問題。直到那時，他才發覺自己竟然為了一個幼稚的錯誤，而沒看見事實。

「我當然是個好警察，我他媽的是個很棒的警察。」

安東妮娜睜大眼睛研究了一下眼前的人，她用自己的雙眼評估他話中的輕重與榮辱。喬感覺到她正在上下打量他。

「接受。」她下結論。「今晚我跟你走，之後別再來煩我了。」

「請先等一會。現在換我有事問妳。我怎麼沒見到妳下樓。妳玩什麼把戲？」

她指向喬的背後。「這個門後面有電梯。」

喬大吃一驚看向那道門。他從頭到尾都沒想過要打開它。在這明滅不定的昏暗燈光下，**他甚至連看沒看到門的存在**。當他再次振作起來，安東妮娜人已經拉開大門要走出去了。他趕緊快步跑向她。

「最好不是在浪費時間。我只做這一次，最好值得。」

「值得？」

「最好很有趣。」

喬心裡偷笑。他忽然想到曼多在電話裡說的案件。他說，**非常有趣**。

「哈，小妞，打包票真的很有趣。」

6 旅途

安東妮娜看到要搭乘的車，不禁露出微笑。一輛豪華房車奧迪A8的警用車停在人行道上（車子的三個輪胎在人行道上，正霸氣彰顯著警察的特權）。黑色板金，不透明車窗，鋁合金車輪，一臺要價約五萬多歐元。基本上，喬對車款不感興趣（他有一臺豐田 Prius 型號的油電混合小車，主要用來泡千禧世代的小夥子），但他明白安東妮娜笑容的意思。

「妳喜歡曼多派來讓我載妳的車嗎？」

安東妮娜點頭。

喬趁機在她面前拿起鑰匙，放在手指頭上繞圈圈，就像在轉波浪鼓逗弄小嬰兒。他現在最不想做的就是開車了，就算這輛車的引擎很有力，車內空間比他老娘家的客廳還大，但他稍早從畢爾包獨自開來，只覺得開車是一件十分無聊的事。

「妳開？」

安東妮娜搖頭拒絕。

這便是整段路裡他們的所有對話。注意，這並不是古鐵雷斯警官不努力找話題，他也試著拋出好幾個問題，並把每道問句都苦心經營包裝成無害且善意的閒聊，但安東妮娜就是不上鉤。她一路就只是把頭靠在窗邊，緊閉雙眼，一副心神不寧的樣子。

像個小嬰兒一樣，上車就睡覺。喬暗想。喬關於小孩的知識都是從影集《摩登家庭》中得知。

行駛約二十分鐘後，奧迪汽車小小轉了個彎，停在曼多從 WhatsApp 通訊軟體上傳達的位址。安東妮娜身體擺正回到座位上。

「到了？」

「快到了。」

車子停在安檢柵欄前。兩名保全從警衛室出來，站在車子兩旁。一名警衛用LED照明燈的強光射向喬的眼睛，以及照向安東妮娜睡眼惺忪的眼眸裡。

「拜託你們把照明燈關小點，兄弟。」喬要求。他把警徽朝向窗口。

保全向前走近。周遭非常的暗，喬無法看清他的臉，但他發現這個人的帽子是溼的，緊貼在眉宇之間，看起來十分緊張的樣子。那名保全並未取走警徽，他就只是仔細研讀上頭的文字，幾秒過後轉身打了個手勢，要求他的同事升起柵欄。

「請進。」

「兩天前您在這裡值班嗎？」

「沒有。那天我放假。」

他說謊，他有所隱瞞。喬不信任他的話。

「那位仁兄在嗎？」

「沒人可以說什麼。請您直走到第二個圓環，到那裡右轉直走到底。」

喬不再咄咄逼人，他重新發動引擎。柵欄現在已經升起。

汽車的鹵素燈照向人行道上牌子，上頭標名此處的名稱：

莊園

喬往前開了幾百公尺，一路上的街景讓他覺得彷彿踏入另一個時空之中。私人道路是如此平順、整潔，每個空間都一塵不染，此處大概才跟馬德里市區的拉瓦皮耶區只差六首歌的時間，但氛圍卻像隔了好幾個世代。

這裡大概是世界最後一個穿粉紅 POLO 衫也不會讓人聯想到任何陰性氣質的地方。

離此社區的大門入口處不遠的地方是好幾排連棟的房子，越往裡面走，每棟房屋間隔逐漸擴大，占地面體積不僅越來越寬敞，外觀設計也更加豪華浮誇。在黑暗中，每棟屋子都透出光芒，看起來就像海上的孤島。

「上頭說這附近的房子貴得嚇死人，居住在此的不外乎是深怕被覬覦的百萬大富翁。」安東妮娜從側背包拿出 iPad，開始唸出上網爬文的內容。「像是大企業家、足球選手。這裡每棟房子要價高達兩千萬歐元。上頭還說這裡是全歐洲最安全的地方。」

喬模糊記得自己曾在電視上看過「莊園」的介紹。報導裡沒講什麼特別的，大概就是這裡有一座按皇家馬德里一比一比例縮小一半的足球場，另外提及白天光線充足，連車道也適合散步。不過，喬現在開在這個天堂保留地裡，覺得夜晚過於安靜空曠，有些陰森恐怖。

的情形。

「不曉得是否真有如傳聞中說的那麼安全。」喬表示。他想到曼多在電話裡提及

喬開得相當慢，開啟的車窗讓他緩緩融入正在前往的宇宙深處。整條路上不見任何生物，唯一聽得到的聲響是整潔草皮上的蟋蟀叫聲，以及微風撫過人工湖水的潺潺聲。喬現在從第二個圓環駛出，並遵照警衛的指示，向右直行。那裡有第二道安檢口，但是警衛已事先升起欄杆，讓他順利通過。

我們所要去的地方好像是貴賓中的貴賓。喬暗自猜測。

這一區的路面更寬敞，路燈照射出來的光線顯得更加微弱。每棟房子的圍牆更高，庭院更深。車子開離安檢口半公里處，喬看前方已經沒有路。他車開到最後一棟住家的大門前，越過一輛與他們一模一樣的黑色奧迪A8車款前面。

「這款車可能在特價。」喬一邊評論，一邊把車停在路邊。

曼多靠著車門，一副很不耐煩地看著手錶。他跟前天一樣穿著同一件西裝外套，不過裡頭已經換上一件筆挺的襯衫。儘管穿著變得體面，但卻更顯得他的神情疲憊，臉上的陰影更加暗淡，就算他人站在路燈下方，他的眼睛卻像假人的眼珠子，反射不出光芒。

喬熄掉引擎，走下車。安東妮娜並沒有照做。

「警官，辛苦了。」曼多道謝，但沒有移動身子。

喬走近他，並用手指指向身後，意指任務完成。

「您要的人我帶來了，別忘了我們講好的。」

「放心，會遵照約定好的進行。」曼多清了清喉嚨後允諾。「基本上，您的任務算

是完成了，但是我想您對此案件應該很好奇，想必對接下來的發展也會持續關心。您的那股熱情，不管是您的上司、局長，甚至是我都無法可擋，讓您置身事外，對吧？」

喬不爽地哼了一聲。這傢伙本不想輕易放過他。只能怪自己太蠢，才會被人玩弄。

「您當時告訴我，只要把她帶上車就好了。我知道我是您無數威脅利誘下，第一個成功衝破這女人築起的高牆，把她帶出來的人。」

「所以，就更不能讓您回家了，警官。」曼多放慢語速解釋，他把每一個音節都說得非常清晰，彷彿如此一來他的話就言之鑿鑿，不必再爭論合約內容，好似鼻頭上的痘痘，清晰可見，無可辯駁。

「您向我保證過她只是今晚過來幫忙，過了幾個小時後，送她回家。我就不用再管她了。」

曼多聳聳肩。

「我的直覺告訴我，史考特若知道裡頭所發生的事，她會待下來，所以我想要請您在這段時間裡好好保護她。裡頭的事，不會讓她好受。」

「這還用您說。」

「一言為定。」

喬在答應前，停了幾秒，硬是吞下喉嚨裡正在竄升的火舌。基本上，他對曼多不可能會說話算話的事早就預料到了。他父親在往生前，諄諄訓誡他的人情義理的瑣碎細節中，他記得最清楚的一項，也是他後來現實生活中不斷上演的劇碼：「若合約好到不像話，結果一定在預料之外。」

喬沒有太多選項。他根本不知道這位優雅又神祕的男子如何辦到讓戴希的影片不見，在公眾討論熱度最高的狀態下瞬間消失。不過他相信，無論如何，這個人的確擁有彈彈手指便毀了一切的魔法，可以讓他失業，讓他吃不到老娘煮的巴斯克燉魚。

不過，曼多其實說對一件事。事到如今，古鐵雷斯警官的確想探究這神祕兮兮的案件。

「我又不能說不，我的把柄可在您手上呢。」喬屈服了。

「很高興您想通了。」

喬返回車邊，安東妮娜這期間都待在上車。

「她幹麼不下車？」

曼多抓住喬的手肘，讓他離奧迪車身遠些。

「現在別吵她，她正在做準備。等會要經歷的事情並不輕鬆。」

7 練習

安東妮娜獨自一人待在車上，呼吸急促，不停喘著氣。儘管，她整趟車程都緊閉雙眼，但仍無法平復她內心的焦躁。

她試遍了每個有效的鎮靜偏方，例如：

——默數車子的儀表板在這趟路途中轉動的圈數（近約七千三）；

——倒背統治西班牙王國的三十三個國王名字（但因為喬在車上講不停，害她連兩次都停在西哥德時期的蓋薩萊克國王）；

——計算走一條由家裡出發，繞過母音（A、E、I、O、U）開始的街名，抵達麗池公園的最短路程（就算遇上紅燈，最多只要花十一分鐘）。

這些都不管用。她的心跳加速，呼吸短促。喬下車後，她的臉色更加蒼白。不過，或許正因為身邊沒人關照，她才能任由自己的臉色慘白、難看。

好長一段期間，她只想逃離一切，不面對真正的問題，讓生命任由生活的瑣碎一點一滴的侵蝕。安東妮娜十分擅長自我欺騙，算有黑帶高手等級能力，但是其實她非常清楚自己很想下車，很想回到以前的生活，好好大展身手。

但那不是個好主意。

但她發誓不再回歸，不能再因為她而傷害自己愛的人。

但她內心沉重，一直壓抑住自己坐上駕駛座，把油門踩到底，急速奔馳，讓輪胎在地上發出震天價響，如同一隻逃離鳥籠的金絲雀，不顧一切地振翅高飛。

但會讓史考特奶奶失望。

此時，她看向窗外，吃驚看著那座人工湖泊的水面。

Mångata。

瑞典語，意思是月光反射在水面上形成一條水之路。

安東妮娜說：「我有，我有，我有。」她忽然大聲講話，音量大到四周的人都聽得見。這是她曾跟馬可士玩過的遊戲：找一個誰都聽不懂的單詞。那一個單詞在西班牙語言中，得用很長的句子才能解釋清楚，但在某種語言中，一個字就能精準反映出自己不可翻譯的情感。安東妮娜與馬可士只要誰發現類似的字詞，就像發現寶藏一樣，立刻和對方分享。此刻（雲淡風清），他們喜愛的景色之一：湖上出現一條細緻銀白粼粼的月光路。出現在她眼前。

Mångata。

來自宇宙的自然現象。安東妮娜可以對此任意解讀。這正是宇宙天象有存在的必要，因為我們對此可以隨心所欲地附加意義上去。

安東妮娜胸口上的鬱悶稍稍減緩一些，呼吸慢了下來。她腦中的群猴吱叫聲量也小了一些。就算緊繃情況只是短暫消失一會兒，但這也足夠讓她好好喘一口氣。

安東妮娜吐出憋屈在胸口的一堵氣，接著打開車門。

8 場景

路往上朝向一棟明亮的屋子，幾盞聚光燈打亮了一塊塊巨大石磚的步道。隨著逐漸走近，喬才真正感覺到這獨棟豪宅的占地有多麼廣大。毫無疑問，安東妮娜剛才提過莊園裡有超過兩百萬歐元價值的房子，這一定是其中之一。整個房子十分明亮，從塗白漆的大門到各個房間都點著燈，散出金色光束，十分金碧輝煌。從大門口望去，約十公尺遠的地方可見到一座游泳池。池子由巨大透明玻璃組成，外圍可見到人工湖泊。喬猜想若在白天，從這棟房子看出去，這兩處大水池看起來可能像相連在一起的一樣。

「我們從後門進去。」曼多下達指令。

安東妮娜並沒向自己的舊長官打招呼，她只是聽命跟著走在身後。

一路走的步道都是鋪著相同的石磚，他們沿著屋前的小徑繞過兩個轉角，才到達游泳池畔。游泳池區域外圍地上都是鋪上木質地板，一直延伸到戶外用餐區，以及連接客廳的大片玻璃門外。此時，門是敞開的，但內部仍無法透視，被一片厚重的門簾擋住了視線。

戶外餐區是用黑色鋼板架起來，下方擺放著有設計感的桌椅，並且有一個高䠷女子在裡頭。她全身上下都包著警方常穿的塑料防護衣，坐在餐桌旁的椅子上，一隻手拿香菸，另一隻手拿手機，正等著他們到來。

「醫生，抽菸有害身體健康。」曼多向她打招呼。

女子沒抬頭，眼睛直盯著手機，口裡碎語了幾句，但聲量小到無法聽見。接著，她遞出一根香菸。

曼多嘖一聲拒絕她，然後轉身朝向安東妮娜。她一副信心滿滿的樣子，腳像在起跑點上的賽跑選手一樣，開成弓箭步。曼多微微傾身，把嘴貼近她的右耳問：

「妳生前長什麼模樣？」

安東妮娜沒有回答，她只是一隻腳邁入明亮的客廳中。

她在搞什麼鬼？喬想著。他緊跟在後，但曼多一手擋在他的胸前。

「進去前有件事我要提醒您。您即將看見的整個調查過裡，絕不可宣揚關於我或是史考特女士在場的情況。情況會十分詭譎，但不管您是否理解，絕不能洩漏半句。您是遵從命令的士兵嗎？」

「我從不喜歡當隻聽話的狗。」喬回答，並試著往前走。

曼多很壯，他結實的身材全都掩藏在那件昂貴西裝外套底下，只是他塊頭不比喬高大，手臂的力量自然不敵喬的魁偉身材，因而有些微微下沉，並在古鐵雷斯警官的襯衫留下皺褶，這更加劇了喬這兩天來對他的厭惡。

「別逼我動手。」曼多強勢表達。「我並沒有要您做多麼困難的事，只是請您保持沉默，好好享受而已。」

兩個男人用眼神較勁了一番。曼多看來更為凶狠一些，喬須按捺下心中的不爽和滿腔怒火。他知道總有一天會跟他鬧翻，但不是現在。

「我知道該怎麼做。」他嘴裡吐出這句話，但他瞪大的雙眼卻做出不同的承諾。

曼多很高興終於達成停戰協議，拉著他一起走進去。

晚上戶外天氣宜人，但室內氣溫卻寒氣逼人。**有人把空調設定成寒天模式**。喬掀開簾子便閃過這個念頭。

當他們走進大廳，喬被兩個東西震懾住。

首先，喬自認仍有辨識高檔貨的能力，而這是從小養成教育下的結果。雖然他媽媽只是一個很有教學熱忱的國小教師，並且在父親跟另一個女人遠走高飛後，她的薪水與微薄的積蓄僅剛好夠母子兩人開銷。不過，媽媽有幾個住在畢爾包與維多莉亞市的朋友，他們大多都有繼承家族遺產，有田莊和汽車等，並時常會邀請他們一起出遊。因此，喬見識過如何揮霍度日，他們常常一連好幾夜喝掉來自維嘉西西里酒莊的國寶級紅酒，每個週日到田莊的老屋裡大快朵頤的莊稼糧收。大家一起痛快玩過後，他才回到自家在納維翁河岸邊的公寓，酣睡如泥。

然而，就算他見識過奢華的好日子，現在進到這一棟房子裡的大廳裡，仍自形慚穢，發現自己不知天高地厚。整個房子大到一眼望不盡，就算有一座比較人性化的階梯，仍可感受出建築師多麼勉為其難接受它的存在。挑高的樓層，二樓並沒有隔間的開放空間，天花板上有安裝天窗，整塊落地窗有四公尺高。

一側是用餐區，有壁爐，深處底部有一堵高牆和一座小噴泉，主要用以區隔出室內與入口處的過道。牆面上掛了幾幅高昂的畫作。喬認得一幅是羅斯科（註2）的畫，另兩幅是米羅（註3）的作品。他也認得出第三幅畫，但叫不出來畫家的名字，只可以確定是位荷蘭畫家。最後，喬放棄一幅一幅欣賞，而是暗自計算起擺放在客廳裡的藝術品價值，總價應該比這屋子貴上十倍。

住在這裡的人一定不是活在人間，甚至可能連人之常情都不懂。喬開始隨意胡思亂想，任腦袋飛逝各種念頭。

客廳在另一頭，八十吋的電視機薄得像壁紙一樣。沙發是光滑、沒有皺褶的真皮革製品。牆角處，喬再次被震懾住了。

警察跟狗在某點上很像：活一年但靈魂卻老了七歲。

喬幹了這一行二十多年，見過無數個屍體：被刺殺在小巷裡的毒蟲、從大橋往下跳河的小夥子、遭鄰居小孩砍斷、縫合在一起的兩個老人。這種事看越多，就會發現其實都大同小異，千篇一律，就像心跳終止時機器會先發出如同玻璃摩擦的刺耳聲音，之後便是永恆的寂靜。對死亡的木然，如同皮膚結痂一樣，再也接收不到感覺。喬深以為自己不可能會對屍體感到吃驚與受傷。

但，當他看到沙發上那個死掉的年輕孩子，便知道自己大錯特錯。

「天呀！」喬驚呼。

註2 羅斯科（Rothko）是有名的抽象表現主義畫家，擅長用有限顏料與幾何圖形表現深層思想。

註3 米羅（Miró）超現實主義大師，繪畫風格充滿童心。

他大概才十六、七歲，全身白衣、白褲，他生前黝黑的皮膚，死後成了槁木死灰、暗淡無光。沒有靈氣，只殘留下一具瘦如枯枝的軀體，幾乎要與那張沙發皮革合成一體，叫人難發現他的存在。少年的身體仍保持著坐姿，坐在沙發最右側，翹著腳，右手放在膝蓋上，左手握著一只酒杯，裡頭斟得滿滿濃稠的液體。他赤腳沒穿鞋襪，裸露的腳掌膚色呈現出一種紫青色，跟他的嘴唇一樣顏色。雙眼瞪大，眼白全都發黃。

他的嘴微張，露出像嘲笑般的笑容，表情十分猥褻。有血塊瘀積在唇下，下顎顯得十分浮腫。

喬從胃的深處開始激烈翻攪，直逼著他要從沒裝晚餐的胃袋裡吐出些東西。他握緊拳頭，試著壓抑住內心的悲憤，以及胃部的翻滾，盡量讓自己維持住專業的外表。

在喬壓抑下內心的波濤，身體覺得平復一些後，他瞧向安東妮娜，她正蹲在屍體旁，仔細察看受害者的面容。兩人的臉離得相當近，就像要吻在一起的樣子。

「史考特。」曼多輕聲呼喚。「請說明你看到了什麼。」

喬沒有聽到有人靠近，但曼多早就一聲不響站到喬身後幾步。他的聲音達到了兩種效果，一方面讓喬鎮定下來，另一面也能讓安東妮娜回到現實世界。或說得更確切一點，把不知身在何處的安東妮娜，拉回來和大家對話。

「沒有打鬥痕跡，」她的音量十分微弱，喬得靠得很近才能聽到內容。「身體沒有傷口，手或手臂沒有抵抗的痕跡。」

她再次停頓，就像這段話已經耗盡她許多力氣。

「死因。」曼多拋出問題。

安東妮娜從側背包裡拿出一雙防酸鹼手套。她戴上手套後，用大拇指按壓屍體。

「缺血性休克或缺氧性休克，或兩者都有可能。他的腎臟損毀時，心臟或身體的其他器官都還在運作。這種死法會讓人痛不欲生，因為死亡時間會拉得很長。缺氧後皮膚的紺紫色，是發紺現象，但只出現在嘴唇和腳趾。他生前應該是很平靜地躺著，如果不是的話手也應該會發紺，而且頭疼與昏眩也會讓他不斷在地上打滾，身體扭曲變形，但是那樣的話，他皮膚上就該留有自己捏掐的印記。」

「他是基督徒嗎？」喬發問。

「他失血過多而死。」喬身後的那個人說。

9 兒子

「我向您介紹厄瓜朵醫生，我們的法醫。她從昨天下午開始就一直在犯罪現場調察。」曼多介紹。

她就是方才在戶外等候的女子，現在進到屋裡和他們會合。不過，此時她已經脫掉防護衣，一頭金髮馬尾裸露在外。年紀四十歲上下。淡妝，長睫毛，臉上有鼻環，嘴唇是自然上揚的微笑狀態，並且眼神中帶有一絲狡黠。她沒有向前跟喬問候握手，但喬默默感激她的動作，因為一想到那雙法醫的手，他就渾身不對勁。

「失血過多？砍傷？槍擊？手法是什麼？」

「凶手在他的頸動脈插入導管，抽出身體所有的血液。」法醫回答。

「整個過程花了很長的時間，」安東妮娜補充說明，但與其說她是在對他們說話，更像是在說給自己聽。「不疾不徐。」

如此一來，屍體才會如此枯槁。人體內的血液至少有四到五公升。他們眼前見到的受害者已是失血後的空殼。當喬．古鐵雷斯想到這個年輕人生前最後的境遇，不禁湧起悲憫之情。

「但不是說沒有抵抗的痕跡，受害者怎麼會眼睜睜就讓人搾乾？」他問。

「我做了黏膜採樣，有苯二氮平的殘留物。但因為沒有驗屍，目前只能知道這麼多。」

「厄瓜朵，這問題已經談過了，他的家人不同意身體解剖，妳就別堅持了。」曼多提醒她。

喬對此一無所知。稍早在安東妮娜住所的樓梯口，曼多電話那頭只說是一場完美的犯罪，凶手入侵一家保全系統做到滴水不漏的民宅，但卻沒有留下任何痕跡。這讓喬無法理解為什麼不能驗屍。在暴力犯罪案件中，是否要驗屍，親屬是無法自行做決定的，而是要由司法機關來判斷。顯而易見，相關規定在此是不適用的。基本上，他們在犯罪現場所進行的調查，每一項都有很大的法律瑕疵：只有一名女法醫的調查？沒有後援單位？沒有警官（當然，除了喬之外）？這些既沒有按照偵察步驟，也沒有遵循刑事訴訟法規，更沒有任何法律基礎可言。到底憑什麼……？

喬插嘴，雖然他只能想出一個無關緊要的問題。

「受害者是誰？」

厄瓜朵醫師走出去一會兒，返回時手上拿著文件夾。在文件夾裡有一張照片，裡頭有一個高瘦的男孩，有一頭捲髮與一雙憂鬱的眼睛。他站在沙灘上，一副不甘願的樣子，很符合這個年紀會有的態度：青春無敵，世界我最大，萬物都與我無關。照片應該是在今年夏天拍攝的。喬撇開眼睛。天呀！他太厭惡去看生前的照片了。他討厭看到一個未經世事的人類，完全不知情自己最後的下場會是成為一具張著血盆大口的屍體。

男孩的手牽著八或九歲的小女孩。女孩的另一隻手抱著一顆沙灘排球，雙眼直視鏡頭，露出缺了幾顆牙齒的笑容。

將有個女孩不再能和哥哥玩耍了。喬思量。**天知道要怎麼和她說明這一切。那其實才是這整個案件裡最困難的部分。看著某個人的臉龐，然後說出足以摧毀她整個世界的慘忍話語。她的世界再也不完整，被人奪走的某個部分再修復不了。**

照片底部，厄瓜朵標注上受害者的姓名。喬高聲唸出名字，但看到姓氏後，他戛然而止。那是個響亮而不容搞錯的姓氏。

「稍等一會。阿瓦羅・崔岩。這孩子是……」

「沒錯，是他們其中一個兒子。」曼多打斷他的話。「警官，您知道自己母親是在哪間銀行開戶吧？」

喬深吸一口氣。他的腦子突然開始不停思考自己到底跟何等人物扯上關係。

「在畢爾包，大家的戶頭不是畢爾包比斯開，就是畢爾包庫沙特銀行。十分值得信賴的當地大銀行。」

「您說得對。」曼多回答，口氣裡帶著嘲諷。

突然間，喬懂了為什麼屋裡的冷氣開到最強，為何溫度設在十三、四度。

「不是真的在辦案，對吧？這屋裡冷得像臺爛冰箱一樣，是為了讓這個孩子的身體盡可能維持現狀，等到您們做完調查，會派人暗中通報想要掩藏這件事的家人。然後，他們大概會對外宣稱小孩在游泳池溺水身亡，或一些類似說法，反正最後葬禮會低調，沒有引起風波或報導，草草結束。」

「而且就算開棺讓人瞻仰，也能看到禮儀師高超的易容術。」

喬轉了一圈，看向寬敞的客廳與牆上的百萬名畫。

「有錢，有勢，就有道理，對吧？您就是專門幹這種事的人？開名車，講話故弄玄機，一副自命清高的樣子，但暗地裡卻專門為有錢人清大便？」

「您是如此理解這個案件嗎？」

「我知道個屁，一切都是您說的算。我只知道自己所看到的，感覺到的，就是您一丁點都不在乎沙發上的死小孩。反正真正要在意的是……」喬瞬間猶疑起自己庸俗老套的推論，但他仍脫口而出：「好處。」

「所以您要來告訴我什麼才是對的嗎？憑一個次等的胖條子？」

「至少我不是別人的傀儡。」

曼多打量著喬，似乎覺得十分有趣，彷彿像是在動物園裡看到動物做出意料之外的行動。

「請您見諒，警官。我的職務並不單純，不容易裝成該有的樣子。」

喬不敢相信他會道歉。事實上，現在喬什麼都不相信。不過，就算不接受，也不能大打出手，所以他選擇假裝原諒他。

「我們都太累了。」喬說。「吵也沒有用。」

「一直在暗處工作也不是輕鬆的事。」曼多指向安東妮娜，她從一進到屋內就幾乎沒有移動過，然後和厄瓜朵法醫交換眼神。「我們給她一點空間。請您跟我到外面，我向您說明這到底是怎麼回事。」

10 酒杯

安東妮娜對於屋裡的對話，表現得十分冷淡。她身後所進行的意見交流，以及喬和曼多離開房子，似乎對她而言都是在另一個時空中的事情，因為她當下已經完全沉浸在自己碰到的問題上，全心投入案發現場上的每個細節。她的眼睛不停來回審視那些越看越可疑的情況：

——白色襯衫，連最上層的鈕扣都繫上了；

——軀體呈現不自然坐姿；

——橡木地板、沙發與印度手工編織地毯全都沒有殘留半點血漬。

兩隻眼睛，一隻手放在膝上，另一隻手擎起酒杯，太不對勁了。

「我快窒息了。」她的聲音十分沙啞。

她還是蹲著，閉上雙眼，試著不讓訊息淹沒自己的思緒，蠶食自己的思考，試著回想方才抬頭看見的 Mångata，但是她的思緒無法跨越磚牆，影像實在太遙遠了。

襯衫，軀體，手臂撐在沙發上，手持酒杯。

她以為自己可以獨自一人。

但，不行。她無法獨自一人。已知的情報四處散落在腦中，凌駕於所有已知的可能，推理進入各種死胡同。

終於，她屈服了。

只有今夜。最後一次。

她伸出手，幾乎像在乞求一般。

厄瓜朵法醫從她的身後出現，拿出一個金屬盒子裡的一顆紅色膠囊，放在安東妮娜的手掌心上。

「您要喝點水嗎？」

安東妮娜甚至連應答都沒有，直接把拳頭中的膠囊放入嘴中，用門牙咬破膠囊，苦澀的粉末傾巢而出。她把粉末含在舌下，讓黏膜浸潤在化學雞尾酒之中，並快速地隨著血液循環流遍全身。

她默數十下，每數一下就吸一口氣，並站起來走一步，一直走到第十步的位置。忽然，整個世界似乎縮得很小，移動速度變得很慢。接著，一股電流竄進她的手、胸與臉，她奇癢難耐，身體像是要裂開來一樣。

「謝謝。」她終於說出口了，向法醫，向膠囊，向萬物道謝。「謝謝。」

「所以是您，」厄瓜朵說。「我讀過好多您破過的案件，很想認識您。您在瓦倫西亞……」

「就是我，」安東妮娜打斷她。如假包換，是她，又是她。「您是新的法醫。」

「羅貝多去年不做了，他沒辦法等您回心轉意。他接了在莫夕亞城的工作。真難相信誰會想去莫夕亞，」厄瓜朵邊說邊把文件夾遞給安東妮娜。「而錯過跟您共事的機會。」

夠聰明的人就會選擇莫夕亞，安東妮娜自忖。她搖手拒絕看文件夾。時機還沒到，現在她需要先看盡一切的本質。

「犯罪現場一滴血跡都沒有。」她說，「當然，不算這酒杯內的東西的話。」男孩手持的這只波西米亞牌的水晶玻璃杯，濃稠的液體已經開始凝結在杯壁上。酒杯應該裝紅酒，但犯人卻斟上鮮血，一定想掩飾些什麼，才會倒滿到杯緣的位置。

「是受害者的血嗎？」

「我做了試劑檢驗。現階段只能知道杯內的血和受害者是相同血型，Ｂ型Ｒｈ陽性。其他細節要做去氧核醣酸檢定才能釐清。」

也就是說，要五天之後，到時候我已經不在這裡了。

「他頭髮上的東西是什麼？」安東妮娜提問。她為了看得更清楚，傾身靠近屍體。

男孩的頭在探照燈下，閃閃發光。他整顆頭的捲髮全都往後梳，乍看之下會以為是髮膠，但質地看起來又過於黏膩，整頭黑髮沒有半點空隙，從頭髮滴下一顆小水珠都可以直接流到太陽穴的位置。

「九成九是橄欖油成分。」法醫報告。「我們無法判斷是否有肉桂或其他合成物。行動實驗室的設備僅能做粗略判斷。現在車子就停在房子的後面，但車內設備並不充足。」

行動實驗室是一輛裡頭備有驗屍設備用品的汽車。外觀看來就像一臺普通沒有窗戶的黑色 Sprinter 商用車系的賓士，不過內部卻是專業實驗室，放滿了試管，化學藥劑與電子儀器。只是，空間有限。

「把樣本送去化驗了嗎？」

「是的，幾個小時後就能知道結果。」厄瓜朵回答。

安東妮娜覺得別人無法立即回答她想破頭的疑問，心裡很挫敗。眼前所見的犯罪現場是刻意布置的，連最小的細節都有意圖。其中最重要的，就是那只酒杯。

「您看過廚房了嗎？」

「廚櫃上留有指紋。但大小、紋路都與被害者身分相符。」

犯人利用家裡的現成品，一定有目的，而橄欖油是唯一自備的物品。

紅酒與橄欖油。安東妮娜似乎之前讀過某個相關文獻，或是聽到過。她突然想起自己孩童的時候，當她在這世上才活七年兩個月又八天的時候，她在聖母贖虜聖殿教堂裡，身旁所有人都身著黑衣，空間裡擺滿她媽媽最喜歡的百合花，空氣中內充滿花香氣。

「出自詩篇，」安東妮娜指著屍體。「詩篇第二十三章，但我不記得出自哪一本。」

厄瓜朵醫師驚訝地看著她。

「我以為您過目不忘。」

因為我沒有讀過，而是在三十年前在葬禮上聽過。自此，就沒碰過聖經了。

「也會忘掉的。」

厄瓜朵拿出手機查尋。

「找到了，『在我敵人面前，祢為我擺設筵席，祢用油膏了我的頭，使我福杯滿溢。』」厄瓜朵唸誦詩文。「您指的是這一段嗎？」

安東妮娜含糊咕噥了幾句。斟滿鮮血的酒杯，油頭。太巧了。但她不相信巧合。

「厄瓜朵醫師，我想現在可以看文件了。」

安東妮娜花了十五分鐘閱讀法醫準備的一百頁資料、簡表和相關資訊。法醫有優秀的整理能力，比前一位更明瞭、清楚。安東妮娜不知道能否讚美她的工作能力，因為應當與團隊保持遠距離的關係（準則第十三條），且不可以同情他們（準則第三條），以便於達到上對下的單向關係（準則第十七條）。過往，她恪守本分。

現在不必了。

「醫生，您報告做得真棒。好險羅貝多去了莫夕亞城，我們才有機會跟您一起工作。」

厄瓜朵遲遲沒轉過身去。她不想讓安東妮娜看見自己羞赧的面龐。

此時，安東妮娜再次專心讀著文件。當她看到那張男孩站在沙灘上的照片時，心中極為難受。安東妮娜知道自己不該把受害者當人看。她受過完整訓練，知道如何讓自己的感情設下一道分水閥。受害者就是證物，如同象形文字一樣，各個部分各自代表的圖像意涵，結合起來才成一個字。以往，她會盡力置身事外。

現在不必了。

經過馬可士的事情後，一切都變了。自從我造成他的事故之後，自從他對我們做的那事之後。

她暗自對著照片裡的男孩許出承諾。然而，這是一個無法完成的諾言，因為這會違背她對馬可士許下的承諾，破壞她對自己立下的誓言，雖然史考特奶奶會樂見她這麼做。

我會抓到對你做出這種事情的人。她對著照片中的男孩說。

她試圖在腦海裡組織起眼前文件上的文字。她覺得後悔，因為仍找不到有用的線索。所以，對死者發誓是最糟的。

做不到又難以請求他們原諒。

11 辯解

曼多走到戶外的餐桌旁，坐在其中一把椅子上。他坐的可能是柯比意建築師設計，或相似風格的座椅。喬覺得那些椅子既昂貴又不實用，因為當他一屁股坐進一把很設計感的椅子時，立刻察覺那把椅子不適合於他這樣的體型來坐，坐起來十分難受。當然，也有可能那椅子設計目的就要讓人難受。

桌上一包萬寶路淡菸，是厄瓜朵法醫遺落下來的。菸盒上印有一張有嚇阻效果的照片：小孩子的棺木。

這駭人的巧合，看得喬膽顫心驚，趕緊轉移視線。

曼多十分泰然，他伸手拿起香菸，取出一根請警官，但他搖頭婉拒。曼多便點燃，抽上一口，隨後吐出三道煙霧，並像中邪一樣不斷咳嗽。所以，他直接在被灑水器噴溼的玻璃桌面上，捻熄香菸。

「您不擔心破壞犯罪現場？」

「最好還有東西可以破壞。厄瓜朵在這裡連續工作二十六小時了，她搜查了整個屋子，整個屋子裡的指紋都已經採樣建檔了。」

喬欽佩得吹了一聲口哨。這整棟屋子切割成每一平方公尺的正方形，每一塊都要拍照，察看其中不尋常的地方。像這麼一大棟房子，大概要出動三至四個人手。

「夠她受的了。」

「厄瓜朵是全西班牙最棒的法醫。很幸運有她來幫忙，不過她可能覺得很倒楣要和我一起工作。」

「有偵察方向了？」

「我們還要聽家人和傭人的證詞，之後才能排除一些可能性。不過，我不抱什麼期望。現場只有毛髮、纖維和一些不明物體。您也瞭解這些東西沒什麼用，又不是演電視劇。」

喬瞭解他的意思。電視影集把科學辦案的劇情拍得十分離譜，有時候連警察自身都會和一般大眾一樣掉入陷阱，相信奇蹟會出現。

曼多再次按壓桌上那根已經熄滅的香菸，並把菸盒推遠。

「我幾個月前戒菸了。不過，偶爾會忘記自己戒菸的理由。」

「生命自己會找到出口。」

「沒錯。您為什麼要當警察，警官？」

「我們出來外面是為了聽您講。」

「警官，讓我多瞭解你一點。」

喬頓了一下，他曉得該如何回答。官方說法？他跟朋友的講法？他說給自己聽的內容？或真正的理由？答案可以是工時，可以是情感性的保家衛國，但最終他說了最後一個選項。

「當警察才沒人敢欺負我。」他承認。

喬選擇坦誠相對。現在，輪到曼多一臉驚訝地感嘆了。

「哇……」

「我懂您在想什麼，像我這麼高大的男人竟然擔心被欺負。少跟我來心理分析那一套。我爸拋棄我，我喜歡男人，又跟我媽一起住。這類的笑話與廉價同情我全都聽過。反正……我會怕。我就是會擔憂、受怕。」

「怕什麼？」

「什麼都怕。年輕的時候，怕別人攻擊，怕放學回家路上有人堵我，怕出車禍，怕染愛滋病，反正什麼都怕。但當警察就不一樣，雖然更常遇到那類的事情，但那全是發生在別人身上的壞事。警察有保護色，好像那些事都跟自己無關。」

「生命自己會找到出口。」

「沒錯。」

「但是今天找不到出口，是嗎？」

喬沒有回答。他不擅長回答別人的明知故問。

兩個男人一下陷入了沉默之中，試圖從中找回自己的話語權。曼多深陷在椅子之中，而他的手正用指腹使勁把方才刻意推遠的香菸盒搬回身邊。黑暗的深夜中，他的臉龐在打火機的火焰中，若隱若現。他點燃一根菸，但並沒有用來吞雲吐霧一番，而是藉由薰息，放鬆情緒，獲取平靜。

「五年前，在布魯塞爾創辦了費雪中心，聽過嗎？」

「沒聽過。」

「是隸屬於歐盟裡的**智庫**組織。」

「我知道智庫在幹麼：一群讀大學的富家毛頭子弟，自以為比別人瞭解世界，狂妄要讓世界更好。」

曼多舉起手臂遮掩住自己唇齒之間露出的笑容。

「抱歉。你口中的那些小毛頭，有時效率奇高，多年前他們發表了一個研究報告。你聽過二〇一二年的特內里費機場發生的恐攻事件（註4）嗎？」

喬點頭。誰忘得了！在爆炸現場附近的安全監視器拍攝到爆炸前的驚人畫面：驚慌失措的旅客在航廈內逃竄，許多人被推擠倒在地上，然後又被後來湧上的人群踩踏而過。

「這個研究發現，恐攻之前各個警政單位，像是地方警局，加納利群島的地方自治政府，民防警衛隊，警政署等都掌握住一定的關鍵資料，各自擁有拼圖中的每一塊，但卻沒有與其他人共享資訊。」

「老掉牙的故事。」喬贊同。這種事他可是深受其害，由於他在畢爾包的工作單位是隸屬於國家單位下的警察，所以他天天跟隸屬於爾岑扎下的警察發生糾紛，只因那些人屬於巴斯克自治區下的警政單位。兩個警政單位彼此的關係很差，除了對薪資差異的不滿，再加上經年累月的新仇舊恨，兩邊長期互看不順眼。最終，倒楣的還是人民。

「不管是發生在特內里費機場的恐攻，或二〇一五年在義大利的杜林攻擊，或二〇一七年巴塞隆納的蘭布拉大道的恐攻車輛襲擊，多年來的癥結點都一樣，都是資訊整合問題。雖然這份報告是德國人做的，主要目的是在探討他們國家內部安全問

註4 在此作者敘述內容改編自一九七七年特內里費空難恐攻事件（Tenerife Disaster）。

題。他們警察單位分別隸屬在十八個不同組織底下。」

「一場大戰。」

「這份報告不僅限於調查恐怖組織，也參考了其他知名的案件。像是羅梅迪歐・香切斯這種非典型連續殺人犯，在二十四天內進行十起攻擊事件，殺害三個老人。或是像科瓦克斯在杜塞道夫小丑狂歡節的案件。」

「黑天鵝。難以預測他們的存在。」

喬做此評論時，曼多的嘴角勾畫出一道不尋常的弧線，一副不可置信的模樣。黑天鵝的意思，據最新的說法：不管是科學或預言都無法提前得知的嚴重可怕事件，一切都只能事後推敲，例如九一一事件，二〇〇八年房地產金融危機，或腰包成為二〇一八年度流行款飾。

「警官，想不到您讀過塔雷伯的書。」曼多回應。他看著喬的眼神像是從不認識他一樣。

「不要小看我。」喬回答。他死都不會說出自己的消息來源是來自牙醫診所裡，他隨便翻閱舊雜誌看到的。

「保證再也不會了。這份報告的結論顯示歐洲已邁入新地景：沒有國界、沒有海關。為非作歹的壞人可以任憑自己開心在這五百萬平方公里內隨意自由來去。報告認為，歐洲上百個警政單位應該要分享彼此的訊息。隨後，紅皇后專案便誕生了。」

「聽起來像《愛麗絲夢遊仙境》的紅心皇后？被人砍頭的那個？」

「名字源自那裡沒錯。不過，進化了舊理解。您還記得故事中，皇后告訴愛麗絲就算不斷地跑，也只能留在原地嗎？」

喬兩手一攤表示自己從未聽聞過。方才他才裝得自己比外表看起來更博學多聞，很不幸，一下就被識破了。

「紅皇后向愛麗絲解釋，在她的國度裡要不斷地跑，才能待在同一個地方。」曼多繼續說明，「為了要占住掠食者的位置，就需要持續調整、進化才行。」

「這我們早就在做了。」喬不滿地說。

「怎麼做？增加警力？添購新電腦？購置武器？還是您說去年警局開設的網路犯罪課程？」

「好啦！我當時整堂課都在玩憤怒鳥。」

「最終還是贏不了犯罪者，因為他們走得更前面，來去無蹤，讓人無從捉摸。」

喬把頭轉向屋子。

「我想我有點懂了。」

「這個專案還在實驗階段。每一個歐盟國家所設立的這個組織，是由中央掌管的特別單位，主要執行特殊任務，並且任務內容不被大眾知道。」

「像哪些任務？」

「連續殺人事件，特別難抓的重刑犯，戀童癖，恐怖分子。」

「形單影隻的齷齪小人。」喬十分肯定地加了這一項。

「也算在裡面。我們單位並沒有固定辦什麼類型的案子，也沒有上下階層之分，內部沒競爭關係，或是要跑任何行政法規手續。所有的關係聯繫都只靠一個仲介者，曼多。」

「哈！我還以為那是您真實姓氏。」

對方微笑，但並不覺好笑。

「每一個曼多都會搭配一名異於常人的技術團隊。這個職位沒有勳章、獎狀，更不會升等。一旦開始執行任務，進入調查領域，就要由兩個人共同完成：一個是盔甲士兵，」他一邊說，一邊把手指向他，「以及紅皇后。」

「我很清楚自己的角色：一個配戴警徽與槍枝的警察，以及誰都可以取代的司機。」

「別把自己說得那麼廉價。一個經驗豐富的警察是很重要的。在調查行動開始時，不僅可以提供安全保護，也可以給予意見。」

「承蒙您看得起。那她呢？」

曼多沉默下來，並點燃另一根香菸。

「皇后會出現在犯罪現場，但看看就走。我們的單位並不單獨負責任何案件。無論如何，就僅能站在旁觀的位置工作，並不是真正警察做的事。」

「但這次不一樣。」

「這次不一樣，因為情況很……特殊。」

喬露出似笑非笑的表情，感嘆曼多可以一直委婉說話。這完全跟喬相反，他從不拐彎抹角，是個有話直說的警官。他瞭解別人提到幫派、武裝行動、經濟狀況不佳的意思，其實意指**帶種**、**攻擊和貧窮**，只是用詞不同，但指涉內容是一樣的。

「怎麼找到她的？」

「每個國家都進行了一場漫長又耗費鉅資的徵選過程。我們並不在乎男、女、高、矮、胖、瘦。我們要的不是詹姆士・龐德。我們要求人際關係單純，能夠來去自如，擅長以微觀的思維處理事情，反正要具備許多特質才行，所以尋找的過程十分困難，符合資格的人少之又少。我們要找的人得具備特殊的腦袋，能見別人所不能見。」

警官察覺到曼多語氣裡藏不住的驕傲。

「是您找到她的，對吧？」

「西班牙是唯一在專案開始後，三個月都沒有皇后的國家。」曼多表示。「當時花了整整一年的時間，我看遍了上千份檔案資料，面試過上百人。終於，她才出現。然後，我知道就是她。」

二〇一三年六月十四日，馬德里

現在甚至都還沒有開工，一名瘦高的男子就已經在揉著他疲倦的雙眼。

這個禮拜的甄選現場要淘汰先前利用人格與智力綜合測驗，改採用極新的判斷方式做為選才標準。這名高個子的男人是心理認知與行為模式分析的專家，但截至目前為止，仍無用武之地，因為至今尚無人通過測驗。他已經試過ＣＩＡ、ＦＢＩ和ＭＩ６等單位設計的高超測驗題，但這些測驗都只能得到最基礎的辨識候選人的智力，卻不能反應出個別對突發狀況下的實力。

騙不了人，能解決問題才是重點。

所以，這個禮拜他決定採用不同的測驗方式。這個測驗設計內容：解決跨國石油公司的困難。他可以依此評斷受試者在遇到無解方的危機時刻，所做的反應。這個瘦高的男子覺得這類的測驗，趣味性大於實用性，但經歷過各種單調又沒有下文的檢測之後，聽聽參與者提供各種好玩的想法，至少有趣多了。或者該說，他以為會不那麼無聊。然而，經過上百次的面試，這次和前幾次的測驗方式結果都一樣，仍無適合人選。

「至少我們省下再看一次參加者的清單。」

「美國太空總署的測試很可靠。」助手一邊說，一邊對著熱咖啡吹氣。

高個的男子用羨慕的眼神瞥了她一眼，他也想要在體內注入咖啡因。但他知道若在午餐前喝下第三杯濃縮咖啡，那整個下午就會非常浮躁，比現在更加焦慮。

「那沒有辨別度，連我奶奶都知道氧氣與水哪個該先捨棄。或是該不該搶起羅盤還是槍的選擇題。他們真的是要登上太空吧！好了，閒聊結束，誰是第一位測試者？」

「七九三號。二十六歲。工業工程師。」

「請進。」

助手按下在她面前的鍵盤按鈕後，門便打開來了。

他們現在位於康普斯頓大學的心理學系館內。這裡是掩護進行測驗的最佳位置，絕對沒有人會懷疑在此對學生做的試驗性練習測驗。外加此處設備完善，有一間白色、可室內控溫、沒有窗戶的房間，並且房內一邊隔出控制室，附有單眼聚焦功能的拍攝器與音效設備，還有單向透視玻璃的鏡面窗。

一年前，他剛開始執行甄選時，覺得這個地方很有趣。他從小家境優渥，父母親的住家都有保全，而且為了讓他安全無虞，從學生宿舍或在費雪中心受訓時，皆受到良好的看顧。換言之，他的生活可說是相當無趣。因此，當他一走進這間實驗室，就有種怪異的感覺，覺得自己像在演諜匪片，或參加了《老大哥》實境秀。

「我覺得自己像在演諜匪片。」

「或像參加了《老大哥》實境秀，對吧？」助手接話說。

高個的男子開始喜歡這名助手了。她是個很棒的人。早晨的玫瑰花。臉蛋泛起的紅暈像是上班前先跑了五公里。她可以看見所有事情的優點，並且隨著更多時間的相處，他對她的評價越來越好。有一些日子，他已無心再難為她，以及她之外的其他蠢貨、怪咖和鬼頭鬼臉等七百多個做過測驗的人。

這一年來，每次測驗都會預先從個人資料中篩選出六個人來，但總是沒有人可以通過第三關，所以現在已沒有任何篩選名單。也就是說，一切又要從頭開始。

徒勞無功，白費力氣。別的國家都已經開始執行任務了。

他知道布魯塞爾的總指揮差點就要他降低標準。他不喜歡這種做法。他這輩子唯一做過的事，就是坐在書桌前讀書，徜徉在別人的思想之中。他認為重複比創新更重要。因此，當他被推薦成為紅皇后專案的一分子，他不做多想，馬上接受這個機會。然而，現在他幾乎要被自己的失敗給淹沒了。

七九三號測驗時間約花了半小時。當然，她最後還是失敗。抽油平臺沉了，所有人都死了。不過，原本就無計可施，不管受試者做了什麼，回答了什麼，都不會是勝利的一方。設計問題的軟體會不斷製造障礙與災難，直到受試者投降或不小心犯錯，測驗才會終止。

「分數還不錯。」助手表示。

希望的光芒……

「可以被選上嗎？」

「嗯……有點勉強，應該不行。」

……希望隕落得真快。高個男子又揉一揉眼睛，試著按捺住性子。

「七九四號請進。」

女孩個子不高，十分纖細，看起來不起眼，但當她對著鏡子笑時卻滿漂亮的。

不算美女，沒有美到令人驚嘆的程度。但挺吸引人的。

「早安。」高個的男子按下對話鈕，跟觀察室裡的人進行對話。「您會進到我們設計好的情節裡。在這個實驗中，有效答案會成為您的得分。請盡量作答，好嗎？」

女子並未回答。

「您有聽到嗎？可能是對講機出了問題。」高個子的男子用很大的音量說話，卻沒發現自己的手指尚未鬆開對話鈕。

「我聽得很清楚。我正在盡最大的努力。」這名女子回應。

高個的男子露出苦笑。當時他仍不知道，這是他上百次苦笑，想殺了這個女子中的第一次。

「很好，我們開始吧。」他表示，然後接著他開始唸出螢幕上出現的前提說明。經過一個禮拜的工作，他幾乎可以背誦出開頭的文字了。「您的身分是小林丸輸油平臺船艦的艦長。船的位置在公海。晚上時間，您正在酣睡。夜半時，助手突然叫醒您。緊急照明已全部開啟。碰撞警報響徹雲霄。有一艘運油船正駛向您們的船。」

「輸油平臺的位置在哪？」女子問。

「海中央，遠離所有的救助。」

「我需要知道準確的方位。」

「方位不是測驗的重點。」

「我需要知道。」女子堅持。

「有一艘運油船正駛向您的船。您的船艦上有三萬噸原油。您第一個應對步驟是什麼？」

「取出航海圖，準確知道自己平臺的方位。」

高個子的男子十分驚慌，先前從來沒有人說過這個答案。

「小姐，」高個子的男子努力隱藏口氣中的不悅，提問。「能否告知為什麼需要這個無關緊要的資料？」

安東妮娜眨了眨眼睛，雙手一攤，一副問題就能說明一切。

「要解決問題，就要知道問題出自哪裡。」

高個男子看向助理。「請您詢問程式平臺中方位的訊息。」

「北緯八十三度四十四分，西經六十四度三十五分。」她快速敲擊鍵盤後，得到螢幕前輸出的答案。

高個子的男子開啟對講機，重複方位位置。

「好了，現在您知道自己正確的位址，您的第二個動作是什麼？提醒您，您的反應時間也攸關能否解救船員的性命。」

這名女子停下來想了一下。

「我要看日曆。」

高個子的男子感到不可置信，一道氣息從他的鼻子噴出來，力道大到他前方的紙都顫了一下。

「當然不能只知道在哪裡，也要知道哪一天，對吧？」他接話，但他並沒按下對話鈕。

助手再次打字詢問程式，並讓高個子的男子看到螢幕上顯示的日期。

「日曆上顯示，日期是二〇一三年的一月二十三日。您將採取的行動是什麼？」

「我要回床上去。」

「抱歉，我可能沒聽清楚。」

「我要回床上去。」女子十分肯定地回答。「據我所知的平臺的方位，可以注意到我們位在北冰洋之中。由於緯度與日期，可知當時海水全都是冰封狀態，所以其他運油船根本無法全速前進，接近我們。我們試驗結束了嗎？」

高個子的男子十分震驚，他關掉對講機，轉身朝向助手，看著她把資料一筆一筆輸進程式之中。

「她得到滿分。」她驚訝地說。「根據系統開發商表示，每七百萬人會出現一個得到滿分的人。」

「媽的，這女的從哪冒出來的？」

助手翻閱資料文件。

「七九四號：安東妮娜・史考特。」

「她的姓很少聽過。」

「出生於巴塞隆納。獨生女。父親的職業填了『外交體系』。這些是她的履歷中唯一被標記出來的欄位。」

這名女子的聲音從擴音器中傳出。

「嗨，我可以離開了嗎？」

「如果不急的話，請稍等。我們正在計算成績。」高個子的男子回應，然後再次鬆開對話鈕。「沒有其他資料了嗎？」

「從她所填的履歷中是沒有了。我從我們自己的搜尋系統中找一下，看一下……

是朋友硬拖她一起來的，因為她的朋友不想自己一個人進行『試驗』。她現在失業。男朋友很帥。主修西班牙語言學。學業成績很普通，真的還好，平均分數是：六分。」

高個子的男子十分挫敗。錯過那麼多在學成績優異的受試者，結果卻是她。

「事實上，她是每一項學科都拿六分。」助手用電腦搜尋後，補充說明。

聽到這件事後，男子愣了一下，然後笑了起來。

「當然，就是這樣沒錯！」他邊說邊拍膝蓋。

「發現什麼有趣的事嗎？」

「你知道這世界有什麼是比歐洲百萬樂透彩還難中的數字嗎？」

「我不玩投機遊戲。最好的樂透就是工作賺錢。」

高個子的男子實在太興奮了，以至於他聽到對方的回應也忘了白眼，完全忽略忠言逆耳的思考。

「最難的就是連一個數字都沒猜中。」

「我不懂這有什麼關聯。」助理回答，並露出疑惑不解的表情。

「你知道要讓自己學科的每一科目都得到一模一樣的分數有多難嗎？有各種考試類型：口說表達、問題與申論，以及各個不同老師的主觀評分。要每一科都打出六分，這遠要比十分的操作更加困難。」

助理睜大雙眼，嘴巴像吸了一口檸檬一樣。

「喔！喔！」然後，又一次「喔！」

「沒錯。妳前面的那位女子是用盡全力掩藏住光芒的人。」

高個子的男子輕撫鏡面上女子的臉孔，就像一個愛魚的人，痴迷地碰著水族箱的玻璃。

我抓到妳了，史考特小姐。

12 一絲羨慕

「你怎麼確定是她？」喬詢問。「怎麼確定就是她？」

曼多瞬間熄滅香菸。

「恐怕我無法透露詳情，但西班牙擁有了自己的紅皇后，獨一無二的一個。」

「什麼意思？」

「我想您已經注意到安東妮娜很特別了。」

「特別真是講得太客氣了。她的行為舉止很容易讓人以為她是瘋子或白痴。」

「應該是誤會。她離那些狀況還很遠。安東妮娜是全世界最聰明的人。」

喬不可思議地哼了一聲。認定自己在車上是跟一個有溝通障礙的人聊天，是一回事，但得知那是位天才，是自己有眼不識泰山，那又是另一回事了。要如何才能說服自己相信另一種版本的說法？

「您說什麼？拜託再說一次。」

「全世界最聰明的人，至少據我們所知。」曼多說得更加小心謹慎。「當然在孟加拉共和國裡某個牧羊人可能也有兩百四十三分的智商。話不能說死。但是重點是，現今人類智商最高的紀錄者，是安東尼娜·史考特。她夠格替美國太空總署工作，或是治理一個國家。基本上，她想做什麼都可以，但我說服她來替我做事。」

「她後來逃走了，不是嗎？」警官不懷好心地突然射出一箭。

一道抑鬱的陰影快速地閃過曼多的眼睛。

「起初一切都很順利，安東妮娜通過十分困難的訓練。事實上，整套訓練所費不貲。但成果驚人，她參與十一個案件，就破解了十個。」

「有哪些是我知道的嗎？」

「這個專案會存在的理由，就是只負責透過分析來偵察重大案件。我們結束後，便會退向一旁。」

「像無名警察搜羅資料，只為了得知一個預見性的案件發生？」

「很類似，沒錯。但安東妮娜優秀到能為所有案件找到破案關鍵，只是好景不常，三年前她開始一蹶不振。」

「她受了什麼打擊？」

「千篇一律，能讓人大受打擊的，就有真愛。」

喬最愛聽這種羅曼史的話題了，某個人在大家話題的風口上，名字在浪頭上，他從中能找到不同於日常的驚喜。他九年內就聽過六個人的戀愛史。所以，現在他連人帶椅，像個彈簧一樣，把椅子一同往前拉得更前一些。

「是關於她丈夫的事，對吧？快說來聽聽。」

曼多的手摸了摸下巴，考慮了一會兒，然後搖頭拒絕。

「如果我說了，就背叛了她對我的信任。」

喬再次頹廢地坐在椅子上，一副垂頭喪氣的樣子。

「真會說故事，竟然不講最精采的地方。」

「她以後會跟您說的。如果有機會的話。」**不得不說，這渣男好有自信，誇口說這種話**。喬自忖。

「是您想要她回來的。我跟她說得很清楚，僅限今夜。」

曼多意味深長地暗自微笑。

「這就不太好了。」

「對案子，還是對您？」

「這三年來，我壓力挺大的。」曼多承認。「西班牙真的需要有人來處理境內嚴重的國土安全威脅問題，僅靠現存人力是做不到的。她離開後，我們的處境真的很艱難。」

「找人替代？」

「試過……（積滿一卡車的不適用人選的挫敗），但找不到。沒有皇后，這個單位就沒有存在的意義。這次是這個專案能繼續運作的最後機會了。」

「所以您要找個人傳話給安東妮娜，就找上我。」

「我得有個能威脅聽話的人。」

喬想起多年前的某一天，他回到家，發現自己的真愛與另一個男人在沙發上。他向後退了一步，小心謹慎地把門關上（他不擅長找人麻煩），但在門闔上的瞬間，出軌男友的頭卻轉向喬，他們眼神相交，接著就開始悲劇。

活生生的現實，只有冷血殘酷留存在兩人之中。**這就是全部，我不後悔，都是滄海一粟而已**。所以，曼多直截了當地把他當工具，他並不特別傷心。他早就拋下熱情、好奇或榮譽等感覺。不過，他還有些羨慕。

「您晚上睡得安穩？」

曼多頓了一下。他的臉露出羞赧的神情。但也有可能只是在模仿，對著鏡子依樣畫葫蘆。

「我得完成任務，我會安慰自己這一切都會讓世界更好。」

我差點，差點就信了。

「您像個嬰兒一樣睡得很甜吧？」

「每晚一覺到天亮。」

真心，羨慕。喬時常注視壞蛋的眼睛，每一雙都清澈不假，靠著那雙眼睛招搖欺騙，受到小孩子的喜歡。或許，這就是他之所以無法成為他們的一員。Coitao（註5），意思是**壯志未酬**。但這句話真正的意思是**你是笨蛋，只是包裝成好聽的語言而已**。他媽媽三不五時就這麼對他說。實際上，喬很想要膽子大一點，耍花樣，做狗屁倒灶的事，就像曼多這樣。他心情很差，因為他竟然開始欣賞起曼多來了。

「這次沒有騙我，都是真的吧？」

「幾乎沒有，但還是摻了一點假的。」曼多回答，並露出心滿意足的笑臉。「假的是因為我也不能說。」

此時，安東妮娜從屋內喊他們，曼多起身，不疾不徐地扣上夾克外套的鈕扣。

「警官，怎樣？要加入嗎？」

喬霍然起身，扭身，甩手臂，並把關節手指一隻隻折出聲響。

「只要我的屁股能遠離這個爛貨，樂意至之。」

註5 音近：古意道，畢爾包人的地方話。

兩個鐘頭前

（大約是喬和安東妮娜抵達莊園的時間。）

卡拉．歐提茲並不注意路上的風景，而是十分投入筆電螢幕上的資訊。一路上從拉科魯尼亞城出發開始都在下雨，雨勢十分劇烈，豆大的雨滴粗暴地打在她的座車，保時捷卡宴車款的擋風玻璃上，但卡拉一點都不關心，她坐在後座，專注自己的工作，聚精會神研讀一份重要報告。

當車子通過瓜達拉馬隧道後，雨水退讓出一片萬里無雲的夜空。卡拉的視線這時才從電腦上離開，抬起頭來。

「美其狀態還好吧？」

開車的司機卡梅羅的藍眼睛與魚尾紋看向後照鏡，投射出放心的眼神。卡拉從後照鏡接收到他的眼神，她認得這個饒有興味、親切與誠懇的眼神。他一輩子都在服務她們一家人，**算是**家人。

「女士，若能擁在懷裡會更好，這輛車馬力十足，拖著跑起來還是很過癮。」

卡拉沒有把每個字都聽進去。不過，真的是**馬拖著跑**。她已經買了最貴的拖車棚，縮短到馬德里的車程時間，但她仍十分擔心另一個同行者。她小時候曾參加馬術社團學騎馬，親眼目睹三個男生如何把一匹僵直不動的小馬拖進拖車上。過程中，不管他們如何使勁拉扯韁繩，小馬就是不屈服，後來硬拉著馬蹄，拖到籠子裡。馬的嘶鳴聲從恐懼變成恐慌。牠躍起前身，試圖掙脫束縛，用頸背死命撞擊拖車架，最後整臺拖車翻落。小馬死亡。卡拉從不曾忘記那匹小馬轟然倒地時發出的巨響，整個翻倒的拖車架也把兩個在拖車上的男生重摔在地。

美其不是那匹受到驚嚇的小馬。她是匹擁有荷爾斯泰因品種的溫血馬。她現在十一歲，受過良好訓練，曾由當今最棒的馴馬師撫養長大。當然，這些都代表著費用，並由她的爸爸在拍賣場上花了四百三十萬歐元買下。但是，對卡拉而言，價錢（所有的東西，所有的金錢）都是其次。和美其生活有六年的時間，**算是**家人。

「我們休息一會兒。」

卡梅羅馬上轉進在路上遇到的休息站，停靠在那好一會。卡拉在此時間下車活動活動筋骨，抽上兩根菸，並探察美其的狀況。這匹母馬從小窗口探出頭，卡拉輕撫她肉桂色的身軀，用手指極其親暱地輕撫皮膚上的白色斑點。

大家說和美其一起坐車會累壞自己。那些蠢蛋懂什麼。

「卡梅羅，多久才會到？」她上車後，問道。

「一個小時內。」司機看了GPS後回答。「也可以先送您回家，然後再送美其到馬場。」

卡拉思索了一下。能提前四十分鐘躺在床上，是挺誘人的提議，但她若無法親自把美其安頓好，今晚她會睡不安穩，也無法寬心等到後天一起上場出賽。追根究柢，她不就是為了美其才不搭私人客機到馬德里，實在沒道理現在為了多睡幾分鐘，就把這件事交付給卡梅羅。

「沒關係，照原計畫。之後，我再回家。」

她試著集中精神閱讀下週一股東大會準備報告的內容。雖然，她承認今年表現不夠好，但她對成果還是滿意的。她現在負責掌管父親紡織帝國的業務發展。父親每年都會不斷敦促她業務要有顯著的成長，就算事實上已經連續三年達成目標，但父親還是抱怨企業在十八至二十五歲女性的成長幅度太小，展店速度不如預期。當然，他的不滿也能理解的。若不能成為世界第一的富豪，也就只是個泛泛之輩。

她氣餒地蓋上筆電，取出手機。已經是半夜十二點多了，實在太晚了，不適合跟馬利歐講電話，但她知道奶媽德蘭南希應該醒著，很可能人在客廳裡用大螢幕看《王冠》。基本上，她並不被允許做這件事，她個人臥室已有一臺四十吋大螢幕的電視。不過，卡拉不想因為傭人小小的逾越分際，就大發脾氣，出聲指責。又不是軍隊，生活有點紀律即可。況且，德蘭從馬利歐出生後就一直跟他們生活在一起，**幾乎算是**家人。

手機電池剩下約十%不到的電力。

一邊充電，應該夠用 WhatsApp 和她通話。她自忖。

卡拉：都好吧？

蘭德南希：太太，一切都很平穩而且安靜。還好嗎？

卡拉：往家裡的路上。能看一下他嗎？

幾秒後，蘭德傳來一張馬利歐的照片。他身穿蜘蛛俠的睡衣，大字型趴在床上，睡得十分酣甜。卡拉很愧疚自己不能在家幫他洗澡，陪他入睡。不過，她很快就安心，畢竟她也是由奶媽養大的，鮮少有機會看到自己的母親，現在不也活得不錯。

工作至上，卡拉一邊肯定自己，一邊在身上蓋上薄毛毯。然後，閉上眼睛，打盹一會兒……

猛然一個煞車，她醒了過來，筆電從膝蓋上滑落。

「卡梅羅，怎麼了？」

「現在到馬場的路上禁止通行。GPS顯示再兩百公尺就到了，但前方出現道路施工的指示牌。」車子很靠近拉斯羅薩斯新興高級住宅區，四周路燈還沒裝好，但已經很接近後天落成開幕使用的馬場。

卡拉看向擋風玻璃外，四周只有一片黑壓壓的樹林，保時捷的大燈一閃一滅照在「道路施工，車輛改道」的指示牌上。

「那邊有人。」卡拉指向前方說道。

有個人手持著螢光指揮棒，逐漸靠近。

「好像是保全。」

他指示他們把車開向左邊的路過去。那是一條被樹包圍的泥土路，周圍十分晦暗。

「大概要繞一大圈才能到馬場。」卡拉臆測。

她不再對開車的路線多做評論，把這件事全權交給卡梅羅處理。她自己先解決更要緊的事：找筆電。她俯身在座位下尋找，費了九牛二虎之力才把電腦撿起。此刻，她絕不想丟了簡報。沒有簡報，簡直就是世界末日。

現在若電腦壞了就完蛋了。她內心評估了一下。另外，剛才緊急煞車也讓手機滑落下去，但她沒看到掉在何處。她左手緊抓著座椅，右手到處亂摸搜尋。

媽的，會丟到哪去？

她的身體和坐墊都快要融為一體。這是個不舒服的姿勢，讓她一陣肩頸痠痛。

「到了？」她詢問卡梅羅。她的手指伸向前座椅子的下方，輕碰到了熟悉的iPhone 手機外殼。手機顫了一下，提示 WhatsApp 收到一條訊息。

我可以拿到的。她相信，並用力伸長手臂。**就差一點點**。

「難以置信，」卡梅羅表示，並拍了一下方向盤。「又要車輛改道？」

卡拉坐回座位上，不再強迫自己壓低身體，反正到家後再撿起來就行了。現在，她打開車頂上的閱讀燈，讓自己能清楚看見前座的卡梅羅。

「到底要我們往哪裡走？馬場就在前面了。」卡拉回答，指向右方不到一百公尺處的高牆。

一個穿著一件螢光背心，並戴著一頂工地帽的人走了過來。那隻戴著手套的手一樣也拿著螢光指揮棒。他指示卡梅羅拉下車窗，司機遵從指令照做。

「晚安。」手拿螢光指揮棒的男子向他們問好。

「幫個忙，告訴咱該走哪條路進馬場？夜深了，馬兒要休息才行。」卡梅羅發問。

卡梅羅只要太累或太緊繃，說話就會有北方腔，阿爾泰霍的家鄉話馬上暴露。卡拉趣味盎然地傾聽。**暴露北方腔**。她覺得文字組合起來很有畫面感。**天呀！真的好晚了，我快累壞了**。卡拉開始想像自己躺在床上，舒服地躺在床上的模樣了。明天有很多事要做呢。

「沒問題，但請您先下車，我馬上說明。」

卡梅羅打開車門，一隻腳踏到地上，拿著螢光指揮棒的男子隨即在黑暗中傾身靠近，拉他起身，有個東西頂著他，模樣看起來很像只是親切而仔細說明通往馬場的路徑。

「您看，就往那裡去。」

「哪裡？」

在拖車裡的美其，焦躁不安地走動，緊張地躍起前蹄嘶鳴。

馬什麼都知道。

卡拉不經意瞥見持螢光棒的男子右手，有個東西閃了一下，其實在卡梅羅打開車門時，他的眼角餘光也瞧見了。太遲了。陌生人用左手勒緊卡梅羅，並利用右手上的螢光棒壓迫卡梅羅的胸口，刀子突然輕巧俐落劃過他的脖子，刺穿肥厚的脂肪層，切斷頸靜脈，彷彿硬要讓異物鑲進他的脖子裡。現在，十四公分的金屬鋼刀抽離卡梅羅的肉身，大量鮮血隨之而出。刀子雖不是刺向的心臟，但大量的鮮血四處噴濺，血染在保時捷的車門與座位，並且也讓大地浸淫在他的血液之中。

卡梅羅雙腳跪地，手指壓住自己的脖子，徬徨得想要止住失血，絕望得想要讓生命的泉源回到體內，但熱血奔騰，慷慨地噗嚕、噗嚕湧出，過了一陣子後，聲音才逐漸變成像刮玻璃一般的嘶嘶作響。

卡拉咬緊雙唇，她想放聲大叫，但驚恐害怕勒住了她的喉嚨，只能惶恐聽著卡梅羅趴倒在地前發出的哀號。這個男人曾是如此風度翩翩，幽默風趣，和善親切，

他是自家人，

是她所敬愛、珍惜的人。她想起坐在木馬上的孩子將再也看不見自己的爺爺了。她腦中浮現其中一個小女孩，她和馬利歐同年，曾一起在莊園裡玩耍。**老天爺！馬利歐，我的兒子**。

卡拉此時才發現持刀的人（手拿螢光棒的人，現在成了持刀的人了）下一個行凶對象是自己。持刀的人在車子周遭繞來繞去。他走到車前，穿過車燈。卡拉若想再一次見到馬利歐，她明白不能坐以待斃。馬上行動，但她手邊沒有任何武器，身體還冷汗直流，內心惶恐不安，但她下定決心，手摸著窗下的金屬物，咔的一聲，門開了，持刀的人就站**在那裡**。

卡拉用力推開門，拔腿往外衝。

13 照片

「這裡不是案發現場。」他們兩人一起回到客廳時，安東妮娜說的第一句話。

男孩已經不在沙發上了。安東妮娜完成分析，法醫已將屍體放入黑色屍袋中，拉上拉鍊，置放於地上。

「請說下去。」曼多要求。

「這裡是第二現場。男孩不可能死在這裡，卻沒有留下任何痕跡。嫌犯就只是把屍體丟在這，然後故弄玄虛一番。這麼做的目的，我無法瞭解。」

喬一臉不可思議地看著她。她好像不太一樣了。剛到這裡的時候，安東妮娜像隻受到驚嚇的小白兔，呆若木雞地站在車頭燈下，並且氣若游絲，彷彿她人不在現場一樣。然而，她現在卻十分鎮定，連姿態都不一樣了，整個人抬頭挺胸，十足有自信的模樣。

她變了。

「此點我們尚不能理解。需要簡略概述我們的情報嗎？」

安東妮娜點頭同意。她身體靠著牆，兩手插在口袋裡，一副滿心期待的模樣。

「六天前，我接到上頭來電。」曼多開始敘述，並用食指往天空的方向指。「詢問我關於妳是否可以回來工作。我回答自己並不清楚，還在努力說服當中。當時，我認為這事情應該沒有妳參與的必要，不過情況非常複雜。」

「男孩不見了。」喬趁機發表意見。

「沒錯。他在上課的時候，藉口出去上廁所，然後就沒回教室了。沒人知道怎麼回事。校內並沒有設監視器。老師以為他只是想要蹺數學課，他之前也常這麼做，因此學校只是傳了封簡訊告知父母情形。他的父親幾乎馬上就回覆說小孩身體不舒服，並且說明隔天也要請假。」

「父母親知情。」安東妮娜說得相當肯定。「帶走孩子的人已經聯絡過父母，通告男孩被帶走的事。」

喬的手摸了一下頭髮。

「並告誡不能報警，不能跟警察說小孩被綁架的事。」

「他的父母親有很多人脈，懂得找誰來處理。嫌犯電話一掛斷，高層辦公室裡便開始動用各種資源。我在男孩失蹤的一個半小時內，即得知此事件。」

法律之前人人平等。喬思量著，他需要馬上灌下一瓶或十瓶的啤酒。

「然後？」

「後來，我們被要求不能輕舉妄動，只能保持警戒，以備隨時加入支援。就這樣，沒別的了。」

失蹤五天，喬暗想，**這五天裡，嫌犯可以胡作非為，到處亂跑，任意處置這可憐的男孩，阿瓦羅**。

「昨天早上七點，傭人發現了阿瓦羅．崔咨的屍體。」厄瓜朵法醫插話，並說明。「那時我們才被允許介入調查。」

「我保證妳會來參與這場盛宴。」曼多補充。

安東妮娜的確到場加入他們了。

「之後會向大眾如何說明這男孩的情況？」

「會以腦膜炎作結，急性發高燒不退。我們其中一位醫生會開證明。」

安東妮娜瞪大眼睛看著曼多。

「曼多，我們從不做這種事。以前雖然走在法律邊緣，鑽法律漏洞，但這樣做……不對。」

「或許以前的做法是錯的，安東妮娜。」曼多聳聳肩，回答。「所以妳才會離開，棄我們不顧。」

「你竟然有臉當著我的面講這種話。」她用手指指向他，反駁。

曼多從文件夾中找出照片，讓安東妮娜看那對站在沙灘上的兄妹。「一旦他的名字出現在各個晨間新聞，妳根本無法保證這個男孩會得到最好的對待。他的名字可能成為 Twitter 的熱門話題，一群惡狼會生吞活剝男孩生前的每個細節，進行公審鞭刑。而且，他的妹妹會一直活在這一切當中。若是別的孩子，事件或許很快被遺忘，但是這個小女孩，」曼多邊說邊用食指敲著照片。「她是歐洲最大銀行總裁的女兒，大家絕對不會讓她忘記這一切。每一篇有關她的報導，每一張有她的照片，都會印上『悲劇的烙印』。妳希望自己的兒子也這樣活著嗎？」

曼多語畢，仍戴著偽裝的面具，高舉人道的大旗，雙眼直勾著安東妮娜。

喬這一方很想鼓掌叫好。**這渣男用手上現有的東西來動搖安東妮娜的想法。把還沒發生的事講得像真的一樣，讓人無法察覺這一切都只是他的虛構。現在我終於**

懂他所說的臭屎主義。這傢伙大概要求他在自己垂死爺爺的脖子上掛坨屎，他必定也十分樂意。

「等一下，妳有孩子？」喬提問，他腦子需要再次確認他最後聽到的句子。

安東妮娜沒有回答。她和曼多正在怒瞪彼此，沒人想先移開視線。

「請告訴我，做出這事的人不會再犯案。」曼多用十分溫和的語氣詢問。

安東妮娜深吸一口氣，她花了一點時間才說話，而且說得相當慢。

「這是一場策劃得相當仔細的綁票案。冷血殘暴的犯罪。是十分聰明的人才辦得到，而且一定會再犯。現在只是開始而已。」

「這是連續殺人案？」厄瓜朵法醫提問。

「不是。」安東妮娜反駁。「不一樣，犯案的人不是人，是禽獸，是未曾見過的怪物。」

三個小時前

卡拉用力推開保時捷的車門。男子雖然想用身體攔住，但太慢了，那扇門瞬間隔開了他與卡拉的身體。卡拉身體往前撲地，但立即用雙手撐起自己，靠著腳上那雙平底鞋在崎嶇的林地中站起來。

不能跌倒，不能倒下。
倒下就會被抓。

卡拉動作踉蹌。她在車裡坐太久，全身肌肉僵硬，但她努力讓自己跑起來。邁開步伐，一步，二步……不管需要多少步，一定要逃離那裡。突然，一隻惡毒的手攫住她。

啪的一聲。卡拉的身體硬生生地被拉住，她的喉嚨幾乎要喘不過氣來。那人的手指緊扯著她脖子上的絲巾（啪就是絲綢斷裂的聲音），但她害怕到足以做出任何動作，只為掙脫那男子手上抓住的領巾。卡拉突如其來從右向左轉了一圈，這使得她的身體獲得自由，而得到絲巾的持刀男子因為用力拉扯，狼狽地摔向地上。

「逃不掉的。」她的身後傳來他的咕噥。

卡拉繞到拖車旁。車廂隔在她和追逐者之間，美其的身軀在裡頭扭首擺動，不安地跺步嘶鳴。另一頭是大馬路，但她腳上那雙只為美觀設計的涼鞋，不可能穿著走太遠的路。不過，絕不可能光腳走路，樹林子裡四處是沙土碎石枯枝，赤腳走路是在找死，只會加速自己被追上的速度，那個男子可是有著長腿，而且鞋底十分耐用。

馬場有光。

笨蛋，要去那裡啊。

她聽見母親提醒她。當然這是不可能的，她的母親已經離世十一年了。

卡拉快速跑過那輛車，同時她瞧見往馬場的小徑上，有螢光指揮棒在揮舞。她摸不著頭緒那人如何移動速度如此之快。她又膽怯了起來，所以先跨過路肩，走進灌木叢裡。她的衣服不斷被枝葉拉扯，小腿也不停被鞭打。這不會是她最後一次懊悔自己沒穿牛仔褲，而是穿了洋裝。無奈都太遲了。衣服的縫線鬆脫，與藤蔓糾纏一起，卡拉使勁才能向前進，卻又因用力過猛，害得撲倒向前滑行了一段。雙手不斷被大地施予虐刑，最後她撞上樹幹，才停了下來。身體以臉傷得最慘烈，因為臉著地，面容被嚴重撕裂，鼻血不斷噴出，痛得她忍不住哀叫了起來。

鼻梁斷了。媽的太痛了。

她咬緊牙根。

不能放棄。

她聽見身後有人靠近的腳步聲。步伐沉穩，每一步都重重地踏破林子裡的寂靜。卡拉仍有優勢：她在伸手不見五指的黑暗之中，並且那人離她有幾公尺遠。她躲在樹後（她的背靠著一棵冬青櫟，粗壯且枝葉蔓生。她的手心感覺得到樹汁的黏稠，樹木的清香陣陣傳進她的鼻息裡），試圖讓自己思考下一步的行動。

我要報警。

電話在車子
座位底下。

我可以用樹枝突襲他，打得他措手不及。

他力氣比妳大得多。

只要我跑到拖車那裡，就能騎美其跑走。我只要刺她一下，就能像風一樣咻的跑走。

妳上馬前就會被大卸八塊。

騎上馬之前，打開門栓就會花掉幾秒，然後
引導美其下車。就算真的千鈞一髮
萬無一失，安穩上馬，那人開著保時捷
在這片烏漆抹黑裡搜索，
妳跑到大馬路前就會被抓了。

那個聲音，持續聽起來像媽媽在說話，並且就是要說到她打消念頭為止。

妳就是要到馬場
尋求救助。

「你逃不掉的。」那人反覆說著。「逃不掉的。」聲音越來越逼近。尋找卡拉的手電筒光束，如同一隻焦躁的八爪章魚，來回揮舞，不停穿梭在樹林間。

卡拉把身體壓得更低，雙眼近似盲人的狀態，僅依靠手的觸覺在土壤上摸索，枯枝幾乎要割破她的指甲。她的手摸到一團柔軟的東西，她馬上移開，一點也不想深究自己碰觸了何物。緊接著，是一顆松果。不行，這起不了作用。最後，她終於摸到一顆小但重的石頭。

持刀男子的腳步聲幾乎已在她的正上方，卡拉能夠聽見那人斷斷續續但深沉的喘息聲。卡拉拿起石頭往另一個方向擲去。雖然她已經盡可能讓石頭離她很遠，但事實上並不太遠，從聲響聽起來，似乎很不幸地就落在她的附近而已。

這是妳的大好機會，好好把握。

持刀男子轉身，光束惡狠狠地投向另一頭，往拖車那裡照去。卡拉決定脫掉鞋子，她知道赤腳行走會走得非常痛苦，但唯有這麼做，步伐才能輕巧無聲。此時，要順利逃脫，就要避免製造出任何動靜。她開始以蹲走的方式移動身體，慢慢朝向馬場前進。她每走一步，腳底就如被針扎般的難受。每移動一吋，她總覺得發出的聲響像是在對整片樹林大聲宣告：我在這裡！快來抓我！

此外，當松樹的針葉鋪滿整個地面，不斷刺進腳掌中最脆弱的指縫之間，她不僅身心俱疲，宛如椎心刺骨之痛。然而，這一切最為弔詭的事，就是不管身體如何反覆被折磨，但仍然認為這都好過一刀斃命。卡拉的腎上腺素現在掌控一切。有時候，在身心狀況最差的時候，人會突然靈光湧現。卡拉此時就突然想起大學時代學過的一句話：「一具屍體是悲劇，千具屍體是數據。」然後，她腦海便想出了另一句相似的話：一**刀（美元）是悲劇，千刀是數據**。

樹林的盡頭在前方二十公尺處，在那裡換成馬場的一堵高牆。卡拉人已經十分靠近牆邊，身前只有幾株枯萎的灌木叢，以及一些施工的材料擋著她。

沒有路。沒有入口。

妳得繞過外牆。

這樣會暴露蹤跡。他會看到我的。

最近的轉角，人行道上放了好幾根木條和沙包。如果卡拉能快速跑到那裡，她在到達下一個轉角前，可以做為藏身的地點。

大約八十公尺，或許沒那麼長。妳大學時代大概不用花到十二秒就能抵達。聖潔榮耀的上天，請在這條路上，張開廣大無邊的雙臂照護她，讓點石成金的手指，賜予她最快速地走過一切。

卡拉輕撫自己那受盡折磨、傷痕累累的雙腳。她盡可能拔掉腿上那些看得見的葉刺，但有些已經劃破皮膚，插進肉裡，深陷其中，得用鑷子與一大桶的生理食鹽水和上百萬片OK繃才能處理。

我會到家。我會到家。我今晚會到家。我今晚會到家親吻我的孩子。

她提振起一些精神，往身後探瞧，沒聽見那持刀男子的行蹤。他可能追丟了，可能太累了，所以就回家了。那蠢貨可能根本就不知道自己在幹麼。

她走向馬路，十分緩慢，每一步都很小心。當她走在碎石路上，才在自己的肉身中領悟，原來松樹葉鋪成的針刺是一條天堂路。此刻，她腳底每踏過一顆鋒利的尖石，身體就一陣痙攣，從頭麻到腳。每一步都能傳遞出三種層次的痛苦。第一層次，騰空尚未踩下的腳已能感受到痛苦的降臨。第二層次，就算腳跟與陸地只有最輕微的接觸，原本的傷口便開始隱隱作痛。第三層次，真的痛。一旦全身重量都落在腳上，那只得咬緊牙根，吞下這實實在在的苦楚。

五十步。

二十呎。

我辦得到。

此時，從卡拉的位置處，發現保時捷的車燈正照向外牆邊的轉角，然後移開。卡拉咬緊牙根，決定用僅剩的一點力量，做最後的奮力一搏。她絕不會讓願望落空，她一定會到家擁抱孩子。

車子已開向別處，但車燈幾乎在卡拉跑到沙包後頭的同時，照向了那裡。卡拉蹲著，把自己縮到最小。

他沒看到我。他不可能會看到我的。

車子開近後，停了下來。

卡拉聽到車門打開的聲音。

「出來。」持刀的男子喝斥。他大概離卡拉只有六呎遠。「乖乖出來，不然砍死妳的馬。」

她是很棒的馬，她是優秀的馬，她的名字叫美其。

卡拉仍試著把自己縮得更緊，腦袋緊緊貼在沙包上，就像她要淹沒在裡頭消失不見一樣。但這當然是不可能發生的。

「乖乖出來。」持刀男子不斷重複。「現在乖乖出來，不然砍斷妳的馬頭。」

卡拉緊握拳頭，極力想把恐懼與絕望一併吼出來。

不要這麼做。那只是匹馬。

聲音來自她的母親。

我不允許他傷害她。她就像自家人一樣。

因此，她站起身，持刀男子已在旁邊，喘著大氣，用他強而有力的手臂勒住了她。

卡拉的脖子感覺到金屬的冰冷，接著世界便消失在她的眼前。

14 廂型貨車

「好。」喬插話。「我們從明確已知的訊息開始。」

喬和安東妮娜坐在行動實驗室中，核對筆記中的資料。厄瓜朵法醫（已卸去全身的保護罩，現在身上穿著針織衫和牛仔褲），耳邊放著某種外國搖滾樂，同時把手邊的資料建檔到 MacBook 裡。雖然法醫把音量調得非常高，但喬還是無法從耳機裡傳出來的音樂聽出來是哪一首歌。

車廂內的空間僅能容納四個人，辦公環境舒適。喬從車門看出去，可以看到有三個穿著深藍色防護罩的人從另一輛黑色無窗的廂型車下車，曼多正在對他們下達指令。他們一一清除堆積在屋外磨石子步道上的金屬箱子與塑膠袋。雖然喬聽不到曼多與他們的談話，但大致猜得到這群剛來的人要做的事：抹去屋子裡所有的指紋。

「男孩在學校上課中消失。父母立刻以最不彰揚的方式尋求協助。」

「犯人跟父母通過話。」安東妮娜對此很肯定。「然後，到了昨天早上，死掉的男孩像變魔術一樣，出現在父母家中的客廳裡。假若這是你的案子，你會從哪邊開始調查？」

喬露出一抹苦笑，因為他辦的案子大都靠拳頭就可以解決，不管是緝毒，盤查失蹤的娼妓（運氣好的，是轉向其他工作領域；運氣差的，可能是在地獄。），還是偵辦汽車竊盜事件，反正對付賽（屎）人就用塞劑通。

「我不辦這種案子。」

「至少想想看。」

古鐵雷斯警官快速發表可能著手的調查方向：父母親的財務狀況、信用卡及銀行金流、男孩電話與電腦上的通聯紀錄、目擊者的訊問。這些是他首先需要掌握的訊息。

「沒一個有用。」安東妮娜坦承。「這對父母不是一般人。財務狀況不是隨要隨有，通常要好幾個月才能拿到。沒有目擊證人，老師說了男孩自己舉手表示要去上廁所。」

「也可能有人看到了什麼，但沒有說出來，因為根本不曉得那很重要。或許我們該去一趟學校。」

安東妮娜指向車外，曼多正在那裡指揮一切，下達指令。「他不會允許你這麼做。那不是我們辦案的方式。而且我們只要到學校，六分鐘內就會有某個學生把照片傳到Instagram社交媒體。大概不到一刻鐘，記者就會出現。」

喬氣憤地搥了一下大腿。

「躲躲藏藏無助於找到殺害這男孩的凶手。暗中辦不了案。」

「警察當然不這樣辦案，但我們不是警察。警察行事緩慢，總想要萬無一失，實事求是。就像頭大象一樣，總是低著頭只關心自己的腳下，只想著要把每一步都踩平。」

沒錯，我就是個警察。喬在心裡反駁。**緩慢、穩健。但可不是一頭大象，我才**

沒那麼大隻。

安東妮娜的視線看向曼多，他現在人在行動實驗室的門外，忙著與某人通話。

喬感到挫敗，他不想承認她說的有道理，整個人很沉重，就像明明自己還穿著衣服但雙腿卻被綁上鉛塊，拋進內維翁河裡。

「我不想玩你們這套。」

「不是我要你做這些的。」安東妮娜回答。「你隨時要走，我都歡迎。」

「最好真的能走掉。」

「你還待在這裡，是因為你得彌補自己犯的錯。」

或許喬就是一隻掉入陷阱的老鼠，不管如何嘶叫，都掩飾不了自己是為了吃到甜頭，而嘗到了苦頭。喬只能自嘲，接受命運的捉弄。

「好啊，那不是大象，是什麼？」

「手上拿到什麼牌，就玩什麼把戲。」

「那手上有什麼有用的牌嗎？」

安東妮娜腦海裡再次跑過案子裡所有要素：死者的模樣，刻意卻沒有留下線索；精心布置的現場；整個屋子的布置，看起來就像凶手是個神經質的人。從他屍體擺放的位置，以及屍體所投射出的影子，都是精心細膩的安排。而且，這是一處難以自由進出、警衛森嚴的房子。

「殺人現場一般是非常凌亂的。」安東妮娜表示。「血會噴得到處都是，桌椅東倒西歪，其他家具也一定會有毀損。」

還有牙齒、玻璃、水瓶等碎片散在各處。喬回想，他見識過一個人變成畜生後的場景。

「這些我們全都沒有看到。妳說過凶手是在別處犯案，所以才能不留下痕跡。」

「沒有指紋、毛髮和任何纖維，就連廚房桌上也沒有留下ＤＮＡ。」

「說明那人十分小心。」

「錯了。這就是該留意的地方。我們要視為是一種訊息，或是能讓我們釐清癥結點的關鍵。例如，男孩頭髮上的橄欖油。」

「詩篇第二十三章。所以是宗教因素？」

「我不確定，但是可以肯定的是，凶嫌很努力留下這樣的訊息，想傳達出一種一絲不苟，不會犯錯的印象。應該的確就是這種人，看這個。」

安東妮娜拿出她的 iPad，秀出一張不怎麼好看的照片。

「之前的案子？」喬詢問，並努力讓自己不撇開視線。

「很早以前的。」

從這張照片上，能見到一個女人死在臥房裡，臉被枕頭套包起來，身上的衣服被撕得破爛，四周都是暗紅色的血跡。

「這是很多年前在塞維亞發生的連續殺人案。到第三個受害者出現後，才抓到凶手。凶嫌是埃西哈省道上的一家酒吧老闆。」

「我聽過這件事，他就是那個剪刀手。是妳抓到他的嗎？」喬發問，眼神中充滿敬意。

安東妮娜回以一個意味深長的笑容，就像達文西畫中的女人一樣。

「他有很長的性侵史，以及在學生時代就會霸凌別人。壞事做盡，但總是很快就被釋放出來。」

「最後還是繩之以法。」

「他是很狡猾的人，會盡可能抹去所有的痕跡，但也正因如此，他才成為頭號嫌犯。如果在西班牙沒有連續殺人案，那是因為人非完人，所以總能在犯下第二樁案件前，就捉住他們。他們都是聰明人，你瞧瞧這個犯案現場。」

「十分淩亂。」

「一場災難過後。他為了達到目的，簡直不擇手段。為了自己的歡娛，施以受害人所有的暴行。屍塊切割得十分零碎。剪刀插進要害之前，根本就是胡亂刺一通。然後結束一切後……才感到罪孽深重，惴惴不安。」

「所以把被害者的臉包起來。」喬指著照片說道。

安東妮娜碰了一下厄瓜朵醫生。醫生才拔下耳機，一臉好奇地看著她。

「請您把這些照片放在螢幕上？」

法醫點頭，開始點滑鼠，行動實驗室裡七個三十吋的螢幕牆上，開始循環播放厄瓜朵拍的照片。他們看到客廳、每個房間，沙發和受害者。

「什麼是你沒看到的？」安東妮娜詢問。

「不像做過壞事的場景，一點都不會讓人不舒服。」

安東妮娜頓了一下。她的眼睛盯著播放中的每張照片，從一張照片看向另一張。喬十分有耐心地等著，但他直覺性地知道有個地方不對勁。安東妮娜的眼睛再次蒙上一種令人顫慄的神采，就像她剛才蹲趴在客廳看屍體一樣。

「妳還好嗎？」

剎那間，安東妮娜似乎聽見了他的問題，但她選擇回答另一個，一個她一直在追問的事。

「一切都是假的。」她說，語速極慢。「這不是為了……」

她的話停住，沒有說完。

她彷彿被拿掉電池。喬暗自思量。

厄瓜朵醫師介入他和安東妮娜之間，想要給予協助，但安東妮娜猛烈甩掉她的手。

「別碰我，我要想一想。」

「請您放輕鬆。」

「我說了不要。滾開。」

「史考特女士……」

「我說了滾開。」安東妮娜態度強硬，回話的語氣非常尖銳，就像一顆鑽石劃破玻璃一樣地鋒銳。

厄瓜朵配合她的指令。她很不自在地扯平牛仔褲，並拉下針織衫的袖子。

「我出去看看曼多有沒有要幫忙的。」她回答，就像方才什麼都沒發生什麼一樣。

喬等到法醫離開車廂，剩他獨自一人的時候，才把椅子拉近，傾身詢問。

「妳說這是假的。」

安東妮娜看著他，努力用眼神跟他溝通。

「跟那男孩無關。這一切還有其他目的，與權力有關。」

「權力？什麼權力？」

「嫌犯以為一切都萬無一失了。但是他錯了。他留下兩個……兩個……」

「兩個什麼？」

安東妮娜垂下頭。當她再次回過神來，豆大的眼淚滑過臉頰。

「對不起。我以為自己辦得到，但我真的不行。」

然後，她站起來，離開車子。

15 飛機

現在天空才剛露出一點白光。

一架龐巴迪環球快線七〇〇〇公務機已經從西班牙北邊的拉科魯尼亞城起飛，預定日出時分降落在馬德里。不過，事實上，這架飛機的擁有者，也是機上唯一乘客，其實會比西班牙首都的居民更早從窗口看見日出。

「先生您好，預計兩分鐘後抵達。」機長透過機艙的廣播系統宣布。

拉蒙・歐提茲自從在上飛機的階梯時，拿到助理交付的資料之後，他至今仍未把視線離開過手上的文件。這些資料是前一天的銷售狀況，以及商店在新加坡開幕店面的營運情況，還有一些不重要的小事。其實這麼多事，他一個人是無法全盤顧及到的，只是外頭卻謠傳（連他自己也要當真）任何大小細節都在他的掌控之下。他喜歡無預警的突襲，突如其來地到某家店面視察，與店長交流（只是那時他才是店長），閒聊一些無關緊要的生活細節。他知道這些行動，都會成為像美談一樣，讓人津津樂道，不久之後，他就成為傳奇故事的主角。

歐提茲今年八十三歲，白手起家的企業家。他小的時候曾把鞋子提在手上，在雪地裡赤腳，流著鼻涕走五公里回家。一切只因他沒有另一雙鞋。但他的人生就從那雙硬皮鞋，走向柔軟馬皮革製座椅。事實上，這架私人飛機上的所有座椅都是馬皮革製的，無數的日出時分，他都是坐在那張高級座椅上度過的。在扶手的位置，仍隱約散發出真皮的香氣。

毫無疑問，是一張非常棒的皮革。

實際上，雖然他已經遠離貧窮，但他仍過不慣豪華奢侈的生活，他總覺得那些東西只是借放在那裡，終究不屬於他的，但是他的女兒卡拉堅持要用特製皮革，認為這樣才能與家裡那張切斯特華爾德沙發相稱。那張沙發從四十年前的第一家店開始，就一直陪伴他到現在了。

當初，拉蒙看到這架私人飛機的預算竟然增加好幾萬（總價約到三千五百萬歐元），他眉頭深鎖，不願批准。但卡拉也不讓步，不容爭辯，一聲令下：「安靜，不用爭。你是富人榜上有名的人耶。」

沒錯，她是對的，人要適得其所。

「先生，預計再一分鐘。」機長宣布。

拉蒙曾經指示過機長，要在太陽即將出現時提醒他，所以機長絕不想讓拉蒙錯過日出的畫面，讓自己的任務失敗。不過，拉蒙知道機長會耍點手段，他會讓機身微微的傾斜，好讓他的預告能在最精確的時間點上達成。這就是有錢人（就算在天上，而不是地上）能擁有的特權，能選擇看日出的時間點。

他拔下眼鏡，讓它隨著眼鏡鍊垂落到胸前。他傾身靠向窗口，準備欣賞眼前的美景。忽然，身前實心的桃花木桌上的手機鈴聲響起，他轉移視線看向手機。事實上，他在高空中能通話，是因為多付了五萬歐元加裝衛星頻道的無線網路連線系統，每分鐘通話要價五十歐元。當然，他對此也沒有發言權。

「你絕不能因飛行而錯過一通重要來電。」卡拉如此堅持。有這支電話號碼的人，屈指可數，所以拉蒙知道若有人來電，就一定事關重大。因此，雖然他覺得可惜，但仍接起電話。

這是一通 FaceTime 的視訊電話。卡拉的照片出現在螢幕前。她選在這時間打電話來，並不尋常，她不是個早起的人，不會在這個時間點打來。

他接起。

「妳怎麼現在還不睡？」

回話的人並不是卡拉。

「您早，歐提茲先生。」

「您是誰？怎麼有這支電話？」

一聲乾啞的嘶叫，便已是他的問題：為什麼對方有這支電話號碼，為什麼他的女兒這時打 FaceTime 給他。

「聽著，若敢傷害她的話……」

對方打斷拉蒙的話：「我已經讓她受了不少傷了，歐提茲先生。而且只會多不會少。您拿我沒轍的，所以閉上您的嘴。」

拉蒙·歐提茲專心聽著，就連太陽出現，照亮他整張臉都沒有發現。此時，他心裡的陰影正一步一步籠罩住全身。當掛斷電話，結束與這個綁架自己女兒的男子的通話。這是拉蒙·歐提茲，這輩子第一次手足無措。

「五天。」那個人說的最後一句話。

五天。

有好長一段時間，拉蒙・歐提茲的腦袋一片混亂，完全不知道是不是在做夢，他還有沒有知覺，甚至連機長通知即將降落抵達目的地都沒有發現。

突然間，拉蒙開始動作。他從電話的通訊錄找出了一支號碼。那支電話，就跟他的這支號碼一樣，極少人知道。那是一支，他從未想過自己會用到的號碼。

16 醫院裡的病床

史考特奶奶非常失望。

安東妮娜卻不在乎。

「我真難過，寶貝。」史考特奶奶對她說。

「又沒什麼。」安東妮娜一邊回話，一邊不停磨著指甲。

她現在人在蒙克洛亞醫院裡的一三四病房中。iPad 在桌上，安東妮娜正用盡心思修整自己的指甲，並且極其幸運的，這些指甲剪或挫刀都放置在此，其實就連她家裡的那臺折疊燈具也在此。事實上，病房內有更多她的個人物品，像是衣服、五斗櫃、熨斗、雀巢咖啡機。另外，在廁所裡，除了有蜂窩組織炎藥膏和護髮霜外，地上凌亂放了一堆身體美妝用品。上個廁所就像玩踩地雷的遊戲，要三思而後行。

不過，反正馬可士近期用不到廁所。

「妳別再待在那裡了。」

「我們那時說過就一個晚上。」

「我不記得是這樣。」史考特奶奶撒謊，並理直氣壯地表示：「但你自己也明白，囚禁自己沒有任何好處。」

視訊通話的好處就是假若想躲避對方的目光，就可以修剪指甲，而對方對此也莫可奈何。

「我很好啊。」

安東妮娜從小到大的口頭禪。像她這樣經歷過人情冷暖（父親的冷落，母親隱瞞病情到死，喪母之痛完全沒有緩衝期，這讓原本就特殊的小女孩更加難容於世界），就會諷刺的，盡力表現出無所謂的樣子。

當然，史考特奶奶從未與她斷聯，因此很少事情能逃過奶奶的法眼。單單看到自己的孫女與昏迷丈夫生活在醫院的病房裡，沒有任何謀生能力，除了奶奶幾乎沒有別人可以對話，以此就能解讀孫女不可能過得很好。她很孤單，無依無靠。

長者的智慧。

「女孩，跟我講話時，看著我的眼睛。」

「我指甲真的很噁心。」安東妮娜已經磨過兩輪指甲了。

一時片刻，安東妮娜以為自己的藉口騙過奶奶，她不會再追究。錯了。那段時間只是奶奶啜一口（放有三個茶包的）大吉嶺紅茶，和咬一口奶油包餅的時間。她有糖尿病，但她仍有一套自己的生活法則。

「這樣過日子也該夠了。我受夠了聽妳那些藉口。沒錯，我非常不喜歡看見妳傷心流淚的模樣，但我也無法忍受妳的自憐自艾。不該再這樣活著了。妳明明就找到了一份可以發揮本領的工作，那份工作不僅能改變世界，還讓妳的生命變得多彩多姿。」

最好有那麼簡單。

然而，奶奶說對了一件事。安東妮娜所做的（或曾做過的），是化腐朽為神奇。

她能夠很快找到災難應變措施，及時遏止不幸的蔓延，讓任何離經叛道的事情在幾週內石沉大海。而且，她的解決方式不像其他超級解決方案，總要使用物理、數學運算，她單憑思考便給予可能的解決方法。不過，安東妮娜不使用數理，是因為她討厭數字，而非不擅長。她能不靠一筆一紙，幾秒內便算出九位數的平方根。

很多人在青少年的敏感年紀時，由於身體的變化，會把所有事情無限誇張的放大，為自己永遠沒人愛而憂愁。當然，安東妮娜也經歷過那個階段，只是她不僅認為沒人會愛她，更覺得這世上很無聊，她這輩子也不會有真的需要絞盡腦汁，費盡思量的作業。

她第一次手足無措，是認識馬可士的時候。

第二次，是認識曼多的時候。

她在他們身上感受到愛，不同層次的愛。馬可士給予她愛，曼多給予她愛的能力。當然，有愛的地方就會有更多無止盡、難以計數的痛苦。

你愛的人，就是讓你痛苦的人。

「奶奶，」安東妮娜終於放下挫刀和去光水，回話。「我試了，真的。但是太難了。我熬不過去。」

「妳以前可以。」

「以前是以前，現在是現在。」

「馬可士發生了那事之後……」

「奶奶，馬可士沒發生什麼事。」

「有。」奶奶把身體向前傾，讓手指在螢幕前左搖右擺，表示否定。奶奶想利用手指表達出責難與不可辯駁，但由於她的手指並非對著鏡頭，所以對方看見的指頭並非朝著自己而來。如此一來，效果並不大。「開槍的人不是妳。」

「我是罪魁禍首。」

「不是，妳不是。我知道馬可士發生的事，讓妳十分自責。但是妳還有日子要過。妳不想回去做那份工作，我也覺得很好。那就去找另一件事情做。」

安東妮娜不覺得自己可以勝任泡咖啡的工作，更不可能當語言中心的老師。她當初選擇專攻語言學，只是因為這是唯一能擺脫父親的方法。

實實在在為難了自己的人生。

拿到語言學文憑的唯一用處，就是知道除了用悲慘來形容自己不幸的情況之外，有能力可以用窘促、糾纏、異變、擾亂、窮途末路等一大堆詞彙表達。

「奶奶……」安東妮娜欲言又止。

她沒有說下去，因為實際上，她並沒有要發表什麼大事。對她而言，生命就是徒勞，她只是活在其中。她只是希望懂得如何活在其中。

「時間夠久了，別再躲起來了。」奶奶最後說了這句話，一說完便馬上掛上電話，她的臉龐直接從 iPad 螢幕上消失，留下的黑屏映照出一臉驚慌失措的安東妮娜。

這是她最不想看到的情景。

她立即闔上平板。

這三年來她不曾好好關心自己的外表。

日落後，總是極力避開一切能反射出自己模樣的東西。

時間夠久了。

安東妮娜凝視床上昏迷的男子。他的臉，之前是如此稜角分明，彷彿能劃破一切，現在卻是毫無血色生氣的蠟像。

以前一頭烏黑茂密的秀髮，現在稀薄扁塌，似乎一吹氣就吹散了每一根髮絲。他的嘴唇，以前只要輕碰一下就能感受 kilig（註6），現在卻變得如此乾枯，沒有彈性。他的肌肉，曾是如此結實強韌，但早已不復以往，現在只是一具承受苦痛的肉身。

安東妮娜握住他的手，尋求一絲慰藉。手沒有變，那雙手雖然已無力再做任何事，不再替她撥開遮住臉龐的瀏海，不再探索她的身體，不再夜晚卸去衣物相擁，但那雙手仍是那雙手。手掌方正，指頭關節粗大。男人的手，雕塑家的手。

她很愛馬可士的手，十分想念那雙手。現在，她就只擁有那雙手和那顆強壯的心臟。他的心臟仍每分鐘跳七十六下。偶爾她會盯著心臟儀器，傾聽那不間斷惱人的嗶！嗶！嗶！直到筋疲力竭，不知不覺睡倒在病房附帶的沙發椅上。她在那張沙發椅度過一千一百一十六個夜晚，是她唯一的床。然後，白日她會返回空無一物的公寓。公寓裡丈夫的所有痕跡全被她抹除，因為她需要獨處做例行作業，進行能懸住性命的功課。她給自己每日三分鐘，拋下一切苦痛與罪惡感，脫離一切理性的牢

註6 這是菲律賓人的他加祿語，表達墜入愛河時的怦然心動。

房。完完全全屬於安東妮娜的三分鐘，就只用來思考自殺。

不過，經過昨晚徹夜沒休息，她沒有氣力和意願回到公寓，然後再返回病房。因此，她想今日最悲微的和平時刻，就在病房裡進行。

她脫掉鞋子，在地上盤腿成蓮花坐。

閉上雙眼。

吐盡胸腔所有的氣。

敲門聲響起。

17 綜合潛艇堡

「妳臉色很差。」

古鐵雷斯警官手裡拿著販賣機泡的咖啡，滿臉微笑站在病房門口。他義製涼爽羊毛西裝外套皺成一團，宛如剛從羊身上剔下來髒兮兮的捲毛。他的外表就像在車上睡了一夜一樣。事實上，他的確在車上休息。

「你怎麼知道我在這裡？」安東妮娜質問。

「我可能不是世界上最聰明的人，但我至少是個警察。」

「我想獨處。」

「我只想跟妳講些話。」

「你不能進去。」

「我不打算進去。我最討厭醫院了。」

「沒人喜歡醫院。」

安東妮娜立即關門，讓喬吃了閉門羹。

事實上，喬是敢向前再敲一次門的，但他優秀的判斷力告訴自己，應該去坐在噴水池前的長椅上等著。他趁機看一下公告欄上的圖文內容，據文章表示：西班牙死亡原因的第三名，常見在醫院受到感染。因此，喬覺得該使用那瓶掛在牆上的消毒水。他走去按壓瓶身。果不其然，是個空瓶。

安東妮娜幾分鐘前走出病房。她穿上鞋子，背起斜肩側背包。

「我們去咖啡廳。」

喬跟在身後，一同走下樓，一路上沒有交談。警察辦案都有自己的伎倆。有個最有效的招式之一，就是在三更半夜，半睡半醒之間，聽嫌犯嘮叨生活瑣事。

安東妮娜坐在吧檯前。服務生像看見常客一樣，笑容滿面，親切走來打聲招呼，並且在她開口點餐前，便送上一罐健怡可樂和一杯裝有一顆冰塊的玻璃杯。

「請問您要點什麼？」他詢問喬。

「一樣，不過請給我乾淨的杯子。」

服務生對他投以一道銳利的眼神，接著他從一個老舊的洗碗機裡精心挑選一只杯子，取出遞給他。

「費得，來兩份夾蛋的綜合潛艇堡。」

「你都在這裡用餐？」喬提問。

「只會在這裡吃晚飯，其他時間都在家裡解決。」

警官想起她家門口那堆令人作嘔的廢棄餐盒。當綜合潛艇堡送達眼前，喬的印象得到間接的印證：烤吐司機一定從買來至今都沒清洗過。

「妳應該要吃點蔬菜。」

安東妮娜沒有回話，但她鄙視地看向眼前這個有一百多公斤，把高腳椅坐得吱吱作響的警察，輕蔑盯他一會兒。

「我是壯，不是胖。不過，我也不能騙妳說，」喬壓低聲量，像分享一個天大的祕密一樣。「我不貪吃。」

「我對食物都沒有感覺。我患有嗅覺喪失症。」

喬吃驚得張大雙眼，一副需要有人解釋其中的奧祕。

「意思是我聞不到味道。」

「任何味道都沒有？是傷寒的後遺症嗎？」

「這是天生的。只對非常強烈的食物才有反應，很甜很甜或很鹹很鹹才能吃得出來滋味。一般食物就味如嚼蠟。」

「那妳切洋蔥呢？會掉淚嗎？」

「當然會流淚啊。那跟嗅覺又沒有關係。流淚是洋蔥的硫化物跑進眼睛的潮溼環境中，生成硫酸後的反應。」

「妳好厲害！」警官讚嘆，出自內心的肯定。他根本沒發現自己的崇拜之情，可能因為他是憨厚的老實人，也可能他沒多想，他的心裡有個她的位置。所以，他伸出自己巨大的手，用力抓住安東妮娜的手臂，表示一種認同。

安東妮娜被喬碰觸後，她的反應讓喬想起自己看過的貓咪影片（基本上他不太愛看這類影片，但是有幾個會吸引到他的目光）：有個壞心的主人在貓咪後方放根小黃瓜，當貓咪轉身後，突然全身緊繃，躍到半呎高的地方。事實上，小貓的驚人反應，主因是誤以為看到一條蛇。安東妮娜的狀態和貓受到驚嚇的反射動作一樣，她立刻往旁邊倒，高腳椅順勢倒在地上，發出鏗鏘巨響。咖啡廳裡半打的人都轉身看向他們。

「抱歉。」喬連忙賠不是。正當他彎身要扶起椅子的時候，安東妮娜也準備做相同的事，所以兩人的頭撞在了一起。

太蠢了！太蠢了！太蠢了！不是被告誡過絕不能碰到她的身體。

「你不要再碰我了。」安東妮娜一邊警告喬，一邊用手揉著被他撞到的額頭。「媽呀！頭怎麼那麼硬，我以為撞牆了。」

「每個人的腦袋都有自己的用法。我的就是專門用來破門而入的。」

「不消你說。」

費得遞給女方一包用餐巾包著的冰塊。其實，喬的額頭也很疼，但他羞於開口要求，所以也就作罷了。

這場意外似乎沒有讓她失去胃口。她一隻手拿著冰塊貼著額頭，另一手用來吃光潛艇堡，以及配菜的薯條。接著，她又點了另一罐可樂。

拖延戰術。她在等著我先開口。喬自忖。**但要玩誰嘴硬，或任何與硬相關的遊戲，沒人贏得了畢爾包人。**

因此，他保持沉默。靜靜的，一小口一小口，優雅地吃完手中那可口多汁的潛艇堡。

「好啦。你到底想怎樣？」安東妮娜先開口說話，她累到直接打破沉默。

「是這樣，小妞，講真的，我有個老娘一直催我回家。她很不耐煩，不想再傳 WhatsApp 問我幾點鐘到家，因為家裡那五斗櫃還等著我去搬。每次我看到在**輸入中**的狀態……無須猜測，半小時後，我就會很不好過。」

「她生病了，還是怎麼了？」

「不是，只是她的癮犯了，我得載她去亞歷桑納賓果室，她對那些連線遊戲十分沉迷。」

「你是清楚的，我不做了。我隨即就會忘了你是誰。」

喬點頭同意，露出無奈的微笑。

「妳的同伴好友已經放了我。」他回答，而且那是實話。曼多表示自己不會再命令他留下來，只是他同時也透露了另一件事情，而這又反轉了喬原先的決定。

安東妮娜看著他，一臉不可置信的樣子。

「那你來幹麼？來跟我拜拜？」

「不是。我來是想知道妳到底想幹麼。」

「我已經說過了。我要跟我先生待在一起。另外，在你要發表高見前，」她看見喬眼神中的困惑，因此先開口警告。「我先說，我不想跟你談這件事。」

「我知道。但是那與阿瓦羅‧崔嵒有什麼關係？」

她似乎早就想好應對的臺詞。她把一顆冰塊塞進嘴裡，冰鎮良心上的吵鬧。可惜，浸泡在健怡可樂的冰塊，效果差了點。

「那不關我的事。那男孩已經死掉了。現在做什麼都無法改變事實。」

「犯罪者正逍遙法外。」

「可能不會再犯了。」

喬的鼻子深吸一口氣，目光看向別處。

「既然妳提到這事……」

他把手伸進夾克的口袋裡，拿出一張照片放在吧檯上。漂染的金髮，棕咖啡色的大眼睛，突出的顴骨，年紀約三十不到四十，外表看起來宛若時下剛從大學畢業的年輕人，一副剛入職場、前程似錦的模樣。眼睛並沒有看向鏡頭，臉上的笑容雖然羞澀，但可感受出身上的熱情，不過這同時也讓這名年輕人看來更加青澀。

安東妮娜覺得這人十分眼熟。剎那間，她想起來了，那個人曾出現在某本隨便被丟在醫院裡的雜誌內附贈海報上：身穿天藍色長褲，神色專注，騎著馬的女人。

「是那個我知道的人嗎？」

「卡拉·歐提茲。」喬瞥了服務生一眼，確定他正在吧檯的另一端專注盯著電視上的足球比賽。然後，他才壓低音量回答。「世界首富的繼承人。」

安東妮娜眼睛瞪得斗大，瞬間整合所有訊息。接著，她嘆一口大氣，她實在很想遠離一切，不管是非，但她辦不到。

「她被……？找到了？」

「沒有。現階段只知道她以及她的司機和她的愛馬都不見了。昨天下午車子從拉科魯尼亞城市出發，但一直都沒有抵達目的地，馬德里。」

「會不會發生車禍。」

「她的父親在今天稍早接到綁匪的電話。」

安東妮娜的腦袋中正高速運轉。喬之前看過她這副模樣，因此他停下來等待，並不急於打斷她的停頓。

「可能會是我們在找的凶手。」

她沒說「同一個凶手。」喬自忖。**她說「我們在找的凶手。」我走狗屎運了。我可是早就做好心理準備，準備走路回畢爾包負荊請罪。**

無須詢問，而是由她去問，由她去找到唯一可能的回答。

第二部分　卡拉

虛假就是輕易以為
住在城市魚缸
透明玻璃裡的魚
一文不值。

演唱者：撒比納（Joaquin Sabina）
詞：佛隆納（Pancho Varona）

1 不恰當

「我們需要研究該如何應付現狀。」曼多表示。

他把他們兩人約到巴黎廣場，就在高等法院裡的花園之中。花園，只是一個好聽的名字。實際上，那裡只是一處隨便由四片樹籬圍起來的地方，石頭比花草還多的空地。他們抵達時，曼多已坐在路燈下的長椅上等著。此刻，夜幕低垂，在公園裡溜達的只有一個男人和一條四處亂嗅的狗。

「要研究什麼？」喬發牢騷。「直接上樓找他聊聊，然後就可以工作了。」

「恐怕會很不恰當。」

「有別的單位在調查。」安東妮娜接話。她很快就推敲出理由。

曼多一臉心煩氣躁的樣子。

「歐提茲先生打通電話給上面的人求救，原本該由我們接手處理。但他的律師得知此事後，表現極為緊張，這份緊張感也感染給歐提茲，讓他亂了方寸。結果導致綁匪專案小組的人在樓上調查。所以，現在換我成為這整件事最緊張的人。」

樓上的人是隸屬於警政署的緝捕綁匪專案小組。喬想著，內心帶有一絲欽羨。**那是個精英組織，成員都是剛正不二，專業一百分的人**。

「所以呢？他們接手，我們打道回府？」

「古鐵雷斯警官，在我們的人抵達前，會先照舊例模式進行。您若不麻煩，就請閉上嘴巴，一旁待著即可。」

「什麼意思？」喬覺得不爽，反問他。

「意思是我們不知道有別的案子。」安東妮娜搶先說明。

沒有莊園男孩殺人案。一個新設立的單位最好避免因為不同警政單位而產生競爭意識，引發隱匿線索的問題。不重蹈陳舊的陋習，才是上策。

「沒有別的案子。這是唯一的案子。」曼多重申一次，並特別把「唯一」說得特別清楚。「聽懂了嗎？」

安東妮娜點頭同意，喬一副不情願地跟著點頭。如果他們會懷疑綁票卡拉・歐提茲的嫌犯與殺死男孩的凶手是同一個人，那證實是同一套手法。

「您不進去嗎？」她問曼多。

「我得先打幾通電話。請好好調查，但不要引人注目。對了！史考特……」

安東妮娜看向他。

「……我很高興您在這裡。」

安東妮娜沒有回話，甩頭轉身就走。當她走遠後，曼多交給喬一個很小的金屬盒子。

「這是什麼？」喬一邊發問，一邊搖了搖盒子。「沙沙的聽起來像搖沙槌的聲音。」

「請您保管好。她會用到。」

「膠囊嗎？那我何時該拿給她？」

曼多眨了一下眼睛。「她跟你要的時候。」

步行約兩分鐘，他們抵達卡斯達紐將軍街上的公寓。歐提茲的房子在頂樓，坪數約一千平方公尺，室內是由安立奎・巴雷建築工作室設計，採用最好的建材裝潢。客廳裝潢得既精緻典雅，又舒適宜人。而且這一切描述不需喬上樓，就能看到了。當他在樓下等著允許進入的通報時，在手機螢幕上搜索到的內容。他家屋裡的擺設都可以在八卦雜誌上找到，有些是卡拉・歐提茲自己上傳到 Instagram。

他們的生活就像景觀櫥窗。喬思量。**擺明著讓人有機可乘。每上傳一張照片，就為壞蛋打開一扇窗。難道不知道嚴重性嗎？**

卡拉・歐提茲在 Instagram 上的最後一張照片，是她和她兒子站在那棟公寓陽臺上，背景可以清楚看見高等法院那棟建築物的外觀。她的二十二萬八千個追蹤人數中，只要有一個用自己的兩根指頭將畫面截取下來，再放到 Google 地圖，基本上不用十分鐘，便可以準確得知所在位址。

還好只露出小孩的背影，還好做對這件事。

大廳的大門打開，一名警衛用生硬的態度向喬與安東妮娜點頭示意，然後他們才搭電梯上到閣樓。迎接他們的是另一個檢查站（這一層的唯一一個），但大門已是敞開。

現在進行再多的嚴防動作，都晚了。

牆上雖然沒有掛上一幅羅斯科的作品，但喬對房子的第一印象，卻感覺是這類的風格：工業風設計，地板鋪石灰泥，仿舊木質家具。牆上掛了幾張黑白風景照，幾張卡拉與孩子的照片。通過接待處後，便進到寬敞的客廳，一面牆上有一面八十二吋的電視螢幕，另一面壁爐。

一個身形壯碩但不高的男子正不安地在房裡四處踱步。喬看到他的第一眼，腦子瞬間浮出一個字彙：**短小精幹**，十分精準到位的描述。男人穿著白襯衫，並一貫的挽起袖口，現在他腋下的汗水幾乎浸溼整件衣服，溼黏得貼在胸前。他們到時，他並沒有打招呼，甚至連抬頭看一眼也沒有。對於房裡大批的陌生人表現得相當漠然。

有兩名緝匪專案組人員坐在沙發上，正在使用筆電和整理錄音設備。他們兩人應該就是大隊長八臘，與他的副手三璜。八臘梳了一顆油頭，下巴留著山羊鬍，散發濃厚的雄性領袖特質，頭頭味很重。

「您們是上司跟我提過的觀察員嗎？」他詢問。音調中立，但眼神透露出對陌生人在場的不悅。

「我們不會打擾您們工作。」喬倚著牆邊回應。「請繼續手邊的事。」

「歐提茲先生該說的都說了，人現在十分疲累。」一個白髮蒼蒼的老人插話，聲線溫和堅定，長得有些神似英國演員米高・肯恩，只不過沒那麼有人情味。他西裝筆挺，雙手抱胸站在客廳中央。喬毫不費力就可以猜到他是律師。

「托雷斯先生，我瞭解時間很晚了，一整天在高壓緊張情緒下，的確叫人筋疲力盡。但請相信我，在沒有理出任何頭緒，或是協助我們列出可疑的名單之前，我們也無能為力。」

「不要緊的，我還可以。」歐提茲回應。

「拉蒙，」律師壓低音量，提醒。「你要聽從醫生的囑咐。」

他雖然壓低聲量，但仍足以讓在場的人全聽見。所以他的意思是在要求：**我的當事人是位八旬老翁，請勿向他施壓，以免他承受不住。**

「我說了不要緊。你也聽到警察說的話，前幾個小時是關鍵。」

「歐提茲先生，我們需要跟您提供您女兒的人際關係名單。」八臘要求。「尤其是可能對她心懷恨意的人。」

「有可能是她前夫嗎？」三璜戴副眼鏡，滿臉絡腮鬍，嘴裡咬著 BiC 原子筆頭。

他抬頭看向八臘，然後提出自己的看法。

「博爾哈？他不可能。」歐提茲否定。

喬曾經在八卦雜誌上讀過他們離婚的報導，過程似乎非常平和，雙方友好達成協議結束三年婚姻。

「怎麼能如此肯定？」

「他是個懦夫，沒種。還沒離婚前，跟我女兒吵架都不敢。那種人是不可能做出這種事。」

「據我瞭解他們有簽婚前協議。」

「他才是贏家。只要閉上嘴巴，每個月就能領取五千歐的生活費，至死為止。」

好個雙方協議！

「可能他覺得給太少。畢竟您女兒……」

「他每兩個週末都會來看我孫子。」歐提茲打斷他的話，他對於別人提起女兒將繼承八千億歐元的遺產，感到很不舒服。「在這件事情上，他的確做得很好。況且，昨天他人在伊比薩島，犯人絕不會是他。」

八臘和三璜兩人互看一眼。喬恍然大悟，這才發現他們玩的把戲。事實上，他們很清楚犯人不是前夫，那只是個餌，試試看歐提茲的恐慌程度。

「或許花錢幹這檔事。」八臘試探性地詢問。

「看在老天爺份上，」歐提茲失落地回答。人突然倒向躺椅，大口喘著氣。

「您們……」托雷斯律師大喊，趕忙扶著他的雇主。

歐提茲輕柔撥開他的手。律師臉色鐵青，但他也不想阻止他的行為。

「不是他。是別人打來的。他講話的口氣聽起來不可能跟博爾哈有關係，更不會是他的朋友或他花錢幹的。」

「您最好能完整敘述對話內容。」這是安東妮娜第一次開口。所有人看向她。

「我們問過了。歐提茲先生的筆錄內容，明天會提供給您們。」八臘回答。「現在我們先回到可疑人士的問題上……」

「讓不同的人聽聽看，會有所幫助的。」

「女士……」八臘反對。「我們有很多問題尚未釐清。妳也看見歐提茲先生已經很累了。」

「是的，或許再說一次對話內容，他現在根本沒有體力做這件事。」喬用一種既同情又可惜的語氣說話。

八臘向喬射出一道冷峻的眼神，但為時已晚。

「我還有力氣，只是心累而已。」歐提茲語氣十分堅毅。「我在今天早上六點四十七分的時候接到電話。」

「打電話？」

「是一通FaceTime的視訊電話。卡拉說這樣比較安全，所以我們常以此方式通話。我對這種事不是很懂。」

「犯人跟您說了什麼？」

「是一個男性跟我說話。他的聲音十分低沉，他說手上有我女兒卡拉。我求他別傷害她，但他說傷害早就造成了，還說他要讓她吃到更多的苦頭，說沒人可以阻止這一切。」

「還有說什麼嗎？」

「他告訴我他的名字，他叫伊斯基爾。」

卡拉

首先，感受到的是痛。

宛如萬根針刺在身上，她完全無法忍受，只能放聲哀號。她窮盡全身的力氣，無所忌憚肆意嘶吼。聲音雖然聽起來淒厲，但不帶有絲毫的畏懼（那種情緒要後來才感受得到）。吼叫的聲音只是一種迫切想要讓疼痛盡快消失的表達。

但沒有消失。

她平躺在地上，只要稍稍轉動，全身就痛得不得了。她的鼻梁斷裂，手臂酸麻癱在地上。她只要一移動，幾乎就能聽得見鼻梁骨與頭蓋骨相互刮擦，發出一種極為不自然的撕裂聲。

她什麼都看不到，四周全然的暗黑。

她仍不覺得害怕。刺痛已慢慢消退，不過取而代之的是抽搐。她的臉如同一張大鼓的皮，受到猛烈的連續敲擊，痛楚像大浪淹了上來，一鞭一鞭抽打雙眼、髮根、雙耳與下頷。

卡拉開始低聲啜泣，她的腦袋想要找出身體疼痛的部位，試著採取應對措施。她嘗試坐起來，但瞬間大量血液湧向頭部，引發臉部更大的痛楚。

冷靜點。冷靜點。

她試著再次坐起，但這次先仰頭，這麼做似乎緩和臉部的疼痛。其實仍很痛，整張臉血跡斑斑，唇齒布滿血漬，但至少骨頭和顏面受到的折磨少一點。卡拉覺得嘴巴很乾，嘴裡有苦味。

每一片乾硬的血跡剝落，都引來一陣痛苦。但那是小痛，可以忍受的痛，可以讓她能短暫忘記另一個真正的痛。

她現在就像正聚精會神盯著老虎腳邊上亂竄的老鼠，而沒注意到老虎一樣，不過一旦那隻囓齒動物鑽進牆腳的洞裡，消失不見，此時才會忽然意識到老虎的存在，看見老虎微笑中所露出的鋒利牙齒，以及明白自己的下場，誰才是盤中飧。

卡拉滿嘴苦澀，不是鮮血的味道，而是像嘴裡含了一口鐵鏽，或一只軍用白鐵水壺抵在她腫脹、發泡的乾舌頭上。

臉上像是眼瞼或是臉頰的部位，也都散發出一股不知名難聞的金屬氣味。

我的身體不對勁。

她的手腳已經不聽使喚，各自為政，獨立運作。每一次下達指令，只能換得一個不相干的回應。

她的胃袋縮得只有胃酸不斷往上湧現，看似沒有殺傷力的胃液，伴隨卡拉吸入的空氣，不停在食道上上下下，讓她像在打嗝一樣，口中不斷發出奇特細微的聲響，聽起來就像連續發射的子彈。

卡拉無法克制停止乾嘔，她嘔吐出來的東西只有口水與膽汁。

一次、兩次、三次，一直吐到胃痙攣才停止。

此時，她才想起那條施工的道路，那個持刀的男子，那個發生在森林裡的追擊，以及她屈服時，刺進脖子裡的刀。

不。

不。

她眼前這才真的看到現實，最糟的情況。

現在，害怕才襲上她的身體。

2 嫉妒

「沒提別的？」

歐提茲沒有立刻回答。他有一瞬間想用眼神向律師求助，但忍住了。這個動作並沒有引起喬的關注，因為他早就認定他並沒有吐露實情。

「對。然後就掛斷了。」

「沒有提交換條件，也沒有說會再打來？」

「沒有。」歐提茲回答得十分決絕。

太決絕了。

「一定會再打來的，都會打回來的。」三璜說得很肯定。

「您說那人的聲音聽起來不像前女婿會認識的人，」八臘插話，他決定要奪回主導權。「什麼意思？」

「那男人的聲音非常剛硬……一絲不苟。拜託，那聽起來就跟博爾哈完全相反。」

眼前有個非常疼愛自己女兒前夫的男人。但換句話說，這有可能嗎？

「您女兒認不認識叫伊斯基爾的人？」

「據我所知，她不認識，我自己也不認識。」

「我們會先假定這是個暱稱，不是他的真名。」

不愧是菁英組織。喬暗忖。

「關於通話內容還有問題嗎？我們可以繼續回到剛才的問題嗎？」八朧轉向安東妮娜，詢問她的意見。

她低聲碎語表示不好意思，要去一趟洗手間。沒人對此表示意見。

「我們接著剛剛的問題。您女兒消失的時間約在昨夜十時至凌晨期間。我們最後看到她的身影，是她的司機……」

「卡梅羅。」歐提茲在客廳焦躁地來回走動，嘴裡唸唸有詞：「他像自家人一樣。」

「司機，卡梅羅・諾沃亞・伊格萊西亞斯開車到達巴利亞多利德省的時候，有在紳士新市鎮上的一家加油站停車加油。我們已經調到加油站的監視畫面，證實當時卡拉在車上。」

「什麼意思？」

「歐提茲先生，您認識卡梅羅・諾沃亞多久？」八朧坐在椅子上，身體傾身向前發問。

「現在我懂了，」這名大企業家反應過來了。「沒辦法怪罪到我的前女婿身上，就想把矛頭指向卡梅羅。我到底要說多少次才行，綁匪是個陌生人？」

「歐提茲先生，請您理解，我們得從您身邊的關係人開始。失蹤案件中，罪犯者有七十八%是身邊親近的人。因此，得從最親近的人開始，再逐一擴大。」

「這不是一件失蹤案，這是一件綁票案。」

「據我們所知，這是一件沒有交換條件的綁票案。」八朧提醒。

他嗅到不對勁了。喬暗自猜想。**那顆油頭或許只是在操控一切，推動對話，醞釀某種情節可以順勢發展出來。**

「可能很快就會提出來了。」律師瞧見歐提茲沉默不語，隨即插話。「您們也這麼說過的。」

「是的，沒錯，我們是這麼想的。那麼您認為諾沃亞這名司機信得過嗎？」

他嗅到了。他知道老頭對他們辦案方式很不滿，所以他要在老狐狸身上多繞幾個圈子，看看他會不會昏頭，脫口而出什麼來。

「百分之一百的信任。」

「我們已經派了一位同事針對諾沃亞先生做身家背景調查。」八臘一邊說，一邊把手機上的 WhatsApp 上的對話視窗打開。「他報告說這名司機經常流連在大西洋賭場裡。」

歐提茲沒有回答。

「您對此有所瞭解嗎？」

「警官，我的老闆沒有理由要知道……」

「我當然知情。」這名大企業家打斷他的話。「他只是閒暇玩玩。」

「似乎一週有好幾個晚上都待在那裡。他真的很愛玩二十一點。」

「這個我是知情的。」

「他還欠下一萬多塊錢的債。」

托雷斯律師聽到那些話時，抬起頭，一臉擔憂地看向歐提茲。

歐提茲不再回答。他把身子靠向壁爐，牙齒咬著大拇指上的角質層。

「我不是很喜歡談論這些事。」

「歐提茲先生，我瞭解您的感受，但這可能會很重要。」八臘態度堅定。

經過一段沒完沒了的嚙咬手指之後，歐提茲終於讓指頭離開嘴巴，開始回答。

「卡梅羅的太太過世後，他有過一段艱難的日子。失去一起生活三十一年的伴侶，讓他迷上了打牌。」

「所以來拜託您？」

「幾個月前，他來找我幫忙。我跟您說過，我把他當成自家人，而且我是他長孫的教父。我的老天爺啊。」

「所以您替他還錢？」

「沒有，絕對沒有這種事。」企業家否定。「那就絕對不是幫忙了。」

「但那對您又不是筆大錢？」

「八臘先生，我的雇主財產與此案件無關。」律師插嘴。

「除非案件真的與錢無關，才算無關？」

歐提茲用力抓起壁爐上的飾品（一顆橘棕色的瓷球，在他企業經營的家居店中可以買到）摔向地上。八臘言之鑿鑿的指控所引發的不安與沉默，也隨著破碎成一地的陶片，讓無言變得具體且無情。

「我很有錢，」歐提茲面目猙獰地說明：「有很多、很多、很多的錢。不消說要解決卡梅羅的問題，當然是輕而易舉的事。但取而代之的，我給他我的信任，支持他，告訴他後半生都會有工作。只要你把誰當成家人，就會像我做的一樣。我就是把卡梅羅當成家人對待。」

「所以，你沒幫他還錢。那筆錢對您而言根本不算什麼。他很可能因此懷恨在心，心頭氣憤難消。車程要六個小時，他有很多機會可以下手。簡單找個藉口開到休息區，支開您女兒到暗處，最後要她成為共犯，打電話向您要錢。」

歐提茲有點動搖，他沒有出聲反對警方的說法。不過，他是不會承認自己錯誤的人。這種性格在他沒錢的二十幾歲時就是如此，現在更不可能改變。

「意思是一切都是我的錯。」企業家感覺到被羞辱，忍不住憤恨怒吼：「您在說我咎由自取，是害慘自己女兒的罪魁禍首。」

「歐提茲先生，這不是我的意思。我們只是說明擺在眼前的事情而已。」

歐提茲睜大雙眼，似乎像是要看穿他們要如何用那些事掐住他的脖子，讓他窒息而死。

他宛如要哭出來一樣，但他用右手不斷按捏左手臂，壓抑住自己的情緒。

「我不太舒服。」他低聲表示。

律師走向他，扶住他。

「撐住。」他在他的耳邊說：「醫生在等您了。」

並且向大家宣布：「各位先生，調查到此結束。」

八臘與三璜起身，一副心有不甘的樣子，似乎尚未達成他們滿意的調查進度。

「我們需要看卡拉電腦，密碼……」

「我不知道她的密碼，但我們會盡快提供。」托雷斯律師回答，不讓歐提茲再與他們對話。「我會親自處理這件事。」

安東妮娜越過律師試圖畫下的界線，靠近企業家，問：「先生，再問一件事。您孫子現在在哪裡？」

歐提茲困惑地看向她，就像正在努力理解這女人是誰，在他的家中做什麼。然後，他回答，聲音虛弱得像從好幾百萬公里遠處傳來的。

「我的孫子已經移送到安全的地方。不在西班牙境內。我不希望他看到相關的新聞報導。」

「歐提茲先生，我們不會把訊息透露給媒體的。」八臘回應。

我們不會，但不保證別人不會。喬在心裡暗補了幾句。

卡拉

金屬敲擊所發出的轟然巨響，讓她不再尖叫。

她失神了好一會兒，不知過了多長的時間。接著，她開始漫無目標地搜尋，想摸黑找到出口，只是一無所獲。因此，她開始內心焦慮，用大聲尖叫來發洩。事實上，她已氣若游絲，只是就算氣都喘不過來，她仍執意要鬼哭神嚎一番，直到重棒一擊的金屬聲響以若有似無的感覺回盪在卡拉的四周，這才讓她閉嘴。

「我不喜歡聽妳鬼叫。」回音停止時，某個人對她發出警告。

聲音很低沉。男性的音色。

「大哥，聽我說。大哥，拜託，救我。」卡拉用快斷氣的聲音開口請求。

沒有回應。

「大哥……聽得到嗎？」卡拉死命從喉嚨擠出氣來，再問了一遍。此時，她的聲音聽起來就像一個跑完百米賽跑的選手，話不成聲，話中夾雜著許多吁喘聲。

「我聽得到。我不喜歡聽妳亂叫。」

「大哥，別把我關在裡面。求求你，不要把我關在裡面。我怕黑。」

「說妳電子郵件的信箱密碼。」

卡拉一陣昏眩。裡頭非常、非常悶熱，幾乎吸不到空氣，她突然喘不過氣。無論如何，她一定得出去。「讓我出去！我要出去！」

與此同時，她為了找到出口，不斷伸長雙臂，在黑暗中緩慢輕柔地移動身體，推自己向前。她的手指碰到一個堅硬的金屬物品。她傾身靠向那裡，推不動，她又回到原本的姿勢。

是門，一道鐵捲門。

她膝蓋碰到的是鐵片。卡拉開始不停拍打，但手的力氣太小，幾乎無法讓那門板發出任何巨大聲響。

「開門！開門！求求求求你……！」

哀求到最後，就連啜泣也像水面上的漣漪，越來越虛無。卡拉整個人頹敗在地，縮在門旁不停嗚咽。

棒子再一次重擊了一下。這一次待在門邊的卡拉，從頭、肩膀、手到整個身體都感受得到敲擊聲的回盪。耳邊突如其來的轟然巨響，她得咬緊牙根忍受耳膜的刺痛，以及鼻子的猛烈疼痛。

「我不喜歡聽妳哭叫。」

卡拉很想再次放聲大叫，用全身力量來哭喊。求他，**威脅他**，要求他**立刻**放了她。但是，她早就耗盡所有精力。此外，她身上的痛苦也拜託她別那麼做。

她遵命，用嘴巴咬著自己的拳頭，不發出半點聲音。

「妳現在冷靜點了？」

「是。」卡拉用十分微弱的音量回答。

「告訴我密碼。」

卡拉張開口要回答時，再一次有個東西制止她。那個東西就是之前，在森林裡，曾出現在她耳邊的聲音。

什麼都不要說。

他會殺了我。

什麼都不要說。他有那組密碼，就暢行無阻了。

他會不擇手段來拿到那組號碼。

那就談判，讓他拿東西來跟妳換。

「密碼。」那人又重複說了一遍。

「我不會說的。」

「給我密碼，不然我就進去殺了妳。」

威脅再次嚇住了卡拉。她感覺自己快喘不過氣來。

嚇唬人的話。

「您是不會殺我的。殺了我，就沒有密碼。」

沒有回應。

「我可以折磨妳到說出來為止。」

我辦不到。我不行。我得跟他說密碼。

別那麼輕易投降。

妳的個性就是容易認輸。

卡拉握緊拳頭，前後搖晃自己的頭，努力想在頭疼中思考。

好吧。好吧。

「怎麼稱呼您，大哥。我叫卡拉。我的名字是卡拉。」她自我介紹。她曾在某本雜誌或電影中看過，遭遇這種事情時，要冷靜下來跟犯人對話。

跟他（綁匪、性侵犯、殺人犯）對話。

要把這個會傷害你的人，當成一個人來對待，喚起他的人性，讓他對你有好感，讓他瞭解你不只是一副軀體，一個物品。

「我知道妳叫什麼名字。」

「那我要怎麼稱呼您，大哥？」

沉默。

「你可以叫我伊斯基爾。」

「伊斯基爾……我是卡拉。讓我走，我可以給您錢，我現在就可以轉帳。我保證誰都不知道發生過什麼事。」

「我不要錢。我要密碼。」

「好吧，那您先讓我喝口水。」

沒有回應。

「如果給我水，我就說密碼。」她不是在詢問他的意見，而是要求他。

對方沉默了很長一段時間，最後卡拉聽見金屬門咔嚓一聲，門鎖打開了。

「水在這裡。」

「在哪裡？我看不到！」

一聲咔嗒。門邊在黑漆漆的地板上畫出一面長條形的光束。光束的中間，有一瓶五百毫升的水。一片漆黑之中，瓶中的水，波光粼粼，看起來十分虛幻。卡拉抓起水瓶，扭開瓶蓋，焦躁的手捏緊瓶身，把水猛灌進自己嘴裡。她嚥了兩口，水就只剩一半。然而，那兩口水進到胃中，卻讓虛弱、空盪的胃袋像吞下兩個拳頭一樣，胃很快便痙攣了起來。最後，卡拉又毫無保留地把喝下的水，吐到地上。

「給妳水了。現在，密碼是什麼。」

卡拉靠近那道光束。光束的面積大概有一個手掌長，兩個手掌寬。她跪著，想看到他的臉。她看見他腳上的靴子，以及由手電筒照出的亮光。那束光照進她的眼睛，模糊了她的視線，所以她抬起手來，試著從指縫中看清他的長相。

「等一下。我們談談。我們可以……我能……」

咔的一聲巨響，光束不見了。卡拉聽見另一邊咔嚓斷裂的聲音。或許，是在把門閂上。

不。不。

「讓我出去！」她再次用力敲門，要求他。

「說好有水，就有密碼。現在說密碼是什麼。」

卡拉，徬徨無措，萬念俱灰。

　　什麼都不別說。說了，

　就沒有談判的籌碼了。

「求求你……」

這一次棒子連續敲擊了鐵捲門三下，憤怒的巨響擊潰了卡拉的內心。卡拉的耳膜跟著鐵門的轟響一同震動著。

卡拉身體縮成一團，雙手抱膝蓋，摀著耳朵。

兩行淚水間，唸出了密碼。

3 吹捧

安東妮娜與喬原本想不動聲色，坐電梯下樓默默離開，但他們一抵達一樓大廳時，就被緝匪小組的人員擋住去路。

「能讓我們離開嗎？」

警員雙手抱胸，搖頭拒絕，向他們示意身後的人。他們轉過身，看見八臘那張明亮的臉，以飛快的速度走下樓梯。

「請問你們隸屬的單位？」他一臉正色，態度強硬地向喬問話。

「隊長，請不要緊張，我們是同袍。」喬回答，並從外套口袋拿出警徽，高舉到對方眼睛的位置。

八臘連瞧都沒瞧上一眼。

「我知道你是誰，古鐵雷斯警官。我問的是您這種三等警察在這裡做什麼？為什麼能插手高階案子，也就是我的案子？這位是誰？」

安東妮娜面對這位惡狠狠的大隊長，膽怯得想退後一步，但她做不到，因為另一位警察早已走到她的背後，擋在她的退路。

「休想知道她是誰。還有你，退後一點，」喬警告：「還是你想吃拳頭。」員警不理會，毫不退讓。

「我只想知道她的身分。」

「知道要幹麼。你不是接到通知允許我們在現場？」喬回答，並把警徽放回口袋。

「沒錯，上面的人通知會來兩個觀察員。」

「這就是我們做的：觀察。還是你不喜歡有人看你？」

喬用一種十分挑逗的聲音向這位百分百異性戀的大隊長說話。一個十分自豪自己的男性特質，勇於扛起一家之長的責任，熱愛袖子上繡有西班牙盾牌的馬球手門員的男性，這類的人接收到同性的溫情與垂涎，通常會立刻反彈。

「聽著，娘娘腔……」

八臘怒眼對視，喬繃緊神經準備吃上拳頭，不過這件事沒有發生，取而代之的是安東妮娜親切的發言。

「八臘大隊長，我叫安東妮娜．史考特。目前在國際刑警組織工作，我主要是針對知名犯罪案件進行分析。」

安東妮娜的聲音甜美，模樣親切可人，看得喬瞠目結舌。她表現得像個鄰家女孩一樣，甚至向八臘伸出手。她，一個極力避免身體接觸的人，一個像政風單位與世隔絕的人，竟然伸出手。

幸好八臘似乎不想跟她拉近距離。他低頭（他們身高差三十公分），猜疑地看著她。「妳是國際刑警組織的成員！」

安東妮娜把手伸入斜肩包，從一個小袋子掏出證件。八臘大隊長伸手接過，一臉不可置信地仔細研讀。

「好吧。」他邊回答，邊把安東妮娜的證件來回拍打在自己手掌。「美人，這個案件和國際刑警組織有什麼關聯？」

「我們正在進行涵蓋世界各國的大計畫。我隸屬其中某一小部分，針對一般犯罪特性尋找新的因應策略。我一直以來就想到您身邊學習，能夠與緝匪小組的專家一起工作。當我得知您們正在處理一樁重要的綁架案，我馬上搭第一班飛機到馬德里來長見識。」

吹捧這位趾高氣昂的雄性頭頭，專挑他想聽的來講。喬暗忖。

「我們認為學習您的辦案手法，將對世界各國刑警有高度價值。」安東妮娜不斷誇讚。「這七年來，不是天天有機會能和一個破案率高達百分之八十七的組織一起工作。」

沒人消受這小妞的矯揉作態。

八臘咬著下嘴唇，一副若有所思，但也開始接受她的說法了。

「事實上，是百分之八十八點三的破案率。那他來幹麼？」他指向喬。

「古鐵雷斯警官被派來接待我。他現在處於職涯轉換期間。」

「正確說法，他目前停職停薪。古鐵雷斯，那個妓女妹妹還好嗎？我以為你不可能從那個爛坑裡出來了。」

喬嘴裡已經把他的媽媽、太太、姊妹（如果八臘大隊長有那些親屬的話）輪番罵過一遍，但他強迫自己得把這些話吞下去。「我搞砸了，所以在這裡當保母。」

「隊長，我明白平常是不允許陌生人出現在調查現場。但我向您保證，我們只是想學習您的辦案方法，若可能也想盡點微薄之力，希望能幫到案情的調查。」

八臘點頭同意。此時他一臉嚴肅收拾電源線，卻沒有注意到那條線還與別的物品捲在一起。

「最好是幫忙，若出任何差錯，我不管是不是國際刑警，都會讓你們死得很難看。沒有我的允許，不要隨便跟證人攀談。我的人會看守在這裡，知道了嗎？」

「不會再那麼做了。」安東妮娜應許。

八臘轉身看向喬，喬一臉無辜地看著他。

「我會遵照她的指示。」

「好啦，去休息吧。」大隊長下令，就像在對著兩個學齡前的兒童發號施令。「明天要跟警政署長匯報，也會有人向你們說明整個案件。」

伊斯基爾

我真的是一個好人。他在自己隨身攜帶的筆記本上寫著。本子外觀並不特別，在超市文具區裡常見的樣式，一本三歐元九五分錢的簿子。

我如同大家一樣都會犯錯。我非聖賢。常常因個性衝動而壞事。我偶爾手腳不乾淨，思想也從未端正過。但一切實在是別無他法，身不由己。越是束縛肉身，越是發現其脆弱。每一次失控犯錯，身上就多了汙點，令我感到羞愧至極。偶爾這種情緒會讓整張臉扭曲變形，十分羞怒，徹夜輾轉難眠。實在是太氣憤了。

他撕下筆記上的那一頁，捏著那張紙的一角，放在菸灰缸上，從紙的另一個角點火。燃燒。一開始，火苗很小，不過當火焰蔓延到紙的邊緣，火勢燒得十分旺盛。貪婪的火舌像不停在尋找他的手指一樣，只不過在碰到他之前，他就已放開那張紙。

惡魔吞噬我的肉身。那人再次提筆寫著。**想要掙脫，就得要用告解來洗淨我們的靈魂，帶領我們進到天堂，耶穌會在那裡張開雙臂迎接。但是，僅僅是告解與領取聖餐是不夠的，還要真心懺悔才行，要在人間行使上帝的旨意才可以，並且做個好人。我真的是一個好人。**

他寫得並不投入。往常，他的字體工整、圓滑，清晰可辨，但今日他的字跡潦草，一筆一劃像蜘蛛的觸肢。這樣的字當然無法傳達愉快與純正，畢竟他寫下的是他的天性，那便不可能會是端正潔淨的字體。更何況，此刻他的靈魂如此騷動不安。寫信是小的時候父親教導他如何洗滌自己靈魂的方法。他的父親是個大隻佬，雖然行事粗暴，但是個充滿智慧的人。如果沒辦法上教堂告解，他認為只要把那些事寫下來，寄給上帝，同樣可以達到淨化受到汙染的心靈，就像亞伯的犧牲一樣，燃起的煙會傳到天堂去。

父親每一夜都會捎張紙條給上帝。甚至有時候是空白紙，但他仍會用那雙腫脹的手，捏住正在燃燒的紙。他回憶。**隨著罪惡成為一縷煙霧，他的臉龐也瞬間變得聖潔。**

他想要寫下那段時光，但似乎做不到。

卡拉．歐提茲又再嘶吼了。

身邊就有個最自私自利的典範。她要水，就有水。大可不必那麼做，凌虐照樣可以取得電腦密碼。他知道凌虐是最有效的辦法。但是，他討厭暴力，那不是好人該有的行為。每回他做出殘暴的行徑（實在是別無他法），他一定會趕快寫一封告解信。他總是排除非暴力的解決方法，因為暴力可靠告解而消失。況且，要講規矩，就不可能沒有懲戒。

他起身，拿起扳手敲了兩下門。他的囚犯立刻悄然無聲。

他回到桌前，心滿意足自己所達到的效果。

這一次，沒有半點差錯。他不是犯人，也不曾當過。他不偷不搶，有正當工作。若不是被迫，他不是會做出這種事情的人。實在是走投無路。

因此，他非常滿意自己完成這個天衣無縫的計畫。

在一樁綁架案中，最難的是與家人聯繫的方法。他在通知她父親之前，遵照指令上的每個步驟：撥打電話前，先用虛擬網路的伺服器變更網路位址，以及迅速的切斷電腦連線。其他的行動根本小菜一碟。整個過程唯一比較困難的，大概是得殺掉那匹母馬。絕不能讓馬的嘶鳴引起注意，所以得處理掉那匹馬。他真的不喜歡傷害無辜的小動物，因此砍下馬頭的時候，他的頭是撇開的。然後，卸下拖車，把車子藏在樹林裡。

此時，他忽然發現自己犯下一個十分致命的錯誤。

要有個人立刻馬上解決此事。

4 看法

他們正走向喬停車的地方，安東妮娜領先喬約六個大步。車子停在熱那亞街的人行道上，與另一輛車並排，反正那條步道幾乎跟哥倫布廣場差不多寬敞，應該不會妨礙到任何行人。喬讓同伴領先自己幾呎的距離，因為鑰匙在他手上，而且他知道假若一個女性走路的方式像是在踩地鼠一樣，那代表她在氣頭上。

他們上車，繫上安全帶。喬雙手以十點十分的角度握緊方向盤，努力觀察從卡斯蒂利亞街開下來，要往雷科萊托斯大道的車流。不過，現在是凌晨三點，基本上路上沒什麼車。

另外，假若女性散發出生氣信號的時候，他搜羅的資料庫表示：假若她不發一語，那就得開口詢問為什麼不說話，在生什麼氣。

「妳怎麼了？」

喬暗自期待對方說「沒事」。這是女性最常回應這類問題的答案。但取而代之，他聽到一個誠實的回答。

「根本不必要逞威風。」

真不懂感激。

「兩個男的在那耍官威。男人都一樣，狗改不了吃屎。」

「我在保護妳，妳難道不懂嗎？他們在打探我們的身分，我當然得站出來保護自己人。」

「如果惹毛八臘，他會不計任何手段阻隢我們參與調查。」

「這我當然知道。他可以限制我們行動範圍，隨意叫我們跑腿，或把我們排除在外，甚至可能向上級內政部報告，表示妳違反這位超級警察的命令。」

「所以不該刺激他，要像我一樣，好聲好氣的說話。」

「好聲好氣……妳以為他吃妳這套？沒錯，妳的花言巧語讓他威風得不得了，但只要他有點喪氣，就會變回到那白痴態度。他是真心不喜歡我們在場。」

「這是我習慣的工作模式。」

「我不習慣。我第一次做這種工作，我從來不曾隱藏重要線索，祕而不宣。」

「同樣的理由，這就是為何我們絕不能被排擠在外。」

「到底為什麼不能跟那個肌肉男大隊長說明一切？可以表明我們懷疑綁架卡拉的人，與我們毫無頭緒的殺人犯可能是同一人？」

媽的！說出來該有多好！喬暗自認為，惋惜不能看到八臘大隊長瞭解情況時，臉上的驚愕。

「這不是我們要做的事。」

「為什麼？」

「曼多說過，我們不可以這麼做。」

「曼多？妳說那個強硬把妳拖進這個謊話連篇的沼澤，要妳做違心之事的人嗎？」

安東妮娜驚訝地瞪大眼睛。

「對，要遵照他的指示。」她回答，態度沒有一絲動搖，口氣一如往常，不管是多麼譏諷的口吻，她都不會因此受傷。

「我的意思是，妳沒必要照著他的遊戲規則走。」

「他有他的顧慮。」

「他媽的孤軍作戰，說什麼要給那死去男孩一個公道，都是狗屁。講白了，他父母親的隱私才是重點，絕不能讓他們醜聞纏身。但那就算了，現在是有人命在旦夕：卡拉·歐提茲和她的司機。媽的，大家現在怎麼覺得只有那女的不見了而已。」

喬回話，並在方向盤上用力拍了一下。

喬的說法很有說服力，他注意到安東妮娜在思索他的話，緩慢咀嚼他的看法。他開始計算有多少車子經過，多少行人形色匆匆趕往某處，或有多少個窗口正在等著人們甦醒。

天啊，實在太累了。

十一輛車往北駛去，六輛車開向南方。

安東妮娜回答：「現在還不能說。八臘揭露司機的問題，可能是個動機。司機能拿到手機，的確能得到犯案機會。不過，就算我們真的告知他們莊園命案前，最好先自行釐清某些問題。」

「妳不想說。」

安東妮娜聳肩。

「一般情況，大家只會叫我去處理棘手的案件，因為別人不僅做不來，而且會搞砸一切。」

她是對的。喬自忖。**這個肌肉大隊長現在必定樂不可支，因為他正在進行世界首富繼承人的擄人勒贖案。這則新聞，每家報紙一定會做成全版頭條。放出小道消息，只是時機問題。卡拉·歐提茲的綁架案一定會曝光，早晚而已。但若再加上另一個案件……**

「好吧，我也不信八臘，不過妳同意他對司機犯案的說法？妳覺得有幾分道理？真的覺得那個人會綁架卡拉·歐提茲？」

「我們決定該怎麼做之前，可能得先求證司機這件事。不過，如果司機現在還活著，我請你吃另一個夾蛋的綜合潛艇堡。」安東妮娜臉上露出一絲慘淡的笑容，回答他。

「那現在做什麼？」喬提問，並啟動車子。

「現在先吃點東西。我快餓死了。」

「現在是早上四點。」

「請你開車，走吧。」

卡拉

伊斯基爾離開後，世界陷入無聲，時間再次消失。我們的世界是如此習慣有時間相伴，日常工作，三餐飲食，人際交流與睡眠長短，都有一套行程，時間理所當然劃分出我們對真實世界的理解。日月運轉是日曆上的天數，自然現象是洪水猛獸或天降甘霖，都以我們人的理解為標準。時間成為用來麻痺自身對真實感覺的鎮靜劑，讓我們忘卻自己是誰，接觸過什麼，刻劃下什麼，擁有什麼，幹過什麼，傷害過誰或被誰傷害。然而，一切都在發生，存在於一時一地，從感官開始，埋藏在記憶裡頭。因此，當時間離開卡拉，她才能又看見真實殘酷的面目。

你的真實成就了你，定義了你是誰。

我們的社會，我們的文化與我們的大腦，彼此配合得天衣無縫，共同目標就是要一輩子都避免看見真實，把肉身無法抹滅掉的真實藏起來，讓肉身成為消解真實的監獄。因此，若突然間看見真實的存在，難免一時無法消化。

失去了時間，摘去了眼前的面紗，真相往往難以忍受。

這是人之常情，任何人處在相同情境底下都會一樣難受。卡拉・歐提茲，她是眾所皆知（不管她的父母親怎麼保護，仍無法不曝光）的公主，一個像公主一樣被細心呵護長大的女孩，說她像個女皇一樣生活也不為過。

卡拉一直屈膝抱胸，雙手捂著耳朵坐著，她仍在否定現實。

她是卡拉．歐提茲，世界首富的繼承人。在過幾年（她希望是很多年之後，她不急，她很愛父親，但沒人逃得過死亡的召喚），她會成為世界首富，世界上有最多錢、最多錢的女人，所以她絕不可能在三十四歲時就一命嗚呼。

她，沒有被關起來。她，安然無恙。

她現在人是在馬場上比賽，等著鳴槍，蓄勢待發。她一如往常，雙重確認美其馬鞍上的束帶與馬轡，注意馬靴鞋帶是否繫緊。她會在上馬前用鞋跟踏地兩次，祈求好運。

妳不在那裡。妳沒穿馬靴，
沒戴馬術頭盔，手裡沒馬鞭。

不對，人在辦公室裡頭做報告，正在進行重要匯報。報告顯示出她今年表現優異。這一年多來，她用盡所有心力，就是為了要在這次贏得從未擁有的父親認可。

妳不在那裡。妳手邊沒有
雷射筆，沒有電腦和螢幕。

不對，人在家裡，跟孩子在一起。現在到了晚上睡覺時間，但兒子想要再看一集《阿甘妙世界》，或《海綿寶寶》，或《海底龍宮》。「再看一集，就得乖乖睡覺。」「媽咪，然後妳要講故事。」「對，我還沒講故事。」

沒有，妳也不在那裡。

否定所有的可能之後，她終於爆發了。她氣憤自己為何沒穿上馬靴，不在會議那張桃花心木的長桌前進行簡報，沒有聞到兒子剛洗完澡後頭髮上的香氣（那是世界上最好聞的味道了）。

我可是卡拉·歐提茲。這種事怎麼可以發生在我身上。

睜大眼睛，認清現實。

太不公平了。我不僅是個用心照顧孩子的好媽媽，還是擁有超強專業能力的好女兒。我是優秀的馬術騎士。我是個好人。打從出生我就盡心盡力做任何事，待人總是親切和善。太不公平了。

生命本來就不公平。

我還有很多事要做，有小孩要養，公司等著我帶領。有很多事等著我做。這種

事應該發生在……別人身上。

誰身上？

卡拉試著無視那個（從黑暗中發出的，在她身邊的清脆的）聲音。那個聲音反駁她腦海中的每個想法。但是她仍親口回答了這個問題。

「只要不是我，誰都可以。」她回應得十分含糊。

可是，是妳在這裡。

應該別人在這裡才對。

老人？

窮人？

某個……沒影響力的人？

卡拉對自己想法感到氣憤，也覺得自己很噁心。這樣的感覺讓她不停落淚。因為，她的答案：沒錯，就是那些人。此時此刻，她就是認為只要不是自己，誰都可以。隨便一個陌生人都比她更該待在那裡。她的答案是如此肯定、強烈，以至於有一瞬間她似乎看見自己回到拉科魯尼亞城，站在海岸步道上，前方的人潮湧向她。

她邁開步伐走進群眾當中，想要抓一個**替死鬼**，抓一個看起來像喜歡關在黑屋子裡的人來代替她的處境。然後，她自己又可以過著充滿活力，幸福快樂的日子了。然而，她抓不住任何一個人，大家穿過她，並回頭望向她。一個修女，一個媽媽，一個騎士，一個牽著孫子的退休阿公。所有人都張著一雙無言、空洞的眼睛，了無生氣地看著她。她沒有半點猶豫，真心地覺得他們全都比自己更該被關在黑暗之中。她不放棄，仍伸手想抓住，拖住一個人的手臂，拖他們進去那個吞噬掉她的暗黑世界。但所有人都與她交錯而過，她不斷往前，人一個一個消失在她面前。最後，只有卡拉一個人還待在黑暗裡。

黑暗，只有她與聲音。

妳並不特別。
只是妳自以為很特別。
其實沒人很特別。

不對，她很特別。她是卡拉．歐提茲。她在幾年內（她希望是很多年後，她不急，她很愛父親，但沒人可以逃過死亡的召喚）會成為數千人的老闆。她出門會有狗仔隊在門口等著。她在現身的場合所做出來的每個舉動、發言與穿著都是新聞，都會成為眾人的焦點，會出現上百條評論。她父親有錢有勢，有很多人脈關係。現在她人不見了，一定會是全球各大媒體版面的頭條新聞，是全世界關注的發燒議題：#卡拉在哪裡，#帶卡拉回家。整個西班牙都在引頸盼望，集結眾人的力量來尋找她，搜索每一個細節、線索。舉國上下會全力支持政府成立一個武裝精英組織，協助她的父親救回自己的女兒。

有一瞬間，美夢似乎唾手可及。似乎一切只是時間問題，不到幾個小時，可能幾分鐘過後，這個地方就會被警方包圍，突破，然後破壞這道鐵捲門，讓她回到孩子的身邊。她的爸爸應該已經在門外等她了，還有一堆記者也正在引頸期盼她的現身。外表可能呈現疲態，但她的眼神堅定，昂首闊步地走出去與大家見面。她可能臉上有些羞怯，但仍不失堅毅。她用笑容向大家打招呼，讓群眾留下她並沒有被打倒的印象。那張照片會在全世界流通。幾個月後，在情況允許下，她會在一家信賴的媒體接受專訪，侃侃而談自身經歷與磨難，而自家品牌也因此達到最高的宣傳效果。全球女性都會穿上她家的衣服，銷售一飛沖天，她父親最終會更愛她多一點，比她的那位同父異母的姊姊更多一點。

一切只是時間問題，不到幾個小時，可能幾分鐘過後。

5 密碼

安東妮娜請喬把車開到大使館圓環附近的一家酒吧。酒吧外頭是計程車招呼站，此刻有一排計程車停靠在那裡，只是司機不在車上，而是在酒吧裡大快朵頤。這家酒吧看起來不太乾淨，宛如病菌滋生的場所，供應的任何一勺食物都無法通過食品安全檢查，並因而關門大吉。喬暗忖：**電視節目《廚房惡夢》都不會在此進行拍攝**。然而，當喬品嘗第一口食物後，他才承認那是自己的偏見。古鐵雷斯警官點了一瓶三百三十毫升的啤酒，以及一客配菜是青椒的厚牛排（分量大到郵遞區號的每個數字都可寫上），十分符合大食客的需求。安東妮娜點的是起司火腿潛艇堡，以及一道微波爐加熱的經典西班牙馬鈴薯烘蛋。

天呀！這女的都在亂吃。真不懂她為何還能那麼瘦。看來動腦筋的事應該很費力。

「對了。」喬吃飽後，提問。「妳之前就有那些身分證？」

「對。曼多給了我很多張，不過其實這些塑膠片沒有實質作用。」

「妳朋友真的很會耍花樣。」

「他是個超級王八蛋。」

兔崽子一個。喬暗自覺得。

「……但他所做的事，我們一起處理過的案子都達到效果，對案件很有幫助。」安東妮娜回答，流露出一絲不安的神色。

兩人沉默了一會兒。他們之間的空白便由電視聲音（二十四小時循環播出的新聞頻道）所占據。

「妳在想什麼？」

「想我自己的事。」安東妮娜一副高深莫測。突然間，她笑了起來。

「笑什麼？」

「沒事。你剛剛在車上說我是自己人。你不把我當成妨礙你自由的枷鎖了？」

喬雙手抱胸。重要的問題，不能隨便脫口給出答案。沒錯，安東妮娜脾氣古怪，愛使喚別人，冷淡不親切，難以接近，飲食時間超不正常，個性無法捉摸，可能是個要關在神經病院的瘋子，或是快要被關起來的瘋子。但是。「沒錯，我是這麼想的。這個案件我們是綁在一起了，我的任務就是幫妳到底，完成妳該做的事。反正我在畢爾包也沒人會想我，唯一需要我的地方，大概只有老娘正等著我開車載她去賓果室。」

「你在警局裡沒有朋友？」

「唯一稱得上朋友的，在三個月前退休了。他真是個好人，幽默風趣，是個拼字遊戲界的C羅。我很想他。」

「你男朋友呢？」

「目前單身。妳有想念誰嗎？」

「我丈夫，但你也知道他的情況。」

「什麼時候變成那樣的？」

「三年前。」

「所以，妳現在三十又幾歲了？」

「三十又幾歲，關你屁事。」安東妮娜邊回答邊擦嘴巴，然後將十分油膩的餐巾紙揉成一團，隨手丟到一旁去。

「沒別的意思，只覺得妳的身體似乎能受得了夜間行動。」

安東妮娜瞬間感到羞赧，不到幾秒她的臉就已泛紅，讓喬想起《阿爾卑斯山的少女》海蒂的臉蛋。

「妳別氣……我知道史考特小姐……不會在乎幾天難熬的夜晚，妳的身體一定沒有問題。」喬回答，並舉起啤酒朝向她肩膀的位置致敬。

安東妮娜張大嘴巴，想要否認他的想法，但又覺得多說無益。

「這不是什麼值得高興的事，我並不以此為榮。」她用冷淡口氣回話。

「小妞，身體會用自己最舒服的方式活著。」

「我的身體說，現在要開始工作了。」

喬驚訝地望向她，然後又看向手錶，接著他仍無法抑制自己的驚奇，再次望向她一次。

「我以為我們要先休息幾個小時。妳朋友曼多，雖然做人很爛，但他還算有良心，幫我們訂了一間四星級飯店的房間。我們可以上那裡去，我覺得快累壞了。」

「不要隨便有感覺。拿起你的啤酒，我們坐到最後面那桌去。」

喬跟著她身後走，盡量不引起其他客人的注意。安東妮娜用手大力拍掉褲管上的三明治碎屑屑，然後才從斜肩背包拿出 iPad。

「喬，我覺得我們不能相信拉蒙‧歐提茲講的話。他眼神裡充滿恐懼。」

「這很正常，他一定很怕自己女兒發生什麼事。」喬回答，試圖引誘她多說自己的看法。

「正常的。」安東妮娜重複了喬的話，便就不再發言了。

「妳覺得不正常嗎？」

「我不是理解別人情緒表達的高手。」

「妳當然不是，但妳覺得……」

「這種案子裡，害怕源於三種情緒：焦慮、困惑與傷害。第三種情緒應該最明顯，因為十分想保護女兒免於傷害。」

「但他不是一般人，他手下的員工就有上千人，還擁有百萬資產。」

「我知道，但他也是一個女兒的爸爸。」

喬喝了一大口啤酒。

「妳的推理都是看書學的吧？」

安東妮娜微微點頭。

「我是沒讀那麼多書，不過我直覺也認為他不可信。那個富翁在騙人。」

「他有所隱瞞。他避開某個最重要的細節。」

「你覺得我們該怎麼做？」

「我們一定要超前八臘的調查，在他們下結論前先釐清問題。我的計畫是先從卡拉的手機定位開始。」

「醬要用。」喬因為回答得太快，把「這樣」說成「醬」。「到電腦公司的資料。我想八臘第一時間處理的，就是打電話給蘋果公司，請他們提供數據。」

「但 Apple 需要幾天的工作日，所以此刻八臘就想先從卡拉辦公室的電腦下手，從那裡進到手機的應用程式軟體，而這要用到雲端密碼，但他沒有。」

「沒錯，所以得先找到密碼，對吧？」喬回答，並喝光手中的啤酒。

「我要試試。」安東妮娜回答。

她把 iPad 立起，並開始打字。

「安東妮娜，妳在白費力氣，有上百萬組的可能。」

「六百四十五萬億分之一。」

「聽起來要花點時間。我先點另一瓶啤酒好了。」

「點無酒精的，等會兒你要開車。」

沒問題。喬暗自嘲諷。他起身走向吧檯。**看來要好一會兒才能把我這個龐然大物送上床了**。**我真的快累死了**。

他拿著一瓶啤酒，以及一盤分量慷慨的醃橄欖走回餐桌前。安東妮娜已經雙手抱胸，不再打字，等著他。

「妳放棄囉？」

「沒有。我已經進到她的電腦裡了。」

喬嚇得幾乎要握不住手上的啤酒。不過，真的只是幾乎，要讓一個畢爾包人失手掉了手中的啤酒，程度可真要達到嚇死人才行。

「妳騙人。」

安東妮娜把螢幕畫面轉向他，讓他親眼看見自己的成功。

「怎麼做到的？」

「運用基本的同理心。」安東妮娜簡潔回答。「研究表示，如果要知道某人的密碼，可以想一下對方最可能使用的關鍵字，然後加上可能的數字，像是自己的出生年月日，孩子生日，父親的生辰，或是收養寵物的日子，或是畢業年份……這些基本上都是最有可能的組合。試個幾次，就可以成功了。」

喬瞠目結舌，嘴遲遲不能合起。他真的被眼前的怪咖嚇到了，連下巴都掉到地上。原本這樣的狀態應該會維持很長一段時間，假若安東妮娜不告訴他：「她的密碼就寫在一張便利貼上，貼在書房抽屜的下方。我剛剛藉故上廁所時就找到了。來吧，我們馬上定位她的手機位址。」

卡拉

現實是沒有人來。

卡拉無從判斷小時、分鐘或天數，因為時間已經消失。此時此刻都是無時無刻。無時無刻都是無日無夜的黑暗。沒有人來。

不會有人來的。

「只是時間問題。我只要乖乖待著不動，再五分鐘就會被救出。」她含糊不清地回應。

卡拉任由時間流逝，一分鐘或一世紀的差距根本無法辨別。然後，她哭了起來。她被巨大的哀傷攫住，可悲的情緒就跟氣憤與絕望一樣強而有力，讓她哭得不能自己。她太難過了，連她自己都覺得卡拉太可憐，太悲慘。卡拉人生完蛋了。這是報應，為自己犯的錯贖罪。天堂已是灰燼，光明已然崩毀，樂音、愛情、正義與歡笑全被吞噬，落入塵埃。在這塊鐵板的另一頭，只是荒無。世界早已不存在。國家沒有人煙，城市只住著鬼魅，不再需要工作、遊戲、吃飯、搞笑與做愛。就算有人正做著這些事，卡拉也只會咒他們死。她希望一切都陷入混亂，一切都隨她而去。

夠了，蠢蛋，窩囊廢。

不要管我。

起來。

我沒辦法。

妳沒辦法，就像妳沒辦法讓博爾哈管好自己的下半身？
妳沒辦法，就像妳沒辦法準時到家，陪孩子上床睡覺？
妳沒辦法，就像妳沒辦法讓父親愛妳，勝過愛妳姊姊？

媽媽，不要再說了！

卡拉哭泣，只是那些眼淚並非自艾自憐，也並非憤恨不平。事實上，她根本不知道在哭什麼，甚至也不曉得自己那副脫水的身軀、乾枯雙眼，從哪裡湧出水來。

起來。

卡拉屈服。自從伊斯基爾離開之後，她第一次想振作起來。她想起身，但手腳麻木，不聽使喚，肌肉處於痙攣狀態，並且又再次喚起她重新感受到已經隱隱痛了幾小時（幾分鐘或幾天）的鼻子。卡拉忍著身體上的痛苦，憑著意志力撐起自己。她勉強站起來，但她無法抬頭挺胸，肩膀的位置已經頂到了空間的頂端。

上方是石板。摸起來相當冰冷，粗糙不平，十分扎刺。

卡拉再次坐倒在地。卡拉這才意識到自己被困在十分狹小的空間內，突然她又感到呼吸困難。她平復呼吸之後，也感覺到周圍的潮溼，以及內褲與股肱間的冰冷。她尿在上面了，但這沒有讓她難受，因為此刻她最大的困難：

身處黑暗之中。

如果有個朋友在幾週前問卡拉最怕什麼，大概她會列舉出像一般大人常見的害怕清單：怕老，怕沒有人愛，怕政府無能。絕不會有怕黑這一項。不管何時何地，不管是對伊斯基爾或任何一個人，她都絕對不會坦承：黑暗才是她真正（最純粹的）恐懼。

從她三歲開始，只要有人關掉房間裡的燈，她就會放聲尖叫抗議。她母親若不打開燈，她可以不停哀號。十三歲之前，她睡覺都仍要開小夜燈。只要房間伸手不見五指，她就無法入睡。

十三歲那年，某個晚上，她同父異母的姊姊進到她的房間，搶走牆上溫暖的藍光，斥責她：「妳不是小嬰兒了。」

蘿紗不是壞人，她不曾做過壞事，只是她不愛卡拉而已。蘿紗的媽媽在她八歲的時候離世。她的父親再婚，卡拉旋即誕生。蘿紗很自覺地知道，進入另一個家庭是背叛母親的愛。或許正因如此，她與卡拉相處總帶一絲冷血、陰暗。不過，感受相互的。她們兩個人其實是互看不順眼。她們的長相相差很多。蘿紗身材粗壯，一隻眼睛斜視，頭髮又粗又黑，熱愛閱讀，走起路來扭捏又笨重。卡拉常覺得蘿紗宛如一隻有病的動物。蘿紗眼裡的卡拉，是一隻壞心眼的狐狸，不懂為什麼大家都喜歡這個腿又細又長，一頭金髮的女孩，為什麼人人都想討好她。

蘿紗搶走她的夜燈之後，卡拉自此對她也就只有冰冷。

或許，是厭惡。

當時，卡拉不管如何吵鬧、哀求都沒用。母親雖然同情，但父親態度強硬。由於卡拉將成為他要培育的接班人（因為蘿紗拒絕接掌家業，她想要當一名醫生，不想從事紡織事業），因此拉蒙認為卡拉關燈睡覺，是對的教育。

卡拉很快就不再強硬要求，她表面上順從，但她開始會把房間搞得一團亂，把東西丟在地上，並等著大人在半夜進房，開燈整理房間，她就會立刻起床，大聲斥責：**是你開的燈**。不過後來很快她就發現另一個更好的辦法：她把毛巾塞到門縫，房間裡的亮光就不會透出去。

黑暗中，怪物會伺機而動。他們能隨意變形、移動，尋找肉身大快朵頤，用尖銳的牙齒咀嚼，暢快吸吮骨髓內的黏稠物質。人們看不到他們，但他們卻看得到我們。

卡拉從小就知道這件事。

而且，結果她是對的。

此刻，她得面對自己深植內心深處的恐懼。她得要熟悉黑暗中的一切，在其中搜索一番。不過，她心裡還沒有完全接受。流線體怪物一直在她身邊繞啊繞，只是這次的面貌是穿著反光背心，手持一把刀。她想像他在鐵門邊上，暗暗看著她，等著她伸長手臂，手掌碰到那條不可逾越的線。

先從簡單的事開始。

妳先跪著。

卡拉努力配合聲音的指示。老實說，她若不做，也沒事可做。她全身顫抖，但仍先屈膝再變成跪地，然後手掌撐地，挺起大腿。最終，她還是做到了。

首先，上面。

她慢慢的舉起手，速度慢到連她都感覺不到自己在移動。當她的手指碰觸（幾乎只有指甲刮到）頂端，她的手就像被鍋子燙到一樣，快速往下縮回。然後，她又試了一次，這回是指腹碰到後才縮手。第三次，她才真的開始用手探索。頂端大概離她的頭約一個手掌的距離。也就是說，依據她跪著的身長來測量高度，大概有一百二十公分長？

現在是最困難的部分了。

要動起來。

她沒有等到聲音下指令，就知道自己該進行下一步動作。她得瞭解自己的所在位置，努力搜索四周，尋找可以利用的工具。她停下來一會兒，花了一段時間思考自己該用何種姿勢行動。接著，她認為該採取像小嬰兒爬行的姿勢。因此，首先，她以鐵捲門做為定點，接著屁股和腿貼在門板上，只用一隻手撐在地板上（盡量不去思考自己能摸多遠，而是努力用四肢撐地），而另一隻手努力撐開手指，一吋一吋摸索。

她因此找到門最上方的一條縫隙，縫隙小得像一根針孔，只是一處透氣空間，但她努力從縫中往外看。什麼都看不見。不過，她仍把身體貼近門縫，感受新鮮空氣的流動。微弱，但仍可以感覺到空氣滲透進來。

卡拉測量出門的長度約兩呎。

必須有其他訊息。卡拉也明白，但要從這道鐵門出去，又談何容易。除了無論如何都要知道自己的方位之外，這道門就是她脫身的路徑。她思度了很長一段時間，仍不知道如何是好。

繼續找。

先知道自己身在何處。

她繼續用相同的方式探索。這次身體更加傾斜，肩膀頂到另一面牆，伸長一隻手臂緩慢移動。很快，她熟悉了自己的空間。鐵捲門與對面的牆，相距僅約一呎半。也就是說，她的世界現在已濃縮到約三平方公尺的大小。

在角落。卡拉發現在地上有一個排水孔。

我覺得我剛找到上廁所的地方了。

好久以前，她也說過一模一樣的句子。當時，她和博爾哈去斐濟小島度蜜月，他們住在一間一千五百平方公尺的超大平房裡。正當她那位耀眼的丈夫在屋子的另一端給門房小費，急著快點打發他走的時候，她尖叫說了這句話。

回憶與現實全都混淆在一起，卡拉不禁哈哈大笑了起來。曾經，不會消失，如雷聲一像巨大的存在。她笑到流淚。

然後，有人敲著另一頭的牆。

6 定位

古鐵雷斯警官不是個夜貓子。

他的人生在三更半夜的時間點上，較常見的狀況是穿著睡衣，躺在沙發上看劇看到睡著，直到 Netflix 發出詢問播放下一集的提示音，他才會從鼾聲中清醒，拖著沉重的腳步回到房裡睡覺。不幸的是，熬夜其實是一名警察必備能力，畢竟壞人總挑晚上犯案。

不是我要做警察，而是我天生就是個警察。

他高中畢業後，的確如同自己同曼多說的，對開啟另一段旅程十分徬徨。到此部分都是真的，但他沒坦露全部的原因。他當時內心對警察工作有一種本能的渴望，熊熊烈火在心中燃燒。所以，他花了八百七十四披索（註7）報名警察大學，通過筆試和體適能（勉強通過，但不是說他胖），進入阿維拉皇家警察學校就讀。然後，他穿上制服，配槍在街上執行公民服務。在潘普洛納城工作一年，里歐哈市服務兩年。雖然他從不曾做過內勤，但他跟老娘說那是他的工作範疇，而他老娘也裝作信以為真的樣子。他調回畢爾包後，就升等為警官，從此便無法自拔地投入這份

註7 披索（pesetas）是西班牙在二〇〇二年通行歐元之前所使用的法定貨幣。

工作，專心處理每個案件。他對這份職業的熱愛，是不管目睹多少狗屁倒灶的事情，都不曾熄滅過的。現今他四十好幾，這股熱情仍持續燃燒。

然而，古鐵雷斯警官身上保有職業熱情，終於在漫長的三天三夜，不眠不休的工作之後，將油盡燈枯。他們此刻正遵循「尋找我的 iPhone」應用程式在地圖上標示出卡拉·歐提茲手機的坐標地點，開車前往。

「她的手機關機。」安東妮娜表示。「有點奇怪。像卡拉·歐提茲這種人應該會有筆電。」

「她家裡的電腦型號是什麼？」

「一臺 iMac Pro，蘋果最貴的機型。」

「她是個需要到處跑的執行長。正常來講，應該會有一臺同樣型號的筆電。」

「那臺一樣也能對其他電腦進行雲端定位服務。」

喬不是 Apple 的用戶，所以他壓根聽不懂這些功能如何發揮作用。

「我不懂妳說的功能。」

「蘋果電腦具備定位個人帳戶的功能。如果遺失或被偷，只要用任何一臺 Apple 的電腦，輸入密碼就能定位。換句話說，卡拉的電腦開機上網後，雲端會自動更新到最後的位址。」

「沒有顯現筆電的位址？」

「沒有。也就是說，可能她不用筆電，但這機率很低。應該是有人搶先把資料從雲端刪除了，但要做到這一步，得要有密碼才行。」

「你的意思是，若不是卡拉刪除的，就是有人拿到她的密碼後，進行刪除。」

「正是。所以她很可能還活著。」

好消息。終於添入了一點工作動力所需的燃料。

「我們快到了。」喬回答。

他們離抵達標示地點，不到二十分鐘車程。時間還不到早上六點鐘，M30快速道路幾乎沒有車。喬稍微踩下油門。沒有踩到底，他不喜歡奔馳的感覺。不過，現在卡拉·歐提茲的每分每秒都很珍貴。他們在跟時間賽跑，而且這是他們目前為止掌握到最確切的信息了。

「坐穩了，我要飆到一百四。」他提醒安東妮娜。

安東妮娜一路上都沒有特別反應，他們飛快抵達目的地。

喬把車子停在GPS顯示「目的地」的標示上，但那裡只是一條荒涼的道路。

「然後呢？」

「定位系統不會提供百分之一百精準的地點。若在市區裡，目標物會在五十公尺範圍內。」安東妮娜回答。「但若是杳無人煙的地方，波長大概會擴大到兩百多公尺。」

「假若那位伊斯基爾把手機從車上亂丟出去，那麼要找到那個只有十公分大小的金屬陶瓷物，妳說搜尋面積要多大來著？我數學太差，算不出來。」

「約十二萬五千六百六十四平方公尺。」安東妮娜眨眼間便回答出來了。「在這方圓之內。」

「這方圓之內……我們應該等到大白天，申請大批警力一起搜索。」

「不要那麼快放棄。你看那裡。」

有一個小亭子亮著燈，一旁就在草綠色的入口大門，應該是進出口的檢哨站。

喬把車子停在檢哨站前。安東妮娜下車，並且向小窗口敲了兩下。

「似乎沒人。」安東妮娜表示。

「好險門沒上鎖。」喬一副很高興的樣子。他靠近門，並從口袋掏出某個東西。

七、八年前的一個午後

喬在路上追捕一個他看不順眼很久的小偷，前四次都差一個箭步就能抓到路米（全名：路爾斯─米格爾．埃雷迪亞），但那年輕的小夥子身手矯健，動作十分敏捷。相形之下，喬顯得溫吞又笨重（跟他變胖無關）。小夥子的身手越來越純熟，狠狠的嘲笑抓不到他的古鐵雷斯副警官。在街上，路米的綽號叫老鼠，因為他很會亂竄。這一次，喬已經追了整整一條街，路米興奮地跑在前頭，不時轉頭對著喬比中指，但不幸（當然也算幸運，看視誰而定）當他轉身後，一頭撞上了讓路的號誌牌，發出轟隆巨響。

喬在幾秒過後趕到，看到老鼠滿嘴是血，在街上打滾。

「喂，路米，看你還敢不敢再跑。」喬手放在膝上，一邊大口呼吸，一邊警告他。他實在很想趁機踹他的重要部位一腳，以防這傢伙再次起身跑走。這當然是非常誘人的提議，只是喬的右腳尖累得不想動了。

最終，喬蹲下撐起路米，攙扶到那支立在步道上的路標旁。

喬扶起他的時候，血絲噴濺到小夥子身上那件白色T恤，幾乎把印在上面的工程公司招工電話號碼都遮住了。

「媽的，這是我唯一一件乾淨的衣服。」他說話，且一併把嘴裡的血液噴在他自己和警察的褲子上。

「好了！」喬邊說，邊從口袋掏出手帕，壓住他的鼻子止血。「別想再亂跑，小心沒命。」

「我就是要跑。」他想如此回應，就算他清晰聽見自己鼻子內發出咕噥的聲音。

「你再跑，就是白痴。怎麼會在畢爾包市的第三區闖空門？你不知道這裡是貧民區？」

他當然要來這裡，他住的聖方濟區更窮。

「不然要我上哪偷東西？」

「上哈龐多益社區去，那裡我管不到你。在那裡被抓到，也只是拘留，不會破頭。」

路米搖頭拒絕喬的勸說。

「搭車到那裡去太遠了，而且那裡的門很厚，很難開。」

「可是在這裡偷不到好貨，頂多塞牙縫。」喬拿開手帕，鼻血已經凝結。「好了！上警察局說去。」

路米神情緊繃，一副預備要逃跑的樣子，但喬的手臂重重壓在他的身上，讓他難以邁開步伐。

「我不能去警察局，我明天有考試，我還沒有**讀書**。」

「考試？你要考什麼試？」

「我要拿退休基金管理證照。」

「騙誰。」

「真的。」

他從包包裡拿出資料夾。在那個包包底部，大概有十幾支看來一點都不像是他花錢買來的手機。

「放我走，反正明天法官還是會允許我離開。我還未成年。」

喬抓了一會兒頭，最後他決定放掉路米，不過交換條件是要教他開門。

「那超簡單的，像你這種老先生也辦得到。」

其實喬不抱任何期待，甚至更沒有把路米說的考試當真（那資料夾可能也是偷來的。鬼才知道真假。）但是兩個月後，路米跑到警局找他。他一手拿著中低級的退休基金管理證照，一手拿著一個要送他的小盒子。

「我不再偷東西了。」他說。「走吧，上你家去。」

「你不能來我家，我和母親同住。」

他把他帶到阿爾特桑達區附近的廢棄大樓。路米在那教他如何用那一個小盒子裡的工具，打開每一家戶的門鎖。

「關鍵是指尖的觸覺。只要兩指尖感覺到微微的顫動，就能咔一聲開門了。」

「哇賽，你這位大盜一定能讓女人很幸福。」喬一邊稱讚，一邊不停的轉動鎖鎬。

「這還用說，你知道一個鎖匠賺多少嗎？」

7 馬場

「好了。」當喬校準錫塊，聽到咔一聲之後，他說。

喬忽然覺得難過，他想起路米撞到路標的年紀應該跟那個血被抽乾的莊園男孩相去不遠，但人生際遇大不相同。

他起身，退開一步，讓安東妮娜開門進去。從安檢站內通過一扇門，走過長廊後，就能通往馬場內部。裡頭的一邊是廣大無聲的賽馬場，他所在位置的正對面是一排平房。右邊的圍牆邊有另一排平房，更遠就只是黑壓壓一片。

「馬住這裡。」喬說。

「你怎麼知道？」

「你沒聞到嗎？」

「沒有。」

「喔！對厚！對不起。」喬想起安東妮娜嗅覺有毛病，趕緊致歉。

忽然，一道手電筒的光束打在他們臉上。喬下意識擋在夥伴的前面。

「不准動！雙手舉高。」

「喂！不用緊張，」喬直直舉起雙手，回應。「我們是警察。」

保全把手電筒往下移，光線照向地上。他應該不到二十歲，沒有配槍。他方才命令他們投降，僅憑手中的強光和強勢的態度而已。

「你們怎麼進來的？」

「檢哨站的門是開的。怎麼敢不鎖門？」

「我這個禮拜才剛到這裡工作，但這裡不可擅自禁入。」

「我們有敲門，沒人回應。」

「同事應該是去廁所了。」

「你肩膀上有麥桿。」安東妮娜插話，並指著保全的襯衫。

「沒關係，可能是我剛在馬舍後面麥草堆上睡覺時黏到的。晚班到這個時間點，很難撐住不闔眼。」

「這樣難保你下週還有工作做。你怎麼就相信我們是警察？你該查看證件。」

年輕保全想了一會。

「如果不是警察，為什麼要告訴我是警察呢？」

十分合理的說辭。

「我猜是有東西忘了拿吧。」這名保全繼續說。「警察整個下午都在這裡，一直到我上班時才離開。聽說好像是在找一匹失蹤的母馬。我的老闆帶著他們翻遍整個地方，仍一無所獲。」

安東妮娜和喬互看了一眼。

「是誰的馬不見了？」她問。

「我哪知，我只是個值晚班的人員，沒人會跟我們報告這種事。聽說，那匹馬應該昨晚送到這裡，但沒卻沒有。」

「抱歉，請等一下。」喬回答，並把安東妮娜拉到一旁。

「這裡應該就是卡拉明天賽馬的場所。」她說話。「是新開幕的馬場，所以連Google 地圖都還沒更新。」

喬打開手機上的手電筒功能，把光束照向牆上的一塊告示板。**馬術中心盛大開幕。拉斯羅薩斯區運動俱樂部與休閒養生館**。參賽人員席列在日期的下方，卡拉·歐提茲與她的馬，美其就是其中之一，兩者並列一起。

「她的行程就攤在陽光下。」

「我們去繞一圈。」安東妮娜提議。

「緝匪組大概進行了地毯式搜尋。」

「我知道，不過她的手機就在兩百公尺範圍內。如果不在此，會在哪裡……」

安東妮娜話講到一半，突然轉身跑向安檢人員。

「我要梯子。」

「梯子？保養維護室可能有？」

「算了。」

入口附近，有兩個大垃圾箱，雖然在黑暗中看起來是黑色的，但實際上是綠色的。關於裡頭裝了什麼垃圾，無從得知，但無論如何也沒有人企圖揭發其中的奧祕。當然，安東妮娜壓根沒有這層想法。

「如果妳以為我會願意爬到垃圾箱上，妳就大錯特錯了。我身上穿的可是名牌湯姆福特的襯衫。」

「你穿的才不是湯姆福特。憑你的薪水，買不起他家衣服。」

「那又如何，這件是高級仿製品。還有，妳又知道我買不起？」

「閉嘴，快爬上來。我之後還你一件湯姆福特，買一件真的給你。」

「妳明明比我窮，還要靠鄰居送飯。」

「快上來，你現在幫我，我就告訴你曼多會付你多少錢。」

喬本想試著和她用一樣的方式爬上去，但他的腿連蹬到蓋子上都辦不到（跟胖無關）。

「過來，推我一把。」喬叫喚保全。

保全跑近，微蹲，雙手扠腰，讓喬踩上去。

「能說說在搞什麼花樣嗎？」

「小子，我比你更想知道。」

小夥子的體格外表可能看起來普通，但其實相當精實，一直撐著古鐵雷斯警官爬上油膩膩的垃圾箱為止。基本上，整個過程一點都不優雅，喬的手腳就像被迫推上火坑的人，扭曲掙扎，但最終他還辦到了。

「妳剛說我會領多少錢？」

「我等一下告訴你，先幫我。」

喬模仿保全的姿勢，讓安東妮娜搆到圍牆。之後，她跨坐在他的肩上，然後一腳踏在牆上（好險上面沒有插玻璃碎片）。喬猜想那裡是連貓都上不去的地方，不過他沒有多餘的心思可以胡思亂想，因為他得專心集中在自己一百多公斤的體重上，穩穩站在垃圾蓋上方，確保她不慎滑落能立即接住她。

女孩，拜託動作快一點。

8 高牆

安東妮娜站在牆上，俯視黑暗。深藍色的天空開始褪去，一絲曙光乍現。天寒，離日出仍要半個小時，但松樹林似乎從黑壓壓的天空切割開來，一片灰濛濛。微風颳起松林私語，蟬在難以察覺的時光間隙中脫殼而出。安東妮娜雖然無法親眼目睹，但直覺上她知道景色的深處有一條公路，但她的目光停留在另一條上面。那不是路，還沒鋪上瀝青。

安東妮娜並沒有拿出 iPad 定位。她需要眼睛適應黑暗，螢幕的強光會讓她看不見周遭。況且，她有更好的方法來定位。

她剛才來的一路上都在研讀這區的地圖，所以現在只要喚起記憶，貼合眼前的風景到腦海即可。馬場位於二十公尺高的小山丘的制高點，四周環繞兩種類型的松葉林，形成一片複合的松樹林層。

為了供有錢人騎馬，毀了數百頃的自然。她暗忖，但隨即移除腦袋中一切不相關的問題，讓自己專心思考。

此刻，在此地。

她腦海中的地圖，從她自身所在的方圓兩百呎內，以及四周的地景，畫出了卡拉手機最後落下最有可能的地點，位置應該是與她不相交的範圍。**不管再怎麼努力**

在馬場內尋找，也不可能找到線索。

然後，她開始模擬卡拉·歐提茲的座車開到馬場所走的路徑，她的腦海便發現到有個點在此路線上交錯。

從此點往左，是個陡坡，未開墾的土地，蠻荒之地。車子無法由此通行。往另一個方向，右邊，斜坡傾斜角度比較緩和。

儘管安東妮娜什麼都沒看見，但她仍相信在那片樹林裡，有一條路。

「應該是在那裡。」

卡拉

剛開始，卡拉認為她聽到的聲音只在自己腦子裡回盪，聲音並不存在。聲音聽起來像母親，但那是不可能的事，她的母親十一個月前去世了。因此，她張耳傾聽：

「您好？有人在那裡嗎？」

聲音從牆的另一頭傳過來，聽起來非常微弱。

來了！來救我了！

卡拉的心臟放射出一道有力的熱血，腎上腺素急速上升。終於，只要等待，早晚會被救出去的。她爬到牆邊，開始用力拍打牆壁。

「我在這裡！救我，拜託，快來救我！」

另一邊沒有回應，寂然。

「喂！你聽得到我的聲音嗎？」卡拉不斷發問。

「妳也被抓了。」那人回答。聲音隔著一道牆，聽起來有些喑啞，但仍可辨出是女性的甜美嗓音，腔調帶有馬德里人的特色。

卡拉的情緒又低落了。她並不是在與搜救人員對話，而是與另一名受害者。淚珠再次滑下，喉嚨苦澀，胃開始激烈絞動。

「妳叫什麼名字？」她問。

「我不知道……該不該對妳說。」

「為什麼不能說？」

「我不認識妳。」

這名女子真的嚇到了。然而，她的情緒不知為何沒有感染給卡拉，反而是激起她的勇氣。

「我叫卡拉。」她本來想說出全名，但突然決定省略自己的姓氏。

「我叫珊德拉。」停頓了很長一段時間後，她回答。

「妳知道我們在哪裡嗎，珊德拉？」

「不知道。」聲音帶有哭腔。

「妳知道誰綁架了我們嗎？」

「一個很高的男人。他拿刀威脅我上車。」

「有說過他的名字嗎？」

「伊斯基爾。他說自己叫伊斯基爾。」

「珊德拉，他有傷害你嗎？」

這道問題徹底擊潰對方。很長一段時間，隔著她們倆之間的那道牆，就只傳出啜泣的嗚咽，以及絕望的無言。

但是，沒有焦慮。

焦慮的情緒被那道磚牆過濾了。焦慮沒有傳染給卡拉，那道牆就像肺一樣，能把霧霾中微弱的有毒物質過濾掉，她得到的只是焦急，急著想知道珊德拉的命運，認定那是自己未來的預言。

「他對妳動粗。」對方平靜下來後，卡拉問道。

「我不想講。」

卡拉**卻很想談**，實際上這是她當前最關心的大事，她一定要探聽珊德拉發生過的事情，知道她被如何對待。

她吞下口水，試圖裝作無所謂的樣子。她絕對不想終止對話。她突然記起（記憶，真是個奇怪的存在）商業談判課程中瑞茲教授的告誡：**千萬不要為了獲得資訊煩躁，不要被情緒帶著走**。那女的真強，很會壓抑情緒。其實教授還說過。**控制好情緒，有一天情緒能救你一命**。不過，卡拉似乎沒記得這句話。

岔開話題，講些別的，繞個圈子，一樣能達到目的地。

「妳是做什麼的？」

「我是個計程車司機。他就是這樣抓到我的。」珊德拉回答。「妳呢？」

「我在服飾業工作，做行政工作。」

「哪一家？」

卡拉告訴她名稱。

「我有買過你們家的衣服。」計程車司機回應。「不過只買得起特價品，所以很難找到我適合的尺寸。」

當然買不到。她們品牌成功的祕訣，就是每十天舊衣下架，新品上市。如此一來，客人不得不時常上門光顧，看看新貨。這是她父親獨創的行銷策略，也就是這個超厲害的行銷術，讓他們財源廣進。

「我上週才光顧。」珊德拉繼續說。「很喜歡一件印有白色碎花的藍色背心，不過就算是特價品，還是很貴。」

卡拉知道那件衣服，那是當季賣得最好的單品。她似乎找到可以說服她的事情了。

「珊德拉，我們離開這裡後，我帶妳去店裡買妳所有想要的衣服，我全部幫妳買單。」

「妳要買衣服給我？」

「沒錯。」

「可是我們先得離開這裡才行。」

兩人安靜下來。

「妳怎麼……？怎麼被抓到的？」

「我晚上下班時，車旁停了一輛廂型車。他壓住我，脖子好像被針刺了一下，我醒來時就在這裡。應該是對我下毒了，從那之後就覺得很不舒服。」

「有什麼感覺？」

「一直昏昏沉沉。可能是飲用水被下毒了，味道怪怪的，苦苦的。我一直想睡覺。」她回答。事實上，每一次回答，她的聲音聽起來越來越微弱、無力。

卡拉嚇了一跳，拿起自己僅剩不到三分之一的水瓶。擰開瓶蓋，喝了一小口水。無臭無味。

以此看來，不管怎樣，伊斯基爾沒有用相同的方式對待她們。

「妳什麼都不要喝。」

「這裡很熱，我很渴。他走前，交代我要把水喝完，不然就……」

「他走了？怎麼走了？」

他去哪裡了？他把她們兩人獨自拋下？卡拉的念頭憂喜參半：一方面鬆了口氣，但另一方面又覺得恐怖。他會不會發生什麼事？如果發生意外，自己會不會要一輩子被關在裡頭，誰都找不到？卡拉對自己的下場忽然閃過一個很駭人的想法：她可能在黑暗中死於飢餓或脫水。她們還是需要伊斯基爾的存在，供給她們食物。

卡拉想知道珊德拉如何確認伊斯基爾不在了。

「珊德拉，妳聽我說。妳要讓自己保持清醒，珊德拉。」

「我做不到。」她的聲音幾乎快聽不見了。

「妳怎麼知道他不在這裡？珊德拉，妳怎麼確信這件事？」

寧靜成為所有的回答。突然，她插入這片沉默。

「有……一個洞。」

然後，再次失聲。

9 一條路

「應該是在那裡。」安東妮娜站在高牆上十一秒後，她說的第一句話。

「哪裡？」

「樹林間有一條路。」

「這麼暗，妳也看得見？」

「我腦子能看見。扶我下來，我不敢往下走。」

「什麼？妳要我抱住妳嗎？」

「我想你應該做得到。」

「小妞，我能抱得起比妳重上四倍的人。」

或許五倍。喬抬石頭比賽紀錄是三百多公斤，所以他一把抓住安東妮娜的腰，抱她下來時，他發現她纖細的身體，若不在口袋裡放些石塊的話，一定會被風吹走。因此，他暗自又加了一倍。

「我以為妳不喜歡身體接觸。」

「我不喜歡。不過，有心理準備的話，還是可以做到。」

他們回到車旁。在離開前，保全一直拜託他們務必三緘其口，不要對別人說起自己沒鎖門的事。

「別擔心。」喬向他保證，「我們不會洩漏出去的。」

「從這條路開下去，要盡可能開得很慢。」當喬手握住方向盤時，安東妮娜下令。「還有，開大燈。」

奧迪A8車款的車燈可打出強光（若是打向天際，就連天使都能叫醒）。安東妮娜徒步走在車子前面，車燈像白日一樣照亮她的路徑。她沿著下坡路走，視線固定看向右邊，斜肩背包緊貼在身上，行走的步伐間距非常小，小到喬幾乎整段路都要一直踩住煞車。畢竟奧迪不是專門設計來陪伴悠閒長輩散步的車，所以他不時能感受到車子的抗議，意圖想要超前。喬為了避免憾事發生，失足硬生生碾過她，一路使勁制止車子向前滑行。

「可以告知一下我們在找什麼嗎？」喬的頭伸出窗外，探問。

安東妮娜不轉身，就只是搖搖手拒絕回答他的提問。

約兩分鐘後，GPS再一次發聲提醒。

「我們已經抵達定位器標示的地點了。」他再次探頭說。

又往前走了十公尺，安東妮娜停下腳步，蹲在灌木叢和雜草堆中。在草堆下面，隱約有一條路。她往裡走，然後等她再次出現，手裡拿著樹枝。

喬傾身觀察從她身上拍落的枝葉，那些樹幹和葉子都沒有根，就只是品質良好的灌木，被隨意擺放、丟棄在那裡。

安東妮娜指揮喬把車開進樹叢裡。隨即，喬便發現裡頭有一條小徑，只是剛才視線被樹叢擋住了。此時，他注意到右邊後照鏡似乎有什麼，所以下車察看。

「我好像發現什麼了。」他向同伴說。

在一堆雜草枯枝樹葉的泥土底下，似乎藏著一塊反光板。他蹲下來，把東西挖出來，放到車燈前下一照。他立刻吹口哨，召喚安東妮娜靠近。

「我想，我知道這裡發生什麼事了。」

安東妮娜把指示牌立起，撥掉幾片黏在牌子上的枯葉，見到上面的文字：**道路施工，車輛改道**。

「這牌子還很新。」

「一定是從哪偷來的。」

「不用偷。網路上就買得到。大概不到二十歐元。」

「連這種事都知道？」喬吃驚地瞄了她一眼。

「只是偶然得知。」

「妳的意思是，誰都能買得到這塊交通號誌牌，而且阻斷交通的價錢比吃一客牛排套餐還要便宜？」

「也有個人化服務。如果需要，能幫忙在上頭加上市府的名字。」安東妮娜一邊回答，一邊用手指指出字牌上的文字，上頭清楚寫著：**拉斯羅薩斯區公所**。

「都不用出示文件證明？」

「不用，就像馬場的保全說的：如果你不是，為什麼要自稱自己是呢？」

但是這會讓一個謀劃綁架的變態，輕易就拿到這塊號誌牌。喬暗忖。**不過，最可怕的還是網路，輕易暴露我們的居住地、通聯紀錄與生活作息全都，就連犯案工具也可以在線上取得。網路，讓那些有病的瘋子更加容易對我們恣意妄為。**

「往下走，看看有什麼發現。」

喬回到奧迪車上，把車子開進那條鋪滿灌木的小徑，安東妮娜再次走在車子前面，細察路上的四周。這一次，一路坑坑洞洞、彎彎曲曲，喬跟在安東妮娜的後頭就輕鬆多了。約往前四十或五十公尺左右，路徑突然變窄，樹林讓出的間隙大約消失在前方二十公尺。

安東妮娜停下腳步，她注意到地上的異樣。

喬下車，走到她身旁。鋪滿碎石塊的路面有一塊很大很深的黑色汙漬，顏色深邃到朝日的陽光都無法反光。古鐵雷斯警官沒等安東妮娜靠近，便拾起帶有汙漬的泥土，靠近鼻息。無需辯駁，分明是鐵鏽味。

安東妮娜也做了相同動作。

「你聞。」

喬撇開臉。

「不用。安東妮娜，這是血跡。」

「大量血跡。」她說。「不管是誰，都難逃一死。」

「應該是頸動脈被割斷。」喬提出假設，他先前多次看過類似場景。有一次，在他轄區內，有兩個毒蟲為了五歐元吵架鬥毆。打贏的那位得到一張前往巴紹里的單程票，而輸的那位全身是血，大量血跡留在現場。對比血跡遍布的狀況，受害者應該遭遇差不多的情況。

「照這裡。」安東妮娜要求喬把燈束照向她前方不遠的地方。

喬手機上的手電筒一照過去，眼前地上即有一條痕跡，並不明顯，印記在碎石塵土幾乎難以辨識出來。

往前走幾步，清晰可見的痕跡在小徑上戛然而止，消失在灌木叢中。

古鐵雷斯警官解開外套的鈕扣，露出手槍。

「站到我身後去，輪到妳來幫忙照明了。」他指示著安東妮娜，並把手機遞過去。

「你真的反應過度。做出這種事的人早就不在現場了。」

喬從小開始，因為長得人高馬大，再加上他心地十分善良，所以總是會下意識自動保護他人，完全是自然反應。對他而言，事情就該如此。因此，他一隻手遞出手機給她，另一隻手則輕柔地把她推到身後去。

「照我的話做。」

安東妮娜拿起手機。

「我們應該要有支真的手電筒。」

的確該帶上自己那支 Mag-lite 手電筒。喬想著。他其實都會隨身攜帶一支，以備不時之需，但現在那支手電筒在畢爾包警局的兩個街區外的車子上。他們循著血跡，進到樹林裡。腳底下的松樹葉發出窸窸窣窣的聲響，大聲宣告遭受入侵。

除此之外，萬籟俱寂。

喬感覺自己頭皮發麻。這種觸覺就像是有上百隻蟲子在頭頂上爬，毛骨悚然的感受十分明顯。他很少有這類的感覺，之前有過類似的經驗，下場都不好。喬這輩子雖然曾亮過槍，但他從不曾開槍過（很少幹警察真的要用到槍）。

喬脫去槍套，兩手持槍。

「小心行動。」

「我說了不用擔心什麼。現在不可能發生什麼事。」安東妮娜表示抗議，並把光線往左邊照去。

有一隻手飄浮在光線之下。

蒼白，膚色宛如死灰，如同鬼魂靈體一般乍現。

他們靠近，發現那隻手連著司機卡梅羅的軀體。他張大嘴巴倒在滿地的岩薔薇上，有幾朵花從他的身體四周探出頭來。司機眼神空洞，清晨的露水在他低垂的睫毛上閃耀，模樣彷彿在探問自己枉死在這座樹林裡的理由。

卡梅羅吃驚的咧嘴面貌，顯示死亡時的痛苦與致死的方式：他脖子上有一道深邃殘忍的切口。

「你欠我一份綜合潛艇堡。」安東妮娜提醒。

就算喬幹警察多年，他仍無法適應死人身上那股強烈的腥臭味，一靠近就會讓他反胃想吐。他當下只能咬緊牙根，閉起嘴巴，不讓這兩天來自己唯一吃下的一餐吐出來。

「八臘想要怪罪到司機的嫌疑，恐怕是毫無根據。」喬恢復後說。

「也可能是共犯，那個自稱伊斯基爾的人可能決定要殺掉所有認識自己的人。不過，這個可能性很小。喬，你是對的，我應該錯了。我們應該盡快告知八臘有關莊園的命案。」

「哇！安東妮娜．史考特判斷錯誤。天才也會失誤。」

「不要那麼幼稚。求證是……」

喬突然抬起手，打斷她的話。

「妳有聽到嗎？」

粗暴，狂野的引擎聲。那絕對是一輛車子發動時會發出的聲音。緊接著，尖銳刺耳的聲音是引擎轉到最高檔時所發出的。清晨寂靜無聲的樹林裡，那道聲音宛如無所不在，完全無法判斷出位置。

兩人機警地望向四周。

「什麼……？」

那輛保時捷的車燈亮起時，同時發生了三件事。

第一件事，有個駕駛鬆開煞車，讓具有五百馬力的車子，像一頭漆黑的龐然大物，自然往前衝向安東妮娜．史考特，猛然撲向她。

第二件事，安東妮娜，像失去動力一樣站在原地一動也不動。她的腳彷彿被釘在地上，邁不開腳步。其實一輛兩噸重的汽車，在間隙（一秒半至兩秒）間就要撞了上來，身體卻只是呆呆看著，完全是自然反應。受到驚嚇的身體會動彈不得，是歸咎於神經系統的自然機制。哺乳類動物的身體接收到有危險訊號的強光照射，在眼盲的狀態下會突然呆滯。這就是為什麼野鹿或是野兔逃不過汽車的輾壓。所以，這也是為什麼會出現死前看到強光的說法。

第三件事，古鐵雷斯既非為了逞勇也非義務，但他毅然在這輛大車以時速五十公里衝撞過來時（撞到的力道就等於從五樓掉下去一樣），以千鈞一髮的姿態把安東妮娜從保險桿前撲倒到一旁。

他此刻身體正壓在安東妮娜上面。

我真是不要命了。喬心驚了一下。

「走開！走開！」她大聲吼叫，因為她就像一隻快被他壓扁的蜥蜴。

喬立即起身，並且拿起手槍，站定馬步姿勢（兩腳分開，膝蓋微彎，左手扶著右手），對準在樹林小徑上飛奔的保時捷的車燈，然後開槍。

子彈朝向擋風玻璃飛去，不過卻打到了後車箱。可能是缺乏練習的結果，不過實情是在不平整的山路上，那輛張狂的保時捷就像是大鼓上的彈珠，以誇張顛簸的方式前進。

在喬開第二槍前，安東妮娜擋住他的視線。

「孬種，他媽的想去哪？妳別擋住我啊。」

她沒有回答，徑直朝著奧迪走去。

這女的若沒殺了我。喬一邊盤算，一邊跑向她的身後。**看我怎麼殺了她**。

10 高速公路

古鐵雷斯警官不喜歡飆車追捕嫌犯。

無關帥不帥的問題。大螢幕的電影情節特寫的加速與變檔，僅供表演參考。臨場感完全依靠前後喇叭，才能製造出立體音效。電影做這麼多魔術戲法，僅為了讓觀眾感受到所謂移動的狀態。

另外，若飆車時自己是坐在副駕駛座上，這更加讓古鐵雷斯警官厭惡了。

他上車時，安東妮娜已經發動引擎，在空地上迴轉了一圈。喬趁著車子甩尾後暫歇性的靜止，趕緊坐上車。此時，安東妮娜已經預備筆直衝出去了。

「妳發什麼神經？」喬邊發問，邊繫上安全帶。「他可能會朝妳開槍。」

安東妮娜沒有回話。她在一條適合行走去野餐的狹窄路徑上，以時速九十公里急速前進。一路上，安東妮娜眼都不眨一下，任由車子的保險桿輾壓所有眼前的灌木叢。

喬先前看過她類似的狀態：雙眼透明，下巴繃緊。他認得出來此狀態代表：正在燒腦。她的腦子在高速運轉，思考問題的處理方法：

奧迪A8最高時速可達每小時兩百二十五公里。

屍體的位置。

樹林間距。

保時捷卡宴車款的最高時速（沒有解答，她沒有事先調查）。

割頸殺手無防禦性傷口太多事同時我做不……

呼吸困難。此狀態不適合飆車。安東妮娜一副委屈的樣子，把頭轉向同伴，承認自己需要他的幫忙，需要吞下另一顆。

「曼多交代你拿什麼給我嗎？」她發問，並把手直直地伸向他。

喬一開始並不瞭解她的意思，因為他眼前有更加危險的事要他關心。他突然大叫。「小心！」

小徑往馬場的那條公路，一路彎彎曲曲。然後，道路方向就突然拐到另一頭，安東妮娜使勁抓住方向盤，努力要把整輛車子扭轉過去。最後，車子在碎石地上甩尾，撞上一棵大樹才成功煞住。他們駕駛的奧迪車身，除了後車門凹陷之外，基本上算完好無缺，仍可在公路上奔馳。

此時，那輛四門黑色房車，非常適合在山路地形行駛的保時捷，早就連車尾燈都看不見了。

「曼多交代你拿什麼給我嗎？」安東妮娜拍了一下喬的肩膀，再問一次。

喬終於理解她的要求。先前曼多很鄭重地拜託他收好一個小金屬盒子。他摸了一下口袋，他放在背心的口袋中，一般那個位置會放入懷錶。

他打開盒子，裡頭有兩個格子。

「哪一個？」

「紅色的。」她回答，並攤開手。「給我。」

喬遞給她紅色膠囊。她含入嘴中。聽得見她嚼碎與舌頭的移動。她每回的動作都一模一樣。喬覺得她吃膠囊的樣子，跟滿口黃牙、骨瘦如柴的戒毒犯一樣。

「換你開。」她下令。

她閉上眼睛。雙眼緊閉，腳卻依舊沒有鬆開油門的意思。

「妳會害死我們的。」喬大喊。他解開安全帶，整個身體傾倒，壓在她身上抓住方向盤。幸虧整條路筆直暢通，若是以這種車速開在山路，一定會發生意外事故。

喬握住方向盤約有十秒的時間。喬清楚知道時間的長短，因為他的耳邊能聽到安東妮娜的呢喃，她以很極小的音量默默倒數到一（若是數到零，就是十一秒），然後說：

「好了。」她又再一次抓緊方向盤。

喬坐回位子上，像遭受沉重的打擊一般，魂不附體地尋找安全帶。他盤算一旦自己繫好安全帶，就要動手勒死她。然而，在他真的下手前，卻發現她變得不一樣了。她似乎坐得更挺，肩膀高聳，雙眼不再清澈透明，而是發射出兩道激昂的視線。

「妳有毛病，神經無『正能』。」喬發話。

「我若開到兩百，希望『正熊』不會害怕。」她調侃他帶有方言的說話腔調，並輕柔打檔到高速追緝模式。當時車速是一百公里，但時速可以飆到兩百。

奧迪的輪胎性能是外太空等級。

媽的，我只問過她對車子的喜好，卻沒問到她車速如何。

約往前行二十公里後，終於脫離林間小路，車子一開上高速公路，就開始加速追向那輛黑色保時捷卡宴。在孤零零的公路上，狂追一輛被可疑嫌犯駕駛奔馳的車子。

安東妮娜把油門踩到底，不斷逼近目標。

「我需要你，」她以極度冷靜的聲音指示，「上網查那輛車最高時速是多少。」

「你覺得我現在有手可以拿手機打字？」喬雙手緊握把手，反問。

「生死有命，你想活到一百歲喔？」

「沒錯，我是這麼打算的。」

「你張嘴問 Siri。」安東妮娜一邊說，一邊打到低檔，以防車在彎彎曲曲的山區公路上翻覆。

喬仍不放心，他只鬆開一隻手，按下手機側邊的按鈕。

「Siri，保時捷卡宴跑多快？」

停頓一會後，Siri 以非常和善的態度回答。

「這是我在網路上找到關於『保持潔餐墊好多塊』的回應。」

由於喬的西班牙語帶有北方人的腔調，Siri 不管怎樣都無法聽懂畢爾包口音的發問。

最終，喬還是只能手動搜尋。

「最高時速到兩百八十六公里。」喬回答。

安東妮娜咬緊嘴脣。真是討人厭的消息，另一輛車若全速前進，時速竟然比自己的車快上六十公里。此刻，她得用盡全副心力來衝刺。因此，當輪胎一開上柏油路後，她終於甩掉所有顧慮。

「抓緊點。」她向喬提議。

「更緊？」喬回答。他抓著把手的手指頭，早已用力過度，變得蒼白沒有血色。

好險把手是軍式等級，十分穩固。

「打給曼多。」安東妮娜指示。「告訴他嫌疑犯在A6公路上，往馬德里方向。」

路上車輛不多。事實上，現在時間還不到早上七點，天才剛亮。因此，安東妮娜能把車子開到時速一百六，不斷左右超車，視法律為無物，常識即嘗試。在公路上跑兩分鐘後，安東妮娜已經能看到保時捷在前面的遠方，而就在這千分之一秒間。

「他彎進另一條路了！」喬大喊。

「M50出口。」

晚一秒就追丟那輛車了。

安東妮娜更加用力踩油門。她熟知這條路況：沒什麼車，但有很多岔路。假若她不能縮短距離，很可能就會跟丟。

有一段漫長的五秒時間裡，她還得讓路給前方要彎向別條路去的車子。奧迪車身實在過於龐大，沒有減緩速度便沒有空間讓別的車子岔入。直到在車道上遇上一臺龜速車，安東妮娜才直接從右邊超車，直接無視抗議的喇叭與可能的咒罵，加速度揚長而去。

「快點！快點！」

他們開在一條十分筆直的公路。他們的車子走在左車道，車速以時速兩百公里前進。油門基本上一直踩到底，引擎不斷逐漸飆升，車子正以最高性能運轉，如此才讓他們離保時捷近一些。從一百公尺，八十公尺，到六十公尺的差距。

「小心！」

有一輛福斯Passat車岔了進來，安東妮娜讓那輛車開在自己前面。如此一來，奧迪的車身就夾在福斯和飛雅特之間。這突然的減速，讓他們車子的後保險桿離飛雅特不到三十公分的距離，不過因為後方車主機警得踩了煞車，讓出空間給安東妮娜。她沒有一秒的猶豫，趁隙馬上超福斯的車，逼迫前方的車主同樣煞車讓路。

喬嘴裡唸唸有詞。

「你說什麼？」

「沒在跟妳說話。我在拜託神明，求車神聖克里斯多福的保佑，請祂讓我有生之年能開車載我媽去亞歷桑納賓果室。」

「很好，能幫上忙的，都歡迎。」

再次加速。最後一次。

保時捷在前方五十呎，無任何車輛在兩車之間。

「他一定看到我們了。」

「媽的，當然要看到我們。我們可是以兩百多的時速追他一路耶。」

儘管奧迪的引擎幾乎全開，但車速已無法更快，不過車子前後並排可以達到滑流效果，因此安東妮娜貼緊對方的車尾，以此方式跟住對方。

如果他煞車，我們就死定了。喬自忖。他的心臟用力撞擊胸腔的感覺，就像在一名在毒梟生日宴上表演佛朗明哥的舞者一樣，腳步正用力踩踏地板。

「看你那邊有沒有來車。」安東妮娜要求。

「車道暢通！」

安東妮娜握緊真皮套的方向盤，再催了一次油。

兩車開始縮短距離，但風阻顯然更強，逼退奧迪往後一些。

安東妮娜努力在平坦地勢消失前，讓兩車平行前進。

她油門再往下踩了幾公分，腳底連支撐油門踏板的那根鐵柱都感覺得到。她兩條腿緊繃到像是被嵌入身上無法知覺的義肢一樣。

「喬，拿手機。和他平行時，就拍他。」

喬努力操作自己性能很慢的手機，想要打開照相功能。

再快一點。

窗口對上了。伊斯基爾在裡頭，靜止不動，甚至可能連車子也沒有移動。他有兩條粗壯的胳膊，頭上罩著黑色頭套，只露出充滿恨意的深邃雙眼。另外，還有第三隻眼。槍枝的眼，正對準安東妮娜，預備發射。

喬大叫，這是他想到能搶救他們生命的反射動作。

「煞車！煞車！」

子彈穿破保時捷易碎的玻璃窗之後，卻沒有擊中他們。因為就算兩輛車是開在同一條路，奧迪是輛四輪驅動的房車，所以安東妮娜只要及時稍稍抬起腳，就能達到煞車效果，退後一些，但同時又剛好能追上保時捷。不過，這一次伊斯基爾不再讓她利用滑流原理，貼在後頭。他用力旋轉方向盤，車身整個大回轉，正面擋住安東妮娜的路。

這一回，她不踩煞車就會直接撞上保時捷。不過，似乎一切都來不及了。當她意識到這個問題時，整輛車幾乎已經衝上來。

安東妮娜當下得要決定：要一頭撞上安全氣囊，還是那輛三十噸的車子。

她做了好的選擇。

在此速度下，鋅合金貼鋁的車身就像一張薄紙。他們沒有喪命，正好此處的地勢有些許的高低落差（可能是小精靈的搗蛋），讓整輛車往上飛奔，輪胎沒有著地的往前飛行了一會兒。

落地後，車子在慣性作用下在地上滑行約五十幾公尺，他們的腦子在此間也前後左右撞了數回合，最後因為左前方的輪胎爆裂，摩擦力和地心引力相互作用的結果，車子向左傾倒，駕駛座旁的車門整個壓在地上，然後衝撞力道才逐漸放緩，慢慢往前滑行幾呎到路旁的野草堆中，便完全停了下來。

喬（身體如鞠躬與地面成九十度角）全身被一堆安全氣囊包圍。整輛車前後左右上下內設的安全氣囊全都彈了出來，擠得他動彈不得，無法確認自身狀況。

約半分鐘，氣囊裡的空氣才消得差不多，他解開安全帶，掙脫出來。

他先喊叫安東妮娜，但聽不到任何回應，接著他用手撥開夾在他們之間的氣囊（每顆都價值不菲），然後他見到對方雙眼闔起，一股鼻血流到臉頰上。

不可以。不可以。

喬想要確認她的情況，但他實在太緊張了，找了好久才找到脈搏。他按著，發現仍平穩有力的規律跳動。大概只是被氣囊打昏過去而已。

「我說過不要碰我。」一聲低喃。

脈搏正常，賤嘴依舊。好的，人是同一個。

「我說過妳飆車會害死我們。」

「沒有，你沒有說過這句話。」她質疑，一如往常只照字面意思解釋。

「這只是一種說法。」

喬掙扎地爬出車外（世界此時運轉得很慢，彷彿一動也不動，黃澄澄的大地是如此踏實），然後他扶安東妮娜下車。

「看來我們跟丟了。」

「似乎是。」安東妮娜回答，並踢走腳邊的一顆石頭。

仍有些昏眩，尚未完全清醒。

伊斯基爾

他滿腔怒火回到自己住處，胃酸不斷湧出。

笨蛋，白痴，低能。

在如此短的時間內就犯下兩個錯誤。僅一秒就能毀了一切，一切，而且都只是最基本的事，卻粗心大意忘了。

一切都因為戴手套不方便用刀，當時就先脫下手套，但那女的竟然開門逃跑，自己一時失去平衡，伸手抓住車窗。明明提醒過自己要拿抹布擦掉，清除所有指紋，但在擄人的過程中，心情既緊張又亢奮，原本再三提醒的注意事項，一下也就忘得一乾二淨。在樹林裡追捕比想像中的困難許多，但同時也激發出他自身動物性的慾望，原初的罪惡，就算沒有犯下任何壞事也帶著的原罪。她真的是非常厲害的女人，所有綁票中最厲害的一個。

換句話說，抓她風險最高。

笨蛋，傻子。太快了。

真的是太快執行了，尤其太接近第一份任務的時間。相形之下，綁架第一個人的時候，完全不費吹灰之力。過程中完全沒有傷害對方，用相當人道的方式對待。當然，是堵住了他的嘴巴，不過實在是他的尖叫聲比女人還淒厲，搞得他心神不寧。最後，對他母親下最後通牒之後，也就無法避免不走到終點。伊斯基爾執行的過程很溫柔，說話輕聲細語，還事先餵他吃了藥，讓他免於受到不必要的痛苦。

我真的是一個好人。

他花了好幾個月進行事前準備，過程一點都不輕鬆。而且與父母親通話，是整個過程中最煎熬的。他本該在開始另一次擄人前，稍微休息一會兒，但是綁架這女人的機會卻突然出現，無法不把握住，她可是在清單的上層。

錯誤，愚蠢的錯誤，會讓一切努力付諸流水。

他試著寫些字，冷靜下來。他打開筆記本，寫：

爸爸總是說一根小鐵釘可以毀了馬蹄鐵毀了一匹馬一個騎士一場戰役一個……

他做不到。他無法冷靜。他撕下紙。一反常態，沒有焚燒，而是朝著那面充滿油垢、潮溼的牆面丟去。筆記本和鉛筆仍擺在桌上。突然，他怒氣如同一陣浪潮湧上，他大力撥去桌上所有物品。把菸灰缸摔到地上，碎了好幾塊。

需要發洩，需要發洩，現在就要發洩出來。寫下來也無法平息情緒，之後再寫，等他發洩完再寫。現在只有一件事能成為他情緒上的宣洩口。

他起身，踏過地上的鐵鏽殘渣，走到走廊底部，腳步停在女人的所在。

他聽到門另一頭刺耳的鼾聲。他手伸向一條可以拉起沉重鐵捲門上的繩索。繩索是他用細心修剪好的纜線，用蠟封黏合在一起做成的。他非常欣賞這項成果。他只要小小拉一下，繩子往上，門就會拉起。輕而易舉。

不行。不對。不能找她。

他繼續往前走到底，然後對她索取自己的需求。

卡拉

牆的另一頭傳來模模糊糊，卻駭人的聲音。

想像讓那些聲音變得具體又怵目。

卡拉知道自己該放聲尖叫，發聲抗議，拯救珊德拉。身為一個基督徒知道面對這種情況，自己的職責是站出來，就算只是弄出噪音也該做些什麼。然而，知道這些事如同擁有辨別二十四種不同品種的馬一樣。在她所處情況之下都是毫無用處的知識。

聲響在耳邊縈繞不止，不斷穿過牆面，鑽入她充滿恐懼與羞恥的靈魂。

卡拉決定做出行動來。

她用手摀住耳朵，開始低聲背誦。

「西班牙純種馬、阿拉伯馬、美國花馬、夏爾馬、佩爾什馬……」

停頓時，淒厲的叫聲仍趁隙入侵。因此，卡拉背誦得更加快速。

11 骨頭

半小時後，曼多抵達現場，臉非常臭，看見他們兩人坐在警用羈押廂型車內的兩側。

「媽的，史考特。就算是瓦倫西亞的案子，妳也沒毀了車。」他指著翻覆的奧迪，對她說。

車子的左側布滿刮痕。

「你該看另一側。」她回答。

「說得好，換個方向看。」曼多答得相當不耐煩。「如果要這麼招搖做事，至少好心點，逮捕到嫌犯吧。」

「他開好車。」安東妮娜聳聳肩，問。「我們不能也開卡宴嗎？」

「我比較想解開手銬。」喬說話，並轉身顯示自己背後手臂的狀況。

喬和安東妮娜雖然出示了證件，但仍避不掉要被逮捕。刑警迅速駕著一輛慢速的豐田普銳斯到案發現場，將他們羈押上銬，進行酒精、毒品檢測。不過，所有結果皆顯示為陰性，因此他們正考慮要請精神醫師來鑑定。此外，警察對於他們兩人仍可倖存，則是嘖嘖稱奇。

「你看我的鼻子。」安東妮娜指著兩個鼻孔塞著棉花的腫脹鼻子。

「鼻梁斷都沒斷，這種車速死掉也不奇怪。」其中一個刑警回應。倘若身亡，曼多可能就不會發那麼大脾氣了。

「知道我要花多大心力來收拾這場爛攤子？」他對他們大發雷霆。

安東妮娜把頭撇過去。喬全身酸痛，又餓又渴又睏，不曉得該掐死她，還是為她辯護。最終，他選擇了後面的選項。

「至少安東妮娜發現埋葬司機屍體的位置。」

「對呀！她的好朋友八臘大隊長已經火速趕到犯案現場了。」

「八臘肯定很不爽。」喬憋住臉上的笑意，回答他。

「警官，還用您說嗎？您們插手他的案子，私自進行調查，恣意破壞犯罪現場，讓嫌犯逃走……還有，您們讓他覺得自己是個白痴。」

「我們又不是故意的。」

曼多搖頭。

「您們在高速公路上，眾目睽睽之下，把車開到時速兩百多。不遑多說，一定會有新聞報導。我們現在只得對外聲稱『非法飆車，幸而無人傷亡』。」

「你看我的鼻子。」安東妮娜用手指著鼻子，要求。

「連鼻梁都沒斷。警官，我想跟你借一步單獨說話。」

曼多解開喬背後的手銬，兩人往前走向車子的殘骸。

「老實說，我對你有更大的期待。」離安東妮娜夠遠之後，他開口表示。

「如果每次聽到這句話就有一歐元，那我……」

「您本來該保護好史考特。」

「她自己不想呢？」

「尤其是她不想的時候。」

喬低下頭。他是對的，就算能找一堆狗屁藉口，但實情就是我任由事態發展，沒有控制住情勢。

「沒那麼簡單。」

「我懂。」

曼多從夾克裡拿出一包萬寶路，從中抽出一根香菸，並把白色濾嘴往菸盒的照片（照片看起來像是《陰屍路》裡的演員）敲兩下。

「不是戒菸了？」

「警官，少管我。我煩心的事夠多了。」

車子像一頭垂死的動物橫躺路邊，車底接收著白日豔陽的照耀。喬把一隻手搭在輪胎上。

「坐她開的車，真是此生最駭人的事了。」

「所以不該讓她開車。」

「情況是那女漢子很會開。」

「沒錯，她很會開。」曼多回答。「假若伊斯基爾的車子性能差一點，現在他大概早就上銬，在警局裡供出藏匿卡拉．歐提茲的位置了。」

「很不幸，事情並沒有如此順利。現在怎麼辦？」

曼多拿出貼有鐵娘子樂團標誌的純銀打火機，點燃香菸。喬皺了一下眉頭，他不覺得曼多會是重金屬樂布魯斯．迪金森的歌迷。

他看起來比較像是坐在演奏廳裡，坐爛屁股聽四重奏的人。

「現在？現在不用管卡拉‧歐提茲這個案子了。」

「什麼？」

「這是唯一的解決方法。八臘不想見到自稱觀察員的混球出現在他眼前。大約十分鐘前，他告訴我此生再見到，絕對會扒下兩人的皮。」

「英雄待人真刻薄。」

「實際上他是想到警政署告發您。」

喬臉一下刷白了。警察之間是不可能，絕不會用向警署告發，做為威脅的臺詞。那棟知名的塞亞‧貝穆德斯大樓，雖然不知確切位址在何處，也沒有地標指引，但大家都知道，那裡關的都是抓壞人的警察，是任何一名警察都不想踏足的地方。在那裡工作的人，不僅瞧不起他們這類的公務體系，更是厭惡整個西班牙其他七萬多名的公務人員。不過，若還有比這件事更被人看不起，那就是一名警察舉發自己的夥伴。

喬工作這些年來，看到過許多事，但從未聽聞有人拿這事威脅對方。大家總是彼此關照。

「他不是講真的。」

「他講得挺認真的。八臘那人好大喜功，追逐權勢，喜歡被人吹捧。他手上辦這件卡拉‧歐提茲的綁架案，是足以讓他一夕成名的案子。」

「他看起來不在狀況內。」

「我當然希望是您們兩人來負責救出歐提茲，但不可能了。紅皇后的計畫絕不能曝光。現在歐提茲只能靠八臘和緝匪小組去營救。」

「我不覺得她會同意這件事。」喬回答，把手指向安東妮娜。她還坐在警車上，眼睛直盯著他們兩個。

「不然您覺得為什麼我要單獨和您談話？她很清楚此刻我在跟您說什麼。」曼多捻熄香菸，轉身背對安東妮娜。「當然，她也會讀唇語。這個距離應該夠遠了，不太可能看清楚，不過為了以防萬一，請您也轉身。」

喬照做。

「我爸養過一隻狗。」曼多繼續說。「名字叫山姆，很可愛的獒犬。討人喜歡又乖巧。有一天，幾個朋友送我爸一整條伊比利火腿，因此他要求我把那一大條美味豬腳送去肉店，請人去骨切成薄片。我辦完事回家後，隨便把骨頭放在廚房的流理檯上，這讓山姆得到機會把它咬下來啃食。」

在講下去前，他不疾不徐地點燃另一根菸，取菸的步驟跟剛才一模一樣。

「我們幾乎有三個小時不能進廚房，因為山姆變得凶狠，有獸性，牠死咬著骨頭，對著每一個想踏進牠的地盤、進到廚房的人，瘋狂吠吼警告，露出尖牙，惡狠狠地張著那嘴足以咬住兩百公斤重物的牙齒。最後，牠把骨頭啃到精光，事情才落幕。」

「令尊怎麼教訓牠？」

「隔天，我父親命令我帶狗到獸醫院，要我**好好為自己做過的事負責**。我那時很小，都還沒上小學。我一路哭到獸醫院，但那隻狗卻心情大好，可能有高血糖的問題，所以一路很興奮。」

喬微微點了一下頭，表示理解。他理解曼多故事的意思。

「我會讓安東妮娜遠離卡拉・歐提茲的案子。」

「不用，她還是會想辦這個案子，只是能做的真的不多，情況就像我無法叫山姆放掉那根骨頭一樣。」

「因此，您得帶牠上獸醫院。您得到教訓。」

「骨頭是絕對不可能放掉的，但我們可以拿另一根來讓牠咬。不追歐提茲的案子，但是您們兩人還是要調查阿瓦羅・崔砦。兩條路通往同一個目標。只要不讓她靠近八臘和小組的人就夠了。可以做到嗎？」

布魯諾

以前，幹記者是一件光榮的事。

布魯諾．利哈瑞塔不時就喜歡說這句話。只要身旁有個不怎麼機靈的參訪者表現出對一位七十三歲主編的敬重之意，他就會自發性地開始侃侃而談自己以前在《畢爾包郵報》締造的傳奇事蹟。布魯諾有一張歷經風霜、布滿皺紋的臉，但仍有一頭綁著馬尾的黑髮（他染的，因為他不想顯老），身上總是穿著黑襯衫，外加一件背心，下半身是牛仔褲與短靴，手指戴滿戒指（就連大拇指也有）。當前仍視布魯諾為上個世代的大師的人，大概只有意志高昂的新手，以及第一天上編輯臺的毛頭小子。

當然，現在已經沒有這類參訪了。今日，大家只追捧 YouTuber，只在意 Twitter 與 Instagram 上的追蹤人數，發文只關心按讚數。網路上有一堆《關於（此處請隨便填入某個名人的名字）你必知的十件事》，每一項都有相關連結的頁面，目的就是要你點擊、點擊，再點擊，以此增加閱覽流量，騙取廣告費用。媒體都在搞這套。只要還有人理我們，就還有賺頭！

銘記，並非一直以來都像現在一樣，把腳翹在桌子上工作。布魯諾現在可以用這種坐姿上班，因為早就沒人駐守編輯室了，更沒人會那麼早就進辦公室。假若有天大家進辦公室，原因一定是那天跟電視臺有合作工作。但此刻只有他一人，因為無所事事，早上十點鐘就來這裡殺時間。以前他年輕時，這個時間點的編輯室，人人都在瘋狂敲打鍵盤，尋找照片搭配資料檔案。攝影師忙進忙出，趕著把選中的底片送上印刷臺。八、九〇年代是紙本的年代。最棒的時代，優秀人才的年代。

當時，幹記者是很了不起的事。警察、政客都會來攀交情，主動打電話噓寒問暖。有事情，第一個要找的就是記者。那是個衝突爭端不斷的年代，無數的事情等著被揭發，當時的新聞假若用現今千禧年人的標題風格，大概是：**《想知道ETA恐怖組織炸彈客殺了多少人嗎？答案保證嚇死你！》**

時至今日，沒人看報紙了，因為報紙裡的新聞都過時了，就像僅供觀賞的瓷器花瓶，或供人欣賞的行政院院長，一點用處都沒有。沒人在乎新聞裡的事件。可能只有國民作家貝雷茲—雷維特如何**砲轟**政客會得到關注。另外，若是罪犯是受到性別暴力的女性，可能也能贏得一些關心。

然而，這僅僅是因為現在流行為這類嫌犯辯護。這種事，之前是絕不會刊登在任何一個版面上。

報社很希望布魯諾不要再待在辦公室裡了，但這名員工有不同看法。他很明確地表示。

「我也沒別的事可做。」他坦白。

「你一定很樂意享受大好的自由時光，悠閒過著退休生活。」他們很有禮地提出建議（上個年代，布魯諾把自己賣給報社，簽下奴隸條款）。

「不讓我待在這裡，要我回家待在那間爛公寓裡，」他回答。「那就付我損害賠償金。」

報社拒絕他的提議，因為如此一來就得付上六位數的歐元。因此，維持付他僅低於社長薪資的三千歐月薪，讓他整天在公司裡抱怨報社，激怒同事，是比較划算的。似乎大家都在等著看這兩個食古不化的老傢伙（印刷業的報紙VS布魯諾）哪個先陣亡。不過，由於布魯諾菸酒不沾，女性問題少之又少（他對心儀女人表現得自制又自重），此外也沒有小孩，不會有被氣到心臟病發或弒父的可能。因此，押注他先嗝屁的賭盤，一直維持五五波。

此外，他本人仍十分積極尋找新聞。他大概仍期許自己能在這塊文字的田徑場上進行最後一圈的衝刺（但他對真實的田徑運動沒有半點興趣）。他喜歡報紙，主要是基於油墨。每一份報紙在凌晨一點從進印刷廠送出，出版的每一則頭條不僅能讓讀者手變黑，還能把被重磅抨擊的某人一下刷白了臉。油墨之後，他才覺得報紙與大眾有關聯。

然而，他的報導再也達不到此效果。這個想法約在三、四秒後就轉變了，自此他就不再是那位整日遊手好閒的老頭子了。

三、四秒前，布魯諾突然注意到電視上播放的晨間新聞。

「非法飆車，幸而無人傷亡。車禍意外現場在馬德里郊區……」

布魯諾並不關心主播的說明，他重視自己**看見了什麼**。他一眼就看到螢幕中，站在車子旁的古鐵雷斯警官。攝影機是從很遠的地方取景拍攝，鏡頭拉得很長，以至於從畫面上看起來，他像是整個調查案中的肇事者。是他沒錯。他的那套優雅的西裝，以及他粗壯的身形（並不是說他胖了）。

布魯諾鼻子很靈，用字能一針見血。

關於喬・古鐵雷斯最後的消息，據知正因不當行為接受調查。那一支在藥頭後車箱交易海洛因影片，後來因帶有病毒（老天爺，這字眼真討人厭），所以一夕之間呼的一聲就消失了，然後報導討論就像魔術表演一樣也跟著不見。

布魯諾認識古鐵雷斯，雙方印象很不好。他們曾對一則事件上的用詞有不同見解，因而內心認定對方是**走狗**。但布魯諾不喜歡他，不僅僅是如此表面的問題，而是一種從內心產生的反感，很想給他難看。因此，他很樂見古鐵雷斯闖下大禍。當時那則警察後車箱販毒新聞，就是布魯諾親自編輯撰稿的。他十分喜愛親手埋葬別人，把一根根棺材主人自己送上的釘子，釘死對方。他認定古鐵雷斯餘生最多只能待在辦公桌上執勤，做做送公文的工作，就像他一樣。

事有蹊蹺。

三、四秒後，布魯諾不再是只會喊累和無聊的糟老頭。此刻，他嗅到案子。他不清楚古鐵雷斯警官在馬德里的車禍現場做什麼，但他已迫不及待要大展身手，好好調查清楚。

他打了一通電話給太太（他看不起WhatsApp的通話，真男人就打實體電話），說明自己這幾天不會回家。然後，他拍拍自己運動夾克的口袋，確認有帶上車鑰匙。之後，看了一眼手錶。時間正好，到馬德里時，趕得上吃午餐的時間。

當然，中途還得停靠在畢爾包郊區的聖兔斯兔。一定得停靠那裡一會兒。他思量。然後，露出微笑，不懷好意的微笑。

當他離開辦公室時，沒人在場，所以他既沒有向誰說明，也沒有跟誰說再見，就直接走出去了。或許，誰也不會發現他不在那裡了。

12 隱身

（終於）睡了幾個小時。現在時間是美好的午後時光，喬和安東妮娜相約在他們下榻的雷塔斯飯店中的大丁香花咖啡廳碰面。飯店是曼多訂的，地點有些顯眼，就位於市中心的格蘭大道底，大廳面街的位置全用上透明玻璃，內部到處放上書籍，但不能讀，只是裝飾品，用於賞心悅目。

「不插手歐提茲的事了。」他通知她，並說明原由。

安東妮娜無法接受這種說法。

「有個女人，此時此刻，被關在很可怕的地方，可能是地下室或倉庫，或是一間用紙蛋盒封起來的房間。」

「沒人會拿紙蛋盒來犯案。」

「說不定瘋子看了某部電影，想要模仿。她現在孤立無援，身旁沒有家人朋友，可能這輩子再也無法擁抱自己的兒子了。她很可能被綁住不能動彈，或是身體被揍得亂七八糟。說不定已經發生悲慘的事，而這一切……那個男的……八臘……」

她住了嘴，不再說下去，因為她再次證實：只要她睡著後，就會忘了某些事。但她知道這個世界掌控在一群平庸、自私又愚蠢的人手上，尤其是現在，是一群笨蛋在當統治者，而八臘似乎聚集這三種特質於一身。想當然耳，他一定是大隊長。

喬瞭解自己得為他辯駁。

「他只是做自己的工作。」

他厭惡這種說法，但是此刻最重要的事情，是讓安東妮娜去玩另一個遊戲。

「他的工作都是我們在做。一個有八個警察的單位，這八個人能拿得到數據資料，開車時可以鳴警笛，身上能配槍，身後有龐大後備支援，但他們做事卻不用腦袋。」

安東妮娜再次閉嘴。她心情沒有變得舒坦，因為跟白痴生氣是沒有用的。要引領白痴做事，只得到他們的認同，但那樣還不如死掉算了。最近她忙著追捕嫌犯，好久沒有進行自殺的冥想儀式了。

「沒差，」她回答，聲音又回到以往的冷漠、無情。「我們會找到歐提茲，這無關她的百萬身家，而是她的孩子應該要有媽媽抱。」

喬面對這單純且無法反駁的動機，欣慰得露出微笑。一個超專業的人，決心的理由卻又如此無邪。安東妮娜破案的決心，讓她整個人像一座火爐般炙熱。

啊！熱情之火！

「我們用我們的方式進行，聰明的方式，絕不要像那匹陶馬，任人摔碎。」

「好吧。」她回答。雖然這不是她真正想回的話，但對於不能直接插手歐提茲那條線，她還是勉強同意了。畢竟，她要隱身才能工作，絕不能彰顯自己比任何人都聰明。

「對了，那顆膠囊的成分是什麼？」喬詢問。他對於這種事很敏感，很擔心她是否有問題。

「我不知道裡頭的成分。」安東妮娜沒有說真話。

「好吧，那功用呢？」

「在重要時刻，我過於興奮的時候，膠囊能幫我緩和下來，就是讓我腦袋放慢下來。」

「一定得吃嗎？有成癮嗎？」

安東妮娜無視他的責問。事實上，這道問題直指一切核心。這個問題就是一切。

「我想沒有。我不是一定需要吃它。」

喬不再表示意見。他發問的目的不是要批判對錯。他自己也對某些事成癮，只是剛好那些事在社會上能夠默許，例如，男男戀。每一個人都盡其可能用自己的方式生存下來，他只要知道那不會成為她的問題就行了。

「我只要知道那不會是個問題就行了。」他回答。「不會阻礙妳工作，影響妳的判斷力。」

「變成一個暴躁的瘋子。」她坦白。

「我沒有在跟妳開玩笑。」

「我沒有在開玩笑。」

他有點不耐煩。

「那一天，在莊園裡，妳走下行動實驗車……」

他省略以下句子：緊繃到崩潰大哭。

「是的，那時我吞了膠囊。我不想談這件事。」

「不是要談膠囊，是妳當時說過犯案不可能做到滴水不漏。」

喬正試著小心翼翼推進對話內容，釐清事情，但並不容易。調查一般都是由一組十二個人馬組成，過程要好幾個禮拜。卡拉．歐提茲可能有很多人調查，但她沒有好幾個禮拜的時間等待結果，就像阿瓦羅．崔宕一樣，結果只有屍首。

「我覺得我們要搞清楚兩件事：一是方法，二是理由。」

「什麼意思？」

安東妮娜點了另一壺茶和甜點（她絕不會放棄自身一半血源中的英國文化傳統），然後才開始解釋。

「在這個案子裡，沒有一件事是正常的。」

「這我知道。」

「假設你是個綁架犯，你抓到了歐洲銀行董事長的兒子會做什麼？」

「要錢。一大筆鉅款，索求任何一件想要的東西。」

「沒錯，常見的目的一般就像多年前埃塔（註8）恐怖組織綁架富商雷維利亞，要求十億披索的贖金。但問題是要如何付款呢？」

「那麼多錢，其實很重。」喬思考著。他知道這個案子，發生在一九八八年，當時他只是個十二歲的小屁孩，不過他就讀阿維拉皇家警察學校時，研究過此案。

「十億元有一噸重。當時大家流傳一百萬重一公斤，不過其實一百萬重量是一公斤又十公克。」

註8　埃塔（ETA）是巴斯克祖國和自由（巴斯克語：Euskadi ta Askatasuna）的簡稱，由西班牙北部的分離主義分子組成的恐怖組織，訴求巴斯克地區的獨立建國。

喬對於此案件相當清楚，所以他點頭不插話。他知道有時候得在安東妮娜面前裝笨，讓她暢所欲言。

「如果你是個恐怖組織的成員，就算可以擄到一個香腸製造商，但得想法子在取得贖金時不被抓到，因此付款方式須極度複雜才行。」她繼續說。「一直以來，綁票案的突破點關鍵在於：與家人通話，以及支付贖金。只是時至今日，幾乎已經無法再用通話來追蹤了。」

「白痴都知道可以用網路來隱藏身分。」

「所以要求一個每年賺進千百萬的銀行家支付贖金，其實多少錢都不是問題。歹徒只要在巴林王國，馬紹爾群島，或任何天堂國度開個帳戶，匯款其實也不成問題。」

「像蘿拉・崔宕這種人，錢根本不是問題。」

「多少錢都沒差。他們五分鐘內就能動用上千億的歐元。反正，他們賺錢很快。」

喬抓了抓頭。一如往常，他這才開始理解她一直想表達出來的核心。

「我懂了。妳的意思是這類的綁票會**皆大歡喜**。」

「正確。她父親一定準備好要支付巨款。伊斯基爾完全不需要擔心自己會因拿到贖金而被抓。」

「結果會**人人**都滿意。」

「但是，結果卻沒人開心。」

「有可能是因為嫌犯的臉被看到了，所以決定斬草除根？」

「我不認為如此。伊斯基爾看起來很謹慎，我們遇到他的時候，他已經戴上頭套了。對了，你看過手機拍的照片了嗎？」

喬拿出手機，向她展示自己拍到的唯一一張照片，因為他緊按照相按鈕不放，所以就變成一張連拍照片。

「我傳給曼多了，也讓他傳給八臘。這照片不能隱匿。」

「做得很好。」

安東妮娜打開那張連拍照，把喬拍的照片，一個一個看過。總共七十三張，三分之二都只拍到窗戶，或保時捷的車身，其他張內容也差不多，全都晃動得太過嚴重。僅有兩張雖然不是普立茲新聞獎會接受的範圍，但算差強人意，尚可接受。兩張照片相似，最大的差別在於一張是伊斯基爾手抓著方向盤，眼睛看著前方，另一張是他轉頭看向他們，預備伸手拿出手槍。

兩張都無法看到他的臉。

安東妮娜把兩張照片傳到自己的 iPad 上，預備好好檢視一番。

「曼多也把照片傳給厄瓜朵醫生了。」

「好的。她或許能發現什麼。等等……」

安東妮娜注意到照片上駕駛的右手臂上似乎有什麼東西。她放大照片。伊斯基爾身穿黑色針織衫，戴著手套，但由於他當時正要伸手取槍，針織衫微微往上縮，手的皮膚在衣服下若隱若現，似乎有個記號。

「看起來像刺青。」他傾身向前仔細觀察，並回答。

幾乎什麼都看不到，他露出手臂的皮膚大概只有三公分而已。

「打電話給厄瓜朵，請她注意這張照片，就算可能看過了，也請再用法醫鑑定儀器分析一次，這或許是個重要線索。」

刺青看似很小，但也可能變成**突破點**。此刻這一點可能是救出卡拉·歐提茲唯一的希望。

不放棄任何可能的路徑。

喬結束與厄瓜朵醫師通話，掛斷電話之後，兩人都陷入沉思。他們這時得知阿瓦羅·崔呇被擄走到發現他的屍體時間：六天。

「如果要皆大歡喜，伊斯基爾根本沒有殺了男孩的道理，他幹麼那麼做？」

「他所作所為都跟錢無關。我不覺得他在追求殺人的刺激。他不是那種變態，至少不是我們目前所知的那種。」

「妳的意思是他是妳從未遇過的類型。」

「不只我，是誰都沒有。我覺得伊斯基爾擄人、殺人，擁有明確目的。應該跟權勢有關。」

「跟恐懼也有關。」喬補充說明。「妳也看到拉蒙·歐提茲那一副嚇死的神情。」

「而且他對我們說謊，沒有把伊斯基爾對他要求的事情透露出來。有什麼理由會讓一個父親隱瞞解救自己女兒的訊息？」

不管怎麼推敲，他們仍無法理解大企業家的行為。

「我想，當務之急是揭發他藏起來的訊息。」

「我們不能從歐提茲那裡下手了。」

「我知道。但是這個案件的首要關鍵是理由。如果我們可以揭露伊斯基爾殺人的理由，就更有機會找到他的躲匿之處。」

八臘

八臘隊長是一個專業、有執行力的人。

他一接到電話，就調派科學鑑定組、法醫，檢調人員等相關人馬前往調查命案現場。

「所有人員務必低調。有任何問題嗎？」

所有人員大約在九點鐘抵達馬場外圍，但到了十一點，外圍道路停了三輛警車、幾臺市民的車，與一輛後面拖著兩個馬車的廂型車，全都一輛接著一輛，堵在通往馬場的路上。尤其是，其中還有一輛特別行動實驗室的貨車，那輛車一點都不像紅皇后專案中厄瓜朵法醫用的簡陋規格，而是一輛車身藍白相間，並印有一大面西班牙國旗，以及上頭也標示出約長五十公分**「警察」**字體的大型車。現場看上去（因為地勢彎曲），若有人賣爆米花和做大象表演，完全就是馬戲團的表演場。

好個低調啊。

到了十二點，參加開幕賽馬的選手陸續駕車前往馬術中心。那些人，全是知名人士，擁有高檔手機，Instagram 上有許多人在追蹤。他們總是趕赴嘉年華會，總在還沒下車前，就已上傳數百張照片。

誰會拒絕一起同歡呢？

八臘隊長可以。

當然，他做得到。八臘很專業，在自己的工作領域有突出表現。他當上組匪小組的隊長已有六年的時間，期間負責過兩百多件擄人勒贖案，破案率高達八十八．三%。當他被任命組織小組時，他知道手下一定得擅長協商。他要求全員（當然是第一個）都要到紐約與匡堤科（美國聯邦調查總部）進修，與最棒的專家學習。他在這個職位上沒日沒夜的辛勤工作。有一次，八臘在屋頂淋了七個小時的雨，就為了說服某個男人放下手槍，開導他放棄拿槍指著跪在地上的太太與小孩。那是個寒冬，溼冷的戶外讓八臘連骨頭都感受得到寒意。最後，那男人槍殺母子後，自轟身亡。八臘當時覺得自己真該做的建議，是請他改變優先順序：**要死你先請，若有餘力再帶上別人一起，沒用的爛人**。他並沒有把這些話說出來。協商過程絕對不能刺激對方，一切都要溫和有禮。

八臘隊長這六年來，戰功不斷，但問題是他實在做得太好，以至於大家覺得無人能取代他坐上這個位置。但是，八臘自認自己應該升遷當局長，應該要整天坐在辦公室內，一連講上好幾個鐘頭的電話，整天說說一些無傷大雅的話，然後這樣每個月的薪水還能多領四百歐元。這筆錢可以讓家裡生活寬裕一些，不必每到月底就只能每晚都吃義大利麵。八臘身為一個有很多小孩要養的父親，若多了四百塊，真的會闊綽很多，足以讓大家吃得更好些。

八臘隊長十分熱愛健身，他兩條手臂粗壯，但就算奮勉強其筋骨，也無法避免犯有坐骨神經痛的毛病。想要有巨石強森的身材，身體難免不受磨難，就如同升遷之路會有阻礙，八臘覺得道理是一樣的。誰想升遷，誰就受罪。因此，八臘精心計算過了，如果這次能順利救出卡拉．歐提茲，必能確保榮耀將歸屬於他。他會成為案件裡的英雄，他的上司將因「公眾壓力」而覺得該拔擢他，不管晉升到哪個職位，都會讓他一腳登上高位。就算卡拉．歐提茲身亡，變成死亡案件，但他已經成為家喻戶曉的人物，若再加上八十八．三％的破案率，他還是能往上爬。

人質死亡是可能發生的，當然很可能無法避免，畢竟八臘在不到十二小時內，就發現自己的假設是錯的——嫌疑最大的司機卡梅羅被害身亡，棄屍在樹林裡。

八臘一抵達犯案現場，表現得像影集裡辦案的刑警一樣，詢問：「有什麼進展？」接著，他證實自己設定的頭號嫌疑犯，現在看起來更像個可憐的受害者，被割斷脖子，死氣沉沉地躺在那裡。

古鐵雷斯和那個國際刑警組織的蠢妞的確幫了個大忙。雖然他不知道他們如何如此快速定位汽車的地點，但是他們的確節省下大家不少的時間，以及往後令人尷尬的偵察錯誤說明。但是，除此之外，他還是滿腹怒火，認為如果不是他們兩人自作主張，此時大概早就拘提綁匪，在幾個小時內便可以救出困在牢籠裡的受害者。最後。警局的電話將響個不停，各家八卦雜誌爭相報導他精湛的破案手法。然而，這一切都不可能了，僅因為兩個自以為是的白痴，壞了整件事。不過無論如何，情況還是對他有利的，現在不僅順利讓這兩個無賴不能插手，而且之後倘若有什麼罪責，也有這兩隻替罪羔羊。另外，現在離破案也更近了。

現在據知綁架卡拉．歐提茲的動機有經濟因素，所以基本上就只要跟緊她的父親，確保綁匪來電時自己在場，然後在交付贖金的時候逮人就好了。她父親會付錢的，毫無疑問，他又不缺錢。

如此，他疏理好了整件事。儘管目前還沒公開受害者的身分，但他知道眼前這群拍照的豪門貴公子（主），會把照片上傳到自己的社群裡頭，然後不久就會在社交媒體上爆發開來。因此，現在他得確保每一個開賓士或BMW的過客，可以輕易拍到自己的身影，任意上傳他在松樹林裡微笑的照片。

當然，他的笑藏在心裡。外表看起來是在發號施令，調度現場，如同一個專業、有執行力的人一樣。

13 橄欖油

曼多在櫃檯留了另一部奧迪A8的鑰匙。這輛新車不是黑色，而是寶藍色。除此之外，外觀幾乎跟上一輛一模一樣。不過，這一次，他很不尋常地貼了一張紙條，貼在駕駛座的儀表板上。

存好心，別毀了這輛車。

——曼

喬大聲讀出他的留言，然後遞給同事。安東妮娜只是把字條揉成一團，丟到後座。

「你該讓我駕駛。」她提議。

「不用，心領了。」

「你現在跟他一夥？」

「我只想保持身心健康。現在上哪去？」

「回莊園。」

「是想到那裡找犯罪理由？」

「說說看，你覺得為什麼要把屍體留在那裡？他其實可以把阿瓦羅・崔峇隨便丟在荒郊野嶺，可是他沒有這麼做，他把男孩擺在他自家中豪宅的某一棟房子。他們可是有超過十二棟以上的別墅。由此可見，伊斯基爾不是隨便選一間，而是特別選那間全西班牙戒備最森嚴，看守最嚴密的房子。」

喬微微點頭，享受著自駕在格蘭大道上的輕鬆愉快，雖然沿路都在施工，到處塞車。他預估以目前車速開到西貝萊斯廣場，要耗費不少時間。

「此外，他沒有隨便對待屍體，花很多心思擺放，現場道具都是事先準備齊全的。他一定有想對我們傳達什麼。」

「不對，他沒話對我們說，他根本不在乎我們。」

「那麼，是給誰的信息？」

「我不知道。」安東妮娜考慮好一會所有可能之後，氣餒地回答。「這就是我搞不懂的地方。如果是一樁連續殺人案，對自己的作為都會十分自戀欣賞，向天下昭告自己的成品。如果只是擄人勒贖，就是要錢。那不需要故作懸疑，留下訊息。如果是個人因素，對崔峇家族的個人怨恨……」

「那更不用在犯罪現場大費周章，故布疑陣。」喬接著她的話說下去。「而且綁架卡拉・歐提茲也說不過去。」

「另外，還帶有點宗教意涵。犯罪現場布置的每個細節，都讓人聯想到詩篇第二十三章。」

喬聽到她此番見解，心頭一驚。

「嗯……沒錯，『祢用油膏了我的頭，使我福杯滿溢』。我怎麼會沒想到？」

「警官，看不出來你是虔誠教徒。」安東妮娜對他的反應十分驚訝。

「朋友，受洗成天主教徒前，得要上很久的教理問答課，除了會唱《朋友，耶穌愛你》的兒歌之外，自然還會記得些句子。」

喬中學時上教理問答課的理由，就如同大學時代報名參加戲劇表演的動機一樣，都是為了朋友與愛。不過，他在課程聽講學習中，漸漸發現就算身為同性戀，他同樣能在教理的話語中感受到祥和。雖然最終對自己無法認同的教會，他也無法給予認同，但他覺得這並不是背叛耶穌，他相信就算耶穌本人也不信任教會。

當然，安東妮娜是無神派，其實這也是一種教派，只是比較不花錢。

「我們休息的時候，厄瓜朵法醫傳給我一封電子郵件，告訴我阿瓦羅・崔呇抹在頭上的橄欖油成分。」她邊說邊打開 iPad 上的信箱。「橄欖油含有紅色沒藥精油。根據調查，沒藥精油又稱為『聖膏油』。」

「天主的聖禮。神父會為垂死者的額頭與雙手塗上聖膏。」

「這麼做的目的是什麼？」

「準備好與上帝相見，如同《馬太福音十九章》所言：抹上油的駱駝，進入針眼般的門。」

他們停頓一會兒，兩人極力不去想像阿瓦羅臨終前可能受到的折磨。

「至少精油不容易取得，或許可以做為找到伊斯基爾的線索。」喬樂觀指出。

「其實很好買到。我已經找過了，網路上有在販售，不用五歐就能買到了。甚至連英國宮這家百貨公司都有在賣，更別說馬德里市區裡許多家異國飾品店。」

「死人油也有市場？」

「同樣會用在薰香療法上，或是任何莫名其妙的事都能嘖一下。」

喬不禁感嘆起人類的日常生活，甚至連自己的驚嘆，他也同樣覺得神奇。他時常覺得自己與大家格格不入，好像這個世界上還有另一個沒有自己的世界存在，另一個根本無法想像的平行時空。**好瘋喔**。他想。**什麼人都有**。然後，他對自己見怪仍會奇怪的心態，更覺得自己很怪。

「所以，妳認為嫌犯是宗教狂熱分子？」

「說真的，希望不是，這樣我會無法理解他的做法。」

史考特肩上的擔子又加重了幾分。她的臉龐籠罩上一抹陰影，眼眸布滿暗紫色的絲網。逮到伊斯基爾，救出卡拉·歐提茲，她摻入了個人情緒。這種情況，一般只會壞事，但警告她不要意氣用事，也不會有半點好處。因此，喬對此隻字不提，反而只是說：「記得，妳不是一個人。」

喬壓抑下自己伸手拍她肩膀的衝動，所以他就只是拍拍她的椅背，藉此讓她感受到他的意圖。

這麼做的結果，誰也料想不到安東妮娜竟會給予一抹微笑，說：「謝謝。」

親切的回應，果然奇蹟還在吧？

車子離開市區，開上M40高速公路。這段（很長的）時間裡，沒人再開口。直到快到莊園，安東妮娜才說話。

「不對。我不認同嫌犯是宗教狂熱分子。」安東妮娜表示後，停了一會兒才又開口。「這個案子裡，那些物品不是為了彰顯宗教意涵，而是他的最後一層保護漆。」

「這麼看來，我們依舊不解他犯案的理由。」

「我們不是為了理由回到犯案現場，來這裡是要找方法。伊斯基爾如何進到莊園的方法。」

「同意。那我們要如何從方法中知道理由？」

「聽起來可能很瘋狂。」

「最好嚇死我。」

安東妮娜分享了她的計畫。沒錯，太瘋狂了。

卡拉

珊德拉沒有回應。

卡拉確定對方此時獨自一人時，她才呼喚她，想引起她的注意，但珊德拉沒有理會。因此，她又是獨自一人了。

忘掉那女人。

擔心妳自己的安全就好。

有個聲音提醒她，不過這個規勸喪失了不少力量。不管怎麼說，知道自己不是一個人，有個人在牆的另一邊，心情是不一樣的。

然而，珊德拉沒有回應。

卡拉一直睡睡醒醒，又睡去。經過好幾個小時，或許已經過了好多年。每一次只要眼皮沉重得垂下，就像得到恩賜一般，任由自己睡去。她在夢中徘徊，像隻飛蛾總是不禁飄盪在燈火旁。

卡拉想要一直昏睡，不要清醒，因為一旦醒來，除了一開始短暫幾分鐘的祥和，隨即自己的處境就會變得清晰無比，她就會意識到自己的悲慘。

卡拉在半夢半醒間，似乎聽見開門聲，她伸手靠近門邊，摸到了一瓶水和一條巧克力。她喝了一點水，在角落的排水孔上尿尿，但她沒有進食。她不餓，胃酸仍在逆流，滿嘴滿是鏽鐵的苦味。

另外，她不吃食物還有別的考量。

她害怕巧克力裡被添加了別的成分。

妳得吃東西。

可能有毒。

這是他的施捨。他隨時可以殺你。若不進食，就沒有體力，就不可能有贏的機會。

聲音再一次贏回話語權與地位，取代了珊德拉沉默時的空洞。此刻的聲音聽起來完全不同於母親像鈴聲般的尖銳，而是年輕有力，更加清脆高亢。而且，聲音現在不僅清楚浮在腦海裡，同時也存在周遭沉悶的空氣裡。卡拉撕下巧克力條的包裝紙，放進嘴裡含著。

「妳是誰？」她含糊發問。

妳知道我是誰。

「我不知道。」

聲音不再回答。

卡拉又吃了一點。甜分與果乾供給她體內葡萄糖的需求，為精疲力竭的身體補充些許的能量。

妳得找些事做，否則會瘋掉的。

腦中有個聲音要求我。卡拉暗忖。

聲音是對的。

她開始摸索四周。

這一回她帶著極大的決心，仔細研究自己的牢籠，探索地上每一吋，牆上的每一公分。

四周並未發現任何特別的地方，只是裸露的水泥地。不過，牆與鐵門銜接處貼著小方型磚，約有十公分長。另外，角落一隅的排水孔有些鬆脫，並非緊緊地拴在地上。

好幾處手可以摸到的地方，都可以感受到輕微的剝落，摸到粉碎的觸感。如果挖開瓷磚與水泥間的空隙，或許門就會鬆開一些。

那有什麼用？

沒用。卡拉想著，她再次被挫敗，惡狠狠地被暴擊了一下。

14 紙袋

莊園對他們的來臨並沒有熱烈歡迎。

沒有舞者，五彩紙屑與紅毯。

保全（警衛）與警察雙方長久以來就是對立關係，不過喬・古鐵雷斯從來沒想過要與保全競爭。他覺得大家做的差事都一樣，都是拚死拚活在保衛人民。喬個人的期望是大家共榮，所以彼此各自做事，相安無事就好。當然，這種想法非常態，一般警察對自己的職務都帶有責任感與榮譽感，就算薪資微薄，大家仍盡心盡力為民服務，每回出勤都是真槍實彈，所以很瞧不起保全、保安這行業。其實這是人性，鄙視比自己差的，痛恨比自己好的。除非自己能躍升到另一個層級，不然就只能無止盡的循環下去。

同樣的，保全（警衛）更不會給警察好臉色。再加上，喬・古鐵雷斯舉止十分粗魯，長得又一副惹不起的樣子，完全掩蓋他內在溫馴好說話的本質。換句話說，他的在場完全無助於保全人員配合的意願。

喬把奧迪停在警衛室旁。他們走下來。保全站在擋住通道的木條旁。他們一隻手抽菸，一隻手握住皮帶扣環，這是經典的一號姿勢。一般在保安人員職業訓練的第一堂課就會學到的這個姿勢。

「有什麼能效勞的嗎？」

翻譯：**有屁快放？**

「晚安。我是國家警察，古鐵雷斯警官。這位是我的同事。我們前晚來過這裡，不曉得是否有印象？」

「前天晚上我沒有值班。」

他說謊。絕對是他，就算當時光線昏暗，喬還是認得出他們的外表。尤其是正在和他說話的這一位：絡腮鬍修剪得十分完美，一邊有耳洞，但沒有載耳環（因為工作取下），就是他前晚遇到的模樣。同樣的，他上次與這次都在說謊，上回他說發現阿瓦羅·崔咨那天，自己沒有班。

「我們需要拿前天晚上安檢口的監視錄影帶。」

保全雙手交叉抱胸，雙腿向外成大字型（標準的二號姿勢），接著說了一個最令人意想不到的回答。

「好的，警官。非常榮幸能有機會為您服務。」

喬微笑。

「不過，這件事警方可能要先向上面申請，填寫好相關單子，具體發函要求我們提供錄影資料內容，並說明這僅供犯罪調查範圍使用。我想您很清楚個資保護法的規定。」

當然知道。喬思索。**問題是卡拉·歐提茲沒時間等那堆公文往返，更何況我完全無法為一樁不能揭露的犯罪案寫什麼申請單**。

「聽著，因為這案子有點急。若可以的話，就當同行的禮尚往來，跳過公文往返的時間。」

「您說的禮尚往來是多少？」

喬搔頭，然後拿出手提包，取出皮夾，掏出全部的現金。

「五十歐。這是我身上所有的財產。」

「若有五千歐，我會考慮。」保全提議，但他非常清楚一名警察這輩子都不可能一次就拿得出這麼一大筆錢。

古鐵雷斯謹慎考慮揍對方一拳，自己可能會付出的代價之後，隨即回答：「那就沒辦法，我們離開就是了。謝謝配合。」

「不用客氣，甜心。」

他回到車上，氣呼呼地坐在駕駛座，開始大吐口水。

「……那白痴竟然敢對我說：『不用客氣，甜心。』我早就看出他們兩個就是那天一直拿手電筒照我們臉的人，竟然自以為聰明別人看不出來。智障。低能。真搞不懂曼多幹麼不自己調監視器畫面，為什麼非得我們親自出馬做這件事，而且……妳現在是在幹麼？」

安東妮娜絲毫不關心他的抱怨，她正在重新設定GPS。螢幕上出現一條路徑。十九分鐘。

「我們要去那個地方？」

「安靜。」安東妮娜命令。然後，她打開 iPad 尋找資料，開始閱讀網頁上的內容。「我學習時間只有十九分鐘。」

當他們抵達安東妮娜設定GPS目標位址時，喬無法相信眼前的狀況。

「現在妳想進入此處？」

「把你的五十歐給我。」

「這是我唯一的財產。拜託妳，一定要銘記我現在停職停薪。」

「我馬上還你。」

喬拿出鈔票，安東妮娜取走那筆錢，並從自己的斜背肩包拿出身分證，接著就走下副駕駛座。「你在這裡等著。記得鎖門，我可不想你打盹時，被偷個精光。」

直到那一天，喬打死都不會相信有人可以在裡頭只待九十四分鐘，就能如願以償地離開，但這卻是安東妮娜．史考特下車到上車之間的時間，她幾乎只花了這一點點時間就辦到了。

她完事後回到車上，一手拿著五十元紙鈔，另一手提著一包不起眼的紙袋。「我們回莊園。」

喬把車子停在警衛室旁。還是他們兩人。

接待溫度，零度以下。

「警官，是否拿到寫好的申請書？我剛該順便告知您，我的上級長官正在休假。我們下週一定會十分樂意為您們服務。」

安東妮娜把紙袋越過喬，伸向警衛室。那是一只破破爛爛的紙袋，袋子上印有西貝萊斯女神的黑色標誌，下方寫著一行小字：馬德里大賭場。保全一直以二號姿勢盯著她看。

「這是什麼？」他皺起鼻頭，彷彿紙袋裡包著用過的尿布。

「同行的禮尚往來。」

好奇心激發勇氣。保全伸出手，接過袋子，打開，看向裡頭，再拿起手電筒照進去再看一次，然後抬頭看向喬，接著望向他的同事。

「不知道五千塊是總額，還是按人頭算，為了確保無誤，我們在裡頭放了一萬塊。」喬說明。

保全兩人相互拉到一旁討論（並每三秒就看向紙袋的開口）。在此同時，喬和安東妮娜一直保持微笑看著他們兩人，並低聲含糊的交談。

「你發什麼神經會想到做這種事？」

「靈感來自那天聽到拉蒙·歐提茲的司機惹上的麻煩。」

「你花十九分鐘就學會玩二十一點？」

「沒有，我花一分鐘就學會了，另外十八分鐘用來學算牌。」

15 警衛室

拿到一萬塊之後，湯姆士和加布埃爾（兩名保全的名字）當場決定做個善解人意的同行。湯姆士，五十多歲，他就是那個把絡腮鬍修得十分完美的人。由他帶著兩人進到警衛室裡頭，而加布埃爾留在外頭，看守出入口。那間警衛室比一般常見的空間大很多，不過喬與安東妮娜只需要到貴賓接待室。

「請往這裡走。」他說，並打開房間底部的一扇門。門後出現一條通往地下室的階梯，下方是一處可以休息、沐浴與稍稍健身的空間。

「喝點什麼嗎？」

喬表示若可以喝杯咖啡，會很感激。安東妮娜要求一杯茶。湯姆士用一組很像在五星級飯店早餐吧檯上才看得到的磁器，為她沖泡一壺花草茶。

「這裡待遇不錯，設備完善又舒適。之前我在大賣場工作，基本上也很閒，只是偶爾會遇到吉普賽人把東西偷藏在衣服底下。我對他們沒有偏見，我甚至有好朋友是吉普賽人，不過……」

喬在對方大吐口水前打斷。「能在這工作真不錯。」

「這是我做過最好的工作了，況且我已經這把年紀了。」

「我明白您不想冒險丟了工作。」

湯姆士把冒著煙的馬克杯遞給他們，並為自己倒上另一杯咖啡。

「我這麼老了，很難找到工作。我還有兩個小孩在大學裡讀書。」

「你知道前晚在大湖區別墅發生的事嗎？」

湯姆士把眼睛移向別處。

「我們的約定是讓您們看監視器畫面。僅此而已。」

「湯姆士，我們需要你幫忙。」安東妮娜要求。

當警察的二十年頭裡，喬盤查過許多人。他見過各種膚色，類型和體型的人。有些人噤聲是因為害怕，有些人是驕傲而保持沉默，也有些人說謊為了開脫罪責，或有些人是非說不可，不說不痛快。但是，不管什麼樣的人全都會說同一句話：「我不知道是否能信任您們。」

信任不是平白無故有的，要贏得信任就得掏出自己某個不為人知的事做為交換。因此，喬示意安東妮娜，請求她的允許。安東妮娜點頭答應。

「湯姆士……我們不是一般的警察。」

「你這是什麼意思，」他有點不安地詢問。「我看過您的警徽，那是真的。」

「那是真的，但是我們和一般警察不一樣。」

「這點我已經發現了。一般才不會送我們一大疊百元鈔票。」

「您所說的任何事，都不會進入司法程序，也不會記錄在任何地方。我們在這裡，只是因為這裡有人需要幫忙，需要有人伸張正義。湯姆士，您一定知道這裡發生事件。」

保全低下頭。當他拋下經典的一號與二號姿勢後，可以看出湯姆士是一位十分正直的男人。他非常羞愧自己照著上司的指令做事：閉上嘴巴與眼睛，這裡沒人來過，什麼事也沒有發生過。說得簡單，但做起來其實很難。沒人可以遇上這種事，而不會惴惴不安。

「對，我知道。」

「還有多少人知道？」

「我與加布埃爾，還有上司，以及崔呇的管家。她是第一個在客廳裡看到男孩的人。」

「然後她打給您。您就通報上司。」

湯姆士點頭。

「當時我快下班了。」

「這是正常的嗎？」喬提問。「怎麼管家會先找上您，沒有直接找警察？」

男人緊閉雙脣，一臉羞愧。他的臉龐彷彿凝結，雙手緊握馬克杯，如同那大海裡的一塊浮木一樣。

「湯姆士。」喬輕柔得鼓舞他開口說下去。

「社區有自己一套管理方法。這裡其實一點都不危險，仲介並沒有把房子隨便賣給任何人，至少金流必須清楚。曾經就有俄羅斯人和哥倫比亞人動過念頭，想在此地置產，但都遭到拒絕。不過就算如此，這裡住的人也不是一般人，他們有自己的規矩。」

「之前有發生過意外事件嗎？」

「從不像這次這麼嚴重，這麼駭人。但是保全的工作就是閉嘴，聽令做事。」

「所以這次也一樣。」

「沒人會付錢請人來說三道四。」

不對。喬暗想。**有人會付錢請他來說三道四的，因為那人正是我、你與所有的西班牙人**。

他沒回話，畢竟多說無益，他本來就有《憲法第二十四條》（註9）規定的保障。**我變得越來越犬儒憤世了**。他檢討自己。當然，這因為他以前覺得那條憲法內容無關緊要。

當前最重要的是找到伊斯基爾。

「那晚在大湖區的別墅裡有別人在嗎？」

「沒有。那棟房子在六、七個月前完工，但尚未裝潢好。住戶幾乎也沒來看過，聽說他們現在是住在那棟鐵門別墅裡頭。」

「是否安排了搬家時辰？」

湯姆士用力搖頭否定。

「一般住戶新居落成會辦喬遷宴客，那一定得先知會我們，因為若是邀請一百人，就需要提供百人名單的姓名和車牌號碼，方便我們事先登錄。沒有這些手續，就無法通行進入。」

「您從未見過那戶人家來過這裡？」

註9 西班牙王國憲法第二章權利與自由中的二十四條法規表示：得因職業祕密，無義務對指控的犯罪行為進行陳述。

「我值班的時候未曾見過。我的班是從下午八點開始，到早上八點結束。有一次來過一名裝潢設計師的助手，要換廚房的地板，因為屋主不喜歡那顏色。應該是這樣。來的時間很早，所以印象深刻。」

擁有一棟兩千萬的房子，但從沒住過。這就是富貴人家。

「清潔人員呢？常來嗎？」

「每天都來。」湯姆士肯定。「就算沒有人住在裡頭，每間房子也要保持一塵不染。一般是早上七點來打掃，但我不清楚離開的時間。大概是下午三點，日程表上是如此標記。」

「好的。我們現在來談談那一夜的事情，發生什麼引起您注意的事嗎？任何一件覺得不尋常的事？」

「沒有，恐怕是沒有。」

「沒關係。」喬回答。「我想您會有值班時的出入名單，我需要看一下，還有監視器畫面。」

保全系統是一套非當高端的技術，拍攝的畫面品質清晰，而且莊園周圍都設有遠端移動式的感應警報器。

「不過，我們把感應器關掉了。」湯姆士回答。「因為兔子總在那跳來跳去，造成無時無刻響個不停。」

在這個地下室裡，除了休息區和個人置物區外，還有一個房間，設有十臺螢幕監控整個莊園的空間，畫面會輪流播放四十臺監視器拍攝到的畫面。然後，桌上還擺著另外兩臺，一臺是用來接收感應警報器的畫面（是關閉的）。

「有很多兔子嗎？」

「超級多。之前這裡是塊荒地。」

「那東西對我們就沒有幫助了。」

「那系統很爛。老實說，我們根本用不著感應式警報，我們有裝紅外線感應器，系統設定成只要在二十公里內出現異物，就會跳出畫面通知，真的不需要警鈴大作。」

「但那一夜紅外線也沒感應到任何畫面。」

「恐怕沒有。整個系統都沒有感應到東西，跳出畫面來。」

「每臺監視器鏡頭都對外？」安東妮娜提問，這是她從進來到現在，第一次發問。

「對的。全向住宅外的街道。要保護隱私，不能拍到裡面。」

「那樣的話，我們只須看出入口畫面就可以了。」

「湯姆士，請麻煩找出檔案，並放出來看看。」喬對著正在找光碟片的湯姆士提出要求。此外，他向安東妮娜詢問：「為什麼不看別的地方？」

「如果伊斯基爾要帶上阿瓦羅跳過圍牆，那要做到不被紅外線拍到才行。」

「剛好跳過沒拍到？」

安東妮娜聳聳肩，一副無能為力的樣子。

「周邊共有四十臺監視器，就算我們只看每臺攝影機五到六小時的區間，還是得花上連續十天，不吃不睡什麼都不做只看螢幕，才能看得完全部。」

「我們沒有那麼多時間。」喬回答。

卡拉沒有那麼多時間。

「所以賭一把。根據厄瓜朵的分析，被害者是死於下午八點至十點之間。」

「據我們推測，他還要搬運屍體，所以從下午八點的畫面開始，應該就夠了。」

安東妮娜請湯姆士把監視器畫面分別依照時間放在十個不同的螢幕上。最上方的一個從下午八點開始，然後是九點依序下去，最後一臺播放時間是早上五點鐘。也就是——

20—21—22—23—00

01—02—03—04—05

「只要任何一個螢幕畫面上出現車輛，我們就暫停，核對出入車輛紀錄的登記簿。」她向兩人解釋作業方式。

「真是個好方法。」湯姆士贊同。「這樣就只要花一個小時看監視畫面，不必花上十個小時了。」

事實上花費的時間比預期長得多。若每一次畫面上出現車子都要暫停、核對紀錄，其實是相當耗時的。總共有十幾輛車進入，時間大多集中在晚上八點到十一點之間，全是住戶，或是已經事先登記的朋友的車子。核實是一件非常耗時的工作，應該要有眾多人力支援才適合進行。

不過，這也就說明為什麼調查殺人犯並不是件簡單的差事。

三個小時後，每一部時間軸都播放完畢，他們每一個人全都累壞了。上面的螢幕陸續有下班歸途的人，或是與朋友用餐後的居民出現在畫面上，而下方的螢幕畫面幾乎沒有任何變化。

突然間，安東妮娜挺起身子，指向下排中間的畫面。「那裡，那輛計程車。」

那是一輛 Skoda 牌的 Octavia 車款，是馬德里市中心常見的計程車車型。車子進入時，車頂上的牌子顯示空車，這是一般載到長途乘客時會有的標示。

那輛車靠近時，畫面上出現的人是加布埃爾，他沒有問任何問題便放行。當時的時間是凌晨三點五十二分。

「有什麼問題嗎？」

「我們之前看過那臺計程車。」安東妮娜回答。「車牌是 9344FSY。在晚上十點半的時候有來過，放下某位乘客。」

正是如此。很快的二號螢幕上就看到那輛車子的出現。畫面上是湯姆士正傾身向司機問話，接著放行通過。攝影機取景的角度是由上往下，因此看不見駕駛人的樣貌。

「湯姆士，您對那輛計程車有印象嗎？」

保全一臉困惑地望向他們。

「沒有……我沒有印象。我可能問要開去哪一戶，得到明確的姓名和地址，應該就這樣。這是一般計程車想開進莊園時的確認流程。況且，又是那個時間點了。」

他說得沒錯。從畫面上看來，計程車只是開入莊園那十幾輛汽車的其中一輛。

此外，湯姆士與加布埃爾看起來很疲累，他們已經盡到職責了。富人常常是與耐心脫鉤的一群人。

畫面上一點都看不到司機與乘客。

「還有一個重要問題，開計程車的人是誰？」喬問安東妮娜。「他是共犯？還是真的只是一名載客的普通司機？」

湯姆士與加布埃爾對此司機一點印象都沒有。只是一輛尋常、無名的計程車，柵欄沒有任何警備就升起，就像日常情景一樣。很可能這就是伊斯基爾通行的方法，或很可能只是個巧合。

換句話說，他們仍然一無所知。

但卡拉．歐提茲的生命卻在滴答滴答倒數計時之中。

16 多事之夜

喬載安東妮娜到醫院。

展開這漫漫長夜。

時間太晚了，不適合打電話給史考特奶奶。她此時人興奮得無法入睡，腦袋思緒雜亂，每分每秒都沉浸在伊斯基爾的案子裡。她把資訊裡每個方方角角的細節全都想了一遍。找不到突破點。計程車的車牌已經傳給曼多，請他把資訊轉給八臘（用國家情報局或是情資中心等第三方單位寄給他，是簡單又不會令人起疑的伎倆。）不過，安東妮娜知道八臘就算有資料，也不會發揮作用。因此，她傾身坐向床旁的沙發椅上，伸手抓住馬可士的手，就像往常漫漫長夜，她就只是盯著牆，專心聽著心電儀器發出的聲響。

凌晨三點，厄瓜朵醫生寄了一封信。

收件人：AntoniaScott84@gmail.com

寄信人：r.aguado@eruopa.eu

史考特：

從手肘與手腕的間距，對比保時捷卡宴車體高度，依此比例下，預估伊斯基爾是一位身高一七五至一八五公分的男性，棕色眼珠，年紀無法判定。關於此事，我希望能在電話裡談，希望能盡快與您通話。

另外，我已經分析了古鐵雷斯警官拍到的照片，單獨截出刺青的部分。內容請參閱附件。我尚未釐清圖騰是盾牌還是別的圖碼。

祝安。

厄瓜朵醫生

安東妮娜立刻打給醫生。

「想不到這麼快就打來了。」

「我也沒別的事可做。」

厄瓜朵向她說明那張刺青的圖騰，可能是西班牙上百家刺青店其中一家師傅刺的。

「希望可能很渺茫，但現在仍積極找人協助看看。不過，因為說跟強暴案有關，嚇退很多人，不過也有許多女刺青師傅表示有意願幫忙，或許從中可以獲取一些資訊。」

刺青這條線仍沒看到希望，但還不到收手的時候。

「還有件事我想說，」厄瓜朵表示。「我不敢寫在信上，因為我的說法會聽起來不太專業。若依照片顯示，的確不足以做出年紀的判斷，所以我寫無法判定。但我越看越覺得那是個五十歲上下的男性。」

「根據什麼？」

「沒有半點科學根據。只是他的坐姿，整個顯露出來的感覺……所以才想用電話說明。直覺無法做為證明，但有些事情，有時候知道就是知道。假若我是對的，似乎相當不尋常，在這年紀犯下這種事。」

安東妮娜沉默了一會兒，思索厄瓜朵醫生直覺的可能性。

絕大多數的連續殺人犯，首次犯案年紀常落在三十歲以前。三十歲前，心性仍不穩定，容易衝動暴力。若三十歲過後才展現自己的暴力傾向，才開始作姦犯科，這是少之又少的情形。三十歲的分水嶺是人類生命發展的自然結果，目前已有無數相關研究發表過類似的內容，類似題材搬上電視、電影也有數十部之多，甚至當前就連罪犯者的人格特質更是深入人心。大眾普遍都能歸納出某些特徵：破碎的童年、虐待動物、喜歡火災的場景、強烈的性欲。這些情況，偶爾的確符合現實連續殺人犯的側寫，只不過常常實際情況並非僅僅如此。實際上，單單西班牙的心理變態人數就超過一百萬人以上，不過真犯案的人很少，多數的人一生都過得很平凡，可能幸福得坐上人資部主管的位置，或當個部會首長，或自己開一間酒吧，就算犯錯，也是小小的壞事，從不像電影演得那麼誇張。

另外，真的犯案的那部分，其實我們對相關狀況所知不多。或是就算瞭解了，也都太晚了。例如，惡名昭彰的哥倫比亞強姦犯路易斯·加拉維托，他四十二歲才伏法。這名惡棍會拿石頭砸死他抓到的未成年孩子，在短短六年內殺害了近一百六十個小孩。

可悲的是，科學近期才開始著手研究人類的心智狀態，才開始試圖理解一個擁有深不可測的腦洞。

可悲是，當前我們對那些人一無所知。

「史考特，您還在嗎？」

「我在。我只是在想，對犯下這種案件的年紀來說，他真的算很大。」

「我知道，所以這讓案情顯得更加詭譎。可能他暴力累積速度很慢，或是他藏得很好，之前早就犯過極端恐怖的事件，只是現在才被發現。」

「一個看起來像模範生的人，犯下駭人聽聞的事，這並非第一件。您想一下聖地亞哥—德孔波斯特拉那小女孩的父母親。（註10）」

「沒錯。我在想伊斯基爾是我們從未知曉過的犯罪類型。」

「妳覺得有辦法描繪出他犯案的心理狀態嗎？」

「他毫無疑問有反社會病徵，納粹主義，虐待狂，但是我還是不解伊斯基爾為什麼不想受到媒體關注。」

這也是安東妮娜最感到不可思議的一點。伊斯基爾沒有把自己的事蹟公諸於世。這是綁匪最常做的事。一個連續殺人犯或極端納粹主義者，都是超級樂於聽見電視廣播媒體討論自己。只要一個按鈕，他就進到別人的眼裡，成為舉世關注的焦點，網路平臺上也會出現許多評論他的轉發文章。到底為什麼他不發聲領獎？

「我們一定漏了什麼，沒有見到那塊關鍵拼圖。」

註10　二〇一三年九月一名十二歲女孩的屍體在鄉村溝渠中被發現，凶嫌是她的養父母。

「或許刺青的圖案能幫我們理解。」厄瓜朵回應。「很抱歉沒有提供更多訊息，但我保證，我會努力不懈完成任務的。」

「醫生，謝謝。」

掛斷電話後，幾乎馬上電話又響起。是曼多。

「我搜查了9344FSY車牌號。此車號沒有計程車登錄，而是一輛雷諾的Megane車款持有使用。從兩年前到現在。根據道路車輛使用登記，車主是一名二十三歲的女性。」

「兩車使用同一個車牌號。」

「一輛車若不常開，一支扁頭的螺絲起子，一顆白鉚釘（一盒五十顆三歐元），一支錘子，五分鐘就能換下車牌。受害者可能要好幾天才會發現，畢竟誰會在上車前瞧一眼車牌號？」

「看來是如此。我們先查那輛車，看看是否有機會找到計程車的行蹤。」

「也就是說駕駛這輛計程車的人應該知情。換句話說，伊斯基爾不是隻孤狼。」

「在變態殺人犯中，這種特質很少見。」

安東妮娜掛上電話，再次盯著牆壁，搜尋腦海中無數的案件。據她所知的連續殺人案就有數十件，但動機與犯案模式全都跟這次沒有交集。

她的內心千頭萬緒，什麼想法都有，但就是沒有一絲安寧。

布魯諾

喬．古鐵雷斯不喜歡記者。

這是在雷塔斯飯店的咖啡廳裡，布魯諾走近喬時得到的感受。現在才早上六點四十五分，但古鐵雷斯警官已經洗過澡，噴上香水，梳妝完畢在用早餐：培根蛋、柳橙汁、六片烤吐司與一個碗公的咖啡。

真沒水準，拿麥片碗裝咖啡。

古鐵雷斯警官不喜歡記者，而且特別不喜歡布魯諾，因為布魯諾總是一副他死定了的模樣。所以，他馬上握緊拳頭，一臉正色。布魯諾是巴斯克報界的大前輩，新聞界的知名傳奇人物。他十分享受別人見到自己時的神情，彷彿他是一齣《喬康達》的歌劇，人人都在為他喝采，或是他就是一座西斯汀教堂，大家得告誡自己繃緊神經。

「媽的，你在這裡幹麼？」

「警官，我也向您問聲早。」

布魯諾坐在古鐵雷斯警官的前面，移開桌上某一盤裝滿食物的盤子，擺上自己的記事簿、原子筆和錄音筆。喬看著他的專業道具，感覺彷彿看到的是針筒和六克海洛因。

「請收起那些東西。」

「這是我的職責。」

「也是我的職責。」

布魯諾一臉厭惡地看向培根蛋的盤子，這瞬間也讓警官倒盡胃口。

「警官，有人施捨錢給你吃這麼好的早餐？」

「就你他媽拿錢給我吃早餐。」

國家警察的伙食費看來有調高。以前每日補助一百元。但這裡最便宜的房間也要三百塊。布魯諾暗自打量。

「警官，講到媽媽，我想起您母親請我幫她向您問個好。」

實際上，很簡單就能找到他媽了。

貝戈尼亞·伊里翁度，警官的母親，平凡的女性。直性子。可謂現代警官母親的楷模。倘在以前，她可得管好自己的嘴巴。在她生長的年代裡，西班牙十分混亂，天天子彈滿天飛，每個人都可能被出賣，成為人肉市場裡販售的目標，到處都是士兵與報馬仔。當時，能信得過的只有自己。要是多嘴一句，就等著吃不完兜著走。當然，現在情況完全相反，誰都不敢碰她。有一回晚上十一點鐘，貝戈尼亞走出聖兔斯兔地鐵站，正悠然地走回家。一群混混看到她，上前擋住她的去路，一個緊盯著她的手提包，另一個快速向前抓住她的手肘，但她立即一掌擊向對方的喉結，還以顏色。白痴，遇上鐵娘子了。你敢找她麻煩，就怕你笑著進那暗巷，然後就被拉進垃圾箱後面揍得滿地找牙，而且這還是咎由自取，不能埋怨。

沒錯，貝戈尼亞的住處不是個祕密，但誰也沒有敢找她麻煩。當然，這是好的一面，但壞處就是貝戈尼亞的住處不是祕密。所以，布魯諾僅僅花了半小時，以及十歐元與幾乎一整包的LM牌香菸（媽的），就查到她的住處與電話號碼。他打了一通電話過去。

貝戈尼亞是個沒有心機的女人，她總是有話直說。她表示兒子不在家，不知道在查什麼大案子去了馬德里。女士，這不是真的吧。我實話實說，家裡只有我一個人，您是知道的，現在年輕人根本不在乎老人的死活。他大概也不可能告訴您他落腳的地方囉。您問那麼多幹麼。女士，我想採訪他，寫一篇他的報導。聽起來似乎是不錯的主意，報紙最近對他評價很差，您聽起來滿可靠的。

如此一來，布魯諾便現身在雷塔斯飯店中。並且，花了五十歐元（首善之都的價錢）跟服務生打好關係，讓他們（隨時可傳WhatsApp）通報消息。言下之意，這表示古鐵雷斯警官逃不過他的手掌心了。

他十分討厭事情扯上自己的母親。

「敢接近我媽，揍得你叫媽媽。」

這是男同性戀對母親情感糾結的表現。

「那是您的不對。留她老人家一個人在家。但也情有可原，工作要緊。她說您在辦大案子。」

「我在馬德里度假。」

「您說得對，偶爾休個假是好的。但我想問您昨天怎麼會出現在M50公路的車禍現場上？」

警官沒有改變姿勢，或顯露任何異樣。

「我想您認錯人了。」

「不會錯的。我在電視上看到的就是您，您當時就穿著那套常穿的灰色羊毛西裝外套，挺皺的，不像現在這套燙得那麼平坦。我記得您一直都是個西裝筆挺的人。」

警官沒有回應。他只是捏緊自己的拳頭。

布魯諾會很樂見他出手，因為代表這的確是條新聞。但換個角度來說，他也很慶幸拳頭是以隱喻的方式出現，假若真的用那隻如平底鍋大小的手掌揮過來，大概自己就得在醫院躺上一週。看看那手臂有多麼粗，就知道手掌力道有多大，他可是抬舉大石的大力士。畢爾包人常說：老老小小都知道，抬舉大石的手臂，是史瓦辛格的手臂，是玩巴斯克迴力球的手臂。

做得好，最好別揍我。

「可是，警官，我關心的是您母親說您在此辦大案子，不過歌冬尼斯警局告訴我您正在停職停薪。根據公職……請等我看一下，」他翻開筆記本查看，說：「根據《公職人員基本章程》，您目前是〈無法進行任何公職活動與行使相關權力〉。」

「幸好我還可以度假。」

「沒錯，不幸中的大幸，因為倘若停職停薪期間私自執行警察職權，是犯了一條大罪。」

古鐵雷斯警官很棒，非常優秀。他表現得如同神木一樣，對任何風吹草動都不為所動，或幾乎不為所動，因為他的臉還是顯露出慍色。整張臉不是一般健康的紅潤，而是像一團吐在地上的粉紅色口香糖，呈現出粉紅與慘白兩種膚色。布魯諾看得出來那是說謊的反應。因此，他更加確定自己這一趟馬德里之行，來得很有價值。

「那麼，警官，我就不打擾您用早餐了。」警官早就倒盡胃口，餐巾也已經丟在桌上了。「我也在度假，應該很快會在這裡碰上面。」

「最好不要。」

噢，會的，會比你想得還要快的。布魯諾自忖。

17 野牛

「這很難辦到。」喬認為。

「一點都不難。」安東妮娜回答。

她剛才與曼多通過電話。安東妮娜在電話上要求曼多安排一個會面，然後兩人便展開近一個鐘頭的對話，內容不外乎是怒吼、抱怨、恐嚇、威脅，或是算舊帳、惡言相向等。最後，曼多被屈服了。

「妳不知道這種事很棘手。」曼多對她抱怨。

不過，他最後還是答應了。

此時，警官和她在銀行大樓的大門前，坐在奧迪的車上，等著曼多通知他們兩人上樓。安東妮娜知道他一定會答應，她有一套辦法對付他。當然，上樓之後是否能如她所願，又是另一回事了。

安東妮娜拉下車窗，探出頭，望向卡斯蒂利亞大道上的大樓。那是一棟用十萬噸鋼筋、水泥組成的玻璃大樓。整棟高樓的外貌就算抬頭，脖子扭到底，也無法盡收眼底。

實在難以致信一切始於一隻野牛。

很久很久以前，阿瓦羅．崔峇的上上上上上輩祖父，對待日常生活十分講究。他每日起得相當晚，早餐會坐在聖米格爾橋區的那座老式向陽莊園門廊前，吃幾片麵包沾巧克力醬。看《坎塔布里亞之聲》日報，一根上等雪茄。《桑坦德進行式》，一根上等雪茄。《帝國》與《西班牙通訊報》這類免費報紙，他會皺著眉頭快速的翻過犯罪案件，讀完兩報的時間，大概只抽上半根上等雪茄的時間。

午飯與午睡後，馬塞利諾．崔峇先生會命令傭人把馬架上敞篷馬車，然後他會坐在馬車上仔仔細細地巡視莊園一圈。他得確保農事照著日程完工。視查一圈約花一個半小時，是一件十分累人的工作。而且，他那輛馬車上的坐墊彈簧早已疲乏，常常坐到他下半身都留下很紅的印記，但這事他不做又不行，不視察似乎無法確實敦促鐘點工辛勤工作。

午后散步後，他會泡個熱水澡，管家會來幫他更衣，並用晚膳。一切規矩都按照那個時代裡，一名紳士該有的日常方式進行。他是一家之長，坐在六呎長桌的一端，夫人坐在遠遠的另一端。女兒坐在桌子中央，她年紀夠大，已經學會正確使用餐具，懂得分辨吃生蠔該使用小湯勺，與吃蝸牛肉要用叉子。晚飯後，馬塞利諾先生會進到他的書房，研讀詩文，從某些片段題材中認識植物與地質上的相關知識。**一名紳士要有夢想**。他父親常常如此提醒。**並能完成夢想**。

規矩也是紳士教養的一部分，若有絲毫差錯，便會讓他們渾身不對勁，全身大汗淋漓。因此，當某個早上，莫德斯托．庫維利亞斯出現在他的莊園門廊前，馬塞利諾先生整個人顯得坐立難安。時間不對。

莫德斯托慎重脫帽致意，並用那雙又黑又粗糙的手握緊捲起的草帽，然後才說明自己的來意。

「主人，我發現有個您會感興趣的東西。」

馬塞利諾有些許被吸引了。儘管他無法接受早上的時間受到打擾，但是當天的報紙內容實在非常無聊，因此便決定跟隨著這名不速之客，去看看他發現的新奇事物。另外，他想稍稍冒個險的決定，是由於他最近也讀了《如此這般》（À la manière，這是他太太熱愛閱讀的一本法語小說，馬塞利諾偷偷關注其內容），以及看了最新出版的《環遊地球八十天》，其書描寫一名紳士和他的僕人的冒險故事。因此，這次的探險，讓他莫名覺得自己彷彿是故事主人公菲利斯・福格，而莫德斯托就扮演與他一起經歷探險的僕人。

他與這名不速之客一起走了約一小時，他們到了一個洞穴。後來的事，就成了當今為世人所知的歷史。馬塞利諾對於牆壁上五彩繽紛的壁畫讚嘆連連，覺得美不勝收。隔年，他便把洞穴裡的發現公諸於世。然而，並沒有引起廣大回響，鮮少人看重此事，馬塞利諾沒有獲得應援，科學圈裡幾乎沒人相信阿爾塔米拉洞穴裡的壁畫是史前遺跡（註11），甚至有人譴責他想出名，自己畫上去的。

這件事鬧得沸沸揚揚，當時正好伊莎貝拉二世（一八三〇年—一九〇四年）在北方的維耶斯戈橋泡溫泉，便提議順道去附近那個洞穴瞧瞧。如此一來，一群北方的名流世家一同驅車前往向陽莊園，在馬塞利諾的早餐時間出現。不過，這一次他

註11 阿爾塔米拉洞（西班牙語：Cueva de Altamira）位於西班牙北部，洞穴內的繪畫遺跡距今有一萬兩千年之久。

沒有驚慌失措，一來是因為來者都是名流士紳，二來是他們與他們是生意上的夥伴。「馬塞，皇后想參觀你土地上的洞穴。」其中一人表示。「很榮幸陛下將大駕光臨。」馬塞利諾非常豪爽地答應了。「其實，」另一位補充。「她已經來了，或許你可以順便跟她提銀行的事。」若與皇后即將見到的輝煌場景相比，銀行是一件不重要的小事，完全不足為道。馬塞利諾先生迅速前去迎接。

皇后本應該會在兩週後再來拜訪一次的，但是當地謠言甚囂塵上，閒言閒語傳得十分厲害。

據說傳聞，那位操守為人詬病的伊莎貝拉二世，一見到馬塞利諾，便直盯著他那從耳邊到下巴的絡腮鬍，以及健壯的年輕體魄，於是下令二人獨自進到洞穴內參觀。參觀的時間長短當然由她作主，其間她還傳喚女侍送上紅酒與麵食，好恢復些體力。

馬塞利諾先生晚了幾個小時離開，當他走出洞穴時，帶著通紅的身子，以及一紙合約（幾乎是在最後一刻，草草寫下）要求財政部長核發桑坦德的商人設立銀行組織的執照。

皇后道別時，從車上伸出頭來，吻了他兩下（一下在臉頰上），然後揚長而去。一個月後，銀行用五百萬比隆幣（註12）的資本額成立，主要收益靠桑坦德港口的小麥進出口貿易。

註12　比隆幣（real de vellón）是西班牙在一八〇八年至一八五〇年間的銀幣系統。

馬塞利諾也就因此發跡致富。然而，他所發現的史前遺跡，在他死前都沒有得到認證（真諷刺）。至此，崔咨家族的銀行事業蒸蒸日上。成功的祕訣只有兩個：第一，絕不與歷代朝政（國王、總統或獨裁者）有糾紛，不過那些人其實也不做事。第二，銀行要逐步壯大。

一百多年過後，銀行在崔咨家族狡猾帶領之下，不久前一棟耗費十萬噸建材原料，以及總價花費十億五千萬歐元的大樓落成了。這間銀行成為二十一世紀初，全世界最大的銀行。

電話響了，他們利用奧迪車內設有免持聽筒設備接起。

「可以上樓了。」曼多說道。「我只想請您們記住一件事。妳，史考特，我為了辦成這件事，欠了很多人情。還有您，警官，請謹守本分。」

隨後電話便被掛斷。

我也想啊，只是最好安東妮娜有那麼好控制。喬一邊哀嘆，一邊走出車外，用遙控器按下上鎖車門，然後趕緊跟上她。一如往常，她只自顧自地走向玻璃大門。

他們兩人從頭到尾都沒有注意到有人（身穿皮革外套與牛仔褲，頭戴全罩式安全帽）在人行道上，對著他們拍照。

卡拉

珊德拉的聲音把她從睡夢中抓了出來。

她不停喚著她的名字。

「我在這裡。」卡拉回答。「妳沒事吧？」

「我很累，很睏。」

「他有傷害妳嗎？」

這一次珊德拉沒有啜泣。這一次她給了同樣的回答。

「我不想談這件事。」

「珊德拉，我聽到了。」

「妳什麼都沒聽到。」

卡拉沒有回答。她不久（幾個月或幾小時）前也是不斷否定現實。

「妳什麼都沒聽到，因為什麼事都沒發生。如果你真的聽到什麼，為什麼不發聲制止？為什麼沒有大吼大叫幫我脫困？」

因為我害怕。

因為我不想妳的不幸禍延到我身上。

因為我摀起耳朵，背誦馬的品種，就如同之前我姊姊取走我的夜燈，把我獨自關在黑暗中，我也是這麼做。

「妳說得沒錯。」卡拉承認。「什麼事都沒有發生。」珊德拉閉口不語很長一段時間。卡拉很想詢問關於洞的事，是否就是從那個洞看到伊斯基爾的行動，是否還有別的更大用處，是否能向街上打信號，是否能獲得外頭的情報。但是，現在她不敢先開口。

「有個男孩。」珊德拉再次開口。

卡拉稍稍傾身靠牆。

「什麼男孩？」

「妳那裡本來是一個男孩。」

卡拉瞬間感受到胃與胸的虛無，身體宛如被切成兩半。一半是她依舊擁有無比沉重的腿與頭，而另一半是在麻痺的腿與動彈不得的頭之間，那處彷彿被搬空，關在夢魘裡出不來。不過，就算卡拉只用剩下一半的自己，她也能聽懂珊德拉話中的涵意。

她無論如何都想知道。

「他發生什麼事了？」

「剛開始他叫得很厲害，他太害怕了。後來就安靜下來了。」牢籠，如此狹小的空間，什麼事都做不了的領地。在裡頭，卡拉懂，改變是遲早的事。她不認識那個男孩，但她理解他的心情。他被抓了。他待過此處。他逃不掉，始終沒人救援。他只能待著，等著，等著。如此一來，牢籠裡的方寸之地成為他世界裡的新界線，身體幾小時內（或許，幾個月內）就馴服桀驁不羈的心性，學會如何與世隔絕，如何平和地待在裡頭。不再用眼睛看事情，而是用心智來感覺世界。手指能辨別地上任何一處微不足道的差異。任何滑過皮膚、衣服的聲音，身上任何一處發出的噪音，耳朵都能聽見，而且比平時大上好幾倍的巨響。現在牢籠是一處在自己封地上的城堡，每面牆是保護她的生命與尊嚴的最後一道防線。希望，若還存在，便僅限如此。伊斯基爾獨留她一人在此，不越界進入。希望原本是可議的，存在於支付她自由贖金的價錢裡。

然而，珊德拉的話戳破了泡泡，像一頭大象一腳無情地踩進一灘水，瞬間摧毀所有僅存的綺麗幻想。

「珊德拉，那男孩發生什麼事了？他是誰？妳知道有人付贖金救他出去嗎？」

「安靜。他回來了。他不喜歡我們交談。」

沒有聲響。或許，外頭有腳步聲。卡拉不確定，因為她就只聽得到自己狂亂的心跳聲。

「拜託，妳得告訴我這件事。」她絕望地哀求。「我一定得知道。」

珊德拉的話像喃喃自語一般，反覆說：

「他不斷尖叫。」

然後，四周又再度陷入沉默。

18 辦公室

權力很稀罕。喬自忖。

自有一套彰顯的方式：頂樓豪華大辦公空間，嚇出心臟病的窗景，好幾間祕書的接待室用來測試你是否能通過重重屏障，地毯，電梯智慧鎖，門口站著保鏢。

一切誇大的表現都只是前菜、開胃菜，一旦上到主菜，連人也得展現應有的高度。

蘿拉·崔砦不在那個高度，而是在更高的位置，用獵鷹的眼光，凝視世界。

她很高，比照片上看起來高得多，骨瘦如柴，小麥膚色，黑髮，眼神剛毅。身上穿著一身紅洋裝與一件紅外套，如同每日報紙上會出現的人物。

就算上班……喪子後穿一身紅？喬十分詫異。

她的脖子簡單繫上一條絲巾。看起來不僅風情萬種，同時也達到遮掩洩漏年紀的脖紋。她的行為舉止不見脆弱，好似每個動作都經過細心調整，然後反覆演練至自然為止。

「早安。請坐。」她邊說邊從辦公桌後方站起，指引他們到有沙發與茶几的地方，一處有她與她丈夫自畫像的區域。要進到那處，就得走到另一間會議室。

「請問茶或咖啡？」祕書有禮地詢問。

「他們很快就要離開了。」喬才想脫口要求一杯大咖啡前，女老闆直接代替他們決定了。

他仍惋惜早上在飯店裡自己沒喝上那杯咖啡。布魯諾毀了一切，真是個不祥人物，而且他還沒有跟安東妮娜提起這個人的存在。還沒找到適當時機，一切先靜觀其變。

或許沒什麼。

避重就輕的經典語句。

咖啡，門都沒有。

祕書從老闆的語氣中明白真正的含義，很快就退出辦公室。

難道不請喝咖啡應該是在下馬威。喬暗想。**但，為什麼？**

「我想你們得知道。」祕書離去關上門，空間只剩他們三人的時候，蘿拉開口說。「這會面非我所願。此時我只想一個人靜一靜。」

「崔呇女士，對您所發生的不幸，深感遺憾。但我們有任務在身，而且我深以為您應該也希望為自己的孩子討回公道。」

「現在說這些有什麼用，」她打斷，說：「我知道這是您的職責。但是請謹記，您們的上司與我都說……好了。」

「只要對銀行有益，什麼都可以。」安東妮娜提問。「是這樣嗎？」

此時此刻，要不是喬坐在安東妮娜旁邊，不然他真想在桌下踢她一腳，警告她注意言辭。甚至連蘿拉·崔呇也有出手的衝動，雖然她忍下來了，不過臉色卻異常難看。

「史考特女士，您是位母親嗎？」

安東妮娜停了一會兒才回答。

「是的。我是。」

「那麼您應該能懂，沒人比我犧牲更大。這一切，」她指著四周，說：「與來自這裡的一切。」她用高跟鞋踩一下地板，繼續說。「看起來是那麼堅不可摧，其實都沒什麼。我們可以明天就撤出整個辦公室，毀了我們的總部，但銀行不會倒，依舊還在，因為銀行只是一個想法而已。」

「費盡心思就為一個想法。」安東妮娜仍堅持她的說法。

「我不期待您們能夠理解，也不在乎您們對我的評價。您們一進到辦公室，就帶著成見。當我是一名母親在批評，但我是坐在這個位置上的女人，我有更多的身分。我的孩子沒了。銀行總裁要負起責任，避免更多傷害發生。」

「崔呇女士，您不是唯一一個沒了孩子的人。前天晚上，卡拉·歐提茲不見了。」喬說。

這道消息拋向蘿拉，如同丟入一顆石頭到湖中，漣漪明顯可見。她的臉、左手都顫了一下，然後手摀住嘴，掩飾自己的驚慌。

「這不是真的。」

「恐怕事情就是如此。」

「同個……人？」

「這便是我們需要您幫我們釐清的部分。我們瞭解您極力不想讓事情曝光，但現在有人命在旦夕。或許，我們還來得及救她。」

蘿拉起身，離開他們走向窗邊，選擇站在一塊十二呎長的透明落地玻璃窗前，雙手抱胸，身體一動也不動待了好幾分鐘。窗景，不可思議的好像連行進在皇宮與東方公園的每輛車頂都清晰可見。但是，這位女銀行家卻迷失在內心深處那道不為人知、陰暗險毒的風景之中。

她再次回到座位，兩眼紅腫，但沒有哭過的痕跡。想哭與哭出來是兩回事。

「現在我所說的事情，都是極端機密，絕不可以洩漏，公諸於世。可以嗎？」

「女士，我保證。」喬回答。

崔岱看向安東妮娜。她微微點頭同意。

「不曉得您是否知情，您要把我們當作沒來過這裡的事。」

「如果講出半句話，保證您們後悔終身。」崔岱警告的語氣冰冷到可以在上面溜冰。

喬深信跟這個女人為敵，絕對是最糟糕的事。

「小孩在下午失蹤。我們一開始毫無頭緒，直到綁匪打電話過來才知情。我接了那通電話，那人……說自己是伊斯基爾。」

喬和安東妮娜兩人同時從座椅上傾身向前，相互對視，明白彼此眼神中所代表的意思。崔岱閉上眼睛，緊閉雙唇。

「他說小孩在他手上，然後提了一個我無法做到的要求。」

警官壓抑下自己望向安東妮娜的衝動。他們兩人都想馬上提問，但雙方卻都在等對方先這麼做。最終，喬踏出了第一步。

「女士，恕我直言，他要了什麼您給不起的東西？」

蘿拉・崔宕，全西班牙最有權勢的女人，歐洲最大銀行的總裁，深吸一口氣，不語，把視線看向別處。雖然她沒有說話，但卻又像已表達了她無限的愧疚。

「女士，我們需要理解嫌犯的犯案動機。」

「那麼，假若問過拉蒙・歐提茲的話，他說了伊斯基爾向他要求了什麼嗎？」

現在輪到安東妮娜和喬閉嘴不語了。

「應該就是那樣。」

喬聽到各種情緒想要竄逃而出：困惑、憤怒、悲傷。他硬是用鑰匙轉兩圈鎖緊，鑰匙丟進口袋裡，壓下所有內在情緒。得讓她繼續說下去。不管多小的事，都會找到線頭的。

「您一定還能提供我們一些資訊。」

「沒有太多。他提了不可能的要求後，告訴我要在五天內完成。然後，他還說：小孩不該承擔父母犯下的罪。接著就掛斷了。」

「後來呢？他再也沒跟您們聯繫。」

女人低頭看向地板。

「接下來獲得的消息，就是找到屍體了。」

喬和安東妮娜交換眼神。這是個壞消息。綁匪與受害人家屬聯繫是調查的基石，兩者無形的線可以帶領刑警找到壞人。

「其間沒有任何聯繫？」

崔宕笑了，一個苦楚、沒有任何意味是笑的乾笑。

「日以繼夜，看著時鐘，守著電話，焦慮不安，內心承受的罪惡與痛苦無法消止，也不會消止。沒有通話了，說得更對的是，是我打給死神了。」

「我很遺憾。」

「有些決定，是沒人可以做的決定。有些選擇，是不該被要求做的選擇。現在，請離開吧。」

喬起身。安東妮娜仍坐著。他輕輕抓了一下她的肩膀，她這才反應過來。當他們兩人走向門口時，蘿拉・崔峇一臉失神坐在椅子上，沒有半點動靜。

「警官。」她喊。

「女士。」

「您有配槍？」

「有的，女士。」

「如果您能一槍斃了那混蛋，您，以及您家裡的每個人，這輩子將衣食不缺。」

她希望他們走了之後，自己可以好好哭一場。

但她仍做不到。

八臘

八臘大隊長累壞了。

搜查馬場犯罪現場的行動本身就夠累人了。但是，八臘還要應付各種蜂擁而至的媒體採訪，因為他的照片已被全球知名網紅與有名的馬術師上傳到 Instagram 與 Twitter 上，因此許多眼尖的記者認出這位鼎鼎有名的大隊長，大家都想從這個隸屬於國家層級的緝捕綁匪專案組織的頭頭，挖出些內幕。

當然，八臘不做回應。他只是一副自己很忙的樣子，眼神宛如雷射一樣掃射過案件中的每個細節。他的確是如此，但他也遵奉凱撒大帝的太太所言：不能只是很棒，還要看起來很棒才行。

適當的方式，適合的時機，才暴露案件的始末。他思索。他會成為一個足智多謀的刑警，操作木偶心智的大師。

隊長幾乎一夜沒闔眼。他到家時已經很晚了，太太睡得很沉，他躺在她的身旁。結婚十年了，共眠上千個夜晚，床逐漸沒了彈性。他是全家最早起床睜開眼睛的人，他會去看看小孩安穩的臉蛋（清晨裡寶貴的寧靜）。黎明破曉時分，他已經進到上級警察總署二樓的辦公室裡。一個毫無生氣的橘紅色空間。

他開始進行建檔與整理資料。儘管案件沒有多少進展，但至少起步了。

我有施工柵欄。他自忖。

很快就查到那是一家在莫夕亞省的工廠製造，會販售給一般大眾。在幾分鐘內，他們就會回報所有購買過此商品的名單。八臘已經親自撥打過好幾次電話，但都無人回應。

我手上有那娘炮與國際白痴女警拍到的嫌犯逃亡照片。

照片模糊到根本無法辨識，說任何一個男的都成立，哪個年紀都可以。而且因為是在案件的特殊情況下獲得，這張照片無法公開。

我有司機的解剖報告。

司機已經完全排除嫌疑。據初步報告可知，嫌犯下手凶狠，凶器為一把十二公分長，極為銳利的刀子。

我連顆屎都沒有。八臘自嘲地想著。

但是，綁架卡拉·歐提茲的人一定會再聯繫。

這女人可是價值連城。

事實上，他不禁猜測贖金可能的金額。西班牙史上最貴的贖金是雷維利亞富商的十億披索，約等於今日的一千四百萬歐元。不過，這筆錢不算什麼，當代世界史中支付最高額贖金，是發生在一九七四年的阿根廷：博恩家的父親支付約六千萬美金贖回自己兩個兒子，換回胡安和豪爾赫的自由。

八臘咬著原子筆頭（他不久前戒了抽菸，戒了這壞習慣就可以少花一筆支出）。身體往椅背後方伸展，腦中回想著博恩家族綁架案的經過。犯案的是阿根廷的左翼極端分子，蒙托內羅斯恐怖組織，他們利用維修天然管氣的工作，切斷首都布宜諾斯艾利斯的主要街道，自由大道。因此，這兩個兄弟座車經過時，恐怖分子朝車子開了許多槍，並擄走兩人。這個父親（阿根廷最有錢的商人，從事穀物貿易）拒絕交付贖金長達九個月，後來是豪爾赫說服父親打開保險箱。只是這筆錢從未再找回來過。

當時的六千萬美金，大概是今天的兩千五百萬歐元。但是，卡拉．歐提茲的父親絕對付得起這筆錢，甚至是更高的價錢。他能付十億或二十億，或綁匪勒索的任何價錢都付得起。這案子應該會成為史上最出名的擄贖案。八臘想著。付款過程會很漫長，因為綁匪應該會獅子大開口，但就算她的父親付得起，還是要花上一段時間，才能變換成現金。

一定會再通話。**到時候我們就要抓住他們。**

歐提茲的電話已經被我們監聽了，截取通話內容，早晚……

八臘一臉心滿意足的闔上眼。唯一要做的就是等電話，因為無論如何，都會打來的。

誰不想大撈一筆呢？

19 圍欄

兩人誰都沒有開口說話。

他們回到車上，安東妮娜在GPS上輸入新的地址，然後便轉頭望向窗外。喬懂她想哭，因為他也很想哭。

他沒有做任何詢問，就只是跟著指示開車。

地點很近。八分鐘後，他們抵達了一所校門口。入口處掛著一面英國國旗。

安東妮娜下車，然後敲敲車窗，問。「來嗎？」

大門是關上的，不過當他們一走近，就聽見開門唧唧的轉動聲，門便敞開讓他們進入。在接待區，有個人向安東妮娜打招呼，那人臉上的笑容含蓄，不張揚。

「大家都在中庭。」對方用英文說話。「剛剛才開始休息時間。」

「梅根，謝謝。」安東妮娜也用英文回答。「我知道自己該待在那裡。」

安東妮娜帶著喬從走道上到二樓。那裡有個大窗戶，安東妮娜推開兩扇窗，把身體靠向窗臺，她的身邊還留有一點空間，喬不知是否該靠近。最後，他認為她若不願意，便不會要求他一同進來。因此，他往她的旁邊站過去。

中庭有無數隻小怪獸，全都穿著白色POLO衫，外加一件綠色針織衫，下半身搭配灰長褲。

「他是那邊那個。」她邊說邊指著一群小傢伙裡頭一個手裡拿著球的小男孩。看起來約四歲，黑髮，並且有個價值百萬笑容，一眼就可以認出是安東妮娜的小孩。

「他叫什麼名字？」

「荷耶・洛薩達・史考特。」

「跟妳長得很像。」

「更像他爸爸。」

「是妳的笑容。」

「我奶奶也這麼說。」

「奶奶說的話絕不會錯。」

「對，她說的都是對的。真希望你有機會認識她。她會很喜歡你的。」

「小妞，我號稱熟女殺手，問題是我不一定喜歡她們每一個。」

安東妮娜想了一會兒。「我覺得你會喜歡我奶奶。你跟她很像，對生命有熱情，個性很固執，而且你們兩人都愛喝紅酒，穿英式羊毛衫。」

喬接下來想問的事情非常難開口，但他還是盡可能委婉得表達。「荷耶沒和妳一起住？」

接下來的幾分鐘，時間就像穿上一雙鐵鞋，走得十分緩慢。喬不知道在這開誠布公的時刻，自己是否又冒犯她了。他知道像安東妮娜這麼保護隱私的人，向他介紹自己的兒子，雖然位置離很遠，但這應該表示自己得到信任了。然而，他又想甩自己一巴掌，覺得太得寸進尺。不久，她回答了。

「發生馬可士事件的時候，荷耶才一歲。我完全……亂了手腳，整個人焦躁不安，無法做紅皇后的計畫，整天死守在馬可士的病床旁。」

某個老師敲下上課鐘。休息時間結束。小孩們全都跑去排隊，找到地上畫著各式各樣動物的頭，待在自己的圖案位置上。荷耶站在獅子頭的位置上。

「我父親與奶奶竭力幫助我恢復正常生活，但我什麼話也聽不進去。」

小朋友開始走進教室，一排一排，慢慢地被建築物吸進去，一個接著一個全都消失在眼前。荷耶的隊伍是倒數第二排，才被那道粉紅門吞入。

「我父親取消我對小孩的監護權。當時我沒有反抗，只覺得鬆了一口氣。我罪孽深重，只想讓痛苦懲罰自己。時至今日，我依舊認為這是最輕的處罰。」

安東妮娜直盯著空無一人的中庭。任何一間學校，沒有孩子在中庭嬉鬧，很快就變得灰暗，沒有生氣。

「我一個月只能見他一次，而且不能單獨相處。我父親要求，在得到他的信任前，我要進行精神治療。我不怪他。幸好，這間學校願意讓我在未得到父親許可下，允許我從這個空間裡看看他。」

「是該尊重妳的父親，但就算他知情又能如何呢？」

「他馬上就能撤銷學校的執照。」

喬噗嗤笑了出來。

「他是誰？教育部長？」

「權力更大。他是英國駐馬德里的大使。這是一間英國學校……」

「媽的。算了，至少現在還能見到小孩。」

「之前我會忍受，覺得滿足。」

「妳變得不滿足了？」喬發問，雖然他內心真正想說的：

什麼使妳改變，想跟我說這些。

什麼使妳改變，想帶我來這裡。

什麼使妳改變，想對我表現人性的一面。

安東妮娜猛然搖頭拒絕回答。這是個聖地。

「這裡，我不想講這件事。」

20 西班牙烘蛋

喬・古鐵雷斯喜歡烹飪。

兩人快餓死了，安東妮娜提議去某間此時就提供不錯午餐的餐廳。喬不認為在馬德里在這個時間點上會有吃得不錯的餐廳營業。安東妮娜認為這是他對首都的偏見。喬反駁她不懂料理。安東妮娜覺得馬德里比任何地方都吃得更好。喬對於一個味覺如同嚼蠟的人的意見，是不必算數的。最終，他們回到安東妮娜的住處。不過，由於那裡連顆蛋都沒有，所以事先停靠在下面的超商購買：一袋馬鈴薯、一顆洋蔥、一瓶橄欖油、半打有機雞蛋。

因此，喬脫下外套，挽起袖子，洗手，然後削馬鈴薯皮，切成薄片，再稍稍壓碎。鍋子倒入大量橄欖油，加熱，但注意不能過熱。馬鈴薯倒入平底鍋內，同時也添入切好的洋蔥丁，一起炒至軟爛透明為止。取出馬鈴薯，靜止瀝油並冷卻一會兒。然後再次倒入剛才熱油鍋中，二次油炸是美味的關鍵。自此，之後的步驟相對簡單許多。把蛋打勻，但不必打到發泡。一旦馬鈴薯的狀態變脆，微焦，即可撈出，並再次靜置降溫，因為蛋液倒入馬鈴薯時不可以凝結。最後，蛋液倒入馬鈴薯後拌均勻，再一同倒進平底鍋中。一旦邊緣開始凝結，就可以蓋盤子，進行翻面的動作，另一面在鍋中靜置一會兒後，就可起鍋，上菜。

安東妮娜切開西班牙烘蛋，金黃色的蛋液稍稍流出。她嘗了一口。

「吃起來不怎樣。」她塞滿整張嘴後，評論。

「史考特，妳真的很討人厭。」

這應該是安東妮娜有生之年吃過最好吃的西班牙馬鈴薯烘蛋了。可惜，她患有嗅覺喪失症，根本吃不出味道。因此，喬吃了兩人份，三分之二的烘蛋，配上麵包，站著大快朵頤一番。基本上，他從煮飯到吃飯，都是站在同一個地方進行，就連沖泡一杯膠囊咖啡都沒有換位置，實在是沒有別的地方可以去了。

他們最後是坐在客廳的地板上。午后陽光從窗口斜斜灑入。上百個懸浮微粒的塵埃隨著光線，在他們兩人之間飛舞。

「妳家真的很適合隨時入住。」喬說，指著空空如也的家具與牆壁。

「發生馬可士事件後，我把東西全部清掉了。」安東妮娜用非常微弱的聲音解釋。「沒有一件東西是非要不可的。」

她的模樣看起來比平時更加脆弱與哀傷。

「你們好像很相愛。」

「我們是很相愛。馬可士是個特別的人。他是雕刻家。待人和善，對誰都很親切……」

「怎麼認識的？」

「我們在大學裡認識的。我讀哲學系，他讀美術系。我們在朋友的生日派對上相識。一見如故，很合得來，彼此有講不完的話。我認識他一個禮拜後，就搬來和他一起住了。」

「妳曾跟我說過，這整棟房子都是他的。」

「是他繼承的遺產。這讓他可以專心一致地從事雕刻工作。他已經在畫廊開過兩次展覽，才正要聲名大噪，就發生……」

她沒把話說完。喬指向四周，問。「為什麼要丟掉一切？」

安東妮娜聳聳肩，表示無奈。

「我的腦袋……不一般。我可以做到別人做不到的事。」

「這我注意到了。」喬一邊說，一邊向咖啡吹氣。「例如說什麼事？」

「我可以說出你出生的星期。」

「我的生日是一九七四年四月十四日。」

「那天是禮拜天。我一旦看過，就忘不了。」

「哇！」喬一副不可置信的樣子，他掏出口袋中因為盤腿而坐，皺成一團的口香糖包裝紙。

她看到他的動作，皺起眉頭說。「我不是動物園裡的猴子。」

「好啦，讓我開一下眼界。反正這裡也沒有別人。」

安東妮娜把紙攤平，看過一遍成分，然後就把包裝紙翻到背面，開始背誦：「甜味劑（山梨糖醇，異麥芽酮糖醇，麥芽糖醇糖漿，麥芽糖醇，阿斯巴甜，乙酰磺胺酸鉀），膠基，碳酸鈣（E170），香精，保溼劑（E422），阿拉伯膠（E414），醋酸酯單和甘油脂肪酸（E472a，葵花卵磷脂），染劑（E171、E133），上光劑（E903），抗氧化劑（E321）。」

「哇——塞！妳靠這個才能可以大賺一筆。」

「啊！還有食用過度，易造成腹瀉。」

「東西吃太多，都會腹瀉。」

「你吃太多紅肉也會。」

「說得好像我吃很多一樣。但這跟家裡不放家具有什麼關聯？」

「大多數的人對於事物的細節，除非有情感上的連結才可能稍稍有印象，否則都記不住。但我可以全部都記得一清二楚。所以，若我的回憶帶有情緒，對我的影響力會更大更深遠，造成更多傷害。因此，我不需要任何會讓我連結到馬可士的東西。」

「除了馬可士本人。」喬補充，就像馬可士也是個物品一樣。

「我每晚都睡在他的病房裡。他房裡的那些物品是容忍的最低限度。但是，白天我會試著脫離一切。我會回到這裡，做……我自己的練習。盡可能的承受一切的苦痛。」

「妳天生就是如此？記憶驚人？」

「不是。」安東妮娜停了一會後，回答。「不是天生的。」

停頓約三秒鐘，但卻顯得深邃而漫長，宛如經歷了一場颶風與大浪，突然被捲入了一個又深又大的漩渦裡頭。

「小妞，發生了什麼事？」

安東妮娜深吸一口氣。**小妞**。她沒告訴他，奶奶也這麼喚她的。她也沒告訴他，同樣的問題奶奶也問過上百次了。她把視線移向別處。

「我不能說這些事。」

第一次發生的事

整個房間都是黑色的，非常亮。從牆壁到地板都貼著隔音材質的厚毛毯，密實得無法洩漏出半點聲音。只要曼多從擴音器發話，他的聲音會飄盪在空間的每個角落裡。

安東妮娜以蓮花坐的姿勢坐在正中央。她身穿白T恤與一條黑褲子。赤足。房間冷氣很強。雖然溫度是可控的，但調整溫度高低要由曼多的喜好來決定。

「一九七七年。一名叫做德揚・洛耶維奇的塞爾維亞人，劫持一架飛往巴塞隆納的飛機。他要求官方一個裝滿一百萬美金的背包，以及兩套降落傘，做為交換人質的條件。飛機降落後，嫌犯釋放所有乘客，然後命令飛行員把飛機開往莫內格羅斯沙漠（註13）。當飛機開到沙漠上方，嫌犯便穿上降落傘，跳下飛機。為什麼？」

「如果他只要求一套降落傘，官方就會猜到嫌犯只有一人，可能趁機進行攻堅。一旦要求兩件，大家就不敢拿飛行員的生命開玩笑。」安東妮娜非常快的回答問題。

「簡單。請看螢幕。」

安東妮娜看向面前的大螢幕。黑屏的螢幕突然出現一群人，裸體看向前方的鏡

註13 莫內格羅斯沙漠（Monegro）位於西班牙東北部的阿拉貢省地區。

頭。

「身在何處？」

安東妮娜的眼睛快速掃過畫面，並迅速發現異狀。

「在天堂。」

「為什麼？」

「有一男一女沒有肚臍。」

「簡單，太慢了。」

監視器下方有一個精密馬表，數字以紅色顯示，可標示出千分之一秒。當下數字顯示為〇二．四三七。兩秒又四三七。

「我每一天晚上都完成你的指示，每一天早上我也完全遵照你的安排，但不管怎樣，你都不滿意。」

安東妮娜很疲倦，幾乎整夜沒睡，不斷做曼多要求她的記憶練習，幾乎整整六個小時不間斷背誦質數。她充滿困惑。

「鬧鐘。」

數字停在〇一．〇五五。

「太慢。妳進步得不夠快。」

「我只是先吸一口氣。」

安東妮娜覺得腦袋很輕，眼皮很重。曼多此時再次調整房間裡的氧氣量。她思索著放棄一切的時刻是否到了。拋下一切，她就可以有更多時間與馬可士相處。儘管他表示能諒解她這段時間的缺席，因為這是她夢寐以求的，也是她所需要的。

或許，這是她一廂情願的想法。有時候，她若太累，便會質疑這一切的目的。曼多每天都會對她說明她目前在全面潛能開發上的進展。

「妳可以更好，達到無人可及的位置。」他如此激勵她。「妳想要嗎？」

安東妮娜想要。

「是有方法的，只是過程很苦，苦不堪言，但這也足以讓妳變得與眾不同。」

安東妮娜完全沒有考慮，直接就接受了他的提議。簽了幾張合同，同意要與家人分別一段時日。她對自己即將進行的考驗，是充滿興奮之情的。她的直覺告訴自己，穿過那扇門之後，她會首次進到一處連自己都無法預料的地方。

曾經，是有過那樣想法的日子。

現在她已經不那麼確定了。

安東妮娜的不一樣，是從小就開始的。

最近這幾天裡，她有個想法像漏水的天花板一樣，一滴一滴不斷滲透到她的腦海裡。或許，與眾不同並非她想要的。或許，她渴望的，真正祈求的，是不那麼不一樣。

不那麼不一樣會更幸福一點。

「曼多，我……」她開口。

話還沒說完，還沒完整告知自己的悔悟，門就已經打開來，三個身穿防護衣的人走進來，安東妮娜感到危險，轉身，但來不及反抗就被其中一人用手臂壓制住肩膀，強壓她趴下，另一個人把她的頭壓向地板。

第三個人是個女性，手持針筒。

當那女人進到安東妮娜的視線範圍，她驚慌失措得大哭大叫。她對尖狀物有近乎歇斯底里的恐懼。基本上，痛苦能用各種形式來展現自己，而針狀物是引發安東妮娜最直接的難受，是所有害怕物品中的榜首。

這稱為錐形恐懼症。不過，名稱並不重要。

安東妮娜的身心靈發展中，展現出最不可思議的能力，是她可以對可預期的痛苦進行身、心分離的狀態。

皮膚是身體裡最大的器官，儘管我們平常不把它當一回事，單純視為保護重要器官的皮脂，但其實皮膚從上到下也包覆著兩平方公尺的末梢神經，有十億個敏感接收器。

假設所有的接收器因受到壓力狀況的刺激，全部同時啟動，能發出十分驚人的噪音。

在監控室裡（已經不是在康普斯頓大學裡，而是一間更小更隱密的空間），曼多正與一位身穿蘇格蘭格子花紋外套的長者說話。老人年近九十，頭禿，眼花，身體不時微微顫抖，整個外表看起來很糟。若說得更準確一點，他有一隻腳已踏進棺材，另一腳也踏在香蕉皮上準備滑進去。

不過我們可能都活不到他那年紀。他應該是上個世代中最偉大的神經化學專家。假若他不是那麼怪誕，他的名字可能會出現在諾貝爾獎候選人名單上。

「努諾醫生，我必不樂見方才那樣的狀況。」

醫生的手布滿青筋，看起來像紫色閃電的手臂，靠在玻璃窗上。他的手指像在搖鈴鼓一樣，不停相互搓摩，而他那又長又硬的指甲不斷敲打玻璃，製造出刺耳的喀喀喀。他兩眼直盯著裡頭的女人如何在安東妮娜的手臂上注射。

「她簽下合同了，對吧？這是必經的過程。主體的恐懼與焦躁會刺激甲基腎上腺素的生產，有助於激活成分裡的作用。」

對講機不斷傳出安東妮娜的尖叫，於是曼多切斷通話功能。

「當然，我們也正在殺死數萬個細胞。雖然只要一小滴成分直接注入到腦下垂體，就可以發揮足夠大的效果。但這要主體保持清醒，而且注射過程若有絲毫差錯，便足以致命，所以不考慮採用這個方案。況且，看來主體本身也不怎麼配合。」

他們看著安東妮娜不斷扭曲身體，雙腳不停胡亂踢踏，努力企圖掙脫束縛。女人已經完成第一支針的注射，接著她拿出第二支。

雙腳更激烈地敲打地板。

「您能完全肯定異物植入是安全無誤的？」曼多撇開眼睛，向他發問。

這項異物植入的行動，努諾已經在十二個國家中執行過，而且也已經解釋過上百回，但是聽到這道問題，他仍舊不厭其煩，深吸一口氣之後，輕鬆自在地開始侃侃而談。

「配方中的成分是集合我畢生神經化學的大成。」

我眼前是一位熱愛自己專業的人。曼多自忖，並且他立即承認（且厭惡）自己和他是同一類的人。

「主體不可能更聰明。」醫生繼續說。「任何成分都辦不到，但是還是可以做到稍微調整腦下垂體的活動模式，改變那裡大量組織胺激素的生產。另外，我們在此說的改變，意思是永久以後都是如此。」

「我該怎麼理解這些事？」

曼多早就把將近三百頁的報告看過了，他非常清楚注射劑中的成分與效用，他發問的目的，僅是希望能讓老傢伙不斷發言，讓他不用關心背後正在發生的事。

「添加組織胺能夠讓主體一直保持警戒狀態。激發認知能力的潛能。接收力、感知、記憶力與解決問題的能力，都能保持在最高點。永恆、不墜。」

「永恆、不墜。」曼多以悲傷的口吻重述。

他回過身，房間裡的女人已經完成兩劑的施打。

兩個男人鬆開安東妮娜，撤出房間，安東妮娜完全不曉得自己身上正在發生什麼事。

事實上，她幾乎不記得自己的身體曾被強迫入侵，然後釋放的過程。可能未來這些片段、影像會再次回來。但是，此時此刻，她就只是兩手綑綁，兩眼失神，兩腿不時痙攣抽搐地趴在地板上。

「不過，值得觀察的是主體本身帶有獨特的才智，以及本身似乎在面對壓力之前，就可以生產出足夠大量的甲基腎上腺素，她的成效可能很不一樣。」醫生一邊說，一邊用指甲敲玻璃。「一定會……很驚人。」

「都好了嗎？」曼多詢問，他急著想要回家了。

努諾推了一下鼻梁上的眼鏡，臉上撐起一個沒有笑意的笑容。他從公事包中拿出廉價的馬尼拉紙做的信封，攤平交給曼多。

「我的部分結束了。先生，您的部分才正要開始。」

曼多打開信封，裡面有個多孔文件夾。

他大致翻了一下，臉上的血色逐漸消失。

「這……一定要嗎？」

努諾醫生再次展開笑顏。曼多真心希望他不要再假裝微笑了。

「這是唯一通往成功的路徑。」

21 明確的回答

喬緊盯著安東妮娜。

「妳不能告訴我，還是妳不想告訴我？」

安東妮娜望向別處。

她不會與他說記憶裡的那些片段，不會說那些在黎明時分出現的畫面。

「不能，也不想。」

那事之後

訓練場所變了。

空間寬敞許多。椅子由十二公分的螺絲栓緊在地上。天花板上掛著黑色尼龍緞帶。其中有五條最寬的帶子分別要綁住她的腰、手腕和腳踝。每一條帶子都連接到外部的電擊系統，終端接在魔鬼氈的束帶上。電力一次可釋放三十瓦特。

今天是綁帶子的日子。

安東妮娜不怕電擊，在她模糊的印象中，那是娛樂的一環。

開始時，她坐在桌前。桌上有一杯水和兩顆膠囊。先吃紅的，配上半杯水。訓練完成後再吃藍的。這是她記憶中最清楚記得的事了。

訓練，大概會從她吞下膠囊的一分鐘後開始，她記得會有兩個身穿著藍色防護罩的男人進來，壓迫她頭朝下，讓她倒栽蔥之後，接著在她身上繫緊帶子。

曼多的聲音從擴音器裡傳出。

「妳生前長什麼模樣？」

安東妮娜深吸一口氣，闔上眼睛。她試著清除腦中的噪音，讓那些跳來跳去的猴子住嘴。

一步一步，慢慢的，藥效發揮作用，她取得寧靜的狀態。黑暗籠罩她的世界，她在 koan（註 14）的狀態。koan 是無解的問題，好幾世紀前，禪宗大師會質問弟子 koan，以此幫助進入沉思。曼多現在也會在每次訓練前，問相同的問題。

寂然中，尋找生前的模樣。

請您睜開眼睛。

訓練開始。

她面前的螢幕上出現影像。六個女人一排，全都盯著鏡頭。影像不到一秒就消失不見。

「誰脖子上繫著圍巾？」

「三號。」

「誰是最高的女人？」

「六號。」

「二號圍巾是什麼顏色？」

「紅色。」安東妮娜掉入陷阱題了，二號身上並沒有繫圍巾。帶子通電，電流通到她的手腳，讓她身體不停顫抖。然後，帶子會把倒吊的安東妮娜往上拉，拉到腳跟幾乎快碰到天花板的位置。

螢幕上出現另一個影像。六排隊伍，每排十一人。

馬表在螢幕下方，畫面一消失，就開始計時。安東妮娜以最快的速度重述畫面

註 14 koan 為佛教語中以心傳心的意思。禪宗沉思前會先問一個不合邏輯的問題，為了使思想脫離理性。

內容。

馬表停在：〇六・一五七。

「沒有任何錯誤。非常好。」

帶子往下降二十公分。

規則很清楚。正確答案，二十公分。一旦碰到地板，遊戲結束。但若答錯，或答得太慢，電流就會通過，身體往上拉高到天花板的位置，並且重新進行整個遊戲。

「妳是很想玩，才一直退步。」

放棄。

安東妮娜微笑。從額頭滴下來的汗，蒙住了她的視線。

我只距離地板兩呎半的距離。

那不是一個心滿意足的笑容。

22 先知

喬很同情她一個人度過的那些寒冷寂寥的無數夜晚，對於她內心受到折磨，感到十分憐惜。他想伸出雙手，好好安慰她，但他沒有把想法付諸行動。他明白，他的動作不僅無益，還會把事情搞砸。

「工作吧。」安東妮娜轉移話題。

「還有一件事。妳在二樓露臺告訴我，妳變了，不能忍受一個月只見小孩一次。為什麼變了？」

「蘿拉．崔呇。」

喬理解她的意思。銀行總裁的話完全合理，只是越是一絲不苟的說法，聽起來越是當頭棒喝。無怪乎安東妮娜急忙想要看看自己的小孩。

「沒心沒肝的冷血怪物。」

「我不知道，可能吧。我無法瞭解她的做法，也搞不懂是什麼能讓她無能為力，做不到伊斯基爾開的條件。不過，重要的是我們至少努力過了。」

喬．古鐵雷斯警官停下來想了一會兒。

「他說的那句……小孩不該承擔父母犯下的罪。妳在 iPad 上找一找，那是出自《聖經》裡的句子。」

安東妮娜按了一會鍵盤，遞給他看自己找到的結果。

有罪的人該死。兒子必不擔當父親的罪孽，父親也不擔當兒子的罪孽。難道我會因壞人死亡而開心嗎？我是祈望他能遠離過錯，繼續活著。

「《伊斯基爾》十八章。」安東妮娜表示。「你說對了。」

「如同那位肌肉大隊長說的：『先把伊斯基爾當成他的暱稱。』我們的嫌犯把自己當先知。」

安東妮娜起身，靠向牆壁。

「我是無神派，您這位天主教的教義老師能否告訴我，這位有絡腮鬍的人是不是就是伊斯基爾？我猜他有留鬍子。」

「小妞，先知都有留鬍子。伊斯基爾是巴比倫時代中的猶太人，是個囚奴，也是傳教士。不過。當時人民都是屬於上位有權者的財產。耶肋米亞表示在艱難的處境中也要講求正義。這句經文的意思是，一個人犯罪的懲罰必由其本人承擔。」

「我不是神學士，但我覺得嫌犯以相反方式來理解其道義。」

「我們知道有一個男孩被綁架，一個不可能完成的要求，以及一句『小孩不該承擔父母犯下的罪。』」

「我在想一個銀行總裁能犯下哪種等級的罪孽？」安東妮娜發問。

「我想不到她有任何罪。」

安東妮娜用一種奇怪的眼神看著他。

「他在諷刺。」

「妳根本不信神學的力量。」喬憋住笑意，對於她的理解覺得有趣。

「嫌犯只是在加強威脅的力道。」安東妮娜繼續說。「他跟他母親說，若要他放了小孩，就得做某件事。但她拒絕了。交易結束，沒有妥協空間，斷了聯繫。」

「現在他也向拉蒙·歐提茲做了類似交易。一個跟他為人父的條件沒有關聯，而是跟企業家身分有關的事。」

「而且歐提茲沒有向我們揭露交易內容。為什麼？」

「可能不想被批評。」

「你見識過蘿拉·崔呇對我們的意見在乎的程度，所以我們的看法他們根本不在乎。問題在於，假如沒有支付地點，或許也不會有下一次通話，到底要如何贖罪？」

「應該是某一件他已經知道歐提茲做過的事，然後要求在公開場合上對此做出聲明。」

唯一合理的解釋。喬自忖。

「這就是為何歐提茲堅持一定要保密辦案不可。理由跟崔呇是一樣的。如果曝光……」

喬搔一搔頭。

「安東妮娜，妳說得沒錯。那晚我們在歐提茲的屋裡時，妳說他的行為異常，看起來擔心受怕，散發出一種妳無法理解的恐懼，一種不是因為擔憂女兒表現出的驚嚇。」

安東妮娜微微點頭。

「他才不怕我們呢。」

喬看著手錶。

「卡拉·歐提茲沒剩多少時間了。」

「四十個小時又三十分。」安東妮娜回答。

兩千四百三十六分鐘。這段時間足夠讓卡拉的心臟跳動十七多萬次，然後伊斯基爾就會讓她成為自己父母的替死鬼，接受處決。

「我們快開始動作吧。」喬一邊催促，一邊起身。

他們兩人都知道，沒有別條路可走了。

每一條走過的路都勘查清楚之後，現在唯一還能挖出更多線索的，就只剩下唯一不允許他們靠近的地方了。

23 父親

在拉蒙．歐提茲的家門口，有兩名保鏢站崗。

這位百萬富豪並沒有回到拉科魯尼亞城，他取消所有原訂的工作計畫，一直待在馬德里的住處，位於塞蘭諾街上的公寓頂樓裡。原先他們兩人並不知曉他的住處，但安東妮娜利用八卦雜誌，以及他們個人網頁上的照片，核對搜索，不到兩分鐘的時間，就找到他目前的所在位子了。他住在離英國宮不到五十呎的一棟高級大樓內。

古鐵雷斯警官把車違規停靠在大樓對面的計程車招呼站上，並且沒有注意到車後方有一輛摩托車，停在人行道上。

喬在奧迪上坐了約兩分鐘，然後才下車。他知道接下來的會面將十分簡短且難看，但他仍得硬著頭皮走向前。喬猜想保鏢應該收到通報，已經把他們兩人的名字列為不受歡迎的人物清單裡。

他猜得不錯。兩個保鏢一副自視甚高的樣子，並肩朝他走來。兩人都穿黑西裝，繫上領結，臉臭得像腳底踩到什麼噁心的東西一樣。只不過那噁心的臭味不是腳下散發，而是從他們一步步接近的燦爛笑容中逸散出來。

「午安，您好。」古鐵雷斯警官向他們問好。

安東妮娜早就預料到這樣的情況了，因此她提議自己從一樓大廳外側的咖啡廳（一家十分出名的直營店，店名用西班牙語唸聽起來很讚，但用法文唸卻十分難聽。）進去，然後再從後門出去。因此，她先下車，在那裡逛一會兒後，便直接走進咖啡廳。當時服務生正在為客人把餐點裝入十分高檔昂貴的紙盒內，安東妮娜很輕巧地與服務生擦肩而過，連問都沒問便徑直走向吧檯後方。服務生轉身面向她，對她說了幾句話，但安東妮娜並不理睬，直接推開兩扇門（帶有舷窗），進到廚房。

廚房裡飄散著剛出爐的烤杏仁麵包的香氣，不過那不是現烤麵包的香氣，而由工廠機器製作送出到咖啡廳內的直立式烤箱，一盤盤在其中不斷重複加熱後，散發出焦香。兩個年輕人困惑地看著安東妮娜，但她並不停下腳步。她推開第二扇隔間的門，負責人正盯著電腦上的報表，一開始由於太過於專注，沒有察覺到外人闖進來。不過就算對方發現，起身驚呼，安東妮娜也還是未加速逃走，而是往辦公室的另一側長廊走去。

由於安東妮娜無視大家的反應，一心一意直接衝向目的地，這使得幾乎沒有人可以在她離開眼前時就反應過來。基本上，這是很正常的反應，大家在面對非常態事件時，都需要有一段反應時間，才能決定該如何應對不常見的事態發展，瞭解自己該採取的態度與動作。

「喂！喂！女士！」

安東妮娜執意地往長廊方向走去，前方有很多道門，安東妮娜來不及一一開門確認，她只能開始回想腦中的建築平面圖（街道位置，咖啡廳吧檯處的第一個轉角，廚房的第二個轉角）。如此看來，她該選擇最後一道門。她一走到門前，看到門上用門鎖關起，就知道自己選對了。她努力把沉重的門閂往後拉。

「您不能在此。」負責人警告的聲音，似乎人已經在她背後了。

「我遲到了。我遲到了。」安東妮娜沒有回頭，她只是努力模仿《愛麗絲夢遊仙境》裡兔子的語氣，回答對方。「我看牙齒要遲到了。」

正好在負責人的手指要拍到她的肩膀時，萬分之一秒的時間差，門打開了。安東妮娜就在門半開半掩的狀態下，鑽了過去，進到大廳，並立即把背後的門關上。

「歹年冬，瘋子多。」她聽見門的另一邊唸了一句不痛不癢的抱怨。她原本假想若那位負責人對她窮追不捨，也跟到大廳的話，她準備拔腿就跑，但是似乎她模仿兔子的語氣見效了。在她背後，傳出門閂的聲音，這表示負責人以此視為問題的解決。

安東妮娜眼前有要新的問題要處理。她一出現在大廳中，便看到喬正在和那兩位保鏢起爭執。她沒辦法聽到對話，但是古鐵雷斯警官的動作就像路邊攤販遇上警察一樣。壞兆頭。假若他們真的吵起來，八臘或是他的手下很快就會出現。訂正。不是假若吵起來，而是他們已經吵起來了，他們就快來了。

安東妮娜預估從目前的情勢發展，她大概頂多只有十到十五分鐘。

困難點一：電梯運轉速度。這是一臺一九九一年開始啟用，具有百年歷史的史迪勒電梯。機身是由施耐德本人親自組裝的桃花心木，每秒下降半公尺。四周由鐵欄圍起。

困難點二：保鏢打開大廳的大門，其中一人正要把古鐵雷斯警官帶到裡頭。此刻，他們仍未見到安東妮娜，但似乎很快就會發現她的存在，這造成搭電梯移動的機會大幅下降。

安東妮娜最後選擇爬樓梯上去，以免大門的保鏢要求樓上警察支援，她會被逮個正著。她的直覺是正確的，她走到二樓時，就與正在下樓的電梯交錯而過。電梯裡頭的男子穿著黑色西裝，繫上領帶，並且耳邊掛有一條螺旋狀的線，一直延伸到衣服裡。安東妮娜一直貼著牆壁行走，她努力不想被看見，不過由於這臺百年電梯的設計人，雅各布・施耐德品味獨特，他似乎為了更加強調電梯的存在，把電梯的四面都裝上透明玻璃。

三號警衛的視線與安東妮交錯。安東妮娜馬上開始拔腿往上跑。她原有的十分鐘優勢，眼看減少了許多。

她一口氣上到五樓（所以安東妮娜看來非常狼狽），敲門。有時候只能祈禱奇蹟出現。

開門的就是拉蒙・歐提茲本人。在狀態不錯的日子裡，這位八旬老翁可以看起來才七十多歲，但明顯今天不是他神采飛揚的日子。他整個人看起來憔悴暗淡，兩眼無神，精神不濟。

「誰……？」然後他才認出了安東妮娜。

他的身體緊緊貼著半開的門，就像門是保護他的盾牌一樣。

「歐提茲先生，我沒有多少時間了，而且你的女兒也沒有時間了。」

階梯上（雕刻精美細緻的大理石）傳來三號警衛靠近的腳步聲。

「我似乎不能跟您說話。」歐提茲不知所措的回答。

她非常希望他能讓她進到屋裡，在他們趕上樓前，關上門，所以她非賭一把不可。

「您應該跟警方說實話，伊斯基爾到底真正要求的是什麼。」

拉蒙．歐提茲瞬間凝結，一動也不動。

他身體上唯一有變化的是皮膚，直接從槁灰的暗沉，變成內疚而失去血色的蒼白。

「拜託。實話可能是我們救出您女兒的最後機會。」安東妮娜乞求他。

六秒後，三號警衛就可以抓到她了。

對於其他人而言，六秒可能是十分微不足道的時間。

但對拉蒙．歐提茲而言，不是，六秒讓他想起了很多事。

六秒裡，拉蒙．歐提茲眼前已經預視了兩種可能性：讓安東妮娜進入，承認自己對警方說謊，成為妨礙司法辦案的罪人，然後讓所有真相曝光，或是就把她關在門外，堅持自己的版本。

與此同時，在這六秒裡，他女兒卡拉的臉（一個因為把冰淇淋掉在波斯地毯上而驚恐的小女孩；一個因為被初戀男友拋棄而晚歸哭泣的少女）也出現在腦海裡。

三號警衛輕而易舉就逮捕到她，沒費多大力氣便把她的臂彎向後背，上銬。安東妮娜完全沒有掙扎（她反抗也沒用，對方足足比她重三十公斤以上），她只是全程死盯著歐提茲。

「求求您！」安東妮娜不斷重複同一句話，並且努力抬起頭來，好搏取對方的視線。

只要您說實話，事情發展就會不一樣。她的眼神彷彿在這麼說。**只要一句話，就可以阻止憾事發生。**

百萬富翁撇過頭，極緩慢地關起門。

他悄然無聲地關門，動作比任何竊賊都還要漂亮。

布魯諾

一名好記者就得這麼辦事。布魯諾自忖。

布魯諾對自己的所作所為十分自豪，這個世界沒人同他一樣，那麼自鳴得意了。

首先，我們稍稍回顧一下他在馬德里的經歷。

他昨天下午大手筆租了一輛日租一百二十九歐元的摩托車。他認為這筆錢花得相當值得：灰色車身，易躲藏，附車箱等齊全設備。當他一戴上安全帽，便成功從一名巴斯克地區的記者，隱身成馬德里街頭上千位的郵差，誰都無法察覺到他的異同。至少，古鐵雷斯警官就無法從後照鏡中發現自己被人跟蹤一整天。布魯諾先讓警官吃了一肚子氣的早餐，之後他就直接在旅館的對街，等著警官開始一整天的行程。首先，到了拉瓦皮耶區裡的一棟老公寓前。這一區當前的政治正確名稱：世界移民住宅區，不過布魯諾戲稱此處是摩爾人民窟。此區街道十分狹窄，多單行道，不利布魯諾進行跟蹤，他在後方心驚膽跳。車子在一棟獨特的公寓前停了一會兒，有一名女子上車，但由於動作迅速，布魯諾完全沒辦法看清楚上車女子的長相。

接著，他們到卡斯蒂利亞街，停在**那間**銀行總部前。你是騙不了我的。布魯諾從人行道的另一側拍了許多張照片。接著，到學校（這情節你知道了）。布魯諾完全摸不著頭緒。回到拉瓦皮耶區的屋子，在那裡待了好一陣子。在此期間，布魯諾一步都不敢走開或覓食。一方面他是怕自己跟丟目標，另一方面也是他仍什麼都沒有抓到。不過，後來還是鼓起勇氣，邁開腳步走向一家中國商店，買了一包沒有牌子，外觀看起來像家庭工廠批發來的巧克力派。果不其然，吃了來路不明的食物，不乾淨的加工食品，肚子迅速絞痛。

布魯諾，巴斯克地區的新聞界傳奇人物，八、九〇年代有名的新聞鼻，不追新聞，而是挖新聞。因此，他能僅憑直覺，義無反顧衝到四十公里外的首都，租了輛摩托車……

媽的，好個直覺，根本無憑無據，無法交差。

……此時此刻，他的腸胃在翻滾，有種即將腹瀉的衝動，此外，也因為他還沒看透古鐵雷斯把戲的焦慮，整個人開始喪氣，受夠了這場跟監把戲。

他現在或許該放棄，或吞顆胃藥。不管這兩種選項中的哪一個他都沒有異議。

真失敗。沒用的老頭子。

最後，警官和他的夥伴再次走出公寓。布魯諾踢開腳架，發動引擎。十五分鐘後，他們抵達塞蘭諾街，然後見到一場把戲：個頭矮小的女子下車，立刻狂奔到街角。接著，開車的古鐵雷斯往前移動幾呎後，違停在一處高級住宅對街的計程車招呼站上。這個警官一整天都在亂停車。布魯諾對此全都已拍照存證。古鐵雷斯現在處於停職停薪的狀態，早就喪失違停的特權。但這種乏味又不新鮮的大便，不是新聞。

古鐵雷斯，闖個禍來看看。

他的心聲應該不可能被聽到吧。古鐵雷斯下車，走向大門。**有兩尊門神擋在門口**。布魯諾打量著那種老一輩的習慣。

在他那年代，畢爾包是一座非常繁榮的城市，保鏢是很常見的工作，因為很多人需要保護。但事情總是一體兩面，有好有壞。右派保守的警察與保鏢相互勾結，黑白橫跨，沾了不油水。布魯諾對此事知之甚深，這些保鏢就是有警方撐腰，才一副有恃無恐的模樣。

大門口那兩個人的態度十分強硬，雙手抱胸，一副碰不得的樣子，不斷大聲斥喝訪客。古鐵雷斯不停誇張地揮動雙手，宛如維也納愛樂的指揮。這讓在對街人行道上的布魯諾，十分方便拍下幾張好照片。保鏢的手先碰了無線耳機（按住通話，鬆開聽話），請求指示或支援後，之後才強硬地壓制他到門邊。

布魯諾一直站在原處，仍不瞭解事情的始末，但他不愧是新聞界的傳奇人物。靈機一閃，他開始追查誰住在裡頭。

時至今日，網路時代，早就不流行看信箱那一套了。布魯諾雖已高齡六十三歲，但他花了約十五分鐘，便追查出誰住在大樓的閣樓裡。

老天！

他心跳加速。因為他就如同所有記者一樣，直覺性知道：自己發現獨家了。**好傢伙，獨家，但可能沒有讀者，沒有頭條**。好個獨家。布魯諾暗忖（我們提過他是個古板的人）。但他成為傳奇，的確非浪得虛名。

布魯諾等著警官被轟出門外。

但先出現的反倒是另一個人。那人從一臺私家車下車，但由於他穿著防彈背心，而且一副條子臉，那臺私家車的歸屬便昭然若揭。他的體格壯碩，頂著一顆平頭，山羊鬍修得十分整齊。布魯諾確信自己在某處見過他，他是……

原本擋住記憶的一堵牆，突然啪的一聲，如同俄羅斯方塊裡一根長棍降落，瞬間消除六層樓高的排列組合，障礙如煙霧般消失了。是他沒錯：警政署的緝捕綁匪專案小組的大隊長，八臘。因此，假若他現在人出現在全球首富，拉蒙・歐提茲住處的大門口。

噹！噹！噹！噹！頭獎！

一**名好記者就得這麼辦事**。布魯諾內心得意洋洋，不斷按下手中的快門。他對自己所作所為十分自豪。在這個世界上，再也沒有人同他一樣，那麼自鳴得意了。

他在位置上待了兩分鐘，等著八臘或任何一個走出大門的人。但是，沒人出現。他走下機車，朝事件的核心走去。毫無計畫，一心只想瞭解狀況，渴望知道事件的始末。就在此時，一夥人全都走了出來。第一個是警官，隨後是那名女子，八臘墊底。

「古鐵雷斯，你把一切都賠上了。」隊長酸他。

「請別那麼快下結論，先聽我解……你得徹底搜索計程車。至少先瞧一眼這個，好嗎？」

「我不想聽你辯駁。我警告過你別再插手。跟你說過了。我還曾把你這種爛咖當同事對待。」

「是啊，你對同事真好。」古鐵雷斯轉過身，用手指著他。「威脅說要向內政部舉發我。八臘，豬狗不如的人才幹這種事。沒天良！」

「享受一輩子無法翻身的滋味，**警官**。」

古鐵雷斯決定放手一搏，他一巴掌甩了過去，強而有力的手勁，讓呼巴掌的聲音聽起來就像在燉鍋裡炸鞭炮。

八臘對他迅雷不及掩耳的攻擊，來不及反應。但沒關係，眾人會有反應，因為布魯諾正躲在遮雨篷後，用手機錄下發生的一切。不久之後，就會有更多人看到這一幕。另外，背景還是歐提茲企業的競爭對手。真夠諷刺的。

這麼強勁的巴掌，假如打在弱不禁風的男人身上應該直接跌倒在地，若是另外一類男性，就會出手還擊。不過，八臘（半邊臉紅得如鐵板上的大紅蝦）僅是接受並回以微笑。因為他知道，自己是贏的一方。

古鐵雷斯也明白此道理，因此他不發一語，難看得掉頭走開。

布魯諾遲疑了一會，不知是否要持續跟著警官，但隨即他決定停在原地。因為他知道古鐵雷斯已經完蛋了，他得為自己的行為付出代價。此外，他已經拿到獨家。如此一來，當警官走過他身旁上車時，他用自己那隻拿到獨家的手，大力揮手向他打招呼。只是，古鐵雷斯並不理會。

記者沒有立即走向八臘，而是在原處待了一會兒，等著八臘冷靜下來（他可不想成為隊長的出氣筒，把剛才沒有反擊給警官的怒氣，發洩在自己身上），拿著手機走向自己的車子，他才靠近。

「抱歉，隊長。不知是否方便請教幾個問題。」

八臘猛然轉身，兩眼冒著熊熊烈火。一眼就能看出來他內心的怒氣尚未消弭，記者後退了一步，或兩步，並且兩手抬高平舉，一副投降的樣子。

「媽的，要幹麼？」

「隊長，我是布魯諾·利哈瑞塔。我覺得你有很多話要說。」

24 郵件

她身分證件上的名字是蘿拉·馬丁內斯，但是別人若以此稱呼她，她不會有反應。從三年前，她十七歲開始，就不再使用此名字稱呼自己了。現在她是一個成熟、有主見、有能力選擇自己名字的成人，因此她叫：瓢蟲。

她的右臂前端上，刺有一隻異常美麗的瓢蟲，一隻紅、黃、黑的小蟲子，停靠在字符上。這是她自己設計的刺青作品，也是由她獨自完成的刺青作品。不過，其實不完全是她一人作業，前幾劃還是請了光譜扶住她，之後的作業才方便她一個人操作。她非常以此為榮。一個刺青師傅就得要在自己身上展示作品，才能開始做生意。

她很疲累，今天下午工作室裡接到的客人，腦袋有問題的不止一兩個，而是三個，全是沒腦又醉醺醺的觀光客。他們三個人一起上門（從按門鈴開始就製造出非常大的聲響），要求刺中國文字。他們從範本裡選中一個詞。

「這是什麼意思？」

「自由。」瓢蟲一臉正經的回答。並且，要求須先結帳才能作業。

只不過是針頭而已，那三個腦殘人士卻表現得像是受虐的小狗一樣，不斷發出唧唧嗚嗚的聲音。不過，沒人中途放棄，主因是他們身上的大男人主義作祟，絲毫不想在自己朋友面前示弱。三個人最後肩膀一同刺著「淫毯」後離開。是的，因為「自由」的象形文字實在太醜了，簡單的幾撇，模樣看起來像個五斗櫃，旁邊外加上一扇窗。因此，她並沒有把「自由」納入範本中。

那三個客人離開後，除了光譜外，就沒人上門了。但光譜不是來刺青的，他只是過來看看今日是否有機會水乳交融一番。

瓢蟲只要太閒、太無聊，便會和他在屏風後發洩。耳鬢廝磨一會兒，他的右手會搓揉她的乳頭，脫去T恤，隔著內衣捏擠她左邊的胸部。他牛仔褲下面會硬得像石塊一樣。這些過程千篇一律，只要他們在店後面打炮，就是這些流程。在那裡，他們根本不能做什麼，至少無法做一些真正能取悅滿足她的事。只要她的父親在店後面，她就無法盡興。所以，這一次，她在進行到一半時，變得更加激情前，就決定拒絕光譜的進入。

「夠了。」

「可人兒，妳不能這樣對我。」他一邊拜託她，一邊抓著腫脹的命根子，抵在她的兩腿之間。

「我當然可以這樣對你。」

「至少幫我打手槍。」

「我不幹。請自便。明天我去你家，再看要幹麼。」

光譜有些不甘願，抱怨了幾句，但他還是把身體抽離。

「今天下班後過來吧。」他用那雙深情的綠眼眸表示。

「再看看。」她邊回答，邊起身揮手跟他道別。她內心知道大概不會過去，因為她覺得整個人很不對勁，肚子不太舒服，身體十分燥熱、腫脹。這幾天經期該來了。假若去光譜家，說不準在床上時，大姨媽就來報到了。

那我就成了怪物魔多，血紅代表。

光譜的真實姓名叫勞爾。當她決定叫自己瓢蟲後，他也跟著換成這個名字。一開始，她覺得挺浪漫的，但後來發現勞爾其實一點也不龐克哥德風。他穿黑衣黑褲，聽45 Grave、The wake、Diva Destruction等搖滾樂團的歌，都只是因為她的緣故。她明白（成熟就意味這些事）一切都只是做樣子，只是毫無變化的形式，最終她會因為光譜的四角褲而離開他。假若他們沒有分手，她最終可能會嫁給他。也就是說，她會和一個拿MBA文憑，西裝筆挺，心胸寬大，把票投給公民黨（註15）的人，成為夫妻。那絕對是她此生最可怕的惡夢。

死都不可能。

此外，她還得照顧父親。自從他中風，不能做生意，他就整天坐在店後面，一動也不動，好幾個鐘頭盯著電影臺播的老電影。他只剩左手還有反應，但這夠他能有氣沒力地按遙控器轉臺。他的其他需求，全靠女兒。瓢蟲會做飯，抱他上床睡覺，幫他沐浴洗澡，餵他吃飯，而且做這些事她一句怨言也沒有。他們兩人一起對抗這偌大的世界，努力不被這世界壓垮。

此外，爸爸正在好轉。瓢蟲露出一絲微笑想著。

註15 公民──公民黨（Ciudadano），簡稱公民黨，西班牙二〇〇六年新成立的保守自由主義政黨。

確實。**恢復得越來越好了**。醫生告訴她。只要這幾個月沒有突發狀況，可能就能開口講話。走路會比較難，但是恢復講話功能是很有希望的。他這麼年輕，才四十九歲而已。這**或許**就是蘿拉，抱歉，就是瓢蟲需要的希望，是她每天能微笑起床的動力。

「他是我老爸。閉嘴，不然滾開。」只要光譜問她每天照顧父親累不累，她便會出言警告。她的手會捏住他的下面，讓他清楚瞭解她對此事的認真程度，誰都不能說嘴父親的事。接著光譜會親一親她，平息她的怒氣。

另外一件事：她熱愛這份工作。並非因為那群腦殘人士付錢（雖然他們是支持韋爾塔斯街上店面營運的財主），他們並不欣賞她的才華，但偶爾還是有真正懂藝術的客人，相信她的才能，讓自己赤裸的皮膚變成一塊畫布，等著在她的手下，讓身體成為一件藝術品。

她一件件收拾工具，按下按鈕，關掉所有器材的電源。如果她動作快一點，大概有空可以去一趟光譜的住處。

她把東西放進手提袋中，但電腦仍未關機。**有一封電子郵件要看**。她打開郵件。

在信箱上，有一封郵件被標註起來。是的。瓢蟲從昨天下午就打開此信，但由於這封信有個夾帶檔案，她無法立即閱讀、細看，但附件裡有個東西引起她的注意，因此她決定先不把它和一堆郵件全都丟進垃圾桶，而是標註下來。

題旨是一個詭異的請求：辨認一名強暴犯的刺青。

很可能是一封詐騙郵件，但是地址看起來不假，而且寄件人是個女性。她認識很多女性，多多少少都遭受過男性的性騷擾。因此，她點下照片的圖。**世界已經變**

了，現在姊妹們要團結起來，要互相幫忙才行。瓢蟲自言自語說。

圖片十分模糊，刺青圖案只露出一小部分。雖然很小的圖碼，但卻很有辨識度。毫無疑問，是盾牌的底端，一道波浪狀，像一條蛇……

不對，是另一個東西。

蘿拉，很棒，妳很會畫線條。這是她小時候，她的父親看到她在紙上隨手的塗鴉發出的感嘆語。她當時把《復仇者聯盟》中的人物，用幾何形狀表現出來。綠色方形，藍色圓形，紅色三角形，拼接出來，重現她心中超級英雄的模樣。在她那個年紀，大部分的小孩都還只能畫出八根手指頭，而且每支指頭都還像被輾壓過的蜘蛛腳一樣，十分乾癟。她父親說得一點也沒錯。別人讀書，她讀書的模樣。這是與生俱來的天賦。

那不是一條爬行的蛇。

是老鼠蛇巴。

她的心跳加速，因為頓時她記起自己曾在哪見過它了。她興奮地馬上回信。然後，她的身體感到一陣刺痛，十分不舒服。

狗屎運，月經來了。

八臘

八臘隊長是一個步步為營的人。

他很樂見古鐵雷斯陷入困境之中。此外，意外找上門的記者朋友，在他的推波助瀾之下，十分有助於事情的發展。實話實說，那張老臉的巴斯克人能錄下整個過程，實在走運了。那段影片（警官，運氣真不是蓋的，先是妓女，現在是這個）差不多足以成為勒死古鐵雷斯的繩索，而且還是他親手綁上，吊死自己的。

一舉兩得……幾乎完美。

反正訊息遲早都要放出去。最好的情況，就是有人拿到獨家，然後懂得在事件始末上稍稍加油添醋，順便造神。隨即，無數大眾媒體就會追著他跑，關注他的一舉一動。時至今日，沒人會費心思考，大家只想重複前一個人的言論，引用「第一手」的資料。

八臘上車回總部，不過他先撥了通電話給三璜。

「兔崽子，計程車這事怎麼沒匯報給我？」

「我以為不重要……」

「你算老幾，可以自己決定。」

三璜嚥下口水。八臘幾乎可以從電話中就看到他像隻嚇壞的兔崽子，縮成一團。他總是一副兢兢業業，怕死了被批評「做不好」的樣子。

「那封信是國家情報局寄的。」

八臘把車繞進四路行政區裡的圓環（註16）。他開車的品行不錯，雖非強制性的規定，但他一直保持行駛在內側道，禮讓前方的車先轉出去，也願意讓別輛車插隊。

「媽的！國家情報局？」

「我不知道他們何時能插手我們的案子，還開始下指導棋。」三蹟繼續解釋。「信件上表示我們該調查一輛計程車，那輛車的車牌號碼掛在另一輛車上，而那輛車極有可能與綁架案有關。」

「你收到一封情報局的信，然後你認為不重要！」

「今天早上才收到，你知道今天實在⋯⋯」

「三蹟，我發誓你要死定了，我非宰了你不可。」

三蹟沉默不語，一臉可憐兮兮看著電話，舔著自己的傷口，而八臘此時試圖從中理出頭緒。情報局那群爛人行事作風十分囂張，目中無人。這個案子竟然跟他們有交集。不過，他們不是那種會呼朋引伴，分享獵物的人，頂多只是丟根骨頭餵狗。

「得查查計程車這事。但謹慎點，小心送禮的希臘人（註17）。情報局非善類。」

註16 四路（Cuatro Caminos）是個行政區，位於馬德里城的西北部，此處的圓環是首都區重要的交通樞紐。

註17 要小心送禮的希臘人（拉丁原文：Timeo Danaos et dona ferentes）。意指無法信任送禮的人。

「希臘人怎麼了？」

「三璜，多讀點書，別再丟我的臉了。」

八臘到達總部時，三璜已經抱著一大堆整理好的文件，一臉抱歉的模樣，站在門口迎接他了。

「今天中午卡尼利尼警局接到一通匿名電話通報，說在奧塔萊薩區的格蘭大道購物商場對面的空地上，有一輛被燒毀的計程車。起火的時間應該是凌晨，因為警方到場時，灰煙都熄得差不多了。當地警察不怎麼在意這件事。我派了吊車去拖回來，表示那是我們正在處理的案子。」

八臘深吸一口氣。好險下令找回車子，不然那輛車現在早就被分屍了。

「派鑑定科人員去了嗎？」

「正在路上。不過請你看一下照片，是車行寄來的。」

八臘看了一眼照片。然後，轉頭看向三璜。

「拿給她父親看過了嗎？」

「他看過這輛車。」

「幹得好，三璜。」

三璜此時就缺一條狗尾巴來表達他內心的開心。

25 蟾蜍

喬・古鐵雷斯連哭的勁都沒有。

這是一個漫長而慘淡的午后。他們進到卡達賽羅街上的一家咖啡廳，位置十分靠近皇宮區。兩人都沒動桌上的飲料，眼神也沒對視。

安東妮娜是開口說了話，但幾乎不能算是在和他交談。她的聲調沒有抑揚頓挫，口氣不帶情緒，每一句話只是機械性地從喉嚨發出，平淡描述整個在歐提茲住處發生的事情，彷彿她只是照稿宣讀一樣。

第一點、拉蒙・歐提茲不配合。

第二點、卡拉・歐提茲命繫一線的四十個鐘頭裡，有五個小時花在……在什麼身上呢？

第三點、花在毀掉古鐵雷斯警官的職涯上。

安東妮娜對他非常不滿，近乎冷血無情的批評。

「你不該出手打人，這麼做只是讓他占上風。」

喬沒有回應，因為她是對的。

安東妮娜似乎仍不知道布魯諾的存在，但喬注意到了，當他把車子從計程車招呼站上開向塞蘭諾街上時，便見到他在人行道上向他揮手。

那渾球大概已經跟了一整天了。

這是一個非常、非常、非常壞的消息，壞到得全盤托出才行的消息。

安東妮娜一直看著窗外。天曉得她現在又在動什麼腦筋。

喬想開口道歉，順便說出記者的事，直接甩掉一直壓在心頭沉重不安的包袱。但那些話就像綠色有毒的蟾蜍，都升到喉嚨，就要脫口而出，但喬的自尊卻讓他緊咬牙齒，一點都不鬆開，硬是把話吞下去，從氣管嚥下，再次沉重地堆積在肚子裡。

是我活該。

若跟卡拉．歐提茲即將面對的遭遇相比，這真的是微不足道的小事。

服務生走過來。她拿著原子筆與記事簿，詢問是否要**再點些什麼**。她聲調傳遞出的意思：我需要桌子，拜託若不點東西，就請離開。喬抬起眼睛，想出聲拒絕。然而，當他把目光看向服務生時，卻發現站在桌旁的人是卡拉．歐提茲。事實上，他剛才也看見她似乎正穿過馬路，走進店裡。他克制住自己的衝動，不衝到街上，瘋狂四處尋找她的下落。他知道這是絕望下的幻影，望穿秋水期望一個人出現的時候，身體和大腦就容易產生混淆。現在，就算他清楚看見卡拉．歐提茲就站在那裡看著他；他深知就算伸手想抓住，也是一場空。

「不必了，謝謝。」他回答，並再次看著服務生，已經不是卡拉．歐提茲的模樣了，而是一個年近五十歲的豐腴女性。

她的眼神透霞出她似乎猜到了什麼，因此她只是點頭，並用筆頭在簿子上按了兩下（一下往外，一下往內），原子筆心收了起來。她說：「我們不限時，儘管坐。」

在這個令人窒息、沒有人性的世界裡，這個婦女不經意的善意，小小的舉動讓喬全身溫暖了起來。她適時的體貼，促使喬在結帳時留下十歐元的小費（服務生現在比他還要富有了）。

獲得這小小喘息的機會後，喬覺得身體被注入一股強大的力量，足以讓他把布魯諾那渾球做的事情告訴安東妮娜。

「史考特，有件事我……」他把話慢慢吐出。

安東妮娜舉起一手制止他說下去，同時另一隻手伸進包包拿出正在響的手機。

「希望是好消息。」

她聽到厄瓜朵在電話那頭通知的事後，她的神色完全改變，雖然沒有顯露興奮之情，但似乎鬆了一口氣。

她向喬說明情況。

「我去把車開來。」他提議。

「不必了。走路十分鐘就到了。」

26 牛仔片

街角紋身店的霓虹燈招牌閃閃發亮。店名「刺菁」，兩字以橘色粗體書寫。瓢蟲決定開店營業，因為郵件中的女士，只請她在店裡等候警察同事的大駕光臨，卻沒說**幾時**，因此她決定先不關店。基本上，這時間點營業，倒是可以輕鬆賺進幾個想刺中文字的腦殘人士的錢。當條子抵達時，店內躺椅上正好有一個四十多歲、金髮，看起來有點怯懦的荷蘭男性（他選擇在脖子上刺下「力量」的象形文字）。

瓢蟲從屏風後探頭出現。

「請先坐一會兒。」她用針頭指向等候室裡的椅子，對他們說。「我馬上好。」

荷蘭人從充滿消毒水臭味的屏風後面出現，隨後跟著一個龐克女。她上半身只穿了一件黑色內衣，下半身是黑色牛仔褲。男子耳下的脖子赤紅，兩個剛刺下的中國字顯得十分顯眼。年輕女子從櫃檯下拿出無菌棉布（刺青的範圍太小，不值得誇張得貼上繃帶），貼在荷蘭人脖子鮮紅處。

「為什麼刺咔啦叭噠（註18）？」安東妮娜指著荷蘭人的脖子問。

註18 咔拉叭噠為西班牙 garrapata 的音譯，雞爪的意思。

男子一臉困惑，看向刺青師傅，問：「咔啦叭嗟是什麼意思？」

「說你很壯。」瓢蟲舉起二頭肌，回答他。

「哈！咔啦叭嗟，壯。」荷蘭人心滿意足地點頭，誠心相信兩詞等義。他掏出五十歐元，外加五元的小費後離開。

門鈴叮叮噹噹響了一會後，年輕女子轉身看向安東妮娜。

「喂！妳差點毀了我的生意。」

安東妮娜笑而不答（今天第一次笑）。喬看見她笑，也跟著笑了。

「他這幾天最好別去中國餐廳吃飯。」安東妮娜指著荷蘭人離開的門表示。

「不必擔心。中國人最愛看到**老外**刺有趣的中國字了。再說，中國人不喜歡當場戳破，給人難看。您們好。我是瓢蟲。」她伸出戴滿戒指的手指來握手。喬和安東妮娜也分別向她自我介紹。

「抱歉，等一下……」她轉身走到門前，把「休息中」翻過去（現在裡面看到是「營業中」。如果裡頭的人乍看此文字，可能會突然搞不清楚自己的狀態），並鎖上。

「妳連中文也會？」喬低聲詢問。

「看得懂，但不太會說。」安東妮娜謙虛地回答。

瓢蟲回到他們身旁。

「你們來得真快。」

「剛好在附近。」喬解釋。「您回覆我們的同事說自己有這個刺青的資訊？」

「沒錯。請稍等一會。」

她掀開珠簾，走向店後面。再次出現時，手上捧著一本黑色多孔文件夾。書脊處貼有 Dymo 標籤，上頭文字是由黃色筆標註：一九九七—一九九八。

瓢蟲把文件放在桌上並攤開。裡頭夾滿了拍立得照片，每一張都有固定位置，並用一張透明薄紙覆蓋。

「那張在這……」她邊說，邊從後往前翻頁。最後，簿子停在前面四分之一的位置，然後她把本子轉到他們的方向。

只有一張拍立得。

在閃光燈下，四條粗壯的右手臂，線條明顯，膚色全都像帶有鮮血般的緋紅，上頭的刺青特別突兀，不過手臂主人在強光照射下，顯得斑駁模糊不清。

刺青的圖案十分柔美，風格偏向漫畫，看起來不太真實。一隻老鼠持著一張盾牌，只露出頭與明顯的鋒利牙齒，但身體全被遮住。盾牌上刻有德文字體，但照片品質很糟，字體模糊到已無法閱讀。

喬心臟怦怦跳得十分厲害，他努力想保持冷靜。四人的其中一人可能就是伊斯基爾，四條手臂的其中一個就是殺死阿瓦羅·崔宮的凶手，是綁架卡拉·歐提茲的罪犯，是開保時捷卡宴朝他們開槍的槍手。

「女孩，我們需要您提供發票、帳本等可用來查證這些人身分的資料。」喬要求。

「警官，請叫我女士。女孩聽起來很無禮。另外，我恐怕無法拿出那些資料來幫忙，因為我們沒有保留任何當時的東西。我那時也才剛出生，我爸爸對整理收支也很不在行。」

千禧年出生的小兔崽子。喬暗自氣憤。**像我媽那樣年近七十幾歲的人，稱為女士才合理。**

「是您父親拍下這些刺青的嗎？」安東妮娜接著發問。

「沒錯。他剛開業不久，不過那時他就很厲害了。」

「我們很希望能和他聊聊。」

瓢蟲嘆了一口氣。她嘆氣的模樣，就像復刻了薇諾娜扮演的米娜・哈克（註19），十分具有哥德式的頹喪風，讓整個空間一時充斥著一股不安的氣氛。

「怕妳不信，我才很希望妳和他聊聊。請跟我走。」

她帶他們穿過珠簾，走過長廊進到店後面的一個房間。那裡瀰漫著汗水與樟腦丸的味道，裡頭有一個虛弱癱瘓的男人，一臺輪椅，一架三十吋的電視機。電視螢幕是房間裡唯一的光源，上頭正上演《ＯＫ牧場槍戰》的西部牛仔片：在暗處，一個男人的剪影對著眾人開槍。

「爸爸，有人來看你了。」

椅子上的男子視線未離開電視：寇克・道格拉斯正對畢・蘭卡斯特放話，譏諷他該參加的不是婚禮，而是自己的葬禮。

「爸爸。」瓢蟲又喊了一聲。她把身體朝向他，握住他的左手，輕柔摸了一下。男人也回握女兒的手。

「這是我這幾天唯一能和他做的互動。」瓢蟲說明。「他中風已有一年半的時間。正在慢慢康復好轉。一步一步慢慢來。」

註19 米娜・哈克（Mina Harker）是《德古拉》吸血鬼小說中的女主角。美國女演員薇諾娜（Winona）曾扮演過此角色。

安東妮娜和喬都因這個挫敗顯露出難過的表情。這男子可能是掌握伊斯基爾身分的關鍵人物……但這位目擊者卻成了一株動彈不得的植物。

老天，這玩笑開得太狠了。喬想著。

「能讓我們問他一些事情嗎？」

瓢蟲咬著她的黑唇，想了一會兒。在她靜止不動的期間，她的鼻環看起來有幾分憤世嫉俗的味道。

「我想試試也無妨，不過最好是由我來向他問話。」

安東妮娜請她拿那張照片給父親看。

沒有反應

「記得這個刺青嗎？」

沒有反應。

「記得那些人是誰嗎？」

沒有反應。

不管是這個、那個，或接下的七個問題，全都一樣沒有任何反應。

「沒用的。」瓢蟲哀嘆。「他狀況好的時候，最多也只能動手指比出來。你們不懂這有多難。」

喬知道安東妮娜十分清楚這樣的感受。

她十分瞭解和一個曾經那麼強壯、和善、有禮的人一起生活的意思。曾經一起徹夜聊天，互訴夢想，打鬧玩笑，高歌歡笑的一個人，只要他在、幸福就會在，只要他在、日子就會在。但一夕之間，風雲變色。過往的一切歷歷在目，但記憶卻成了心頭的烏雲繚繞不去。一切的美好都成了痛苦、挫敗與負擔。所有的回憶、溫情與幸福，全都被吸入到無底的黑洞裡，最終只能滿足於現狀（駝鳥心態），不再有任何要求。

安東妮娜沒有回話。

安東妮娜一直在思考該採取何種方式，穿過這一道無法打倒的高牆。她想起曼多在娛樂性的訓練時，曾說過的 koan：

什麼都能刺穿的矛和什麼都能抵擋的盾相互戰鬥，會發生什麼事？

所有的 koan，都沒有答案。

但不代表我們不必尋思答案的可能性。安東妮娜自忖。

「您說他能指出來？」她問瓢蟲。

「我想最好就此放棄。」年輕女孩邊說邊起身。

她想走了。

「拜託。這是件重要的案子。請聽聽她的請求。」喬插話，並補充。「女士。」

龐克女子用很不信任的眼神看著他，但她還是回話了。

「沒錯。有時他能指出來。」

「我們需要知道盾牌上字的意思。他應該可以幫得上忙。」

瓢蟲考慮了一下後，走到門口，把一本範例簿子拿過來，並把其中兩頁攤平，放在地上。

兩張紙上頭全是ＡＢＣ的字母，並且還穿插常春藤、匕首刀箭、符文或骷髏頭等圖案。

「爸爸，你記得刺上這圖案的人嗎？」她聲音輕柔的提問，並再一次給他看了那張非常模糊德文字體的照片。

沒有反應。

她的女兒把兩張紙放到他的眼前，但高度並不會擋住他看電視的視線。她不想催促他。

電視上，道格拉斯咳出血，他拿出手帕擦拭嘴巴、鬍子，以及臉頰上最有名的兩道酒窩。

坐在輪椅上的男子，左手慢慢動了一下。

聲音凝結在空氣中，一切都悄然無聲。安東妮娜和喬站在紙的背面，無法看見男子指的字母。他指出字的分分秒秒都像慢到永遠不會結束一樣，十分折磨一個人的耐心。

「Ｎ、Ｂ、Ｑ。爸爸，你指出ＮＢＱ？」

男人握了一下女兒的手。

安東妮娜和喬看向彼此。

只有三個字母，但局勢改變了。

他們兩人先向這個年輕女孩與她的父親道謝，感謝他們在此事付出的心力。然後，當他們走出店門口。她高聲宣布：

「他是個警察。」

27 三個字母

喬．古鐵雷斯還是有朋友的。

不多，但還算有一些。此刻正和他通電話的人，是他的同學，鐵茲麻．巴蘭迪亞倫，來自納瓦拉省，目前住在馬德里某處。他們的交情至少有二十年。他們相識於阿維拉皇家警察學校，畢業後在校友聚會上見過幾次面，他們就像一起遷徙的雁群一樣，總是會回到阿維拉相聚。鐵茲麻，老好人一個。學生時代，他們關係就十分密切，所以喬認為得向對方坦承性向，畢竟他們常得一起洗澡。不過，當喬出櫃後，他們相處仍一如往常，沒有任何異樣。

鐵茲麻十分博學，就是一本百科全書。他熱愛閱讀，眼睛整天黏在書上，但他不看詩文、小說，或鄉野傳奇。他只讀案件卷宗。而且，他現在在總部的人力資源處工作，這也讓他讀得更多了。

鐵茲麻告訴他。

我們該從一九三七年的里斯本案說起。某個早上，當時的葡萄牙獨裁者，奧利維拉．薩拉查與他的行政院長一同前往朋友的禮拜堂做彌撒。恐怖分子，我忘了哪個組織，在此途中的地下水管道安裝炸彈，並引爆。

爆炸造成的傷害並不大，因為強大的破壞力都耗費在摧毀柏油路與底下的管道，因此頂多只是造成幾處路面崩塌，車輛深陷地底而已。不過，這卻成為一切的開頭。

馬德里在一九五八年設立第一個專門治平地下問題的警政單位。成員是由三十七位優秀警官組成，是專門負責掃除地下犯罪的官方組織，像是電路纜線的爆破、液態化學物成分的處理，以及攔截利用穿牆鑿洞方式進行的銀行、珠寶店搶案。不過，實際上，他們大多的時間都只關注領導人周圍的炸彈掃除，避免薩拉查案再次發生。

獨裁者對這類小細節都很敏感。深知早晚會有人想在下水道放炸彈，快樂地送他們一程。這組織成立幾年後，一九七三年十二月二十日，有三個恐怖分子（三人是近年來史上最血腥凶殘的殺人犯）在地下挖出一條隧道，把炸彈安置在卡雷羅・布蘭科車子必經之路上，當這名行政首長行經此處時，當場被炸飛，車上的司機與一名軍官也當場死亡，另外還傷及路旁一個四歲女孩，造成終生不可抹滅的傷殘。這場攻擊很有效率，應該事先參考了薩拉查的爆炸案（恐怖分子對這類小細節也很敏感）。他們埋了沙袋，讓爆炸範圍可以限縮在目標身上，只炸毀克勞迪奧・科洛街八呎長的距離。

車子炸飛後，掉落在一間耶穌教會的學校內。那間學校有兩百五十個學生，而那輛一千八百公斤的破銅爛鐵從天而降的時間點，正好是學生在那裡活動的時間，但十分湊巧，案發前兩天，學校就開始放聖誕假期了。這應該是那群恐怖分子（對這類小細節不怎麼敏感）始料未及的。哈！哈！哈！這個布蘭科攻擊事件的笑話，還滿幽默的。

地下治平的警政單位，基本上在一九七三年的那個早晨之前，並不太重要，但自此之後，馬上成為重點單位，快速成長茁壯。之後，就算西班牙成為民主國家，但恐怖分子對於政治人物的攻擊並未消停。況且，馬德里的行政區域越來越大，就需要有人從事像地下治平單位一樣專門監控地底犯罪行動。此外，時至今日，守護人身安全越來越不容易。所以在一九九六年，警政署在地下治平組內又設置一新組織：NBQ。成員不僅是爆破專家，而且也熟悉核彈、生化攻擊。NBQ草創時期，只有四個成員。

「四個超強高手。」鐵茲麻總結。「有史以來最厲害的。」

打賭那個刺青應該是他們四人剛結盟時一起刺的。喬自忖。

「知道那四個初始成員的資料嗎？」

鐵茲麻不再說話，似乎在思考如何回答。喬彷彿聽見了他在敲打鍵盤，猜測或許他是在電腦上找資料，但僅止猜測。然後他說：「兩個還是現役警察，一個離開西班牙，好像去了墨西哥生活。我不太確定。」

停頓。

「還有一個呢？」

「死了。從官方資料紀錄看來，他死於一場隧道的爆炸現場。據說是自殺，畢竟他是這方面的高手。此外，他女兒在他死前幾個月，死於一場車禍，他非常消沉、痛心。」

少一個。剩三個人有嫌疑。

鐵茲痲在他掛上電話前，又提了另一件事。

「胖子。」在阿維拉，大家看到喬龐大身形時，不假思索馬上開始如此稱呼他。「我們這裡大家都在傳，明天早上那群噬血魔人要找上你了。」

噬血魔人，警政署的人。也就是說，八臘真的舉報他了。奇怪，心情怎麼滿平靜的？

如果明天早上他被逮捕，被帶到塞亞·貝穆德斯的大樓裡，然後臉上被強光照射，那麼一切就結束了。只要再加上那件在藥頭後車箱交易事件，他的下場要多慘就有多慘。但假若他們窮追猛問他這幾天的所作所為，喬一定要找好理由才行。理由不能波及安東妮娜，絕不能出賣她。

我得在她與牢獄之間做出選擇。

「謝謝你的提醒，鐵茲痲。」

「自己小心。」

喬走回到安東妮娜身邊，她就坐在韋爾塔斯街上的長椅上。他向她轉述了好的部分，證實她的猜測無誤。

他體內綠色蟾蜍吐出的毒物，已經讓他變成綠巨人浩克了。

安東妮娜沒有注意到他緊閉的雙唇，一副有話要說的樣子。她十分專注思考第一個真正的線索，這是在這場瘋狂案件中，唯一能找到犯人的線索。他們四人之一，其中一個就是伊斯基爾。這也就能解釋為何他能在阿瓦羅・崔呇的犯罪現場上不留下痕跡，而且也說明了他為何能在M50的險境中，成功逃脫。他那樣的開車技術，安東妮娜不僅記憶猶新，而且十分羨慕（沒錯，她也有人性）。

她向曼多要了八臘隊長的電話號碼。曼多憤憤不平地把號碼傳給她。他內心有諸多不平。他說：「我不喜歡妳的做法。」

安東妮娜無視他的意見。現在沒空處理他無聊的感受，或是拿時間來吵架。此刻唯一重要的，是把握住僅剩的三十二小時，營救出卡拉・歐提茲。

她打電話給八臘，說：「隊長，我有伊斯基爾的情報要匯報。」

八臘

「您是誰？」八臘回答，然後他才想起她的聲音。「啊！我知道了。您是古鐵雷斯帶前帶後的小朋友，那位有名的國際大刑警。真可惜，我現在沒空，否則一定會好好調查你們在玩什麼花樣，絕不會放任你們在外頭逍遙。」

「隊長，我知道您不信任我們，但這事關重大，應先放下情緒。」

「我對您們不……」隊長噗嗤笑了出來，但那非開懷大笑，而是輕蔑不屑的笑聲。「是您們自作主張，未經允許擅自調查。」

「或許我們是該在前往馬場之前，徵得同意，但我們也找到……」

「或許。或許。或許。」八臘裝成莎拉蒙蒂耶（註20）的聲音來回答。「別想跟我討功，說自己找到案件的關鍵。」

「沒錯，我們這裡有伊斯基爾是誰的重要證據，他是……」

他又再次哈哈笑了兩聲，但這次聲音帶著愉悅。不好的預兆。

「要說他是警察？國際刑警，看來您還沒跟上進度。那位自稱伊斯基爾的人，

註20　莎拉蒙蒂耶（Sara Montiel）被公認為西班牙電影中最美麗臉蛋的女星，同時也是西班牙女性主義與同性戀的偶像。

本名叫尼古拉・法哈多。隸屬於地下治平警察單位，死於兩年前。不過，這是個騙術。我們上週搜查一臺被偷的計程車，在車子的方向盤上，採集到他的指紋。他在燒毀車子前，雖然上上下下都噴灑過漂白水，不過獨漏了方向盤……而且車子的後車箱上留有卡拉・歐提茲的鞋子。鞋子上有她和伊斯基爾的指紋。」

電話那頭悄然無聲，聽起來十分挫敗。

「隊長，您很清楚是誰說該從計程車那條線去查的？」

她怎麼知道情報局的事？八臘腦袋機警得發出警報，但他當下實在太忙於手邊的事，無法分身理會安東妮娜說法上的異常。

「我聽不懂您的意思。我正在計畫準備攻堅法哈多的家裡。他死了兩年，但兩年都未中斷繳過電費、水費和瓦斯費。他家是半地下室結構，應該就藏匿在那裡。現在我不跟你扯了，請順便幫我向古鐵雷斯問聲好。」

八臘掛上電話。他一掛上電話，就惋惜竟然沒趁機表示：「**請他今晚早點睡，明天他可有好多事要忙**。」自己沒說上這段風涼話，實在可惜。每次最好的應答，總是事後才想到。常常在走樓梯的時候，才驚覺某個講法會更好。有時候，睡到半夜像個殭屍一樣起床上個廁所，手上扶著小弟弟對準便池時，腦袋才突然降臨某個能把智障講到無地自容的完美說詞，屆時就算回到床上，也無法入睡，腦子會被自己未能即時說出口的答案整個占據住。

算了。

一輛常見的白色貨車停在街角。緝匪小組的所有成員都在車內。八臘把他們全都叫來執行此次任務。車內有：

克萊奧，隊上最勇猛的一位女性，唯一的女性。雖然是個母親，也是一位絕不可小看的鐵娘子。

奧卡尼亞，隊上最聰明的一位，靠一張嘴就能得到八臘的疼愛，是最厲害的談判高手。

吉拉爾德斯，大老爺，年近五十，是所有人中最有行動力的，堪稱帶槍的搖滾天王邁克・里歐斯。

波蘇埃洛，年輕小夥子，剛從警校畢業，嫩得像塊豆腐，不過初生之犢不畏虎，膽子很大。

塞爾韋拉，脾氣很大，惹到他，保證被打得滿地找牙。他在進屋前就先開了一槍，八臘認為此舉完全不經大腦。警察是個嚴謹的工作。他猶疑是否該命令他待在屋外，但這樣會影響到其他人的心情。所以，八臘決定收工後再斥責。每件事都有先後緩急之分。

當然，副手三璜也在車內。他的左右手，他的分身。不僅任憑差遣，也懂得討他歡心。

他們彼此批評取笑，直戳對方弱點，講話三句不離嘲弄，但這是一種祕密語言，傳遞彼此相互欣賞喜愛的暗語。

八臘喜愛成員個個表現得氣焰高漲。這才是他媽的隊員，是他血肉相連的家人。他們為他賣命，他也能為任何一個人犧牲性命。

所有人都看著他，等著他下命。

時機尚未成熟。他要確認一切萬無一失。他要先確認西斯托的狀態，因為他不在車上，而是正在牽著自家的狗在附近散步。他看起來就像個普通大叔，一身網球裝（短褲和T恤）的日常穿著，正在進行每日帶拉布拉多犬出門遛達的任務。他的行為舉止完全就像住在勞工區裡的人。

西斯托散步的路線：從聖富爾街往上走，轉過兩個街角，從聖克努街往下走，然後就再次回到貨車的位置。整個路程大約花十到十五分鐘。當他回到貨車上並向大家確認一切如計畫安排，八臘這才下命開始執行攻堅行動。

八臘腦子在想著勝利的臺詞，想在大家下車前，說上幾句鼓舞人心的話。

但什麼話也想不到。

想必又會在今晚睡前才出現。他如此猜想。**最棒的句子……**

卡拉

卡拉喚著珊德拉的頻率越來越頻繁。一開始，她只是小小聲叫喚，後來每三十秒就叫一次。漸漸的聲調越來越大，越來越焦躁不安，最後竟然開始拍牆，像怒吼般地大叫她的名字。但是，她此舉唯一的回應，就是鐵門被用力拍了三下。她的耳膜被用力地震了一下，又開始耳鳴了，而這也使得她再次嚇得眼淚、鼻水直流，縮在牢籠角落邊上不敢動。然後，過了不知幾秒，或其實已過了幾個小時，珊德拉終於回應她了。

「我跟妳說過，他不喜歡我們交談。妳徹底激怒他了。」

現在換成卡拉不想回應了。她仍抱住自己的腳，摀著臉不斷啜泣。

她自由城堡的新結界：手與胸之間的距離。在這短短幾公分的距離中，能容她有一絲的安慰。

「他不在了。」珊德拉告訴她。「當他回來後，要乖乖閉嘴。這是規矩。」

卡拉用手擦乾自己的眼淚，吸一吸鼻涕。

「我不在乎，最好快進來，要幹麼就幹麼。」

「我就知道妳會這麼說。」

卡拉脫下洋裝，其實衣服早就破破爛爛了，重新調整好內衣肩帶。

「什麼意思？」

珊德拉遲疑了一下，說：「意思是，妳當然可以這麼說。」

「什麼叫我當然可以？我是誰？」卡拉用咄咄逼人的語氣問話。

但牆的另一邊，似乎感到反感，馬上又閉嘴不作聲。

「珊德拉？」

「如果妳要用那種口氣對我，最好我們不要再說話了。我自身麻煩就夠多了。」

令人難以置信。我們明明是同伴，一起被變態綁住的受害者。她卻因為我的口氣對我發脾氣。卡拉自忖。

但她沒說出自己的想法。她不想連珊德拉也成為敵人。她不想一個人。此刻她知道：孤獨是她最大的恐懼。她怕死，但更怕一個人死在黑暗之中。

珊德拉可能並不聰明，但卻可能對她現在的感受瞭若指掌。

媽的，我也不喜歡她的語氣。但此時此刻，這是她僅有的。

「抱歉，我說話太衝。」

「沒關係。」珊德拉等了一會才回答。「我想這是必然的。」

「什麼意思？」

「像妳這樣的人，一定不習慣道歉。有錢人最大。」

卡拉深吸一口氣。

「他這麼跟妳說？」

好消息。如果伊斯基爾知道她是誰，代表他有所求，而且求的不是她的身體。

「他拿我跟妳比。對我說，妳是大人物。或許正因如此，他才沒把狼爪伸向妳，只在我這裡發洩。」

卡拉慢慢嚥下一口口水。她謹慎挑選回答的字眼。「珊德拉，我……」

但她立刻又把話吞回去，因為她意識到珊德拉剛才的話，根本找不到對的回應方式。

因為那是她的想法。

因為那是事實。

卡拉是世界上最有錢的人的女兒，珊德拉是一個計程車司機。

或許在Twitter上，有人會豪氣地聲明：生命無貴賤之分。但是，在此，就算被綁匪關在暗無天日的牢籠中，這樣的聲明更顯得荒謬。

「我向妳保證，我們會離開這裡。」卡拉安慰她。

現在她能理解為何珊德拉的口氣充滿怨恨。之前，卡拉就只是一般的上班族，兩個人同為受害者。但現在，就算被抓，被關起來，同為受害者也仍存在差別。

「別承諾自己不能實現的事。我想，他就只是要我的身體。」珊德拉說。「但妳……他要的是別的。」

卡拉沒有回話，她想要聽她把話說完，但她沒有再說下去了。

沉默中，陌生的領地裡住著怪物。

「珊德拉，他想要什麼？如果妳知道，請告訴我。珊德拉，拜託告訴我。」卡拉懇求她。

「噓，閉嘴。他回來了。他現在很不開心，可能發生了什麼事。」計程車司機向她轉述看到的情形。

28 回憶

安東妮娜閉上眼睛，很快就找到描述當下心情的字眼：Ajunsuaq，因紐特人（註21）的詞彙，意思是：咬一口魚，吃到滿嘴沙。

費了那麼大的力氣，她內心卻沒有半點欣慰與自豪。其實這些並不重要，只要能救出卡拉·歐提茲就好了。

喬與她坐在街邊的長椅上。靜靜的，沒有交談。她轉述八臘電話裡的內容之後，他僅點頭表示理解，便不再有任何動作。他們面前，人來人往，但安東妮娜並不在乎，她正埋首在網路上搜尋舊新聞，想確認某個事件，但並不容易，因為那是無人會關心的事件，不是一則大新聞。

納爾瓦斯街道下，安裝的瓦斯管線氣爆。唯一死者是法哈多警官。例行作業上的疏失。法哈多身後沒有任何親人。

沒有提及自殺。

喬提過的另一件事？女兒。

這則新聞比較快找到，是發生在法哈多死前六個月的事件。

註21 美洲原住民，居住在北美北極區（格陵蘭、加拿大、阿拉斯加等寒冷區域）。

馬德里M30快速道路，死亡車禍。車子衝撞M30道路上的路樁，沒有煞車痕跡。警方認為有自殺嫌疑。死者是一名二十歲的女性，名字是珊〇〇·法〇〇。

她放大照片。消防員竭盡全力搶救一輛幾乎全毀的車子。基本上，能做的事不多。車子外殼一半扭曲變形，如同壓扁的空寶特瓶一樣。車子撞成那副德行，當時車速一定很快。

電話響起。

「請說。」

「女士，我是湯姆士。」

安東妮娜皺緊眉頭，由於她十分沉浸在自己的世界之中，要銜接現實狀態，費了她一點勁。然後，她才記起湯姆士，是莊園的保全。

「您們之前說若想起什麼，歡迎隨時打電話告知。我先打給您的同事，但通話中，所以我才打給您。」

她發出了**嗯哼**應許的聲音，因為她的目光仍專注在車禍現場的照片，覺得有個地方不對勁，但她仍看不出來。

「事情是這樣的，今天我值班時，」湯姆士開始說。「在我跟加布埃爾聊天的時候，有一輛計程車來我們這裡載客。妳知道，自從事件之後，我們對計程車內看得更加仔細，不想漏掉什麼。」

嗯哼。

「然後，今天那輛計程車司機是個女的，現今很常見，所以不怎麼大驚小怪。但若發生在五年前，根本不會有女司機。當時大家認定司機是份男人的工作，因為要在大半夜去某個地方，載某個陌生人……不過，當我和加布埃爾一起看到那個女司機，我們兩人瞬間同時想起一件事。當下真的覺得腦袋瓜真神奇，本來自己和同事都沒印象，卻突然『迸』一聲的出現，記得了，我們兩人同時一起想起來。這算是大腦社會化的運作機制嗎？紅色停，綠色行。就在那個司機跟加布埃爾說話的時候……」

安東妮娜忍不住打斷他。「湯姆士，到底想起什麼？」

保全清一清喉嚨。「計程車司機是個女的。」

卡拉

她昏昏欲睡，越來越虛弱不堪。她做了一個夢，夢裡黑暗褪去，明亮、優雅的白牆包圍著她。然後，她聽見外頭的吵鬧與呼喊。

一群男人大喊：「警察」，並呼喚她的名字。

她就知道有人會來救自己。她就知道這是早晚的事。或許，她在裡面其實連一天都不到，才過幾個小時而已。警察找到這裡了，來釋放她出去。

心臟在胸口怦怦跳動。她得出聲讓他們找到才行。她猛然起身，忘了牢籠的高度，頭用力撞了上去，一道鮮血噴發，但她一點也不在意，甚至連疼痛的感覺也沒有。她慢慢走到鐵門邊，不停拍打，在門縫叫喊。

「這裡！這裡！我在這裡！」

29 方言

安東妮娜愣住。

世界也停住了。

「什麼？」

「那個司機是個女的。」湯姆士又重複一遍。「現在想起來才覺得怪，大半夜的一個女的還載客，就像我說……」

接下來的話，安東妮娜一句也沒有聽進去。

Murr-ma。

澳洲原住民語言，瓦基曼語，目前全世界只有十個人使用的語言。

Murr-ma：走在水中，用腳找東西。意思在表達情況十分艱困，因為在情況不好時，才會需要用上每一個感覺器官。

「喂？」

安東妮娜掛斷電話。她需要用兩根手指頭把車禍照片放到最大：一臺黃色雷諾Megane。

車牌號碼已經無法辨識。安東妮娜截下車牌，把截圖上傳至相片編輯程式軟體，點選銳利化濾鏡的功能。如此一來，浮現出的車牌號碼：

9344FSY

Murr-ma。腳在水底盲目亂找，直到大拇趾搔到某物，才縱身躍入水底取出。找到那塊遺失的拼圖，使之完整。十秒內，安東妮娜把每一塊拼圖都放到眼前。

——法哈多的女兒死於M30快速道路上的一場車禍。

——兩年後，這輛車的車牌出現在伊斯基爾用來運送阿瓦羅・崔呇屍體的計程車上。

——距離警局不到一公尺的空地上，有一輛燒毀的計程車。

——有人匿名通報計程車的位置。

——不曾留下痕跡的男子，車上遺留兩處破綻：

一、一個在卡拉・歐提茲的鞋子上，

二、一個在方向盤上。

——伊斯基爾沒有碰過方向盤，因為駕駛是個女的。

頃刻間，撥雲見日，答案出現。

安東妮挪抓住喬外套上的袖口，讓他起身。

「怎麼了？」喬從他九霄雲外回來，問道。

「我們得快點告訴八臘。現在趕快！」

「告訴他們什麼？」

告訴他們未知的命運。

安東妮娜打電話給八臘。

鈴。

鈴——鈴。

語音信箱。**電話將轉接到……**

安東妮娜瘋了似地大聲尖叫。

「八臘，聽我說。不要進去，我說，不要進去，那是個陷阱！」

八臘

大家在入口處各就各位。房子是半地下室結構。入口一進去，就得先往下走，才會抵達第一層平面。

緝匪小組的成員每個人手一支MP5衝鋒槍，一一走下樓。有人占據樓梯，有人據守平面。樓梯旁有個窗口面向聖克努街，有裝鐵欄杆。換句話說，誰也無法從那裡逃走。就算萬一有人逃出去，外頭也有西斯托和記者留守。

總得要有人轉述營救過程，吹捧英雄事蹟。所以，當然要賞給記者一則獨家新聞。

萬無一失。八臘在腦中跑過整個攻堅計畫，才定下心來。他心中最大的隱憂在於法哈多一旦被逼急，走投無路之下，一時情急殺害人質。不過，這就是為何需要奧卡尼亞在場，一個舌粲蓮花的傢伙，連沙子都能賣給在沙漠中遊牧的貝都因人。

他同樣擔心那傢伙會開槍反擊。不管怎麼說，就算他失心瘋，還是一個曾經用過武器的警察。八臘不想做最壞的打算，只要準備妥當，就應該好好的放手一搏。人手一把衝鋒槍，也都穿上防彈背心。克萊奧在隊伍的最前頭，手持防彈盾牌，萬一受到猛烈攻擊，那個一呎高的鋼板聚醯胺類合成的纖維物即可擋住子彈。

八臘腿上有物品在顫動，這時他才驚覺自己忘了關機。這是個無法原諒的低級錯誤。他從褲子的布料上按下關機（電話不再顫動，他才確信自己關掉電話）。

好了，現在前進。

他想要下達指令，但在此之前還有一個非做不可的動作。他把掛在脖子上的鍊子掏出來，用力扯轉一會兒讓墜子落入手心，他低頭親吻一面鑲有天使護送小女孩走進森林裡的墜飾。那個天使是庫斯托迪奧，警察的守護神。八臘的動作沒有半點矯揉造作，因此也感染了所有人，就連他身旁的波蘇埃洛也跟著對自己畫十字，不過他是千禧世代的人類，唯一認識的上帝就是電影中的摩根・費里曼。

行動。

隊長向三璜打了一個手勢，要他進行擊破。三門手持破門錘，這樣一道重達十四公斤的鉛板門，他大概只要用力一擊，應該足以讓門瞬間倒下。

砰！

好吧！或許兩擊。

砰！

第二次算平手。門鎖開了。克萊奧衝第一，高舉盾牌，嘶聲大吼。

「警察！雙手舉高！交出卡拉・歐提茲。」

其他人同時蜂擁而上。

進門的地方，放置了一張十分老舊骯髒的沙發椅，而客廳中央有沙發與桌子，另外其他的家具全都堆疊在牆邊。地上有碎紙、鐵粉和電纜線，而天花板上的一盞鹵素燈仍亮著。

「隊長。」克萊奧呼喚。她的腳往前點了一點，顯示地上的異狀。

一雙女人的鞋，與奧塔萊薩區警局附近找到的鞋子是同一雙，那是右腳，這是左腳。

八臘打了一個手勢，要克萊奧前進到走道底部的暗處。三璜與她兩人一組，跟在她身後，一前一後相互庇護。所有行動都按計畫進行得一樣。

女警察手持盾牌，走到長廊盡頭。

走道底部有一個五斗櫃，裡頭全都藏著致命的桶子。桶子內裝有四十公升的化學物品，主要是氯酸鈉、鹽酸和丙酮等。說得簡單點，其實就是漂白劑、水管清潔劑和指甲油的去除劑。基本上，這些只要劑量適當，再加上小小的推力，便可激活這三種成分。例如，利用某張ＳＩＭ卡網路撥打一通電話，便可以啟動電流的引爆裝置，引爆裝滿火藥（任何鞭炮內都有）的金屬管線，但要達到百分之百成功觸發，就要添加鎂化物（任何仙女棒上都有）。

法哈多準備的炸彈不是土炸彈或塑性炸彈，他製作的過氯酸鉀炸彈，是足以在引爆後，噴發出來的氣體可以在一秒內遍及數萬里。而且，原料在樂華梅蘭園藝零售店都可以找到，成本三十歐元都不到，但爆炸威力卻至少能達到每秒四千五百公尺。不過，這已足夠。爆炸後，火勢會隨著空氣蔓延，如同一條狗追著尾巴一樣，到處亂竄。

爆炸的浪潮，首當其衝受害的是在狹窄走道裡的人。也就是說，第一個被派進走道探查的克萊奧，首先受到波及。她手持的防彈盾牌，承受不住壓力往後倒，插入她臉上的顴骨和眉心，撞碎鼻翼，讓她整個人如同被颶風掃過，癱倒在地。三璜就在她身邊，但情況更為慘烈，他的身體被噴上一呎高的地方，頭蓋骨撞上天花板爆裂，背脊也撞上走廊上的門框。瞬間他的身體成為三股力量的聚合點：爆破的高壓、外在大氣壓力，以及他體內的壓力。相互對抗的結果：所有壓力都集結到鎖骨的位置。基本上，任何身體肌腱都無法承受那麼強大的衝擊力，因此三璜從頸椎開始撕裂，然後左手像一枝乾燥花，從手肘的地方斷成兩截。

伴隨著燃燒的空氣，一顆顆子彈如雨淋般落下。

法哈多在桶子裡還放了許多顆粗大的蝶翼螺絲丁。因此，爆炸初始，這些螺絲丁隨著火焰短暫的往前旋轉、飛行，鑽入所有碰到的物體。克萊奧仍在地上滾，但她能倖免於彈片的攻擊，多數都被盾牌擋掉了。不過，有一顆螺絲丁穿過她的軍警長褲，擦過小腿肚上細緻的皮膚，卡進大腿骨內，造成大腿後側出現一道五十分歐元硬幣大小的傷口。另外，有一顆擦過她的右手食指，但又突然竄到左手，掀起左手的指甲。第三個彈片射進她的左眼窩中，鑿出一個深窟窿，不過幸好螺絲丁頭的一側蝶翼，卡進她額頭突起的骨頭中，所以才沒有打爆她的大腦。

三璜的身體已經四分五裂。在爆炸威力下，不管再高級昂貴的防彈背心，都是擋不住的。他的器官在墜地前，已如果醬一般爛成一團了。

其他尚未進到走道的成員也因爆炸的威力，全員趴在地上。事實上，克萊奧的盾牌的確起到一些削弱爆炸威力的功用，彈片碰到鋼板後，改變飛行路徑，嵌進天花板上。

此時，六個還留在客廳的人不知道自己正在迎接第二次的爆炸。

第一次的爆炸，只引爆一個裝有四十公升化學物品的桶子。但其實客廳的沙發下，以及堆積在一旁的家具下方，還另埋藏著兩百公升的炸藥。這個客廳就是大到可以放置那麼多炸藥。

第一次爆炸中，這六個警員的身體並沒有受到極大的傷害。因此，還能一一站起。然而，第一次爆炸後，計時器隨即啟動引爆第二顆炸彈。第二次的爆炸威力更加驚人，碎片四面八方飛散，誰都無法躲過。

法哈多的第二個炸彈沒有放置螺絲丁，因為根本不必要。放咖啡的矮桌瞬間就砸向塞爾韋拉的頭（磁器杯墊從頸子劃過），他的頭就如同是被一塊鐵餅打中的乒乓球，在他的身體想閃躲之前，就已經身首分離。頭掉在波蘇埃洛的胸前。菜鳥的肋骨像方糖一樣，全都粉碎，浸到肺部。沙發椅也因為爆炸裂成三大塊，在整個客廳中四處飛散。最大一塊的沙發椅架，曾是法哈多和女兒坐在上頭一起看電視的地方，此時正直直的朝著吉拉爾德斯飛過去。雖然他已經傾身趴下，但他的脊椎骨仍硬生生的被砸碎，並且與此同時，他的身體又被爆炸威力彈起撞上牆壁，顱骨徹底爆裂。

法哈多某個週六下午在宜家家居店買的腳凳，整支往前飛，沉重的鐵製腳座漫無目標的旋轉，直接擊中奧卡尼亞的右腳，因為他方才想扶著燈桿站起來。但他的膝蓋並沒有被擊破，而是整個膝蓋骨以下都被削去，只留下完美的白色大腿骨。

八臘情況還算不錯。塞爾韋拉的身體幫他擋掉第一次爆炸的衝擊，而第二次是波蘇埃洛的肉身保護住他。不過，仍有許多小碎片劃過他的脖子，其中有一塊特別長，穿過肌肉，卡進脖子。不過，並不致死。

至少，一時半晌死不了。

因為疼痛、無助與憤怒，隊長放聲大叫。但他聽不到自己的聲音，他的耳膜已經震碎了，所以他也聽不見隊員的聲音。他見到奧卡尼亞驚恐得抓著自己的腿（現在短了半截），八臘向前扶住他。克萊奧也一樣放聲嘶吼，不停喊著每一個想得到的聖徒使者的名字，同時夾雜髒話咒罵。可惜八臘一句也沒聽到。剩下的成員大多噤聲不語了。三璜因為沒了肺，塞爾韋拉因為掉了頭，其他的人一個個都神智不清。

這種氯酸鉀炸彈最可怕的地方，並不在於瞬間致死的爆炸威力，而且爆炸後會散發出橘黃色的氯氣，在高溫燃燒後會成為含有劇毒的氣體。

第一個聞到濃稠有毒氣體的是克萊奧。她努力想閉氣，但是她的身體虛弱到無法作主，只能任其大量氣體進到身體內。因此，這種液態火焰隨著氣管浸泡胸腔，讓克萊奧的身體像著火一樣，疼痛不堪。

當時，八臘處於聾子的狀態，背對著克萊奧，努力搶救奧卡尼亞的性命。這位最厲害的協商高手，如果沒有綁上止血帶，很快就會因失血過多身亡。八臘正為了他努力抽出皮帶。但如此一來，他就沒有看到克萊奧因窒息而痛苦地掙扎，沒有見到她竭力為呼吸奮戰，極力爬出布滿煙霧的走道，當然也沒見到她身負重傷，身體在地上扭轉。從頭到尾，他對自己身後的同伴，手指抽搐扭曲，奮戰到最後一刻，都絲毫不知情。

因此，八臘根本無法得知身後正飄散過來兩股不同的煙霧，並且在一秒內就會進到體內。不過，就算知情，當下的情況八臘能做的也不多。他的內耳，保持平衡的前庭器已被爆炸聲震破。他真正察覺四周都是毒氣，是等到他自己吸進一大口之後了。一切都為時已晚，他死定了。

氣體進入到呼吸道中潮溼的環境，會起化學反應，瞬間變成鹽酸。不過，八臘十分清楚氣體致命的變化關鍵，而且他不只是一個硬漢，更是個好漢。他強硬壓抑住自己肺部需要空氣要求，硬是閉氣不呼吸，不吸任何不乾淨的空氣。他忍受著身上千刀萬剮般的疼痛，手緊抓著奧卡尼亞，拖著他連滾帶爬地朝向自己所認知的門口。八臘要拖著八十公斤重（少了一隻腳後可能的重量）的奧卡尼亞，迫使他的肌肉消耗更多不再進帳的氧氣。此時，他感覺到體內有兩股不同的欲望在拉扯身體：呼吸與嘔吐。

毒氣瀰漫，他無法看清四周（氣體接觸到眼睛也開始起反應，像千根針在刺一樣）。他在這種情況下依舊找到出口，算是奇蹟。奇蹟是守護神的管轄，或許該感謝他身上帶著的庫斯托迪奧天使。

他上到樓梯口，一處平面轉角處，八臘獲得一秒的喘息機會，吸到了新鮮空氣，然而濃密的毒氣隨即湧了上來，伸手要攫取他手中的累贅。但是，八臘方才吸入的乾淨空氣，進到肺部之後，讓他身體彷彿受到刺激，或是鬆了一口氣，喉嚨紅腫、發燙與腹絞痛全都一併發作，隊長直接跪地（那一瞬間，他想起自己的兒子盧卡斯一週前要求他當馬，讓他騎在背上），雙手抱肚，開始乾嘔。他成功催吐出幾滴黃色口水，但這整個過程讓他付出慘痛代價。毒霧現在包圍住他的四周，他無法辨識出哪邊是通往外頭的樓梯，而且更糟的事，他也不知道奧卡尼亞被他擱置在何處。

我不會把你拋在這裡，絕不會把你拋在這裡。

他伸手在地上一吋一吋的摸索，找尋同伴的位置。他左手碰到他的臉，接著右手就抓住奧卡尼亞防彈背心的肩墊，拖著他一起。該往哪個方向？他毫無頭緒。他跪在地上，盲目摸索尋找指示。

什麼也沒找到。

忽然，右手碰到了樓梯的扶手，那宛如大海中抓到懸繫性命的浮木，他緊緊抓住不敢放手。由於奧卡尼亞沒有往上爬行的力氣，他便趴著，背起他，然後開始用膝蓋攀爬，每往上移一步，就算只有二十公分，耗費的力氣已如同爬聖母峰一樣。

八臘爬到第十一階的時候，才終於擺脫毒氣的籠罩，但僅僅只是沒有那麼濃密而已，他得要徹底甩掉才行。

他不斷往前，用盡所有力量，使勁以一隻手抓住樓梯的扶手撐上去，另一隻手緊抓同伴。然後，他就聽到警笛聲。兩人真的脫離險境時，隊長離死神的距離只有一步之遙。

八臘在昏厥過去前，腦中突然閃現一句話。他終於想到那句該在下車前說的金句了。

聽我指示，轟轟烈烈幹一**番**。

最好的句子，總是後來才想到。

伊斯基爾

尼古拉氣憤地把視線移開螢幕。他不想看下去了，一切都結束了。

他面前的筆電螢幕仍是開著，他關掉的只是監視器的畫面。喇叭傳遞出的尖叫聲也戛然而止，只剩下電波滋滋作響。爆炸不僅毀了他與舊公寓、自己的避難所的一切連結，也一併消滅了入侵者。

她說對了。蹤跡遲早會洩漏的，**但我們比他們厲害多了。**

我不該誇下海口的。他自忖。**現在連警察都死了。**

他伸手拿出筆記本，開始新一頁的懺悔。

我犯了第五誡。他寫。**並非出自我的意願，我也是迫不得已，任務是最重要的。我得給那些權貴一些顏色瞧瞧，叫他們知道自己逃不過正義的制裁。這是天意，我只是聽命行事。**

他撕下那一頁，丟到火中。紙隨著火化成煙，但尼古拉的內心卻跟前幾次不一樣，他不覺得自己的罪過能夠煙消雲散。那些死去的警察依舊縈繞在他心頭。他們全都是無權無勢的平民百姓。

但他們是撒旦的走狗，替瑪門辦事，都是貪婪財物的魔鬼。若真是好人，就該不會服侍這兩個惡魔。尼古拉自言自語，只是他無法理解自己的靈魂為何像被蓋上一層沾滿泥濘的棉被一樣，覺得自己又髒又重。

當他看到第一個爆炸現場時，眼神還透露出驕傲，十分仔細欣賞每一個細節。過程有很多複雜的細節，一旦錯誤，都會導致引爆失敗，但他卻能成功克服每一項環節。

影像在第一次爆炸時，就失去訊號，只有喇叭還持續接收到尖叫聲。驚駭的嘶吼，痛苦的哀號，絕望的悲鳴，死亡的呻吟。尼古拉自知這是他親手打造的地獄，但他卻不安地撇開視線，望著珊德拉，試圖尋求一絲肯定。然而，她的眼睛直盯著畫面，臉龐冰冷無情，沒有血色，絲毫看不到半點人性上的惴惴不安。她就只是面露微笑，直到第二次爆炸才終止她聽覺上的快感。屆時，她才心滿意足地看向他，但她卻看出了他神色不安，因此她的臉便露出了厭惡之情。

尼古拉轉過身，低下頭，他不想再次被發現自己眼神中的惶恐。她轉身離開，留下他自己獨自面對黑色的螢幕，一個靜止不動的世界，以及一個連火也帶不走的靈魂汙點。

深處，隱約可聽見卡拉・歐提茲的叫喊，以及磅磅磅，焦躁的敲門聲。珊德拉要尼古拉放任她盡情的發洩，但卡拉所發出的噪音，對他是一種折磨，讓他精神耗弱。不過，他更不想違背珊德拉的意思。

他翻開筆記本，新的一頁。

我真的是一個好人。他寫。

他停下來，用非常肯定的語氣唸出來。但那些字在筆記本上，卻全都交纏在一塊，隨意在線上飛舞，任意變換位置，成為一堆沒有意義的文字。

他撕下那一頁，丟到地上。他再次重寫。

我不是個好人。他寫下。

這一次，每個字都安好地在位置上了。

30 七個瞬間

不管是喬還是安東妮娜，對接下來幾個小時所發生的事，都似夢似真，無法清楚記得，只留下幾個瞬間片段，沒頭沒尾，彼此沒有連結交集，永恆靜止停留在時間軸上。

一、車子開在上坡路，安東妮娜在車上對著手機尖叫，喬試圖闖過聖維森街與阿里街交叉路口的紅燈，結果差點撞上一個穿著廉價西裝的三十多歲男子。那人左手拿著一瓶蘋果酒，些許灑在擋風玻璃上。此時，紅燈看起來不再像琥珀色的紅點，而是眼球上的血絲。

二、聖克努街的交通受到管制，禁止通行。喬向一名市區交警出示警徽。交警說了一些拒絕他的話，並伸出長長的一隻手請他離開，而且用另一隻手抓住正要彎身低頭穿過封鎖線的安東妮娜。此時她的背部正好在封鎖線上的「禁止」與「通行」的兩字之間形成不等邊三角形。安東妮娜平時都會注意到這類的事情，但這一次她並沒有發現。

三、西班牙緊急醫療服務（SAMUR）的兩名醫護人員正傾力治療擔架上的人。其中一位用兩隻手壓住傷患的胸口，另一位在替傷者的臉戴上氧氣罩。救護車的鳴笛響起，車子準備出發把奧卡尼亞送到醫院，另外兩位隨行的醫護員，他們的臉在救護車的閃光中，顯得格外聖潔脫俗。

四、一名消防員，頭戴氧氣罩，手抱著一具屍體，正走向人行道，要把屍體與另外三具已裝在銀色恆溫袋內的軀體，放置並排在一起。警車與消防車的警示燈，把屍袋照耀得閃閃發光，彷彿所有的亮光都被他們吸進去，彷彿這是屍袋下的身體奮力想要吸入生命中的最後一口氣。

五、安東妮娜下車撿起一條掉在地上的項鍊。她的手指輕輕撫過墜飾。墜飾被拔下來，是因為當時救護人員要替八臘隊長進行心肺復甦術，所以才落下的。一名救護員在向喬解釋隊長的傷勢。喬面色凝重。救護員的嘴唇向外突出，彷彿要吻他一樣，結果是在說：**英雄**。

六、安東妮娜哭了，傾身趴在車門上啜泣。喬想上前安慰她，但她連看都沒看，便直接伸出左手推開他的手臂。喬的視線從頭到尾都沒有離開過緊急醫療救護車上的八臘。當他開始掉淚時，天空降下綿細的小雨。雨水不足以洗去人行道上的血跡，只讓溫度變得更加冷冽刺骨。

七、安東妮娜淚眼婆娑，站在蒙克洛亞醫院的人行道上。她徑直從奧迪下車，轉頭就走，沒有一聲道別。喬看著她的背影，眼神充滿悲傷、害怕、徬徨與無法負荷的憂慮。他今晚不想孤獨一人，這是他們認識以來，不是她需要他，而是他首次有求於她。然而，安東妮娜背對著他，沒有接收到他迫切的需求。

卡拉

沒人出現。

鐵門還是實實在在地釘在同一個位置上。黑暗一樣濃得化不開，牆壁依舊因溼氣不斷冒出小水珠，而卡拉就算叫破喉嚨還是沒人理會。

卡拉欲哭，但無淚。就算嗚咽，聽起來也像哮喘，有氣無力的咳嗽。她任由自己趴在地上，頭上的血仍未乾枯，血球不斷在鼻翼與淚腺間滑落，不斷侵襲著眼眶。她覺得眼睛腫痛，但她對身體的任何反應都束手無策了。

她早就為自己落空的期盼與爆發的氣力，付出了高額的代價。此時，她償還的是利息。此刻，她不只是身體的透支，連心也變得同樣虛弱，虛無。

她想要一死了之。死亡是唯一逃脫的可能。讓自己的身體終止呼吸，停止心跳，血液送不上大腦。然後，她會浮起來。大家都說人死後，身體會像一根錨一樣留在人世，只有靈魂會離開。如果所有動畫都這麼演，如果米基·洛克年輕帥氣時拍的摩托車電影也這麼說，那靈魂就一定會飄走。

有那麼一瞬間，卡拉覺得自己真的魂不附體了。她的氣往上走，穿過高牆，排徊在建築物之上。但是，她沒遇見上帝，而是看到了爸爸，徹夜未眠，焦急等待著她的音訊。她俯身親吻他的額頭，他彷彿也感受到她的存在，隨即她又往上飄，置身在五彩繽紛的光線中，然後在黎明曙光稍縱即逝時，她身在一大片綠草如茵之中。

然而，她還活著。黑暗還在。

「妳聽到了嗎？」珊德拉喚回她，讓她回到真實（悲慘）世界。

卡拉並未回話。回答代表靈魂要下凡，要遠離光芒，再次回到受盡折磨的肉身之中，再次待在擔心受怕的身體裡。

「卡拉，妳可以聽見嗎？」珊德拉再問一次。

卡拉屈服了。她想知道她的意思。

「發生了什麼事？」

「警察差點就找到妳了。但行動失敗，全都死光了。」

「我父親會支付贖金的。」卡拉回答。「他不可能不付。」

「或許。在有限時間內，他應該會好好考慮這件事。」

珊德拉好像不太一樣了。卡拉自忖。

別再和她說話。

我叫你不要跟她說話。

「時間有限？難道有期限？」

「別擔心。我會幫妳的。」珊德拉安慰她。

卡拉因頭殼流血，仍極其虛弱，只覺得昏眩與迷茫。她稍稍傾身，如此一來她此時才真正瞭解，為什麼珊德拉聽起來不一樣了。聲音不是從牆的另一邊傳來的，而是從鐵門的那一頭發出。

「珊德拉，妳在外面！妳快幫我開門，快點！」

「馬上。」珊德拉回答。

接著，卡拉便聽到珊德拉走向門的左邊。她聽到拉扯的聲音，聽起來就像鐵鍊機械性地轉動，發出空隆空隆的聲音，然後厚重的鐵片也跟著往上升了，同時裡面的門跟著一公分、一公分的抬起來。接著，抬到四公分、八公分。

突然，門下滑，再次關上牢籠的開口。

「珊德拉，再試一次。妳做得到的。」

珊德拉似乎在說些什麼，但卡拉聽不清楚。然後，她聽懂了，那不是句子，是笑聲，像刀片一樣尖銳刺耳的恥笑聲。

為什麼笑？

不對。

不可能，不會的，不是的。

「你跟伊斯基爾在一起了。」卡拉驚愕得提問。

珊德拉笑得更猖狂了，那個笑聲似乎就連她自己都無法壓抑，是來自內心深處，讓人直接聯想到瘋子的「起肖」。

「唉呀！女人，妳說什麼呢！妳到現在還不懂？我沒有跟伊斯基爾在一起。我就是伊斯基爾。」

卡拉覺得有一隻冰冷的大手在她的身體內攪動，試圖把掏出來的腸子，全都擠到食道上，讓她一起吐出來。

「珊德拉，妳想怎樣？」

「放心，我不想對妳怎樣。不必擔心。」

「妳跟我爸要多少錢？我保證……」

「卡拉‧歐提茲，真不愧是繼承人，開口閉口都是錢，真的以為什麼事都能用錢解決。」

「不然妳和我父親要什麼？」

「我只是要他在電視上發表幾句話而已。」

「我不懂……」

「請他談談你們設在巴西、阿根廷、摩洛哥、土耳其和孟加拉王國的成衣工廠。」

卡拉爬到門邊，貼在門縫上，就像要從中鑽出去一樣。

「我可以解釋一切，我知道每一個地方的每一個狀況。珊德拉，情形絕對不像媒體說的……」

珊德拉噗嗤笑了出來。

「卡拉，少跟我來那套。假如沒看過妳電腦上的資料，或許還可能信以為真。告訴我，孩童的指頭真的很適合縫紉、拆線嗎？」

「我們對那些國家貢獻很大。那些孩子也同意……」

珊德拉憤怒得用力拍打三下鐵捲門。卡拉噤聲。她太靠近門了，鐵門聲響全都一聲聲刺進她的耳膜裡。

「閉嘴，賤人。妳家的房子多少錢？要不要五百萬？妳的車子多少錢？妳為了參加巴黎慈善舞會又花了多少治裝費？賤人，區區兩萬塊是吧？反正妳用來炫耀自己穿上祖海・慕拉的破布，花費也不過是上千個孩童一個月的薪資總額……」

珊德拉的聲量越來越大，她氣憤難耐，開始不停瘋狂飆罵，不停批評嘲諷，不時又獨自冷笑，但由於聲調過高，語速過快，卡拉從頭到尾只接收到她的怒氣，而沒有聽懂她說的半句話。

卡拉很想反駁，想告訴她其中的奧妙，國際市場的複雜情況，以及這一切都只是她的誤解。但她只敢等她停下來，而不敢開口制止。

只要講任何一句話，她一定又會拍門了。

「抱歉，失態了。」珊德拉心情稍稍鎮靜下來，她說。「我竟然講到忘我了。他們說我腦袋有問題，但那些精神科醫師知道個屁。沒人知道個屁。假若我們是在一個有道德良知的世界裡，妳才是真的該被關在裡頭的人。沒有你們，我就不會被說是個瘋子了。」

然後，珊德拉低下頭，下巴貼著脖子，壓低音量，宛如在對一個老朋友的耳邊說話一樣。

「聽好了。我其實很喜歡妳，跟前一個被關在那裡的小毛頭相比，妳好太多了。他謊話連篇，妳都不知道他只會想方設法騙我。妳不同，卡拉，妳做得很好。」

卡拉不知從哪來的勇氣，她終於開口詢問：「我還剩多少時間？」

「二十六小時。不過，我想妳不用擔心。我敢保證妳父親會遵照我們的指示。不管怎麼說，是他有罪，不關妳的事。父親要還的債，一定不會想讓自己的女兒扛。對不對？」

她走了，但她的笑聲就像一團有毒的黑霧，籠罩、回盪在四周好一會兒。

31 一張照片

「不可能救每個人。」史考特奶奶安慰她。

早上不到五點鐘，安東妮娜就撥了通電話給住在英國莊園的奶奶，但奶奶並不介意時間太早，因為當安東妮娜會不顧一切地打電話給她，就代表她正在順應自己的天性，活在讓她容光煥發的天賦之中。安東妮娜擁有這樣的才能，就要肩負起相對的責任。因此，奶奶在電話響了第十四聲才接起，當下她雖然睡眼惺忪，但仍帶著微笑。她瞭解自己的孫女要不是十萬火急，不會在這時間點打電話。

「從頭到尾，明擺在眼前。如果我昨夜就先查雷諾 Megane 的車牌，那就……」

安東妮娜無法置信，從查到計程車的車牌號碼有兩輛車在使用，至今才經過二十六小時。她的失誤。隨意認定車牌被盜，真是最低級的失誤。

二十六個小時。卡拉・歐提茲生命的期限，伊斯基爾執行死刑的大限。

「小妞，妳不能把全世界的問題都攬在身上。」

雖然奶奶嘴巴這麼說，但心裡也知道這話她根本聽不進去，反而只會一股腦執著於自己的想法，所以馬可士的事情，她只怪罪自己。事實上，罪不是單一方面造成的，而是眾人的共業，大家都要共同承擔。奶奶只能怪一切都是基督教教育太厲害（就算安東妮娜不信那一套，但她身上還是有一半西班牙母親的血液。）

「奶奶，死了六個人。我只要早個十六分鐘發現，事情就不一樣了。」

一般而言，史考特奶奶對孫女很有耐心，不過有時候也會耐心耗盡。

「不要自怨自艾了。裝炸彈的人不是妳，綁架那女人的也不是妳。妳之前跟我說過的非洲話，怎麼說來著？」

奶奶說的「非洲話」，指的是迦納南邊的部落原住民，迦納人說的語言，而奶奶指的那句非洲話，根本上是由兩個字組成。

Faayalo zweegbe。

「唯有進到水裡尋覓的人，不會被大雨沖走。奶奶，我懂妳的意思。但這句話是說：那些等在村子裡的人只會渴死。」

這句話適用於卡拉・歐提茲，適用於八臘的成員，六個亡魂，命在旦夕的隊員，以及待在加護病房中的八臘隊長。

「孩子，別再舔傷口了，別再自責了，這不是妳的錯。那些獲得幫助的人，可有人跟妳道過謝？大家甚至連妳的名都不記得。不對，全宇宙都不知道妳的存在。妳覺得是錯在自己，那是妳太驕傲了。所以，才會想每天跑醫院，懲罰自己，但這都無濟於事。好啦，我要回去睡覺了。」

掛斷。

像史考特奶奶這樣的人，以如此不禮貌的方式結束電話，顯得十分突兀，因此安東妮娜第一時間反應不過來。

她知道她有理，事實擺在眼前，自己就只在意那些幫不到忙的人，而且如果因為是自己失誤而造成的遺憾，她就會更在意。舉例來說，躺在床上的男人，一輩子腦死狀態。

「我好想你。」安東妮娜對他說。

馬可士沒有回應。儀器顯示心臟跳動頻律正常。

安東妮娜手指滑過 iPad，螢幕亮起，點選照片。在「我的最愛」區只有一張照片：她與馬可士在生日蛋糕前依偎在一起。馬可士看著蛋糕，她看著鏡頭。

一如往常，她很不屑照片上的自己，因為她不是她。那個女人真的太天真無知，竟然會看不出幾週後事態的變化。

她睡著了。

做夢了。

馬可士在工作室裡，用鑿子刻石頭。屋內可以聽見岩石磨碎的聲音。她對於即將發生的事，痛心疾首。她重複回到現場已經上千次了。她沒有待在客廳，沒有埋首在那一大堆的資料、線索、新聞與照片之中。她在他的身旁，驕傲看著他雕刻的傑作。那是一個坐著的女人，肌肉線條呈現出手部的放鬆，背部前傾，臉上祥和的面孔卻顯露出一種蓄勢待發的氣息，彷彿有個東西在女人面前，她迫不及待想起身抓住，但她的腳還嵌在石頭裡，鑿子尚未釋放她的雙腿。並且，永遠也不會有那一天了。

門鈴響了。安東妮娜想要阻止馬可士開門，讓他繼續刻鑿，賦予那女人生機。然而，她的喉嚨乾得像紙片一樣，說不出半句話。她只聽見她自己（那女生，天真愚蠢到極點的女生，正戴著耳機，聽著噪音般的音樂）哼著歌。馬可士把榔頭放在桌上，就在雕像旁，而鑿子收在白色的工作袍裡。然後，他走去開門。安東妮娜，那個真的安東妮娜，那個十分清楚即將要發生什麼事的安東妮娜，想跟在他身後。她跟上他了，但又太慢。太慢了。她還是錯過了開門的瞬間，來不及看見那個穿著西裝的陌生人如何壓制馬可士。當她跑到走廊，馬可士與陌生人都倒在地上，鑿子已經插在入侵者的鎖骨上，他的血噴濺到馬可士的白袍。然後，入侵者試圖逃走，他開了兩槍。一槍穿過安東妮娜，真正的安東妮娜，站在走廊上等著一切事情發生的安東妮娜，然後射中了那無知的安東妮娜，那個戴著耳機在客廳以高分貝享受音樂，沉靜在她手頭上資料的安東妮娜。不過，那顆子彈擦過荷耶睡覺的嬰兒床，因而改變彈道行進方向，讓原本該射穿安東妮娜腦袋的子彈，射進背部，並從肩膀穿出，所以只是皮肉傷，沒有留下後遺症，休息幾個月就已恢復。或許，該為嬰兒床上新漆膜拜一番。

另一槍就沒那麼好運了。另一顆子彈直接射向馬可士的前額。醫生得剖開腦袋，才能清除子彈碎片，但如此一來，便不抱任何康復的希望。他們說因為他頭撞到牆，說他和凶手搏鬥。

惡夢總是模模糊糊的。惡夢總是封印在第二次的槍聲中，結束在至今仍飄散在耳邊的槍聲。

然後，她醒了；再然後，徹夜未眠，悔恨難過。

卡拉

卡拉哭了，但這次是因為上當而迎來的憎恨與羞愧。她十分需要把所有穢物吐出來，把體內對珊德拉的信任全都吐掉。那女人不是同樣被關起來的夥伴，她不是自己被憤怒淹沒時可以喘一口氣的地方。一想到珊德拉，她就寒毛直豎，全身起雞皮疙瘩，而且身體從脖子到眼睛，到額頭，全都漲紅。她握緊拳頭，在空中，想像正親手扭斷珊德拉的脖子。她的腳用力踹門，想像正在踩爆她的頭顱……

等等。

門似乎開了些。

她再一次抬起腳用力頂，門移動了，雖然僅止約兩毫米。

珊德拉剛才關門時，鐵捲門並沒有正確卡榫，位置有些偏。門也就沒有完全卡死，門下留出一道微不足道的隙縫。

卡拉並不認為那點縫隙會有作用，內心很是挫敗。然而，那時有個聲音。

妳得做一點事。

妳該聽我的話。

卡拉遵命。

這一次她會好好聽指命了。她終於懂了聲音才是她唯一的朋友，絕對不會背叛她的朋友。另外，她還知道了一件事，她知道聲音的主人是誰。那是另一個卡拉，一個堅強，有決斷力，做事快、狠、準的卡拉。那個卡拉乾淨俐落，凡事先斬後奏，絕不會思前想後。

所以，她要行動。

她朝向牆角縫隙上的開口，那個地方雖然抹上水泥，但水泥早就因潮溼而脆化，在瓷磚並排之間露出縫隙。不大，幾乎只能放入一根指頭。

卡拉把食指插入瓷磚與牆壁之中（完全沒思考牆裡是否會有昆蟲、毒刺在等著她），她發現摸到的水泥全都變成碎屑。不多，幾克而已，就幾克而已。

她想到她自己的父親。她曾問過紡織帝國的草創時期。他回答：一**切都從賣掉三件襯衫開始**。

卡拉開始用手指摳。

每次都摳下幾克而已。

32 面善

接待室裡的女人（她的名字叫梅根）非常投入言情小說裡的內容。她整天都在看小說，這可算是這份低薪工作的福利之一，可以自由看書打發成天無所事事的時光。

一根做過光療的手指，對著玻璃門敲了幾下。

門外是一名女子，穿著優雅時尚，面帶微笑，面容和善。

梅根沒有一絲猶疑就按下開門鈕。沒人會對面善的臉孔，產生戒心的。

那位有著和善面孔的人進門時，梅根正投入小說中的劇情，她非常想知道女毒蟲是否將與摯愛重歸舊好，能夠不顧一切投向麥克凱爾家族的世敵，投入邪族的懷抱之中。

那個女毒蟲在書的封面上，沒有臉，就只是穿著蘇格蘭裙的一抹背影。但那不重要，因為抱著她的男主角，是一個有希臘神像般的胸膛和腹肌的男人，雖然看起來一點都不像是十三世紀住在蘇格蘭高地的人，但還真是bom chicka wah wah！（註22）

註22 bom chicka wah wah！意思為「砰！帥！哇哇！」，這是二〇〇七年AEX體香劑廣告臺詞，表示十分受到吸引、誘惑。

梅根有些心不甘情不願地放下小說，招呼她。

「早安。歡迎您來到海斯廷斯英國國際學校。有什麼能為您服務？」

女子一隻手放在背後，傾身靠近她。然後，微笑。

現在，梅根能清楚看見她的臉龐了，而她那張臉看起來忽然便不怎麼和善了。

第三部分　安東妮娜

再見，親愛的烏雲；
再見，討厭的烏雲。
我不懼怕世界
已有如影隨形的死亡。

——卡斯楚

1 標題

第一次，疲倦勝於愧疚。安東妮娜從惡夢中醒來幾分鐘後，她的身體仍因疲勞過度，覺得全身肌肉酸痛。

夢如瀝青一樣黏稠沉重，硬生生被電話鈴聲挖起。外頭，豔陽高照。

「打開電視。」曼多命令。

「哪臺？」

「都可以。」

沒錯。從頻道一到頻道五的差別，就只是坐在桌前那張臉角度上的差別。所有電視臺把這則**特別報導**插播進常規節目之中。安東妮娜無須聽到說明，就已經從斗大的標題明白發生什麼事了。

「什麼時候的事？」她一邊問，一邊看向時鐘。現在是下午一點鐘。

「一個半小時前。一名巴斯克記者在新聞網頁上發布這條消息。」

「然後你現在才告訴我？」

「我得跟上頭的人開會。史考特，妳不會被爆出來。但不用再查了。」

安東妮娜無法置信耳朵所聽到的話。

「不會是要我就此放棄吧。」

「史考特，這是上頭的意思。」

「但現在我們掌握到綁匪的名字，知道他是誰，我們可以……」

「現在做這些太危險了。」曼多打斷她的話。「還有一件事，史考特。那名記者……」

安東妮娜在某個頻道上見到記者的模樣。他和其他名嘴坐在桌前，一起高談闊論，喋喋不休。他看起來六十幾歲，一頭白髮，隨意紮起的馬尾。安東妮娜瞬間想起：昨天他在歐提茲公寓前向喬打招呼。

就是那個笑容。

Glas wen。

英國的威爾斯語。藍色笑容，意思是見到敵人遭受磨難時，順道再贈予一個邪惡的笑容。

「……記者似乎在那則M50公路的新聞報導上，發現古鐵雷斯警官的身影。他之前對他就很不友善了，嚴厲批評他和皮條客的交易，痛宰他一番。」

「竟然跟到這裡來。」安東妮娜喃喃自語。

「他猜到事情不單純。我想他也跟八臘談過話，所以拿到獨家。這種事很常見。」

「是你把他帶來的。」安東妮娜提醒。

「我跟你說了，古鐵雷斯會自……」

「是你把喬扯進這件事的。你這個人就喜歡斷腿的木偶，乘人之危。曼多，是你要求他去做這些事的。」

「隨妳怎麼說，怎麼怪我都可以，反正妳現在別查了。」

「只剩十六個小時。」

「史考特，現在那是警察的問題。這是命令，不要插手。」

「卡拉·歐提茲怎麼辦？」

「史考特，他們還會再犯案的，妳先別動。」

曼多掛斷電話。

曼多是非常理性的人，他只看數字說話。他犧牲主教讓棋局繼續玩下去，因為一切的重點是：玩下去。一條命換幾百個祥和的清晨。就像西洋棋的古老寓言：在西洋棋盤的第一個格子放一顆麥粒，第二個格子放兩顆麥粒，第三個放四顆，最後一個格子就會放進無限多顆。

那請把這個道理跟卡拉·歐提茲說去，跟她的兒子說去。

有人敲門。

很清楚誰會用那種方式敲門。

安東妮娜遲疑一會兒才應門。事實上，她根本不想理，但她心裡的怒氣正愁無處發洩，來敲門的人剛好可以當她的出氣包。

安東妮娜走向房門，但她沒有開門，而是把門鎖扣上。

「我不想跟你說話。」安東妮娜說。她可以感覺到對方靠在門上。

「我一直想跟妳說這件事。」喬沙啞的聲音，傳遞出他內心的喪氣。「但沒找到時機。」

「我們待在卡達賽羅街上的咖啡廳共三小時十一分鐘。彼此完全沒話講，我怎麼覺得那時你就可以說看看。」

「我很害怕，覺得很丟臉。」

他的回答讓安東妮娜徹底爆炸。她要用最殘忍，最不公平的方式來侮辱他。

「你怕，你丟臉，所以就要害死卡拉·歐提茲。」

她想傷害他，把她心裡的痛全都轉移到他身上。

她做到了。

當然很受傷，但那不是接收了她的痛苦，而是她痛苦的蔓延與擴大。

她感覺到喬靠在門上的重量。

沉默。然後離開。

她注意到他腳步移動的方向。有個金屬物品輕輕滑過磨石子地板，從門縫裡出現。

是裝膠囊的盒子。

安東妮娜癱坐在地上，拿起盒子，緊緊握住。想放聲大哭。

但她做不到。

2 重逢

安東妮娜頹坐在地，試圖重整心情（大概有十到十五分鐘）。有人敲門。她瞬間起身，以為是喬回來了。拉開門閂，猛然開門。

「對不起，我……」

她住嘴。那人不是喬。

是一個高瘦，顴骨凹陷的男人。實際上，那個男人是世界上安東妮娜最不想在那裡見到的人。

彼得・史考特先生，英國駐馬德里的大使，前巴塞隆納領事館館長，並授頒大英帝國司令勳章。他往前踏一步，企圖進到病房。

「爸爸。」她驚呼。

「安東妮娜。」他打招呼。

兩人的問候沒有碰臉頰，沒有擁抱，更沒有激情或歡喜，而是冰冷、低溫，就像暴風雪前的狀態。

兩人的情感實在太糾結了。

一九八二年，彼得先生（當時他還只是個彼得）在巴塞隆納任職。那年西班牙是世界盃足球賽的主辦國，當彼得搬進了薩丁尼亞街上的公寓裡時，整個西班牙都在討論準決賽，看著義大利如何痛宰德國。他的住所與鬥牛場僅隔一條街。他的母親曾在電話那頭批評鬥牛是個野蠻風俗。當時，他就只是一個小小的公務員，鎮日在領事館內忙於行政工作。下班後，在蘭布拉大道散步，喝杯咖啡，並順便偷偷重拾自己的愛好：十八世紀英國文學。

某日，當他十分投入閱讀布萊克的《天真與經驗之歌》，有個女子不小心撞到他，翻倒了桌上的濃縮咖啡，濺到了他的褲子上。咖啡很燙，不過彼得並不在意。他更擔心那個有一雙黑眼睛的女孩是否受傷。女子嬌小，深咖啡色的頭髮，皮膚白皙透亮。她非常不好意思，慌張得連道歉都忘了，只是連忙趕緊撿起掉在地上的咖啡杯，以及拾起彼得正在讀的那本書。那本書掉落在磁杯與濺出的咖啡之間，當她拿起書時，看了一眼封面，便背誦出裡頭的內容：

「何種槌子？何種鍊子？你腦子裝著何種爐子？」

他大為吃驚，這正是他最愛的句子（再也無人可以寫出如此甜美又驚悚的感覺了）。彼得感嘆：「很少西班牙人熟知布萊克。」

陌生女孩的笑容照亮了整條蘭布拉大道，熔入蒙特惠奇山（註23），返折，射進彼得的心臟。

「我不曉得他是誰就慘了。」她回應。「我才要交出我的英國哲學的研究報告。」

十一個月後，九月的某個豔陽高照的午後，彼得．史考特與寶拉．加里多在海洋

註23 巴塞隆納西南部的一座山丘。

聖母聖殿教堂裡結婚了。一年後，世界多了一雙動人黑眼珠的女孩。彼得想取名為瑪麗，源自於他欣賞的英國女作家，沃斯通克拉夫特。當然，絕不是雪萊，他對她的評價不高。

「不管你怎麼說。」寶拉說。「她的名字叫安東妮娜，與我逝世的母親同名。」

六年後，由於彼得辛勤認真工作，他成為領事館的館長。這個小家庭過得幸福無比。夫妻同心，對掌上明珠疼愛有加。

彼得成為館長後的一個月，某個清晨，寶拉起床嘔吐。她身體兩側隱隱作痛。六個月後，不敵胰腺癌的侵襲，撒手人寰。

安東妮娜的母親離世後，她由奶奶接手照顧，同住了三年。這段時間，父親雖然是僅存的親人，但他一頭栽入工作之中，似乎刻意忘記她的存在。三年後，安東妮娜返回到巴塞隆納，而迎接她的那個男人，已經不是父親了，而是一個幫她繳學費的人而已。寶拉的離世一併帶走了這個男人的心，他那顆充滿愛的心被自己那雙顫抖的手，用力埋葬下去了。自此，他變得冷酷無情，自私自利，冷眼看待世事。他直接告訴安東妮娜，她是拖油瓶，是一個早就完結的故事中的空白頁數，是莫名其妙的存在。就連寶拉曾為安東妮娜的天賦異稟驚呼連連，彼得卻認為是女兒的異常，才招來惡運。此外，安東妮娜沒有她母親的智慧，能把聰明才智的光芒轉換成溫暖，她的光芒十分張揚刺眼。不過，小女孩也很快就學會收起鋒芒，只是並非為了獲取父親的關愛，而僅只為了避免衝突。所以，安東妮娜一到上大學的年紀，她就離家到馬德里唸書。後來，與馬可士交往，加入紅皇后專案，父親榮升大使。在這些年歲裡，這對父女也只見過五次面。

多年後，發生了馬可士的悲劇後，安東妮娜才真正瞭解為何父親討厭她，對她近乎無情（常常否定她），無法注視著她。她終於理解父親的感受，因為每次荷耶出現在她眼前，就喚起她想到馬可士悲慘的現狀，她就會心如刀割。但她並不為此道歉，也不會原諒父親，因為唯有保留恨意，她才有力氣面對他，就像長久以來，面對這種有點討厭的情況下，她就可以好好冷淡地對待他。另外，因為孩子每分每秒都只能活在愛裡，用愛來養活他們。小孩子不該用愛以外的東西來滋養。或許，她該原諒（她要承認，三年後的現在），她也沒有給荷耶愛。當時，她太痛苦了，父親出現來接手她的工作，那位不曾給過愛的父親，想要替她執行母親的職責。

或許。

不過，當時安東妮娜仍不屈服她父親的決定。因此，彼得先生告上法庭，取得荷耶的監護權。法官要求她見小孩前，得先接受心理治療。父親非常瞭解（冷淡撫養她那麼多年）自己的女兒，知道她已經瘋了。

兩人的情感實在太糾結了。

安東妮娜開門讓父親進入。

彼得先生就像進入自家門一樣，走進病房內。他是出身良好家庭的英國紳士，身材高䠷挺拔（遇見寶拉的那個咖啡廳，他正好在伸懶腰）。

「他怎樣？」他指著病床，但眼睛並沒有看向馬可士，而是看著窗外向她問話。

當然，他沒有參加她的婚禮，要他現身是絕不可能的事，他只有送上一張卡片。安東妮娜十分確信那是他本人簽的名。

「昏迷中。」安東妮娜回應。「你到這裡幹麼？」

她的父親轉身，目不轉睛地看著她。安東妮娜平時就能同時用英語與西班牙語思考，當下她腦子裡浮現一個字，那個字不存在於西班牙語，也不是任何她偏愛的特殊詞彙，而是英語：瞪（Stare）。注視著某人，使其感到不舒服。這是她父親從未有過的舉動。

「安東妮娜，妳把他帶到哪裡了？」

他的音調也是她從未聽過的。

他在害怕。

「他是誰？什麼哪裡？」

「交出荷耶。」

僅僅四個字，世界便裂成兩半。父親的橫膈膜用力鼓起，緊緊壓在胸腔上，他的聲音傳遞出一種壓迫感，彷彿一股低壓電流一樣傳到她的皮膚，從手指到耳垂的每根汗毛，全都豎起。

「他在學校。你快跟我說他在學校裡。」

「安東妮娜，他不在學校。有人從教室裡把他帶走。老師現在在醫院裡，昏迷中。接待室的女人吃了兩顆子彈，死了。小朋友說是個女人帶走的。他們全趴在地上不敢動。」

從她父親嘴裡說出來的所有句子，聽起來一點都不真實，彷彿那只是街頭巷尾的雜談。

我曾經有過類似的經驗，當時我在醫院醒來。馬可士孤單一人在重症加護病房中與死神奮鬥，她一個人徬徨無助，細數悲劇中的每一個細節。由於重複太多遍，連夢裡也是做著相同的情節。那就像一道強光照射，就算閉上眼睛，光還是殘留在視網膜上。

事情不會重演的。

安東妮娜忽然起身，拿起斜肩帶側背包，放入手機和 iPad。

「我得走了。」

「安東妮娜，除非妳講清楚，不然哪都別想去。學校說妳一直都在沒有我的許可下，私自看他。妳幾天前才去過而已，都是接待室那個女人幫妳開門的。帶走荷耶的人，一定認識妳。安東妮娜，妳三個小時前做了什麼事？」

她沒有回答。

她對於自己被父親懷疑，並不覺得痛苦。她一心一意只想著要奔去解救自己兒子，她可以感覺到自己快哭了。她身體都空了，就像雲霄飛車爬到最高點後往下衝一樣。血液直往太陽穴衝，怦！怦！怦的跳動，隨著每次呼吸愈趨明顯。

她直接無視父親，往門口走去。她得打給喬，打給曼多，她得做……

「安東妮娜，把我的孫子交出來。」

安東妮娜想轉身回話，但腳步跟不上腦袋，仍在往前走，身體撞上了牆壁，踉蹌一下。突然，她的手腕被一雙大手抓住，一條束線帶喀喀地被推到最緊。

「我說了，哪都別想去。」她父親警告。「跟我們上警局去說清楚。」

伊斯基爾

他覺得水喝起來有死人的味道。

最近，一切都是這個味道。

他換了床的位置。之前，他原本與珊德拉睡在過道底部，不過最近女兒命令他滾出房間，因為她需要挪出空間能把小男孩綁在牆上。

尼古拉自問從何時開始一切都變了調，何時開始珊德拉變得乖張，何時開始她說的髒話與輕視，自己都能一笑置之。

你是個沒用的老頭。

你爸會揍你，一點都不意外。

然後，她又會若無其事地用手輕輕捏一捏肩膀，或朝他笑一笑。

一切是何時開始的？

尼古拉不知道也想不起來。偶爾，他想拋下一切，一走了之，再也不回頭。然而，他又會想起當時的煎熬，珊德拉（死命）離他很遠，然後他如何深陷谷底走不出來。只要他身處在人群中，上街、搭地鐵，就能感受到大家用異樣的眼光看著他，在他背後議論紛紛：那裡有個父親沒了女兒。

你是個沒用的老頭。

你爸會揍你，一**點都不意外**。

然後，珊德拉回到他身邊。

如此而已，回家了。某個晚上，她敲門，一切都那麼美好。

不對，不是一切，因為不同一個人回來。

尼古拉不想承認，不喜歡這個想法背後隱藏的涵義。他再也無法放開珊德拉，但自從她回來後，她身上總環繞著一股迫使她做出行動的怒氣。

那是不好的氣，有毒的氣。

她似乎很清楚想做什麼，只是走歪了，但她表示那是意外，突發狀況。

那個小男孩。那個小朋友不該在此。

他太小了。

尼古拉內心制止，但這就如同他想逃走一樣，只是想想罷了，只是沒有深思熟慮，短暫飄過的念頭，無法實行的幻想，最終只換得焦躁與困惑。尼古拉仍記得孤獨的滋味：苦楚、冰冷與無情。

她以前是這樣的嗎？回來之前是如此嗎？

尼古拉甚至連這道問題也無法回答。他記不得**之前**，依稀只想得起片段的旋律，卻沒有歌詞。他記得鎮日在隧道裡工作。他記得第一次當爸爸的感覺。他還記得那些他想忘記的時光，那些半夜三更他進到珊德拉的房間，但當時他成了他的父親，珊德拉變成他。他否認那些時光的存在，彷彿那些畫面實際上並不構成他是誰，他的生命裡並不包含這一段情節。都只是夢境，不是現實。就算是真的，也早該寫在懺悔紙上，一切都隨著煙霧消失不見了。

何況自從她回來後，這些事就再也不曾發生。

現在是他去找她，遵照她所教導的方法，減輕心理壓力：他跪下，讓她拿皮帶鞭笞他的背。這麼做就如同孩童時代，父親這麼對他，是為了讓尼古拉不要犯罪。所以在他犯罪前，他需要這麼做。

尼古拉再次嘗到死人的味道，他不喜歡自己內心的動搖。他不喜歡顯示出對她的不忠。

他拿起放在桌上的手槍。沉重，宣示武器實體的存在，他內心充滿一股不尋常的決心。

是一道門。**一個開口**。尼古拉自忖。

他把槍放入嘴中，牙齒咬著金屬外殼，槍上的潤滑油與金屬帶有死人的味道。一切所需要的，就是輕輕一按，然後便會迎來永恆的寧靜。

他扣下扳機，但只聽見安全鎖咔嚓，卡住的聲音。

你是個沒用的老頭。

你爸會揍你，**一點都不意外**。

聽見腳步聲走近。尼古拉用最快的速度把槍放回桌上。

下次，下次，真的會扣下扳機。

「準備好了？」珊德拉詢問。

尼古拉點頭。他並不情願，但他會完成她的要求。

她對他展露笑顏。

3 勞斯萊斯

安東妮娜．史考特（身高一百七十公分，體重五十公斤）計算擺脫壓制她的人（一百九十公分，八十七公斤），自己不進車子裡的機會有多高。毫無勝算。完全不需要任何保全詳細資料，即可得到結論。英國大使館的保全都是特種空勤團（SAS）出身，這個組織類似西班牙的反恐特別組或海軍陸戰隊，差異只在於英國團是吃炸魚薯條。

英國特種空勤團做事極有效率。任她哀號，硬是拖著她繞到後面的走廊上。他們走的路線，必定事前經過仔細研究，整條路上都沒遇到什麼人。彼得先生跟在他們身後約三步的距離。下樓梯，穿過腫瘤放射區（總是走在一些無人經過的區域），然後從角落的側門走到戶外。安東妮娜居住在醫院三年時間，但她連那裡有道門都不知道。

外頭停著一輛勞斯萊斯的天魄典藏車款（另一位保全把車門打開）。這是英國大使的公務車，當然彰顯彼得先生尊貴的大使身分，搭這輛車僅恰如其分。若在別的情況下，安東妮娜或許會感激涕零，自己能被塞進一輛五十萬歐元的車子裡。可惜情況不同，她現在滿腦子只知道一旦進到這車子裡，不僅荷耶完蛋，就連她與卡拉．歐提茲也都沒救了。

這是絕對不可以的。

然而，就算如此，她也無法逃脫。倘若任由自己驚慌失措，在地上撒野、亂叫……情況只會更糟。

她一不留神便已經坐在駕駛座後方了。

「你正在犯下天大的錯誤。」她警告身旁的父親。兩個特種部隊的保全人員坐在前座。

「安東妮娜，最好是如此。」他回答，口氣十分不客氣。他早就未審先判，這三年來她活得渾渾噩噩，神智不清，或許這是不爭的事實，但幾天前她已經不一樣了。我想活下去。她暗自想著。她察覺到自己真的想活下去。這麼多年，她拚命尋找了結生命的方法，每天用三分鐘的時間幻想自殺的過程，但這四天的工作卻改變了一切。

不能如此結束。

車門關上。

安東妮娜絕望地環顧四周，尋找不存在的逃生出口。

那個把她拖到車上的保全，坐上駕駛座。

此時，輪胎摩擦大地，發出震天價響。

30秒前

喬·古鐵雷斯不喜歡被冤枉。

安東妮娜的話傷透了他的心，句句如刀割，令他難以承受。原本他還把一切都寄望在她身上，以為她不會在意，願意繼續一起尋找卡拉·歐提茲。當然，人生不可能如此美好，一路暢行無阻。更何況喬自身還背負著在畢爾包闖下的禍。

以及謊言。

一切都是一場夢。

喬坐在奧迪的車上，像鐘塔內受傷的大鐘，敲不出希望的鐘聲。不僅丟了飯碗，也喪失了努力的動力。原本破碎的心，又被摔得更碎。此刻，在飯店裡有一群警政署好友正等著他現身（大概只有上帝擋得住他們了）。不過，他並不想那麼輕鬆就範，要想和他談話，就請到畢爾包。六月是城市一年裡最美的季節了，河畔邊的狗窩（畢爾包居民如此稱呼古根漢美術館）在陽光下，閃閃動人。

假若現在出發，狂踩油門，應該來得及在畢爾包吃一頓晚飯，抱抱阿娘，和她訴苦。人生就應該要把明日的悲慘都先拋下。然而，正當他如此盤算的時候，他卻看到安東妮娜被一個有配槍的壯漢押解上車。

古鐵雷斯警官從來就不是堅信三思後行的人。不過讓他完全解放自己本性，是這四天的成果（他也別無選擇就是了）。當然，這無法否定喬同樣也是一個有信仰的人，他會上教堂，點蠟燭，唸祝禱詞。因此，就算他毫無想法，但在行動前，他先祈求上天，請祝福那位鬧不得的聖母夥伴，願她一切平安。然後，發動引擎，踩下油門，追上去，並直接讓奧迪往那輛勞斯萊斯的車身，撞下去（和瘋子待在一起太久，耳濡目染，習性自然相近）。

又毀了一輛奧迪。

4 拒絕

撞擊的力道讓後座左邊的車窗碎裂，玻璃碎片砸向安東妮娜的身上。勞斯萊斯車內扭曲變形，安東妮娜（尚未繫上安全帶）整個人倒向父親的身上。前座的安全氣囊彈出，不過後座，在這一輛要價五十萬歐元的車子（基於某些因素），認為安全無虞，也就沒有任何氣囊出現。

彼得先生的額頭撞上窗子，玻璃中央裂成一片緋紅色的蜘蛛網形狀，他的灰白頭髮（安東妮娜確信那是染的）浸泡在鮮血之中。

安東妮娜靠在他身上，頭貼在他的胸前，姿勢看起來相當親密，他們兩人大概有二十七還是二十八年，都不曾有過這個姿勢了。不過，她此刻要找的不是父愛（就算此時父親的心跳聲約在她右耳下方約二十毫米處，用力地跳動著），她一心只想打開門脫逃，所以她用兩條手臂拚命向前爬（因為手腕被束線帶捆綁在一起了）。

「不……」她的父親呢喃，目前他仍因撞擊而昏沉。

她把門打開，傾身朝向門外，爬過她的父親（膝蓋撞了他的腎臟一下，不過她並沒有歉意）。當她身體一半在外時，彼得先生抓住她的腳，要用力把她拖回原處。

「妳這麼做只會讓事情更糟。」彼得先生警告她。

女兒為了掙脫下車，狠狠踹了父親幾腳，用力踢了他的腿、胸與手臂好幾下。

事情不可能更糟了。

特種部隊的保全已經開始移除親密貼合在身上的安全氣囊。喬的位置，就在車子的另一邊。他對此情況很有經驗了，所以他立刻再次發動引擎，並招手要她上車。

安東妮娜看向他，搖頭拒絕。然後，往反方向跑去。拋下喬，遠離父親。

跑吧！安東妮娜！

5 暢行無阻

三個小時後，安東妮娜不再躲藏。

當然，她還不安全。

她竄進一條小巷子裡，就夾在醫院與連棟的老人安養住宅之間，直到跑進那裡之後，她這才徹底甩掉保全。她順著小路彎過轉角，走到了曼薩納雷斯河堤前，河堤的一側是小型住宅區，一戶一戶房子毗鄰而居，安東妮娜若是走在此處，會相當顯眼。因此，她決定繞回安養住宅。她走得不快，就算明知有追兵，她走得仍相當從容，並把胸前的側背包遮住手腕上的塑膠束線。直到她走到一處能通往醫院的地下道，這才趕緊拔腿跑下階梯，穿過隧道，從醫院大門口走出去（父親至少在離她身後六呎遠的地方，姿勢是雙手抱頭站著，目光盯著她剛才逃跑的方向）。她穿過馬路到對街，走進燈火公園。安東妮娜在那裡找垃圾桶，利用鐵桶邊緣解開手腕上的塑膠束帶。

一眼望去，沒有喬的身影，也不見奧迪。安東妮娜明白自己需要他在身邊，只不過她目前無法那麼快就讓他回來。

何時開始我們從獵人變成獵物了？安東妮娜自忖。

她現在人在格蘭大道上的麥當勞，那裡可能是地球上最多無名氏臉龐的場所。每分鐘有上百人進進出出，尤其是下午六點，既是西班牙人的下午茶時間，也是外國觀光客習慣吃晚餐的時段。因此，是不可能有座位的。安東妮娜拿著手上剛點的起司安格斯包、特大薯條與冰旋風（她需要大量補充熱量），坐到門口靠窗的吧檯區。雖然她認為現在就派人在街上找她還太早，但她仍背對窗口，把餐盤放在腿上。一切小心為妙，萬一她的相片已經上傳到警政系統上，然後某個敏銳的警察又碰巧注意到她。

不對，不是萬一，她父親應該早就通報警方了，現在是辦理謀殺案的刑警著手調查，要找她進行約談。無論如何，緝匪小組不用管了，八臘把事情搞砸了。

我們的行動正照著伊斯基爾設想的藍圖進行。我們一步一步掉入圈套之中。一切都在他的預料之中。

比起緝匪小組，謀殺案的刑事警察處理這類案子較為冷靜，畢竟被害者不可能抗議，或受到更多傷害了，所以抓到嫌犯只是時間問題。況且，時間是對警方有利的，逃犯很難完全抹除蹤跡，總有吃飯、睡覺的需求，而一旦消費，電子資訊就會留下紀錄。當然，若有能力攜帶幾十公斤重的現鈔移動，就另當別論。

安東妮娜身上沒有那麼多錢。她全身上下就只有一張二十歐元的鈔票。這筆錢是她事先對折夾在手機殼內，為了在緊急情況下使用。為了保有體力，買起司安格斯包是絕對必要的，只是如此一來，手上的現金就只剩九歐四十五分。

好好忍耐，不能再點蛋捲冰淇淋。

若不想被知道行蹤，信用卡是絕對不能使用的。不過，手機開機狀態其實風險更大。假若真要找到她，那個小小機器就像暴風雨中的燈塔，是十分顯目的存在。

然而，她暫時不能關機，也不能丟掉手機，因為她正在等一通即將打來的電話。正因此如此，她拒接曼多的電話（他打了三次），也掛斷喬的來電（他打了無數次）。最讓她痛心的，是沒有接起奶奶的電話（僅打來一次），無法和奶奶聊聊真的是令她覺得十分遺憾的事。但，電話絕不能占線。

飲料還剩幾口沒有喝完，這是她預留要與紅色膠囊一起吞下的。她現在的狀態過於興奮，四周一切（行人、光線、對話、汽車、自己的思緒）都在瘋狂得高速快轉，她需要抑制自己的腦袋，重新掌控心智，冷靜思考事情的來龍去脈。但每一顆藥丸的效力只有四十分鐘。

並且，她真正的危機是吃掉這一顆，她身上僅剩兩顆。

她抓起餐盤，把廚餘倒入垃圾桶內，離開速食店走上街。她手裡緊握手機，從拉蒙特拉街往下走到太陽門廣場。不斷的移動能幫助她舒緩緊繃情緒，唯有她不緊繃才有可能救出荷耶。

她不停地走。

終於，電話響了，當時安東妮娜幾乎快走到了卡納萊哈斯廣場。

「午安，史考特女士。」講話的聲音是個男性，聽起相當沙啞、尖銳。

「告訴我，我兒子人現在很好。」安東妮娜直接要求。

「他很好，並沒有受到任何傷害。」

「我要和他說話。」

「沒有辦法。但我再說一次，他沒有受傷。小孩不該承擔父母犯下的罪。」

「所以，您卻讓小孩來贖罪，對吧？」

「我只是遵照上帝的意志。」

「照這意思，是上帝不讓我和自己的兒子說話嗎？」

「我說了沒辦法。」

「那樣請換伊斯基爾來講話。」

「您就是在跟伊斯基爾講話。」

「您不是伊斯基爾。您就只是個傳聲筒。請把電話遞給她。」

電話的另一頭，沉默無言了好一陣子。安東妮娜以為他掛斷了。她再次感到昏眩，胃袋緊緊縮起，身體襲來一陣她先前不允許的虛脫。

還沒斷，話筒那頭傳來微弱的聲響，轟隆轟隆。安東妮娜側耳仔細聆聽，等著他回來期間，所有細節都是關鍵。

然後，電話那頭的聲音換成另一個人，一個溫和、親切的女性聲音。

「恭喜，安東妮娜·史考特。」

無來由的，安東妮娜從這女人的聲音裡，直覺她的外表應該十分和善。但是，只要停下一秒，再回想她的聲音，就會感受出那張面具底下有著一條條又肥又白的蟲子，有著如同死人的手指頭，沒有血色與人性的蟲子。是非常噁心的人。

「我要和我兒子說話。」她再重複一次。

「這個我爸回答過了。說吧，怎麼發現的？」

安東妮娜並不知道。她揭發伊斯基爾的女性身分，只是初步的猜測，一片空白中盲目投擲。當然，她不可能據實以告。

「不關妳的事。」

她大笑。她的笑容讓面具下的小蟲傾巢而出，露出一張不懷好意、顏面抽搐的臉龐。

「安東妮娜真厲害。總是神祕兮兮的。不過沒關係，一樣有您的專屬禮物。史考特，我會給您如同蘿拉·崔沓，如同拉蒙·歐提茲一樣，得到懺悔自己罪過的機會。現在聽清楚了。」

安東妮娜沒有回應。

「喂？」

「我在。」

「想要見您兒子嗎？」

「您明知故問。」

「史考特，您的罪是驕傲。當然，這與其他父母相比，算是微不足道的罪過。懲罰也不會太嚴重，您只要等待，耐住性子在這十二小時內，什麼都不要做。明天早上七點完成任務。到時候，我們會放了荷耶。他會在一尊有很美的聖母瑪利亞像的地方。」

「我若不等呢？」

「不想等，那就來找我們。成功機率很大的，我們其實離得很近。不過要記住：成功也是種失敗。聽得懂吧？」

安東妮娜明白她的意思，知道她話中的涵義。

「卡拉·歐提茲會怎麼樣？」

「她的命運並不掌握在您手上。她的父親會負責這件事，他有自己該懺悔的事。」

「珊德拉，為什麼這麼做？」

再一次傳來尖銳，令人毛骨悚然的笑聲。

「為什麼？我不信像您這麼厲害的人還不知道理由。那就當成：我做，因為我做得到；我做，因為我……覺得好玩。」

再次傳來笑聲，不過這次只有她自己聽得懂話中的嘲諷。

「明天見，安東妮娜·史考特。」

6 綠茶

她走進路上第一間遇到的酒吧，試著讓自己冷靜下來，想想接下來該採取的行動。

她坐在吧檯上。點了一壺綠茶要消化積在肚子裡的垃圾食物，放鬆一下腦子裡高速運轉的資訊。

正當服務生在把熱水罐中滾燙的開水倒進茶壺中（她小心把水沖向濾茶網，淹過杯子本身的高度），曼多又打來了。

「妳不想知道自己不關機，為何還沒被抓到嗎？」

安東妮娜的確想知道答案。

「你做了什麼？」

「我們，」曼多這種人對於回答別人的提問，就是懂得該使用複數形式說話。「把妳的手機SIM卡導向別處，所以找妳的人看不到妳真正的位置。我們團隊新來了一個怪胎，把妳的手機位址轉向阿富汗。記住，妳欠我一次。」

「用你欠我的無數次去抵吧。」

「但撐不了多久，頂多再一小時，手機屏蔽就會被解開。警方也有自己的高手。在此之前，請確認手機關機。」

服務生把茶端到她面前。安東妮娜撕開糖包倒入，用食指與拇指拿著湯匙用力攪拌。

最多一個小時。

「情況有多壞？」

「英國大使館的孫子不見了，電視新聞全都是卡拉・歐提茲被綁票的消息，嫌犯曾殺過一個女性，刺傷過另一個。一場爆炸案造成五名警察離世，兩名重傷。妳是唯一與全部事件有關聯的人。」

「算壞囉？」

曼多終於耐不住性子，脾氣爆發出來。

「我真希望妳學會何時才是嘲諷的時機點。妳爸爸各方施壓，用盡所有力量，就是要把妳找出來。」

當然不能被找到。一旦被抓，就只能徹夜在警局，綁在椅子上接受拷問。

「妳父親認定妳有問題。那名帶走荷耶的女性嫌犯素描，長相有好幾個版本，看起來都不太可信，其中有一張像是佩佩豬的媽媽穿風衣。」

正常，目擊證人若是十九個四歲小孩子，只能出現這樣結果。

「如果那位老師可以離開加護病房，」曼多繼續說。「如果她脫險，真相就會大白。不過，在此之前，妳不能被找到，專案的事絕不能曝光。」

安東妮娜不敢相信自己的耳朵。曼多的無情到了讓人覺得不可思議。

「他們抓了我的兒子。你明知道的。」

「正因如此。妳絕不要被抓到，不然妳兒子就沒救了。在外面能自由行動。只要找到犯罪者的藏身之處，立即通報我們。剩下的，我們會處理。」

說得比唱得好聽，好像一切都不費力。明明就是不可能的任務。

安東妮娜深呼吸一口氣。膠囊的效用快沒了。世界開始加快旋轉速度。各種思緒在腦中叫囂。她抓著手機的左手，用力縮成拳頭形狀，敲打自己的大腿。一下，兩下，三下。

服務生打量著她的動作，覺得怪異。

冷靜，冷靜。她命令自己。**絕不能在此引人注目，不然他們會叫警察來的**。

問題根本不在於她是否冷靜，這本來就是她腦袋運轉的方式。此時此刻，她的下丘腦（已被改造成一直保持在高壓下運作的狀態）真的是在高壓下了。因此，組織胺在血液循環中像沒有明天一樣，大量爆發。四周所有物品，在安東妮娜的腦袋裡都無限放大，動得無比的快：一臺轉個不停的吃角子老虎機；坐在角落假裝看書的男子，實際上手不停撫摸著放在大腿上的夾克；廁所的門開開關關，叭嚓叭嚓；電視機上的聲音；壞了一支腳的椅子咖啡壺沸騰 WhatsApp 的男子有……

夠了。

「史考特？」

「我做不到……」

「史考特，妳身上有藥嗎？現在馬上吃一顆，快點。」

安東妮娜清楚該怎麼做。

她把手伸進口袋裡，拿出小鐵盒。不過，當她正要拿起僅剩的一顆膠囊，卻不慎掉到地上，跟一堆瓜子殼、牙籤、橄欖籽，以及油膩膩的紙巾混在一塊。

不！

安東妮娜蹲下身去，立刻把手伸向垃圾堆，找出膠囊，並立刻吞下，完全不擔心是否沾黏任何傳染病菌。

這一次她連含在嘴中十秒都沒有，就直接吞下，直接讓藥效發揮作用。已經沒有時間了。

「有關於法哈多的資料嗎？」

「可以確信，他還活著。所有人都在找他，但一時半刻應該還無法知道他的下落。那傢伙很懂如何消除痕跡。現階段，唯一跟他還活著有直接關聯的證據，是他的銀行帳戶持續繳費，不過這種事常發生在死者身上。只要沒人通知銀行用戶死亡，想要代領他的錢，帳戶就會一直運轉，一直支付帳單費用。」

「曼多，講點有用的，什麼都好。」

「我把法哈多的個人資料寄到妳的信箱上了。除此之外，沒有什麼特別的。史考特，現在唯一查到的，是他曾在女兒自殺後，收到精神醫師認為他不勝任此工作的評鑑。」

「好喔，結果連他女兒也還活著。」安東妮娜回答。

「什麼？」曼多大吃一驚。

「沒什麼，沒空解釋。你快說吧。」

曼多聽到安東妮娜的發現後，覺得很難再接著說下去。

「他申請回到工作職位一週後，就發生隧道炸毀身亡事件。這就是全部。」

全都沒用。

「喬還好嗎？」

「完全失控。每五分鐘就打來給我，要求協助妳，史考特。」

「應該不太可能了。」

他對我說謊，一切都是空談。安東妮娜思索。**我無法信任他，而且他也得先處理警政署的問題，還有他跟記者的關係。如果我現在打給他，就算他來了，天曉得會不會帶上記者一起出現。這樣會毀了一切的。**

我也不能信任曼多。我誰都不信。

絕對不能冒險，我一定要救出荷耶。

「隨妳。史考特，關機，抓到他。」

結束通話。安東妮娜關掉手機。打開iPad，開啟飛航模式，連接酒吧裡的無線網路，下載法哈多的個人資料。

沒有什麼特別引人注意的資訊。不過，的確是一段故事的開端。

卡拉

用力一拔，一塊瓷磚落到她手上。

卡拉心在淌血，手指也在流血。整隻手的指甲都被折磨得凹凸不平，不過無論如何她辦到了，弄下一塊瓷磚了。

她左手拿著磚，嘴巴舔拭著右手指的傷口、血漬與指甲。卸下一塊長、寬十乘十公分大小的瓷磚時，她臉上表情展現出生命力的強韌，就像初生之犢帶有最原始的野性。

卡拉卸去身上的衣物，努力忽略血肉模糊的指腹傳送出來的疼痛與不適。用裙身的布料部分，小心翼翼把瓷磚包裹起來，然後再把它直立放到在牆角邊上。她幻想著這刻好久了，仔仔細細考慮過所有細節，絕不犯下丁點錯誤，每一個動作反覆數十遍，印象深刻到宛如回憶，歷歷在目。

她一定要親手還予一拳。狠毒，正中要害，絕不能失手，絕不能是不痛不癢的反擊。每個行動都要完美無瑕，就算在全黑盲目之下，也要是一次重擊。

不斷反覆排練，

輕柔，下重手。

卡拉乖乖聽從另一個卡拉的命令。她的聲音似乎越來越大，有好幾次卡拉都要讓開，坐到副駕駛座上去了。不過，她不在乎，只要能逃出去就好了，只要能親手扭斷珊德拉的脖子就好了。每當她的手指痛得無法再挖，她就會想起珊德拉，然後繼續讓水泥屑碎落在衣服上。

妳死定了。妳明知爸爸
絕不會來救妳，對吧？

他可能要花點時間……不管怎麼說，這不是能輕易決定的事。

如果是馬利歐人在這裡，
要妳放把火燒掉公司，
妳幹不幹？

還有時間，他還來得及救我，還能表現出……

他在乎妳勝於他的帝國？
蠢貨，他絕不會選妳的。
他早就棄妳不顧，妳得靠自己
別再指望別人了！

卡拉稍稍向後退了一步，屈服另一個卡拉的掌控。她撥一撥衣服上的瓷磚與碎屑，其中有一塊與水泥好好黏合在一起，是一塊切口完美、裂成一半的瓷磚。

她天生的野性，讓她本能抓起那一塊，甚至不再穿衣服，就直接往排水孔邊上的牆角，把那半塊磚充當成臨時工具，開始挖另一塊瓷磚。此時，進度快多了，至少手指不再感到疼痛。這一次，大約半小時就讓另一塊瓷磚鬆落。

她小心翼翼拿著，非常注意外頭的風吹草動。她萬萬不想驚動綁匪，注意到自己的所作所為。那時，她便聽見牆的另一邊，有個男孩在哭，感覺是一個小男孩的哭聲，聽起來像……

馬利歐！

卡拉想站起來，對著他大喊自己在這裡，媽媽在裡面，不用擔心，一切都會好的，然而聲音制止她發聲。

是個陷阱。

牆那頭沒有小孩。

卡拉十分猶疑，不過最後她認為那是自己的想像。牆的另一邊絕不可能有個四歲小孩，就算有，也不會是她的兒子。這又只是珊德拉想愚弄她的陷阱。

如此一來，她便認同另一個卡拉的指揮。顧好自己就好。

她取出一塊衣服的碎布，包好第二塊瓷磚，放到角落藏好。

她快要沒有時間了。她知道這是一個處罰失敗者的計畫，但她要起身戰鬥。卡拉·歐提茲要證明自己是一個打不倒的戰士：生命沒什麼了不起的，只是在無盡黑暗之間的璀璨瞬間。

她要為這個璀璨的亮光奮鬥到最後一刻。

7 懺悔

贏比賽的唯一方法，就是瞭解遊戲規則。

自從開始進到伊斯基爾的遊戲裡，一切都是在 **murr-ma**：走在水中，用腳找東西。

現在遊戲才真正開始。安東妮娜自忖。

尼古拉・法哈多，一九九六年進入公務單位，成為國家警察裡的一員。他的人事資料檔裡，有滿滿一整頁記錄著他的不適任。學歷不高，諮商的心理檢測中顯示「社交能力薄弱」，不建議從事面對人群的公眾事務。

若是喬在這裡，一定會說這是拒絕他當警察的委婉說法。安東妮娜暗自猜想。事實上，她很想念有他的陪伴，不過這種感覺對現在的情況沒有幫助。

精神醫師表示很驚訝法哈多能夠通過警察學校的考試。不過，這一點安東妮娜不覺得奇怪。精神疾病發展是一個變動的過程，並非能確切清楚每個階段的情況。況且，法哈多只要不處在極大壓力下，他其實有足夠能力隱藏自己異常的部分，他是能做到的。然而，一旦壓力超過他的負荷，他就只能用本性來面對。雖然這會引起上司的不滿，但也沒輒，畢竟警察是個鐵飯碗。

不過，法哈多也待過軍隊，在一九九三年和一九九四年被派往波士尼亞，執行爆破任務。如此一來，他才能進到NBQ（地下治平小組）。

太適合他了。讓他進進出出隧道，一方面他不會總想著炸死警察，另一方面也不必勉強他牽老人過馬路。他只要在暗無天日的地道中工作，就像他們四個同事在手臂上刺下的老鼠一樣生存。

這份工作其實待法哈多不薄。他的檔案裡，沒有什麼非議。幾乎都是他人事上的請假：一九九七年請了十五天的婚假；一九九八年又是十五天的育嬰假；二〇〇七年一週的喪假，括弧，妻子。

沒有說明死亡原因。不過，安東妮娜大概能推敲出理由。因為他從二〇〇六年開始，心理鑑定重複做了好幾次，每次要求檢測的項目幾乎一模一樣，這很可能是因為受試者根本缺席了「壓力」測試的環節。直到二〇〇八年，他首次徹頭徹尾地做完所有的檢核項目。最後，收到一份毀滅他一生的報告書。

病患自述生長在中下階層的家庭。父親殘暴，曾受虐，但未進一步說明是否遭受性侵。唯一可以肯定的，是他受過嚴重體罰，這是本人親口承認的部分。根據檢驗結果以及各項指數，顯示受試者由於在不幸的環境中長大，深深影響個體情感與人格發展。此外，他曾到軍隊裡工作，這類高壓狀態更加惡化他的創傷後壓力症候群（PTSD）問題。儘管患者具有極高的模仿能力，但缺少基本的社交能力，缺乏實踐現實世界的應對技術。日常工作已惡化他自身的 PTSD 問題。建議即刻停止目前所有職務。

我們真走運，要不是他被判定死亡，這份資料將會不見天日，永遠埋藏在精神醫師抽屜裡。我們根本不可能得知這一切。

不過，若沒有這份報告，法哈多或許還可以繼續工作，也不會幹下這些壞事。然而，二〇〇八年剛好遇上金融危機，西班牙有上萬份工作出缺不補。如此一來，法哈多的精神疾病便成了上級順理成章讓他停職的理由，畢竟他的工作跟在機場嗅聞行李箱、是否攜帶可疑物品的狗差不多，早就不需要雇用人員的勞動。

因此，他被拋棄了。

兩年前的某一天，事情發生了。

珊德拉・法哈多偽裝自殺身亡。

安東妮娜試圖想像法哈多和自己女兒的關係。小女孩成長中，沒有母親，父親有嚴重的精神問題，童年有可怕的受虐經驗。

這樣的女孩，十歲會是什麼樣子？十一歲又如何呢？女孩開始改變的十三歲、十四歲？

儘管如此，法哈多的主管明知他是一顆不定時炸彈，明知他比那些在地下找尋的恐怖分子更危險，他們卻置之不理，視而不見。

安東妮娜自問這對父女如何過日？誰知道門的背後發生什麼事？誰可以說他們在客廳與臥房裡的日子？誰能知曉兩人之間，日復一日，年復一年，無數的黎明破曉時光？

她無法知道。但從那通電話，她的直覺得到證實。當她知道計程車上，方向盤的指紋是屬於尼古拉・法哈多，直覺就認定他不是伊斯基爾，然後猜到八臘和他的手下有危險。

安東妮娜不清楚珊德拉和她父親的關係，但她可以肯定，原本被傷害的位置會催生出巨大的改變，成為最硬的鐵石心腸。剛開始，一定十分委屈，受盡折磨，然後漸漸學會觀看自己受傷的部位。之後，某一天，想要以牙還牙，以眼還眼。

珊德拉即是那個從小承擔父親罪過的小孩，這就是珊德拉的成長過程。現在她準備要讓別人付出代價，所以要讓蘿拉・崔呇的小孩替她贖罪，拉蒙・歐提茲的女兒也是一樣的道理。要求他們對外聲明自己是誰，向那些視他們為成功代表的人，坦承自己的所作所為。

如同要求安東妮娜本人，要她付出天價學到一課。

要救回自己的兒子，就得要輸給珊德拉。十個半小時什麼都不要做。拋下卡拉・歐提茲，她的命由她的父親來決定。但，安東妮娜十分確信，不管伊斯基爾要求歐提茲做任何懺悔，這位父親是不會執行的。但她的荷耶會活下來。一命換一命。她要這條命，而且她唯一需要做的，就是做她這三年來一直在做的同一件事：什麼都不要做。

不行。安東妮娜思考。**絕不會有這種事**。

絕不能相信那個賤貨講的話。我絕不允許自己的小孩在她手裡多待一秒。我也不會讓卡拉・歐提茲的兒子再也見不到媽媽。

我不會放棄的。

我若放棄，就如同我放棄自己了。

安東妮娜突然驚覺自己其實同出一轍。原本她把蘿拉．崔喦當成沒有人性的怪物（付出自己兒子的性命），她的所作所為十分可悲，但現在她才發現，一旦自己處在相同的情況裡，她也做出最真實的決定。

我大概真的得學習諷刺。安東妮娜感嘆著。

沒錯。有時候我們因愛陷入困境，但最終我們絕對不會拋棄的人，是自己。

她想到刺青店裡的女孩，不管她為了照顧父親付出多大的心力，放棄多少事情，但始終也沒有拋棄自己是誰。任何人在她的情況下，可能不會讓陌生人接近生病的父親，但他們的父女之愛勝過所謂正確做法。她不斷堅持，要求父親注意，努力把視線帶離那部電影……突然，晴天霹靂。

「道格拉斯，」安東妮娜叫了出來。「好個道格拉斯！」

「女士，有什麼事嗎？」服務生詢問，口音帶有哈瓦那腔。

安東妮娜聽不見其他的聲音，因為她的腳剛剛在混濁水底下找到一塊（murr-ma!），她根本不知道自己遺失的拼圖。

瞬間，她找到擊敗伊斯基爾的方法。

她看向時鐘。沒有多少準備時間。

她得先找到路，得先打兩通電話。

8 第一通電話

第一通電話打給曼多。

「妳瘋了嗎？我告訴過妳要關機。」

「給我電話號碼。」

「妳的手機位址屏障已經沒有了，安東妮娜。此時此刻，警方已經查到妳的位置，妳最好快跑。」

「先給我電話號碼。」

「誰的？」

安東妮娜說出名字。

「妳有病嗎？不行，我不會給的。」

「那好，那我就坐在這裡一動也不動。」

「安東妮娜……」

「我好像聽到警笛聲了。」

「妳真會折磨人。」

9 另一通電話

第二通電話，她打向曼多掛斷電話前說出來的號碼。電話響了三聲，對方接起。

「我全都知道。」

沒錯，說法俗套，但百發百中。

10 勒索

麗池公園，奧唐奈大門，阿拉伯之家的對面。

這是她告訴對方的約定地點。

安東妮娜的上身貼著公園的告示牌，雙手抱胸，單腳屈膝，站著。根據告示牌，公園應該在凌晨零點零分關門，不過這幾天公園舉辦書香市集，延長了開門時間，讓書商可以營業到很晚才收攤。因此，雖然目前離平時關門時間只剩十八分鐘，但陸陸續續有人潮走出公園。

安東妮娜每三十秒就看一次手錶。卡拉·歐提茲的性命只剩下六個小時又三十分鐘。

三百九十分鐘。兩萬三千四百秒。

出現一輛大型黑色車。

安東妮娜的身體從告示牌上離開（從背部推起，鬆開雙手，兩腳站定），走向車子，打開後車門，進入，坐下。

前座有兩個人，視線沒有往後瞧。後座有第三個人，但只是一團黑影縮在角落的最旁邊。

車內沒有開燈，引擎也熄了。唯一的光線只有路燈，但車窗都經過防日晒處理，光透不太進來，內部十分晦暗。

有些對話最好是在暗中進行。

「我想您很清楚這麼做叫勒索。」角落的身影說。她的音量只比呢喃自語更大聲一點。

「沒錯，正是如此。」

「想要什麼？錢？」

安東妮娜把頭靠向她，並表達出自己的需求。

「就這樣？」

「就這樣。」

「史考特女士，您擁有的祕密值更多，這是大家爭破頭都想要的祕密。」

「跟我無關。」

身影傾身向前，街燈隱隱照在她的臉上，這時安東妮娜才真正看到蘿拉・崔峇，那張臉在這兩天裡似乎老了十歲。

「怎麼知道的？」

安東妮娜想到道格拉斯。**全都拜道格拉斯所賜**。

「您辦公室裡的畫相。」她回答。「死掉的小孩臉上有酒窩，但您與您先生都沒有。酒窩的基因遺傳自雙親中的一方。當然，理論上有可能隔代遺傳，不過機率是五千分之一。」

「我沒聽過這種事。」蘿拉・崔峇表示。

沒聽過，當然不知道囉。

「您的表現也證實我的猜測。您雖然滿懷愧疚，但那不是一個失去兒子的母親會有的表現。事實上，我曾猜想假若那男孩真的是阿瓦羅，您還會這麼做嗎？」

「相信我，這道問題我問過自己上千次。我很想告訴妳，我會有不一樣的行動，但我想那也是謊話。」

安東妮娜瞭解她的意思。靈魂是由無數小小的相互包含的內在所組成的，就像俄羅斯娃娃一樣，如果不斷、不斷地打開，最後一個小娃娃的面目絕對跟最大的娃娃長得不一樣，最小的娃娃的臉可能全都糾結在一起。

「這不是您對我們說的唯一的謊。您從一開始就沒有說真話。伊斯基爾根本就不是在學校帶走小孩的，因為如果是那樣的話，絕對不可能會弄錯。」

「沒錯。」蘿拉・崔峇承認。「他是在我們住家附近被帶走的。在鐵門區的那棟別墅外，所以嫌犯才弄錯了。」

「到底發生了什麼事？」

「那男孩是管家的兒子。」她坦承，此時她枯澀的聲音充滿愧疚。「他跟阿瓦羅同齡，身形相似。跟我們同住，一直都像一家人生活在一起，甚至夏天也一起到桑坦德度假。我家裡的所有大小事都由他的母親在照料。」

「所以您手上有一張他與自己兒子在海邊的照片？」

「這是我唯一有的照片。」

「男孩叫什麼名字？」

「傑梅。傑梅・維達爾。他是個好孩子。阿瓦羅和他是好朋友。他上好學校的費用都由我負責。當然，不是和阿瓦羅同一間……那樣做不適當，不過也是間相當不錯的學校。」

「私立學校。」

「對。」

「所以，他是在穿著制服時被伊斯基爾帶走。」

安東妮娜彷彿看見當時的場景。傑梅穿著制服，夾克與領帶的身影，走在社區，身旁沒有隨身保鑣。法哈多僅只能開車在附近等候，所以當他一看到傑梅拿出鑰匙打開那棟別墅大門，就誤以為是阿瓦羅。

「我們知道他下了校車。從下車的地方走到家裡只有六百呎的距離，但卻沒有回到家。他的母親萬分焦急。然後，那個男人……打來了，告知我，他們手上有我的小孩！」

「您從來就不想告訴他真相。」

「我很害怕！」崔咨狡辯，一副快哭出來的樣子。「若他們又回來抓阿瓦羅？我得保護自己的孩子。」

「伊斯基爾要您做什麼？」

蘿拉・崔咨身子更靠向角落。

「他要什麼並不重要。我不會如他所願。」

「反正只是個下人的兒子。」

銀行家按下車窗，一條狹長的縫隙稍稍緩解車內的悶熱。

「史考特女士，您不該因為我保護了自己，我沒有受到傷，就批評我。」

「您是對的，我說得太急。」安東妮娜稍稍反省之後回答。「怎麼跟他母親說的？」

「事實，唯一的真相。有人想綁架阿瓦羅，卻搞錯帶走了傑梅。我們會極盡所有力量，無論花費多少錢都會讓小孩回家。」

「小孩的屍體回家。」

蘿拉・崔咨沉默不語。安東妮娜瞭解這個女人沒有犯下任何罪責，她不必在法官面前為自己的作為受到羞辱。她不會有懲罰。不過，她的良心似乎已經在處罰自己了。

良心不安，如同那車窗的縫隙，能鬆一口氣，不多，但聊勝於無。

「我們談完了嗎？」崔咨問。

「我拿到我要的東西後，就算結束。」

「亞歷。」

前座的兩個男人其中之一轉身，把一個黑布袋交給老闆。崔咨立刻轉交給安東妮娜。那個布袋十分沉重，透過布袋能摸出裡面駭人的金屬物品。

「會用嗎？」男子問安東妮娜。

「沒用過。」

男人轉身，臉上表情一副高深莫測的樣子，他拿起安東妮娜手上的武器，解釋使用方法。

「這是克拉克手槍，彈匣有十六發子彈，沒有安全鎖，一旦扣發扳機，最好清楚就是自己想要槍擊的意思。」

安東妮娜拿起槍，放進側背包內。開車門，傾身離開。

「史考特女士，跟您同事一樣的條件，」崔呇提醒。「如果能一槍斃了那混蛋……」

安東妮娜在她說完整句話前，就已下車關上車門。

拉蒙

深夜，老態更為明顯。

一般大眾堅信長者比起年輕人較有智慧與耐心，認為邁入老年後，物欲減少，性欲消失，胃口清淡，性情溫馴。長者愛好和平，不喜歡戰爭。長者懂得聆聽，若他們發言，意見是站在磐石上的高度，句句都是生命歷練的結晶，脫口而出的金玉良言將成為下個世代追尋的範本。

這些都是鬼扯。拉蒙・歐提茲十分不屑這類的想法，認為是彌天大謊。

老人都是老頑固，不知變通，充滿偏見。

老人為了自身的驕傲、錢財或祖國，隨便一項就能發動戰場，爭個你死我活。

老人跟任何一個年輕人一樣，都想要到外頭玩樂，大啖美食。如果身體負荷得了，老人一樣會天天喝酒喝到不省人事，山珍海味吃到吐，激情性愛做到精力一滴不剩（從年銷兩百億顆威而鋼膠囊可略知一二）。

問題是力不從心。

拉蒙・歐提茲，不管他之前多麼孔武有力，精力充沛，現今他僅是一個孱弱的病體。淺眠，每天只能斷斷續續睡二至三小時，起床時全身酸痛，喉嚨乾癢，內褲因漏尿而溼臭。醫生幾天就上門一次，每回總能看出新毛病，得到新的處方箋，吃另一種新藥。最常浮現的回憶是死亡，時常想起在貌美如花的年紀就離世的太太，以及前年逝世的另一個。他現在吃得很少，胃口盡失，雖然他還活著，但活得像一道淡淡的陰影，一個虛無縹緲的同伴，不管如何盡力搶救，手指用力抓住的都只有空氣。

夜晚降臨，雙眼乾澀，雙腿無法再撐起身體的沉重，疲累像一條厚重的涼毯，重重披在肩上，衰老比死亡還要可怕的懲罰。

拉蒙認識幾個老人。大家不把自己身體的病痛當一回事，成天只聚在一起打牌，喝紅酒，看夕陽，絕口不談自身的病症。然而，幾乎大家每天早上看著鏡子時，都認不出鏡中的人，不斷追問誰偷走了自己四月的日子，自己如何變成眼前的這張臉。

他認識的每一個老傢伙都一樣，無一例外，每天活得宛如一隻受驚的小白兔，成天擔心自己會被大野狼生吞活剝。每一個他認識的人，無一例外，全都願意拿一切換一盞阿拉丁神燈，而且只要許一個願望就夠了：讓現在的自己回到二十歲的時候。得到一個回到過去的機會，這一次一定會好好活過。告別現在擁有的一切，根本毫無困難，大家馬上和房子、房租、家人和朋友說再見。就算有小孩，更無法拖住他們離去的決心。每個老靈魂的深處，在黑夜中，視線總是不斷掃視陰暗的角落，搜尋那位兜售回春藥的貪婪魔鬼。然而，暗處總是空無一物，就像他們生命的時光一樣，虛無。

老人願意拿一切來換。

我不願。

拉蒙・歐提茲是個特例，每回只要他細想生命中達成的成就，便知道他現在的成功，是各方條件的結合：天賦、聰穎、努力與運氣。拉蒙・歐提茲的成就奠基在各種因素下的配合，以及他鍥而不捨，擁有驚人的意志力。他的一生就代表著他是誰，他的工作定義了自己。他的人生是他親手用一磚一瓦搭建，一塊石頭疊上另一塊，一粒沙一粒沙的積累，才建造出永世不毀的金字塔。

如果有人被要求槍斃自己，或殺了自己的女兒。多數人在話語結束前，槍聲就會響起。但如果那人是拉蒙・歐提茲，要求他毀了畢生事業……

「我什麼都願意，赫蘇斯，什麼都願意。」

他們各自坐在客廳裡的單人沙發椅上。屋裡除了角落的腳燈亮著外，其餘的地方全暗。有些對話最好在黑暗中進行。

「我懂，拉蒙。我瞭解你的感受。」他的律師回答。

你什麼都願意……但這事不行。

赫蘇斯・托雷斯做為拉蒙・歐提茲的特別顧問有三十多年了。在這三十年的歲月中，他學會在每個獨特、關鍵時刻扮演好自己的角色，給予精準到位的建議，如同他手上的瑞士錶一樣。或說得更貼切，如同一瓶回味無窮的威士忌。

他看著手裡的酒杯，裡面的酒是達爾摩，一瓶蘇格蘭品牌的威士忌。這是他去年冬天送給拉蒙的生日禮物，這瓶酒醞釀了六十四年，全世界只有三瓶，因此命名為Trinitas。相當昂貴，一瓶市價約千萬歐元。

拉蒙想都沒想就從迷你吧檯拿出來，打開，倒入杯中（酒的光澤像麥芽糖一般明亮）。然後把酒瓶放在桌上，自己靜靜地盯著時鐘。

托雷斯啜飲一口（每喝一小口就約價一千歐），含在嘴裡一會，細細品嘗口中的滋味與感受：一開始襲來的是檀香和麝香，香氣十足。接著嘴裡迎來強烈的葡萄乾、咖啡、棒果與苦橙。或許還有柚子。然後，含在嘴裡的酒，讓整個口腔溢滿麝香葡萄、杏仁糕與糖的香甜。吞下後，口中會留有松露、蔗糖與核果殼的清香。

這瓶威士忌的美妙，就像一名好顧問付出的心力一樣。都是繁複、細膩的工作，要足夠敏銳，能在第一時間傳達一切，同時也要有些留在後頭，替未來播種鋪路。

今日托雷斯的工作不是當個律師，而是要當牧師，聽取告解。

「她是我女兒。我可以拿自己的命去換她的。」

「當然，拉蒙。你不要擔心。她不會有事的。明天就會接到電話，要求贖金。她會平安沒事的。」

百萬富翁無法如此樂觀。他的右手拿著手機，左手握著女兒的照片，放在大腿上。不論幾點，只要他打一通電話就夠了。三十分鐘內就可以召開記者會，自己上遍全國各大新聞臺。六十分鐘後，這則新聞就會傳遍全世界。

毀滅性的標題：**百萬富翁承認奴役他人而致富，宣布從今日起關閉他所有相關企業**。

「現在還來得及打給記者。」

「你可以自己做主。如果覺得該這麼做，就放手去做。快去打電話。」

拉蒙看著他。在黑暗中，他灰濛濛的雙眼像兩顆黑曜石一樣深邃。

「赫蘇斯，換做是你會怎麼做？」

如果是我的小孩，有人敢碰他一根寒毛，就跟他拚命。律師想像著。不過，他沒有說出心裡話，因為他的小孩與孫子全都安然無恙待在家裡。他不是這個遊戲的主角，是個配角。對他而言，他的遊戲就是保有這個角色。他再過兩年就要七十歲了，屆時他準備退休，然後整天在自己的遊艇上飲酒作樂。歐提茲每個月付給他的諮詢費，夠他買許多瓶蘇格蘭的威士忌。**只是無法像手上這杯那麼好**。

「問題不在於我會怎麼做。」律師解釋。「我身上並沒有背負龐大利益，以及近乎二十萬名員工的生計。我更不用向那些股東說明情況。想想他們很多人都把畢生的積蓄投資在此。」

永遠無法像手上這杯那麼好。他又啜飲一口達爾摩後，心裡想著。

「這是我的責任。沉重的包袱。」拉蒙・歐提茲承認，似乎快落淚了。

老朋友，你就是要賺大錢。國王、公主的好日子，靠的就是錢。

「拉蒙，欲戴王冠，必承其重。偉大的人得在困難時刻做出正確決定。」他回答的音量十分高亢。

歐提茲焦躁地在椅子上坐起，解開手機鎖。

托雷斯皺眉。他最後一句話說得不好。毫無疑問，壯大了歐提茲的自我，讓原本無法衡量的決定，孰輕孰重得到了平衡。歐提茲想打電話，並不是出於道德（歐提茲不會輕易被道德綁架），而是他勇於挑戰困難。兩個決定中所付出的代價並不相等，但他願意付出最大的代價。所以，話得再做調整。

「渺小的人類只有在困難的時刻才能做下重大的決定。所以，你被挑中了，一如往常，你總是選那條最難走的路。」

現在沒問題了。困境的說法會讓他回想起自己的偉大，以及尊榮。托雷斯暗自想著。他又啜飲了一口。

毫無疑問，這是國王等級，尊貴的威士忌。

拉蒙·歐提茲再次關上手機。不可以，像他這樣的人，不能跟別人做出一樣的行動，像個受驚嚇的老人，被威脅就輕易斷送自己畢生的心力。像他這樣的人，得承受別人無法承受的苦。別人顫抖、後退時，他會勇敢站出來承受。像他這樣的人，有能力承擔自己下決定的後果，不會因後果而威嚇前進的步伐。愛或責任。

「赫蘇斯，這不是簡單的事。」他說。

「很少人可以做出正確的選擇。」托雷斯鼓勵他。

我何其幸運，在困難的時刻，有他在身旁。百萬富翁自忖。

11 郵件

位於埃莫街與巴汀那將軍街交叉口的人孔蓋，很常見，就是每日上百個人踏過的一塊普通圓形的鐵塊。

安東妮娜左右張望，四周沒有人。現在是凌晨一點鐘，這個地方不是鬧區，沒有酒吧或觀光客。

安東妮娜在與蘿拉・崔峇會面前，路途中進到一間百元商店，花了七歐元買了一支鐵撬。她就用此來撬開人孔蓋。第一次時並沒有馬上成功（她內心吶喊：喬快滾出來幫忙），不過試了幾次後，終於順利插入鐵蓋口的邊緣。此後的施力就小多了。安東妮娜用盡吃奶的力氣，鬼吼一番，便移開了人孔蓋。

她站在階梯上。

只剩五個多小時。

只要不犯錯，時間綽綽有餘。

她坐在地下水道口上方，手機開機（現在她不在乎是否被找到，因為他們無法追蹤到她要去的地方）。她錄了一段影片，傳給史考特奶奶。

「奶奶，妳好。我在做正確的事，就像妳教過我的一樣。如果事情進行不順利，我只想要告訴妳……」話突然停下來，嘴巴似乎很難吐出那句話。

「……我愛妳。往好處看，」她微笑，嘴角抖了一下，說：「最後還是我說對了。九十三歲的妳會活得比我們都久。」

她把影片寄出。然後，打了最後一通電話。

她做出明確的指示，但同時所有指示全都充滿不確定。

不過，喬・古鐵雷斯也無法拒絕就是了。

安東妮娜關掉手機。颳起一陣狂風，空氣變得浮躁，世界將會有一場風暴。她看了一眼寧靜、沒有車的街道。屋裡的燈都熄了，窗下平凡的市民睡得十分安穩。全然無視他們腳邊窺探的怪物，他們已經進到夢鄉，好好修復白日工作上的勞累。

安東妮娜一邊笑著，一邊走入暗處。

只是那不是個幸福的笑容。

12 兩難

「水蓋我城，火造我城。」（註24）安東妮娜大聲唸出來，替自己打氣。

安東妮娜想到馬德里，想到的不是太陽門、普拉多美術館或阿爾卡拉門，而是鎖門廣場。那是安東妮娜初次到馬德里讀書時居住的地方。當時她拒絕父親的幫助，沒有住到英國在馬德里擁有的大使公館，而在卡瓦巴哈區租房子，住在一間小公寓裡。

回想起那時候的事，似乎像上輩子一樣久遠。她每天午后下課後，總會先到鎖門廣場喝杯咖啡。如果天氣很好，她會坐到露天咖啡座上看點書，偶爾抬頭看著對面的阿爾貝托·科拉松的壁畫。她特別喜歡那幅紫色的畫：一塊石頭撞上點火的燧石，噴出水花。壁上有段文字，她唸出來：

「水蓋我城，火造我城。」安東妮娜嘴裡不斷唸著這個句子。

註24 馬德里的座右銘。「水蓋我城」意指馬德里擁有豐富的地下水資源，因此當時的穆斯林在此建立堡壘，而「火造我城」是因為建造堡壘的材料是燧石，因此一旦有人夜襲，射箭（金屬尖端）擊中時，城牆會飛出火花。

這一次，音量降低許多。在下面，聲音傳導的方式不一樣。

她下到人孔蓋一呎半的位置，發現是一條地道。她停下腳步，拿出剛才在百元商店裡花了兩歐元新買的手電筒。那家店的老闆叫阿貝，是個中國人，有些漫不經心，沒注意到安東妮娜褲子口袋裡的電池並沒有付費。安東妮娜把電池裝入。接著，她兩指交叉（畢竟在百元商店裡花兩歐買到的手電筒，是需要好運相伴）。然後，她才按下開關。

LED燈亮了。

安東妮娜照向走道，探查岔路、隧道和階梯。地道是一種現代性的設施，主要用來安裝電話線、電纜和光纖，這些工作都在地下的最上層位置進行。不過，那不是安東妮娜要找的東西，她要的東西得往更深層的地方才有。到那裡的路並不好走，大多得在惡臭、冰冷的汙水中行進，要與許多漂浮的廚餘、廢渣相伴。安東妮娜真心不想探究自己大腿碰到了什麼，或衣服黏上了何物。

她好幾次找不到方向，重走了好幾遍回頭路。鞋子、褲子吸滿水，都溼到了膝蓋以上。

時間不斷流逝。

關於馬德里的誕生，就算是在地馬德里人也早就忘了。其實科拉松的壁畫就是畫出建造馬德里最具象徵的物品：馬德里興建於十二世紀，城牆是由燧石搭建而成的。夜晚，外來者的入侵者射出利箭，擲向牆壁，就會撞出火花。這個美麗西班牙的傳說一路陪著安東妮娜，她不斷小聲反覆的唸誦，就像咒語一樣，努力回想城市的平面圖，試著從中找到方向。

途中，她找到幾盞預備用的燈座，都很老舊了，可能是二十年前，所以那不是目的地。她要找的不是二十年前的物品，而是超過千百年前的古物。一開始阿拉伯人在西元九世紀來到此處，稱之為馬格利，意思是「有豐富水源的地方」，雖然地平面的四處只見數十個水坑，以及快乾枯的小溪與爛泥沼澤，但在這些地方的下方，含水層卻有一億年之久，面積共有兩千六百平方公里，某些地方深度達到三千公尺。

水建我城。

安東妮娜最終走到一處蓄水池的排水口，水分別流向七個大涵管。安東妮娜把手電筒的光束照向汙水，全是泥濘穢物，涵管的欄杆上堵著地溝油塊。她內心頓時十分感謝自己喪失嗅覺了。

從路面的平面圖，找不到相對應的指標。

安東妮娜看向手錶，時間是凌晨四點。

浪費太多時間了，並且似乎還要花費更多時間。面前的七個大涵管，不可能每條都走走看。她必須先排除幾條，刪掉幾條不必要的路，才能前進。

我至少得在五百公尺內。她考慮著。**只要現在選錯路，就全盤皆輸**。

她回想路上的平面圖，試著從走過的地點，找尋相對方向指引。然而，她找不到。腦袋太緊繃，擔憂的東西太多，再加上地下空氣稀薄，讓人更容易疲倦。

安東妮娜手插口袋，握著裝著最後一顆紅膠囊的鐵盒子。她得抉擇。現在吃下去，可以找到路，只是抵達目的地時，功效已經消失。

高效運轉僅有四十分鐘的時間，然後……結束。

她又看了一眼手錶。

我不知道往哪裡去，不可能全都走走看。

如果現在不吃膠囊，時間會來不及。

如果現在吃了膠囊，就算趕到……她的身體狀況到時候可能贏不了珊德拉·法哈多，以及她的父親。她對此十分清楚。

安東妮娜坐在噁心到了極點的地上，把膠囊放在舌頭下。

只有一次機會。最後一次。她自忖並咬碎膠囊。

然後，她一邊從十倒數到零，一邊冷靜地一步一步走下階梯。

卡拉

幾何是世界最美好的存在了。

卡拉的理科成績一直不理想，但她的爸爸很在乎，所以她不斷加強，努力不懈，花了很多心力在上面，只是分數永遠差強人意。她成人之後，曾到公司裡的某間裁縫廠上班。這是訓練的一部分，就算未來她將成為企業分行所有業務的負責人，一開始的工作仍是到某家店裡頭折衣服，而且一折就是好幾個月。然後，一步一步走向核心，走到父親讓她進到裁縫廠為止。

那間裁縫廠並不存在於真實世界裡。真實世界裡的人，想花少少的錢穿到好衣服。但她和爸爸的世界（沒錯，她也在那個世界裡）是盡可能滿足真實世界裡的人的願望，並且交換條件是：他們成為無可非議的百萬富翁。

不對，拉蒙派她去的裁縫廠是存在的，是在加利西亞省內。那間工廠就是會出現年度備忘錄上的照片，那裡工作待遇優渥，所以照片上的員工人人都面帶笑容。

她待在裁縫廠的第二週，卡拉曾被要求操作一臺超強的縫紉機，請她依照解說的方式進行裁縫。她啟動機器，線捲開始無聲無息地轉動，瞬間針、線就在十呎長的布上，縫出一條白色歪斜的粗線。

「任何一條直線的開頭只要稍稍歪了一點，結束的地方就不可能是預期的位置。」

縫紉師父向她訓誡。

卡拉早就把那次的教訓，拋在記憶的深處，視為是毫無用處的知識。

直至今日，她才知道自己錯了。

她把洋裝撕成長條形，約瓷磚的兩倍大小。那不是一件簡單的事，尤其是在黑暗之中。之後，她包好，試圖塞入門與牆框之間，疊在第一塊瓷磚上。

塞不進去。

卡拉的手用力推門，門只要稍稍移動，就有足夠的空間塞入瓷磚，但門沒有動靜。先前，她的確成功推開一些縫隙，但是她的手部肌肉在與瓷磚奮戰數小時後，幾乎扭曲變形，使不出氣力使勁。

先睡一會，輕輕閉上眼幾秒。

睡吧！睡吧！

睡了便別想起來。

卡拉累壞了，精疲力竭，覺得身體被掏空了，裡頭一無所有。此時，赤足踏在潮溼骯髒的地板上已毫無感覺。她的心智似乎又往內縮了一點，讓出更多的空間給另一個卡拉掌管。畢意是她驅策身體去推門，讓門出現一些縫隙。最後，她讓自己舒服一點，躺在地上，把全身的力量都放在牆上的腳，右手伸長推門，同時左手用力把瓷磚塞進去。

動了。

塞進去了。

門僅向外位移幾毫米，但這足以讓卡拉欣喜若狂，她感覺到自己從尾椎到屁股的地方迎來一股狂熱，內心躁動但充滿期待的喜悅。繼續做，不能停下來。

她拿起另一塊，塞進兩塊之間，小心謹慎堆疊上去。

五公分。五公分就夠了。

如果有更多的時間，就可以扳下更多的瓷磚……

「妳沒時間了，快做。」

這一次，另一個卡拉的聲音不是浮現在腦海裡，而是從她的喉嚨，透過她的聲帶，傳到空氣中。卡拉意識到現在她們兩個人共享呼吸的空氣。如果她們倆不斷的吸氣，到日出的時候她就會呼吸不到半點空氣了。但這並非她真正該擔心的事，因為或許日出時分，兩人都一樣不需要呼吸了。

13 旅程

紅色膠囊的功效立即發揮作用，安東妮娜花了數分鐘研究所有選項，最終選擇縮小到三個以內，她認為正對面的涵管才是她的路。但她不喜歡中間的那一條管道，也不喜歡左邊管道的沉悶，那裡的空氣似乎無法對流，全積鬱在一起。最重要的線索是右邊的管道有老鼠，在黑暗中能聽到吱吱的叫聲。

是對的選擇。老鼠和我一樣都吸氧氣。

因此，她走進右邊的水道。

路面逐漸緩升，往前約兩百呎處，岔開成兩條南轅北轍完全不同方向的地道。水底暗流急湍，不便行走。左側非常狹窄，完全無法通行。右側略比方才的涵洞小些，她用彎腰的姿勢前進一段後，出口處又接著另一個地道，但大小約兩平方公尺，所以她開始爬行。

就是這裡。安東妮娜思索著。**法哈多就是葬身在此**。

安東妮娜可以找到此處，憑藉的資料並不多。法哈多的死亡報導中，僅提及「水流的終點，距離七十八號廢水搜集站三百公尺處」。

在那裡。

坎兒井：一條地下水之旅的渠道，建於西元十一世紀前，由當時居住在馬格利的阿拉伯人挖掘建造。高一百九十公分，寬七十公分的地下渠道。十九世紀前，坎兒井是馬德里主要飲用水取得來源，其後因為現代工法出現，才正式取代這個偉大的建築工程。深達一百多公里，穿鑿至地心。這一個坎兒井僅是地下水道中的數百條之一。現在仍維持精美的水渠設計，雖然完好無缺，但卻遭遺棄，成為無用之物擱置在此。

據報導，爆炸時法哈多的同事在涵管外，偵測器顯示有瓦斯外洩。法哈多當時正往裡走，沒有聽見偵測器的警告，持續涉水前進。同事不斷叫喚他回來，但一切都太遲了。甲烷氣體已經溢散到整個涵道口，坎兒井的氧氣全被擠開。突然，就爆炸了。部分的渠道遭到摧毀，同事立即尋求支援，但由於隧道狹窄，搜救人員花了六天才尋獲屍體。

此處還能看見從坎兒井上掉落的碎塊。封鎖線的一端已經脫落，只剩單邊垂掛著。機器沒有清除隧道裡所有坍塌的部分，只是清空到找到軀體為止。

問題是那具屍體不是他們的同事。安東妮娜一邊思索，一邊徒手撥開碎石。她一路爬行，手臂與膝蓋不斷輾過碎石，身上留下不少傷口。不過，越往內，地上的碎石都變成土灰，她開始咳嗽，但這也讓她更加堅信自己走對路了。

雖然沒有有力的證據，但也足夠證明了。

法哈多騙了他的同事。當時他遠離同事的視線後，就引爆炸彈。若單單只有甲烷氣體，事實上是不可能把坎兒井的天花板也炸毀的。法哈多經過精密計算，在彈藥中添加適當的成分，此後就算瓦斯偵測器發揮作用，但他在職場上的人緣不好，做為目擊證人的同事或其他人也不會想進一步深入調查，因此找到軀體後就草草了結。

一具屍體。一具膚色與法哈多相似的身體，穿著法哈多執勤的制服，被壓在半噸重的碎石塊下的焦黑屍塊。誰都不可能有兩條命。因此，迅速下葬，全案偵結。

他就在他們眼皮底下，卻沒人看見。

安東妮娜在這個層面上，能從伊斯基爾的角度思考了。只是有很多細節待釐清。其一，就是珊德拉·法哈多裝死雖有許多可行的方法，但無法肯定。另外，尼古拉·法哈多從哪裡弄來一具死屍，讓他能魚目混珠（雖然這件事對一名警察而言並非難事）。

我會怎麼做呢？可能從法務部的停屍間找一具來，不過最好的選項應該是從馬德里醫學院偷出來。

醫學院的地下室堆著上百具無人認領的屍體，全是被學生丟棄在角落的活體木偶。安東妮娜曾經為了調查一件複雜的案子到過那裡一次。數百具死屍的血管、腔道全都灌進福馬林，白色床單下浮出乾燥的肢體，割壞的頭露出腫脹的舌頭，以及身體各部位散落四處。每具大體都是有人為了科學獻出的肉身，為了別人的未來捐出的身體，不過時至今日全被遺忘在那兒。如此想來，應該滿容易從裡頭抓一具身體放在病床上……

夠了。

安東妮娜的腦子奇思幻想每一個細節與過程，從每個結點不斷延伸擴大出各種可能性的結果。假若沒有吞下紅色膠囊的話，安東妮娜現在整顆腦袋能在這些事上輾轉思考好幾個小時。只是現在不是想這些事的時機點。

時間快壓到死線了。

現在最重要的事情是**地點**。不過，若對方法瞭若指掌，安東妮娜更加確信自己可以猜中伊斯基爾藏身之處。

他是個非常囂張的人，自認為比我們都還厲害。首先，他把車禍的車牌用在計程車上。其後，把老家做為死亡陷阱。一切的地點、物品都以他為中心，與他自身有關聯。那麼，哪裡是一個裝死的人可以躲藏起來好幾個月的地方？一個既不能花錢也不能簽支票的人要住在哪裡？何處能允許一個人移動也不會被發現？一個像地下水管中的魚一樣，對馬德里的地底祕密知道一清二楚的人，現在會身在何處？

線索來自於法哈多和她通話時，她隱隱約約聽見背景有轟隆轟隆的聲音。

答案一定就在法哈多裝死不到兩百呎處的地方。

安東妮娜在渠道裡行走，雖然她明白時間快不夠用了，但就算如此，她停下腳步，拿起手機，開啟錄音軟體，錄下一段清晰有力的話。然後，才再次邁出腳步。

坎兒井的終點有一道門。十分老舊，由鐵鑄製成，並附有很沉重的閥門手輪。安東妮娜想要轉動能推開門的輪閥，不過她才要動手旋轉時，忽然她注意到某個不應該出現在那裡的東西：一條黑色的電纜，藏身在輪閥的把手上。要不是原本用來固定的電纜線稍稍鬆脫，安東妮娜根本不可能發現那裡有東西。

手電筒照向電纜，一直通到門的最上方，連接到門框上，並與一條又粗又長，形狀不規則的物品接在一起。安東妮娜確信那一團東西是阻斷器。

電線是有通電的。只要旋轉門閥，弄壞阻斷器……砰。

差點就死了。然而，詭計並沒有得逞。

此處有炸彈更說明一件事：離伊斯基爾很近了。

安東妮娜並沒有學過如何拆解炸彈，不過裝置萬變不離其宗。況且，那只是一個簡單的，只有一條電流線的炸彈。雖然這是做為保命的最後一個護身符，但他太自恃甚高，不相信有誰能找到那裡，只是以防萬一……

我得要拆線，不能引爆炸彈。然後才能打開門。

儘管時間緊迫，或許來不及救出卡拉·歐提茲，但安東妮娜讓自己保持專心，只注視著要拆掉的電線，內心暗自祈禱自己能做出最好的選擇。她閉上眼睛，用牙齒一咬。

沒有爆炸。

安東妮娜便使勁旋轉，把手與輪閥發出巨大的嘎嘎聲響，慢慢推開了緊密關上的門。

她看向手錶，早上六點鐘。離卡拉·歐提茲的死期還有四十六分鐘。

她踏向前，心裡想的都是喬。

你要在那裡，希望你能睜大眼睛好好看清一切。

卡拉

第七片就是不行。

前幾塊都十分小心地堆疊卡榫在一塊。過程就像在已經塞爆的書櫃中，再放入一本書一樣，最佳方法就是先稍微抽出兩本書，然後再把第三本夾在中間，一同往內推。瓷磚不斷推擠門板與門框，門縫逐漸擴大。從裡頭看過去，幾乎已經分開幾公分了。但還不夠。

卡拉把手伸進門縫中試試，但手腕卡住過不去。還需要一塊瓷磚才行。

然而，第七塊磚就是塞不進去。前幾塊承受的重量已經大到無法分離彼此，讓另一塊插入縫隙。此外，當抽出瓷磚的同時，卡拉的手掌也要塞入，共同承受門的重量，不讓門往下滑，造成縫隙變小，並且這整個過程只能依靠一隻左手進行，因為右手正忙著用力把門往外推。

卡拉的手臂高高撐著好幾個小時了，肌肉完全麻痺，中途曾為了恢復血液循環，放下來好幾次，但身體實在疲勞過度，又處於脫水狀態，可以說幾乎是到達體力的極限。身體早已完全癱瘓，不聽使喚，隨時可以昏厥過去。

到此為止。她想著。

「好啊。」另一個卡拉用她的聲音回答，現在她已經成為真正的卡拉了。是她活在世界上，由她來帶領兩人做這些事。「沒問題，束手就擒。待在這裡舔傷口，當個沒用的懦夫。區區四公分就被打倒了。」

饒過我。

「真希望有人可以找到妳，好證實妳爸爸做得沒錯，根本不值得放棄一切來救妳。」

不可以。不可以。

「妳不夠格。」

卡拉受到屈辱，怒氣使得她全身每一條肌肉都繃緊，催生出另一個力量，用力一推，門動了，第七塊磚獲得足夠的縫隙塞入，門縫又大了一些。卡拉瞬間虛癱在那裡，她累翻了，連呼吸都覺得困難，四肢疼痛，僵直無法動彈。

「現在別倒下。」另一個卡拉命令。「現在才是最重要的時刻。」

雖然卡拉遵從指令，但她對於要把手伸向門外的黑暗之中去拉開門，內心十分畏懼。她兒時的陰影再次籠罩，腦子不禁想像：那個持刀男子正在另一邊磨刀霍霍，暗中伺機而動，等著用利刃一刀砍斷她向外伸的手臂。她會瞬間斷掌。

別胡思亂想。她激勵自己。

手伸了出去。寬度只夠前半臂伸向門外，兩根手指碰到繩索。她想拉住，但繩子太遠了。

「要抓住繩子，把繩子拉過來。」

卡拉再次努力伸長手臂，這一次當她再次把手伸出去時，兩指之間已經確實夾著那半片的瓷磚。

14 隧道

喬・古鐵雷斯不喜歡廢棄的隧道。

無關美感，因為什麼也看不見。沒有光，所以他並不清楚自己在跳下月臺時，西裝褲已經被割破，而且褲子沾上了什麼髒東西。

喬不喜歡廢棄隧道的理由，是裡頭有炸彈。

天殺的炸彈客。喬心驚膽跳地咒罵。**連畢爾包都不幹這檔事了**。

「地鐵一早六點整開始運行，你就得進去。」安東妮娜・史考特在五個小時前的電話上，如此交代。「你要在最短的時間內抵達。」

「讓我通知別人。只有妳跟我……」

「不行，喬。那是我的兒子，這件事我不要再有別人插手。」

喬腦中不斷背誦安東妮娜的指示。

「還有一件事。」她說。「隧道內可能會發現炸彈。雖然隧道很大，但你得把光線照在地上，打在自己的附近。行動謹慎小心。別輕易走到自己看不見的地方。」

第一班地鐵駛離無人上車的哥雅站，喬便跳到軌道上。軌道從一處岔成兩條。

其中一條十分昏暗，由鐵門閂上。門閂看似牢固，不可毀壞，但當喬轉了幾下把手，門就開了。

是這裡。

隧道內的空氣混濁，不新鮮。牆上的塗鴉因潮溼全都斑駁脫落了。靜默中只有二號地鐵線偶爾穿梭打斷。

「全長大約一百七十呎。」安東妮娜說過。「隧道中的路徑彎曲，但最後一段會筆直通向終點，到時候得小心，如果你被看見了，下場可能像打地鼠一樣，你會被打爆。」

她想表達的意思是：關掉手電筒，最後三十呎摸黑前進。

喬行進速度十分緩慢，仔細端詳每一吋土地。在洞穴深處，可以見到廢棄的軌道上滿滿都是發霉的爛泥，飄散著惡臭。

別輕易走到自己看不見的地方。

喬小心謹慎選擇下腳的地方。地面並未全都是爛泥巴，喬也就只選擇讓自己沉重的身體踏在硬實的地上，有時得直接斜線前進，雙腿張開大約九十公分寬才能跨步到另一側。

設置的第一個陷阱是一條幾乎難以被肉眼察覺的線。

好險，走得慢吞吞。

那條線綁在隧道牆上的兩端，一端是繫在螺絲丁上，只不過另一端脫落，掉在泥濘之中。喬蹲下身體，用紙巾撥開軌道上一團緊緊巴著的爛泥巴，剝去塵土，底下露出某個東西被一條藍色電線纏著。喬不清楚內容物是什麼，不過他肯定若是踩斷會發生什麼事。

他再次起身，小心翼翼地繞過那條線。

第二個陷阱隨即而來。

好險，喬仍未掉以輕心。

這次並非電線，而是人體感應器。這種設備取得容易，任何一家電器行花十歐元就可以買到了，常用在電梯防夾的感應條。這一次是喬的手電筒在不經意中照到的紅外線光束。感應器裝在離地半呎高的牆上，喬幾乎是貼著牆壁，以特技表演的動作從紅外線上方通過。喬心驚膽跳，唯恐自己從兩個感應器之間通過時，四周就會砰的爆炸。一直到遠離那裡，他才敢稍稍喘口氣。

約往前八十公尺有第三個陷阱，與第一個陷阱一樣，差別只在於這次電線沒有外露，好好地藏在地上，讓人難以察覺。事實上，喬根本沒有察覺，他只是剛好越過去。他沒有踩到，單純巧合。讓他冷汗直流的，是他又看到前方設置紅外線感應器。高度全都不同。一個是離地半呎，一個是離地一呎。

要我老命。喬一想到要如何通過那裡，內心十分無奈。

他只能祈禱地上不會有炸彈，然後就放下身段，趴在地上，緊貼著爛泥，身體在感應器下方，與紅外線平行，匍匐前進。西裝、雙手與臉全都沾滿泥濘以及噁心的穢物。喬像貓一樣躡手躡腳地行走，但撲鼻而來的惡臭如同屍坑裡腐爛的軀體，喬全身上下就只剩噁心一種感覺，他無法抑制住嘔吐的衝動。因此，他爬行的動作像在電流下的肉塊，不斷抖動前進。

吐口水，吞口水，再吐更多口水。當他再次睜開眼睛（還沒死。媽的，還在人世），他呆滯了好一會才恢復意識。

他覺得自己超髒的。

喬沒有多餘的紙巾可以清潔自己，於是他脫掉外套，用襯裡去擦掉黏在下巴上的泥土，並盡可能把手擦乾淨。然後，他就把外套丟在那裡，因為完全不可能再穿了。

沒有一家乾洗店能救回來了。他自忖。

此時，他身上就只穿著一件價格不菲的高級埃及棉製襯衫。不過，衣服下方隱約可見到寫著警察二字的防彈背心。僅此而已，沒有別的了。

他已經到了得下決定的時刻。他直覺性地知道只要再往前走一段，就會到達隧道底。此刻，ＬＥＤ的手電筒還擱在爛泥之中，只有微弱的光透出來，照向洞穴的牆壁。

「最後一段是直線。到那裡就要關掉手電筒。」安東妮娜當時的態度十分堅決。

「如果最後幾呎也有陷阱怎麼辦？」

「不然就會被看到。」

安東妮娜無法回答這個問題。

喬關掉手電筒。此刻得摸黑行走，引領他方向的是前方透出的微弱光線。他的手臂與背部緊緊貼在牆面上，一步一步慢慢前進。他現在全身肌肉僵硬，百分之百的專注在身體的感覺上：空空如也的胃不斷攪動推擠橫膈膜，心臟幾乎要從嘴裡跳出來，血液全衝向耳膜，牙齒緊咬著下顎發酸，雙眼瞪大乾澀，指腹接收每一個滑過的汗漬。喬所身處的世界如同宇宙般浩瀚無垠，只是包圍他的黑暗全是威脅。

他開始思考自己無可避免的死亡。他曾多次想一走了之，最後總是作罷，因為明天又是新的開始，明天不能不跟老娘說：「agur（註25）。」

三十呎。在這三十呎之中，無從得知下一步是否會踩到電線，是否能從紅外線感應器中穿過，下一步是否是人生的最後一步。事實上，他甚至不明白為什麼自己要前進。恐懼的汗酸把他所有的信仰全都溶掉了。責任、榮譽與良善只是文字，空虛沒有重量。他惴惴不安，因為他只想活著，瘋狂地想活著。

如果想活到一百歲。喬反省。**像我這樣的活法是不行的**。

註25 agur 音近阿古，是巴斯克語，用在道別或問安的時候。

15 祕密

坎兒井的另一頭，通過門上的陷阱之後，是一個多功能地道。不過，這條地道比起安東妮娜一開始（雖然才幾小時之前，但彷彿已是好幾天前的事了）走的那條還要老上十年左右。雖然現在已經廢棄不用，但還是能看到當時留下的痕跡。

牆上貼有一張廣告單：「收音機最好的選擇：Válvulas Castilla。馬德里二四二段。」或是再往前幾步：「抽菸＋瘦身！歡迎蒞臨國家菸草零售販賣處。」

一**九三〇年代**，安東妮娜在腦中推算。這裡成為一個多功能地道之前，應該是大眾通行的隧道。隧道的一端有一面沒有貼瓷磚的水泥牆，這大概是多年前用來封鎖此地的牆壁，牆後應該就是當時街道進出的入口。這個被關閉半世紀之久的隧道，儼然已成了伊斯基爾的巢穴。

馬德里地鐵藏了很多祕密在它的地下王國中，其中之一是裡頭有一座廢棄十年的幽靈車站。

那座車站主要做為二號線的轉乘站，可以從哥雅站轉接到迪耶哥萊昂站，於一九三二年啟用。此外，當時這座龐大的公共設施在夜間不再對外營運後，那些住在郊區的地鐵員工又賦予了此處不同的功能：地鐵關門後，駕駛員就會執行最後一趟作業，也就是聞名的「零錢車」。

六十個人高馬大的男人把一整天在售票口收取的上千個銅板裝載到紗布袋裡，運送上零錢車，然後車會開往現在的幽靈車站：哥雅比斯站。員工把零錢倒在月臺上處理到清晨。

如果錢實在太多，無法在隔日上工前清點結束，就會存放到兩個保險櫃中，密碼只有兩個最資深、最受信賴的員工知道。

一九七〇年代初期，四號地鐵線開通，因而有新的轉乘站，這座車站順理成章就廢除使用了。此站禁止使用後，地鐵員工也就更換地點，不再使用零錢車，改用更現代的方法來搜羅這些錢。

從此，哥雅比斯站成為一座真正的幽靈車站。電力不再通過，鋪設的軌道被拆除搬到別條路線使用。將近兩百呎的隧道被一道門深深關住。從此無人聞問。全世界都遺忘的地方，也就是完美的藏身之地。

安東妮娜仔細觀察眼前的地道。

在盡頭，有兩道階梯可以爬上月臺兩邊。清楚計算步伐是絕對必要的。她關上手電筒，因為牆壁貼著白色瓷磚，就算上面布滿灰塵，被光束照到仍會反光。她不想暴露行蹤，被敵人發現她的存在。所以，最後一段路得摸黑走過去。

時間行進的方式不再是筆直一步一步地往前，而是像在猛烈大火中消散的灰霧，全都散了。她的人生（她是誰，什麼造就了她）沒有任何意義，當前唯一可靠的就是岌岌可危的此時，就是無法掌握的此刻。

現在荷耶的命運，卡拉·歐提茲的生命，以及她的未來全都在他的手上。

假若喬沒有完成他的部分，就算她確實執行自己的計畫，一切努力也只能付諸流水。

她咬緊牙根，告誡自己做到畢生覺得最困難的事：相信別人。

伊斯基爾

尼古拉一到晚上，就覺得鬼影幢幢。

昨夜他努力讓自己睡著，因為今天是一個艱難的日子，要冒許多風險，狀態一定要很好才行。但昨夜，他被死神盯上了（如同恩賜生命的出口），虎視眈眈要攫取他的性命。他整夜不得安眠，鬼魅徹夜排隊一個一個來到他的身前，輕柔撫摸著躺在床墊與用衣服堆起來的枕頭之間的他，在他耳邊輕訴地獄裡不死的毒蟲，不滅的惡火，那些都是真的。尼古拉直至那時才確信那是真的。那些靈魂：血被抽乾的男孩、死在老家的警察。他的女兒珊德拉。她沒有對他說話，只是十分哀傷地望著他的雙眼，半開半闔的眼皮像臨死前的彌留。

珊德拉，他還清楚記得，自己帶著她逃亡好幾個月時，她的眼神。

你沒有死去。我不要你死。

伊斯基爾再次躺回那張簡陋的床。看到（或者可能是做夢）有個鳥巢在他面前，上頭有一隻黑色的鳥在孵蛋，然後飛走。他驚醒，全身滾燙，但沒有流汗。他在發燒，高燒讓他頭昏腦脹，四肢酸痛。他的口袋裡放了最後一盒抗皰疹的消炎藥丸。他拿到手上，才發覺每一處都已被挖空，藥片上只留下坑坑洞洞的銀光紙，一副可憐兮兮的樣子。

他起身轉動鑰匙，開啟瓦斯燭燈。藍色瓦斯瓶快空了，要盡快換一罐才行，不過目前還足以照亮整個月臺。靠牆的位置，有兩個十分巨大的保險箱。箱子之間成為過道，可以通往辦公室，不過那裡現在是（沒死的）珊德拉睡覺的地方，以及關住那小男孩的囚室。那男孩從到這裡開始，就哭個不停，現在似乎累壞了，哭喊聲消停了。

珊德拉已經起床了，他可以聽見她打開辦公室的門，朝他這裡走過來。

尼古拉知道她要說的話。黑夜已經結束，該動手了。那女人也得去跟那群幽靈做伴。珊德拉已經想好如何殺人了，下手的方式極其殘暴血腥，並且她也想好之後如何處置屍體。她要在凌晨時分，把那人丟棄在她父親的某家店門口，讓全世界見證她的慘死。珊德拉說，她不要再躲藏了，她現在要向全世界展現自己幹的好事。

尼古拉不希望如此。

他的眼睛在尋找桌上的小簿子。本子不在他伸手可及的位置，而她已經穿著全身藍色的防護罩，來到他的面前。罩袍上還可見幾處乾枯的深棕色汙漬。他的告解儀式似乎得要推延幾個小時後才能進行了，並且到時候又有新的罪過要添加上去。防護罩上的血漬又要多了幾道。

「希望你有好好休息。」珊德拉問候他，音調不帶嘲諷或冷漠。她對幽靈的事並不知情，所以不會同情他，況且她的聲音也沒有半點討好或溫柔的意思。她說那句話沒有情緒，完全出於自己的需要所做出的表達。

那時（極為短暫），尼古拉認同幽靈是真的。他好幾個月以來的輾轉難眠，所有想法都在迷霧之中，而他終於清醒了，他在瞬間看清了真正的現實。他有話要對珊德拉說，但她已經轉身離開。這樣更好，他該不告而別。

之後，迷霧再次籠罩住他，解答又不見了。已錯失良機。

「女人該帶過來了。」珊德拉要求他。

尼古拉看向手錶。黑色，尼龍錶帶，錶面是大的方形體。在這個地方，就靠著這個詭異的機械維持著混亂迷宮中的秩序。

「還差五分鐘。」

珊德拉聳聳肩，覺得無所謂。「沒有必要準時。」

她拿起粗重的黑皮帶，遞給尼古拉，強硬指示他該行動了。

尼古拉看著珊德拉手上的皮帶，彷彿看著兩條毒蛇纏在她身上。他內心覺得有必要等一等，有必要再拖延幾個小時。他的狀態不好，整夜被幽靈騷擾，所以他現在最不想做的，就是執行虐待的指令，眼睜睜看著一個軟弱、蒼白，全身都在顫掉的可憐女子，被黑色繩索綁住。應該等明天執行，事情應該要在他把所有感受全寫到小本子裡後再開始。

「有什麼問題嗎？」

珊德拉的眼裡射出一道異樣的光芒，眼神中當然帶有威脅，但還有別的。她在算計，在打算盤。尼古拉不曉得珊德拉一直在考慮是否要繼續留著他，一直在衡量他的利用價值，或是到了要拋下他的時刻。尼古拉並不清楚她的想法，只是他像小狗看到主人要離家，就算只是要拋下他幾小時，直覺上仍感覺到危機。

「沒有問題。」尼古拉肯定回答，伸出手接過黑皮帶。

正當她要鬆手遞過皮帶，突然有人說話。

「早安，抱歉打斷您們對話。」

好久好久以前，尼古拉曾帶著他的女兒一起去動物園，他們一起看過園區內的蟒蛇館。現在珊德拉轉頭的動作，就與當時看見一條蛇驚覺危險，立即抬頭轉向發出動靜的方向時一模一樣。

聲音來自階梯，月臺的後面。

「抱歉我的現身或許毀了您們正要做的事。」安東妮娜·史考特說話的聲音十分有力。

珊德拉再次握緊皮帶。他從桌子拿起槍與一支手電筒。

「殺了小孩。」她下令。「她由我來解決。」

尼古拉一時心驚，但不是因為她的指令，而是她說這句話時臉上的笑容，彷彿這是她久等的一切，她一直在等著誰來制止她，彷彿那是她全世界中最渴望的事情。

卡拉

三分鐘前

繩索幾乎快被割斷了。

前臂好幾處脫皮，肩膀抵著門好幾個小時，感覺快撐不住了，但她就快做到了，再切斷幾根繩索的纖維就可以了。

她擠出最後的力氣，終於做到了。繩子一斷開，鐵捲門瞬間就往下沉，重重壓在她的手臂上。那痛苦沒有人可以承受，但她沒有鬆手，死死抓住繩索不放。

她用牙齒咬緊一片瓷磚，然後才開始拉。她的前臂被夾得死死的，鐵捲門邊上的鐵鏽鑲入肉裡。她的左手此時也一同伸出去拉繩子。她心裡毫不抱希望，更無法確定自己是否有機會倖存。她只能深吸一口氣，隨之迎來疼痛。她承受住自己行為所帶來的痛苦。痛迎來生命，經歷過巨大的痛苦才能感受生命存在。身體乾枯，肺泡開始積水，請求她不要再求生，但屈服就是死亡。

當門上升至二到三掌的距離，最上層的一塊瓷磚跌落，瞬間製造出一陣噪音。對卡拉而言，那聲音就如同消防警笛一樣響亮。聲響一定被聽見了。她得加快動作。

她開始慢慢從自己撐開的門縫下爬出去。她不能放開繩子。只要她鬆手，門就會降下。抓住她的人聽到聲響應該會有察覺，剛才瓷磚一落下，他們很可能就注意到了。

她覺得遠處有說話的聲音，有一個聲音十分響亮的女人在說話，但她自顧不暇，沒有留心內容。她幾乎有半個身體在外面了，但她持續伸長手臂拉著繩子，艱辛地撐起鐵門。

真正出現在牢籠另一邊的，是另一個卡拉。以前的那位卡拉現在已經成為一位遠方的親戚，曾在婚禮碰過面，打招呼前還需要有人在耳邊提醒的名字。當她力氣喪盡，任由門落下撞上右臂（音量很小）是由另一個卡拉挺身而出，接受這一切的。

卡拉（以前的卡拉）還是個小女孩的時候，曾跑在父親前面，想要趁車庫巨大的鐵捲門完全關起前，伸手取出一個太陽能電池。但她太慢了。門夾住了她。以前的卡拉放聲尖叫，一路哭到醫院。她的上手臂因此留下一道醜陋的疤痕，肌肉有稍微凹陷，甚至十年後痕跡還在。

另一個卡拉，全新的卡拉，一點哀號都沒有。她握緊手上的瓷磚，咬住自己臉頰內的肉，轉移自己不去注意手臂上的疼痛。她為了逃出那裡，是連咬下自己手臂上的肉都做得到的人。她需要轉身，再用盡全身的力量再拉一次鍊條，並同時把臀部向外推出去。

門最終完全關上。卡拉脫身了。

她在那裡，一個人，四周一片漆黑。她此時突然感覺到自己從未有過的害怕，如同一個人經歷過波濤洶湧的大浪後，在岸邊才開始害怕自己會溺水。

現在她的身體只想逃，往任何方向跑去。她直覺不可以走向走道的底部，因為那裡有微弱的燈光，她該往相反方向前進，雖然前方全然漆黑，但黑暗中卻透出一道小小的光芒。

光是從一道門透出來的。

那道房間的門緊鄰她的牢籠。房門是一個木製的玻璃門，門後再次傳來小男孩的哭聲，口裡不斷叫媽媽。

是個陷阱。快逃！快走！

但她不能逃。她想要知道。

我得知道裡頭是什麼。她自忖，並朝著那道門走去。

或許，她的身體尖叫抗議要她回頭，因為她有太長的時間（幾乎一輩子）都背對真相，對事實置之不理，所以這一次身體自然不習慣。

房間是個辦公室，裡頭的燈相當微弱，只有一盞瓦斯燈，地上有一張床墊，而其他家具都被堆到一旁。房間的角落有一個小男孩，他的手腕被布膠帶纏起來綁在水管上。男孩穿著灰褲子和綠色針織衫。雙眼凹陷、紅腫，正在哭泣。當卡拉進到房間，小男孩看著她，神情驚恐。直到當下，卡拉才從小男孩的眼神中，意識到自己的外貌有多駭人：身體布滿鮮血，全身酸臭骯髒，而且僅穿著內衣褲。

卡拉跪在男孩旁。

「你叫什麼名字？」

男孩完全不敢看向她，面對一個從黑暗中新冒出來折磨他的怪物，他感覺更加畏縮。他鼓起胸腔，準備放聲大哭。

「不要哭。不要哭。我叫卡拉。我是來幫你的。」

她不期待小男孩的回答，或是等著他自我介紹，現在沒有做這些事的時間。她直接拿起瓷磚，開始動手割斷綁住男孩的布膠帶。此刻，她才真正看到自己臨時起意做為工具的瓷磚，有多麼微不足道。然而，卻是它讓自己逃出牢籠的。

小男孩吸著鼻涕，睜大眼睛看著她。他疑惑一隻骯髒又渾身是血的怪物為什麼要救他。

突然間，他看向卡拉的背後，眼神再次充滿恐懼。

噢！不。卡拉暗自嘆氣，她一下就發現太遲了，她又錯了。

持刀的男子就在她的背後，抓起她的頭髮，粗暴地甩到地上。

「妳不可以這麼做。這是不對的事，妳不該做這件事！」

卡拉的頭反覆撞擊水泥地板，整個人被壓制在地。持刀的男子跨坐在她身上，雙手勒緊她的脖子。

這是想做件好事的下場。卡拉心想。**結果就是如此**。

持刀男子的手指更加用力掐緊她的氣管。卡拉內心只感到憤恨不平，當她被關在黑暗之中，她明明就領悟上帝、好人、壞人都只是被賦予意義的文字。然而，她的內心卻仍存一絲希望，認為整個宇宙是正負相等之中。就像她一樣，聽到小孩的哭聲，仍不自覺被吸引，有一股衝動想進到房間。男孩的腿就在前方幾公分的地方不斷亂踢。他的鞋子上的印花是一隻在打球的海綿寶寶，只不過在腳踝的位置上，海綿寶寶有一隻眼睛和手的一部分不見了。卡拉發現（腦中最後清醒的時間）那雙鞋子，馬利歐也有，也在同個部位有磨損。這雙鞋是家裡的產品。她要寫一封電子郵件告知製作上的缺陷。語氣堅定，但不失親切。

她開始翻白眼，雙眼失焦。

我要死了。卡拉想。她內心沒有不安、害怕與嘆息，其實就是輸了而已。不過就在此時，她似乎聽見什麼（一個人清醒，聽覺是大腦運作首先開啟的感官，但也是離世前運作到最後的器官）雄性沙啞的聲音。她聽不懂話中的意思，但此時勒緊喉嚨的手指鬆開，卡拉的身體再次可以自主，肺部大口呼吸，吸進大量空氣，生命再次回來……

然後，槍聲響起。

16 誘餌

安東妮娜前進得十分緩慢。

她知道唯一的希望就落在喬的手上。她只是個餌，要支開其中一方，好讓古鐵雷斯能有救援的機會。

與此同時，她宏亮的聲音傳遍過道。安東妮娜盡可能緩慢移動，她確信瓷磚造成的回音，足以讓尋聲而來的人迷茫。

安東妮娜確信來找她的人會是珊德拉，因為她太想親手毀掉她了。

她緩慢移動，腳步盡其可能地慢，每一步用力如同在踏平這處巢穴一樣。她腳下的水泥地正在碎裂，衣服磨蹭過的牆壁不斷剝落。每一次的移動都是一種宣示。

膠囊功效完全沒有了，安東妮娜的大腦運轉像突然斷了線，此刻她需要憑藉自身在高壓下的理智線戰鬥。

「聲響，是很美妙的存在。妳不覺得嗎？」安東妮娜的聲音回盪在走道間。「讓人無法判斷出處。」

珊德拉爬上階梯。安東妮娜在她身後，正盯著她用手電筒的光一邊在黑暗中搜索，一邊往上爬。然後，光束照亮了走道，珊德拉從臺階的最後一層，屈身迅速衝向角落。隨即開了兩槍，子彈一路穿破走道上的空氣，嵌進對面出口的牆上。手電筒的光往聲音發出的位置照去，珊德拉這才發現安東妮娜的聲音是預錄在手機上發出來的。內容不連續，有很長的停頓，是要引誘他們上鉤的誘餌。

珊德拉發現自己受騙上當了。她走下階梯前，氣憤得砸爛那支手機。

17 辦公室

計畫很簡單。

你一聽到我的聲音，代表他們往我這裡來。

喬奇蹟似地還活著，出現在隧道裡。他沒有踩到任何一條電線，或有可能是他踩到了，但沒有觸發。

他在一個廢棄車站的對面。在一盞瓦斯燈微弱的燈光下，牆面上映照出鬼影幢幢。月臺在他的右邊，較靠近他的走道傳出打鬥聲。

喬吃力地爬上月臺，覺得自己往上爬的同時也把自己暴露在危險當中。他需要用雙手才能撐起自己。之後就緊貼走道底部，兩腿交叉。他不理會後方兩道槍響，就只是持續前進。

喬，第一優先就是救出我兒子。不管聽到什麼，都不要過來幫忙我。繼續前進，直到救出他為止。

這正是他要做的。

他把頭探向辦公室的另一頭，那裡也有吵鬧的聲音。他從門上看到一名男子跨坐在一個半裸的女人身上，雙手死命掐住她的脖子，而她的腿不停掙扎。

「警察，不准動！」喬直接把槍抵在男子的肩胛骨上，大聲命令。「手放到頭上。快點。」

男子瞬間靜止不動。這突如其來的介入，讓他嚇了一大跳。他驚嚇的程度連在他身後的喬都能感受得到。

「手放到頭上。」喬再說一次。「法哈多，不要讓我再說一次。他媽的，你完蛋了。」

法哈多轉頭（他的臉龐有一半擋住了瓦斯燈的光線）。在他的身後，喬看見安東妮娜的兒子，他的雙眼此時瞪得出奇的大。

他還活著，他還活著，我們及時趕到了。

他的槍一直頂著法哈多，喬抓起他的手放置腰部，並準備上銬。先銬上一隻手，並準備拉近另一隻手腕，然而他卻來不及銬上另一隻手，也來不及聽到卡拉．歐提茲的肺部再次充滿空氣後的叫聲，也來不及聽見讓他倒下的那兩聲槍響，他只感覺到痛，接著直接倒在他正在追捕的人的面前。

卡拉

持刀的男子從她身上離開後，卡拉吐了一口口水，躡手躡腳地爬到男孩旁邊。出奇地，當下她什麼想法都沒有，所有的記憶都消失了，連同痛苦與害怕的感覺都不見了。似乎一切都不重要了，當下她只想接續著剛才尚未完成的動作，一心就是要把布膠帶割斷。她忍著痛苦不堪的身體，用虛弱的手指撿起落在地上的瓷磚，接著進行先前的動作。膠帶只有布質的地方撕裂開來，而銀光層那一面仍黏得死死的。她的手傷痕累累，腦子是一團爛泥。她需要更多的空氣，努力在昏眩中保持專注，讓自己把模糊的視線全聚焦在要割破的四公分布膠帶上。然而，她發現手指使不出力（右手早已僵直，左手又不擅長出力），瓷磚也就無用武之地。因此，她靠向小孩，利用犬齒（她非常珍惜每顆牙齒，之前她寧可花很多時間做牙齒矯正，也不願聽從牙醫師拔掉一了百了）啃咬。

當卡拉咬破膠帶時，她可以感覺到自己有一顆犬齒也斷了。疼痛幾乎是與膠帶斷裂的瞬間同時產生。

「快跑。」卡拉告訴男孩。「不要回頭，快跑。」

小孩子起身，跑過持刀男子的身旁（他正被警察壓制在地），穿過門，隱沒在走道的黑暗之中。

18 月臺

安東妮娜一直蹲著，隱藏在階梯附近的暗處，等著伺機而動。她的計畫：先用手機引她過來，然後當她走下階梯時逮住她。然而，當珊德拉就快要走到她的前方時，似乎警覺到是個陷阱，所以又轉身，折返原來的路。

安東妮娜起身，試著跟著珊德拉從另一個階梯下去，但是此時她的腦袋無法控制。當她瞥見明亮的月臺，所有生命歷程都瞬間在她眼前展開：每一個事物與細節全都湧進她的腦袋裡，短短十秒內，她便見識到了生命的可悲。

死在那桌子上的不是阿瓦羅·崔呇，而是傑梅·維達爾，他被誤殺，那裡是他的葬身之處。那盞瓦斯燈，一明一滅，宣告著氣力竭盡。衣服的碎片。餐具紙盒。老舊牆面上布滿斑駁的裂縫，看起來快要崩塌。這些全是恐怖分子駭人又平凡無奇的日常。

牆角積滿灰塵，她才一靠近，一隻蟑螂慌忙跑過。

凌亂的印記，地上虐行的痕跡……

安東妮娜喘不過氣。她的腦袋一時之間負荷過多的資訊。日復一日的生活痕跡，猛然一起湧上，混亂，全然失序。日常片段就像一部高清真實世界的影像，一下都躍上眼前。

我要跟上，我得跟上。

她持續往前進，踉踉蹌蹌走上月臺。她拿出手槍，因為另一頭的珊德拉正朝前方射擊。不管她開槍的對象是誰，安東妮娜都知道一定得阻止才行。她揉一揉眼睛，試著射擊。她的大腦對手指下達扣扳機的指令，但從頭到手指的距離似乎異常遙遠，訊息傳遞花了一段漫長的時間。

珊德拉開了兩槍。

安東妮娜開了一槍。

安東妮娜的子彈擦過珊德拉的身體，但也因如此，她暴露了自身的位置。珊德拉躲到保險櫃後方，安東妮娜眨了好幾次眼睛，試圖冷靜下來，藏身在另一個保險櫃後。

當槍聲響起時，過道那一頭的辦公室裡，喬隨即倒下被尼古拉反擒，而荷耶趁機跑出去，衝向月臺。當他經過珊德拉身旁時，她直接一把抱住男孩。小男孩一直死命掙扎，但她的槍已經抵在小孩的頭上了。

「再動，我就殺了你，死小孩。」她在他的耳邊低聲恐嚇。

珊德拉站起身。

「我手上有妳的小孩。」她警告。「別想靠近。」

「荷耶！」安東妮娜大叫。

小孩認出媽媽的聲音，開始放聲尖叫，再次扭動身體，試圖掙扎脫身到媽媽懷裡，但是力氣實在太小，只能是她的盾牌。

她帶著他跳下月臺，往隧道漆黑的深處走去。

卡拉

卡拉內心感到一股不尋常的祥和，這或許就是失血、缺氧與脫水所要付出的代價。她癱坐在牆邊，闔上雙眼。

我終於能安息了。她自忖。

然而，她內心似乎還掛慮著一件事，但她想不起來，只是直覺上感受是件大事。接著，她再次睜開眼睛。卡拉想到了，就算她很虛弱，但……她知道該做什麼：她得救他，就像他來救她一樣。

她坐起，小心翼翼爬向持刀男子的旁邊，心裡想著卡梅羅渾身是血地倒在荒野之中。**他是自家人**。

她的左手仍握著瓷磚。瓷磚有一頭十分鋒利。她高舉左手，就像拿著匕首一樣，接著就直接插入持刀男子的脖子內。

男人被刺後才驚覺身體不對勁。他驚愕地轉過臉去看著她，眼神充滿困惑（努力想瞭解到底發生什麼事），而這個舉動使得卡拉更加使勁刺入。男人的手不再掐住警察，而是摸著脖子急著拔除身體裡頭的異物，但劃破的動脈噴出的鮮血就如水泵一樣不斷湧出泉水，男人只能痛苦倒下，一灘新鮮溫熱血流溢向了卡拉的膝蓋。

死亡還未降臨。卡拉親眼看著自己微不足道的反擊，最後卻讓他血流不止，兩顆眼珠突出像木偶空洞的雙眼一樣。把他送下地獄，就像英雄電影裡的劇情，惡棍被消滅後的下場。但是她並不覺得有這個必要，她一點也沒有熱血沸騰、伸張正義的感覺。她只是除掉了一個壞東西，就像她只是用鞋底踩扁一隻蛞蝓而已。

是現在嗎？現在我能安息了？

她的身體回應她的要求，癱倒在警察的胸口。她沒有聽見他的心跳聲。卡拉發覺自己又慢了一步。這就是畏畏縮縮、不敢站出來的結果。對此，她感到悲涼。

19 月臺

安東妮娜快昏過去了。她瞭解自己的腦袋（極端變異）在冷靜的情況下運轉，才能達到最佳效果。一旦處在高壓威脅的狀況裡，腦袋中的組織胺就會失控，不斷反覆思索每一個接收到的資訊，不停在她的超級大腦迴圈中進行分析。當下，自己的兒子被殺人狂用槍抵著，做為人肉盾牌，潛逃進一處裝有威力強大的炸彈隧道內。這等情況，對安東妮娜而言（或對任何人而言），都算是極端高壓。

安東妮娜對四周的所有資訊瞭若指掌。牆上的舊海報（**寶瀅洗衣全方位**），或是有一罐喝剩一半的可口可樂瓶（**活著的滋味**），桌腳邊有一灘至少半呎寬的血漬。安東妮娜起身，她手上沉重的武器引領她往前傾，跌跌撞撞地進入陰暗之處，朝向珊德拉擄著兒子的方向前進。她笨拙地走下月臺，跌倒在水泥地上，覺得腦袋快要裂開了。

她再次起身，走得東倒西歪。那時正好在黑暗中射出一道強光。珊德拉對她開槍。安東妮娜感覺子彈十分接近，拂過她的髮絲，子彈撞擊空氣咻的一聲在她耳邊清晰可見。

「史考特，不要跟著我。」

安東妮娜沒有聽見她的要求（她的腦袋正在計算身旁肉眼可見的氧化彈頭的威

力）。她就只是往前走，走向兒子的方向。當她走進漆黑伸手不見五指的隧道內，周圍的刺激物跟著減少，她的腦袋終於逐漸冷靜下來。她貼緊牆面，閉上眼睛，深呼吸，試著清空頭腦裡的噪音，讓那些活潑亂跳的猴群閉嘴。

她慢慢從十數到一。

你生前長什麼模樣？

再次睜開眼睛，她持續往隧道內移動，前方持續聽得見荷耶的掙扎。

「史考特，妳兒子很愛亂動。」珊德拉的聲音在牆壁間回盪，聽起來十分威嚇。「妳知道這個隧道裝了炸藥吧？我可沒帶手電筒，他再一直亂踢下去，害我分心，或許我會碰巧踩到一個。」

安東妮娜心裡充滿擔心與害怕。她再次閉上眼睛，深呼吸。

「荷耶，荷耶，聽我說。」

「媽媽！媽媽！救我！」

她的兒子哭得十分傷心。安東妮娜的心被緊緊揪住，十分焦急痛苦。如果無法冷靜下來，就無法救他。一定得讓他安靜。

「荷耶，我要你別亂動。你別亂動，然後聽我的話，這裡你動來動去很危險，非常危險。所以你得乖乖的，可以嗎？」

「我想回家！我要爺爺！」

爺爺，安東妮娜想著，心被用力刺了一下。

「寶貝，很快就會見到爺爺了。但是，現在你不能亂動。」

男孩不再掙扎亂踢。

「這樣才乖。」珊德拉說。

她聽見珊德拉把兒子放到地上（自然，一個小孩也挺沉的）。安東妮娜試著從聲音的狀況來揣測他們的位置。小孩走在珊德拉後面，一隻手被她抓著。

安東妮娜不斷接近隧道的彎道處。一隻手伸出來，向她射擊。珊德拉就守在那裡，等著。這是預料中的事。不過，她射擊的目標只能依靠月臺微弱的光線，對著昏暗不明的光影開槍，因此安東妮娜利用她一扣下扳機瞬間爆燃的白光盲點，迅速移動到斜對面，緊貼在牆邊，順利避開珊德拉的槍擊，那顆子彈最終只能直接嵌進她才剛離開的牆壁裡。

「珊德拉，妳逃不掉的。卡拉·歐提茲會活下來的。妳沒一件事做好。」安東妮娜把手摀住嘴巴，讓她嘲諷的聲音聽起來虛無縹緲，難以判斷聲音的來源。

傳來一陣笑聲，尖酸刻薄，毛骨悚然的笑聲。

「妳還真以為目標是卡拉·歐提茲？阿瓦羅·崔宕？妳信尼古拉·法哈多那套蠢到爆的說詞？安東妮娜·史考特，妳也沒傳聞說的那麼厲害。」

安東妮娜盡量放慢腳步，珊德拉聲音的回音逐漸變得不明顯，似乎已經越來越接近她了，至少只有六、七公尺之遙。如果此時被發現，隨便開一搶都能打中她。

她轉過身面向牆壁，摀住嘴巴，臉轉向月臺的方向，並開始回話（雖然很危險，但她必須要讓她說話）。聲音再次聽起來模糊不清。

「珊德拉，誰跟妳提起我？」

「連這都要我說……妳不是過目不忘，怎麼連自己害過的人都不記得？妳要吃盡苦頭才要放棄從中作梗嗎？」

安東妮娜默不吭聲，因為她沒有答案。

「史考特，他救了我。他收留我，讓我變得更好，教我如何控制法哈多。我們還特地為妳創造出伊斯基爾這個身分，這可不是隨便一個先知的名字。這個先知執行天意，替天行道。這個先知能宣告即將來臨的未來。」

安東妮娜聽得膽顫心驚，打了一個寒顫。還有痛恨，因為她現在才終於瞭解（無情冷血的事實）從頭到尾發生的事情，她如何被玩弄在手掌心中。

他。

天啊，我真笨。

但是當下她不能再深思這件事了。

她靠近（越來越近）。安東妮娜再次聽到荷耶步伐的躁動，或許他感覺到自己母親就在附近了。

「史考特，讓這一切都結束吧。」珊德拉叫囂，這一次聲音顯得更加無情。「讓這一切都結束。我們三個人一起同歸於盡。」

害怕。她有所恐懼。

這附近應該有炸彈。

安東妮娜一直尋思，想找到救出自己兒子的方法。當下，她才明白要達成這件事，不需要世界上最聰明的人，而是需要一位母親。

「荷耶，」她喚他。「我要你聽好。現在很危險。我們來玩一個遊戲，你在學校玩過的那個遊戲，鴨與蛋。你會玩嗎？你現在是蛋，一動也不能動。然後我說你……」

安東妮娜忘記摀住嘴巴。珊德拉察覺她聲音的所在，在黑暗中舉起槍。

安東妮娜也做出相同動作。她大叫：「Duck！」

荷耶馬上蹲下，動作如同在學校教室或廣場上玩過上百次中的其中一次，聽到Duck，就是英文的鴨子（雙語教育還是有好處的）要蹲下。

珊德拉開槍。

安東妮娜也是。

兩道白光幾乎同時出現，一同劃破黑暗。珊德拉的子彈擦過安東妮娜，嵌入牆內。安東妮娜的子彈打中珊德拉的肩膀，促使她倒向後方的黑暗之中。

荷耶跑向他的母親。她一手抱住他，同時也把他撲倒在地，用自己的身體擋住。

此時，爆炸聲響起。

火焰竄過他們上方（安東妮娜聞到左手臂的焦味，毛都被燙捲了）。他們周遭的天花板與牆壁開始崩塌，煙塵漫布。但他們兩人還活著。

荷耶在黑暗中抱住他的媽媽。

「媽媽，我做得好嗎？」

「荷耶，你做得很好。」她回答。

「我想要去找爺爺。」

「我已經跟你說好了。」他的母親帶著一絲不悅，但仍做下允諾。

然後，她做了這三年來從未有過的動作：親吻他。吻他的額頭。那個吻非常溫柔，當她的嘴脣離開他的身上時，安東妮娜驚訝自問：自己的人生裡怎麼會忘了這個美好的事物？

卡拉

卡拉清醒時，第一眼看到的是一個女人正傾身靠向她。她的臉龐並不特別，不過笑容很好看，是一個充滿陽光的微笑。那位警察也在。經歷過那些事，他看起來狀態不錯，臉上只有幾道抓痕與脖子上有瘀青。卡拉很開心自己救了他的生命。

他們接了幾通電話。卡拉對於當下的情況一無所知。警察說了一些話，那個女人也是。

我還在驚嚇中。她想著，因此便不再耗費精神瞭解狀況。

之後，他們兩人合力架起她，一同走向一處充滿惡臭的老舊隧道內。那段路上，小男孩也跟在旁邊。儘管他們身處的位置況狀很差，但卡拉覺得自己活下來了，或許會有許多惡夢會來糾纏，但那是未來的事。現在她只覺得十分輕盈，就像踏在魔毯上，在一條白日豔陽下飄浮著。

半路，出現兩個警察和一位醫護人員圍住她，對她關心備至，不停在傷口上灑消毒藥水，在她肩上披上毛毯，遞水給她，並且隔開她與身旁那位寬大（不是胖）的警察、女士與小孩。他們扶她上小梯子，走到外頭熙熙攘攘的街道上，邁向這條路的終點：自由吵雜的日常。

卡拉拒絕踏出步伐。她折返，走下梯子。

「我想跟他們一塊。」她手指向身後要求。「是他們救了我。」

女人蹲下來抱起自己的兒子，並伸手拍了一下那個壯警察，推他去找卡拉。壯警察搖頭拒絕，兩人似乎爭執了一會兒。最後，壯警察聳聳肩，一副無奈的樣子走向卡拉。

「怎麼稱呼？」她問。

「歐提茲女士，我叫喬•古鐵雷斯。」

「感激您救了我的命。」

「女士，我也感謝您救了我的。這樣我們互不相欠了。」

「因為我，您吃了兩顆子彈。我想我還欠你。」

喬轉過身，讓她看自己襯衫上的兩個洞。

「在這個防彈背心上開兩槍，誰都死不了。」

卡拉笑了出來，雖然很難看出來那是個笑的表情。她指指上頭的明亮出口，有好幾顆頭在那裡張望。

「他在等我嗎？」

「您的父親嗎？我們已經通知他了。是的，他的確在上面。我們離您的住處不遠。」

卡拉思索當自己看見父親時該說什麼話，是否要當面斥責他的背叛，質問他做為一個父親為何如此膽小懦弱。然而，他們大概不會有獨處的時間。她能聽見外頭隱隱約約的快門聲，一群記者正在直播攝影機前大肆胡亂揣測，擬定一套說辭搶快發出新聞快報。不過，重點應該圍繞在這離地三呎的地方住著牛鬼蛇神。措辭將近乎羞辱，毫無疑問，一定會將壞人形容得無地自容。不過，這也代表很多事、很多人都只會一筆帶過。

「你準備好要成名了嗎？」她問喬。

「女士，其實我很有名，只是都是差評。所以，我不騙妳，若有一條對我有利的新聞，應該會有很不錯的洗白效果。」

「那麼警官請您走前頭。在上面等我，讓我扶著你的肩膀上去，然後陪我走到父親身邊。」

喬欣然同意，開始往上走。卡拉隨後。當時，她尚未想到要與拉蒙・歐提茲說什麼，但是這事還有幾呎的距離可以想。

尾聲

插播

安東妮娜·史考特每天只允許自己花三分鐘想自殺的事。對別人而言，三分鐘是微不足道的時間，但對安東妮娜而言卻很重要，因為思索死亡方式的三分鐘是專屬她的三分鐘。她無法捨棄這充滿意義，不可侵犯的神聖的時間。

之前，那是懸住性命的繩索，但現在那只是一個逃脫鍵，重整秩序的休止符，提醒自己遊戲不管玩得再爛，自己隨時可以終止。永遠都有出口，一切只要盡其所能就好了。現在她活得十分積極正面。當她反思案件的情形時，只是像個科學家一樣，撇開情緒，只會依據方程式的推論來尋找差錯。現在，她懂得像小孩子一樣，就算只是在車庫裡，卻依舊可以幻想自己成為太空人。所有的事物都是幫助，給予她活下去的力量。

因此，此刻她非常、非常不喜歡那個從三樓走上來的腳步聲，不僅硬生生打斷她的日常儀式，而且安東妮娜知道此人是來道別的，這便讓她更加討厭了。

無花果樹

喬·古鐵雷斯不喜歡道別。

無關感傷。每一回道別他都不拖泥帶水，不會發表長篇大論，也不會在告別餐會上喝得酩酊大醉，上演離情依依的劇碼。他只會愉悅地聳聳肩，揮揮衣袖，既不期望再次相會，也不會抱有想念之情。他就只是眼神堅定，直接拍拍屁股走人。

這樣的道別方式是喬喜歡的，因為喬與別人也沒有太多交情（他是孤狼），就不會有因離別而難過的心態（浪跡天涯的孤狼）。

因此，此刻讓喬不喜歡道別的，是他要與安東妮娜說再見。

或許正因如此，他才選擇爬樓梯，想拖延那一時刻的到來。

「你學習能力很差？」

喬從一個大盆栽後探出頭來。他抱著那棵樹爬了六樓，讓他累得氣喘吁吁。

「電梯放不下。」他找藉口。

「這是什麼？」

安東妮娜驚恐得指著一棵大樹，就像她家裡出現一隻三顆頭的猴子一樣。

「一棵無花果樹。」

「我知道，幹麼拿到我家？」

喬把那個十分笨重的大盆栽推到客廳的角落，強迫安東妮娜與樹和平共處。將來若要搬家，可能還得請搬家公司才有辦法搬動。

「我想這或許是家裡放些家具的好時機。所以，幫妳添購一點。」喬回答，並且拂去外套袖口上的塵土。

「我超級不會種樹的，每棵樹在我手上都變得委靡不振，全都枯死。我可能有這方面的超能力。這棵樹可能會在你離去前就開始黯淡了。」

喬在心裡偷笑。這麼聰明的人怎麼還沒發現這是棵假樹。**反正遲早的事**。

「我們就試試吧。」他回答。

安東妮娜無奈看著無花果樹。在她的家具選項中，從不會有這種粗枝大葉的東西。這棵樹的存在就像喬的自嘲一樣，諷刺性地暗喻他的存在。不過，人會變的。就算是她也是會變的。

「樓下三樓左邊那一戶要搬走。他們在別的城市找到一份好差事。」

「真好。」

「我在想……想或許你會想搬來住。我的意思是，如果你沒有急著回畢爾包的話。」

喬想了一會兒，一點都不長的一會兒。

「我老娘也能來住嗎？」

「這裡也有賓果室。」

「我一樣像其他人用餐盒付房租嗎？」

「你母親會做飯吧？」

喬想到老娘做的巴斯克燉魚，內心十分驕傲。哼，問她會不會做飯。

「小妞，包妳吃了嚇一跳。」

他們兩人不再交談，同時看向無花果樹。

「所以我們繼續合作。」喬表示。

「好像是這麼回事。」

「現在要幹麼？」

這件事安東妮娜也自問了好長一段時間。救出卡拉·歐提茲的日子已經過了八天，輿論逐漸消停。媒體早已遺忘枉死的刑警事故，而且由於尼古拉·法哈多與他的女兒資料不多，他們擰不出半點水來滋養此議題，話題迅速降溫。因此，現在大眾的焦點又漸漸回到足球比賽的勝負，討論名人八卦、逸聞。

不過，問題是到底是誰躺在珊德拉·法哈多的棺木裡？五天後，鑑識科的刑警從阿穆德納墓園裡的屍體分析後，獲得一個驚人的答案。

「DNA比對的結果，」曼多在電話上向安東妮娜報告。「葬在那裡的女人是尼古拉·法哈多的女兒。」

「可信度？」

「九十九·八％。」

「也就是相當可信。」安東妮娜同意。

「這份資料不會公開。實際上，官方文件已經結案了。」

真驚人。

安東妮娜・史考特尚有問題未解：少了一具屍體和多了一個來路不明的人。假如在棺材裡的女人是尼古拉的女兒，那麼在隧道裡朝她開槍的女人是誰？那個潛逃進隧道內，引爆炸藥，炸出半噸碎石瓦礫的女人是誰？

她的屍體（這是缺少的）還沒找到。

安東妮娜不停在謎團中左思右想，不停想著她說話的方式，還有她的針鋒相對，聽起來像是很瞭解她一樣。而且，她身上帶有一股難以理解的親近切感，一種熟悉的瘋狂。

此刻，一切都很散亂。

珊德拉最後的句子（暫時算是最後）不停盤旋在腦中。

妳過目不忘，卻連自己害過的人都不記得？

妳真要吃盡苦頭才要放棄從中作梗嗎？

他收留我，讓我變得更好。

我們特別選出伊斯基爾這個身分。

這個先知是執行天意，替天行道。

這個先知能宣告即將來臨的未來。

「現在要幹麼？」喬問。

安東妮娜遲疑了一會，無法確定自己該不該讓他牽扯進來（或現在是不是告訴他的時機）。最終，她往書櫃走去。返回時，手裡抱著一大疊的棕色檔案夾。她坐在地上（背對著無花果樹，熟悉得慢慢建立），拿出文件夾裡老舊、泛黃的資料，一張張攤在地上。喬十分彆扭，不自在地坐到地上。

「我想在曼多沒有派工作給我們的這段時間，或許你能幫我點小忙。和我一起看看這個我至今唯一沒有破的案子。」

「曼多跟我提過，不過只是簡單帶過。無法想像有什麼案子是這個地球上最聰明的人也破不了的？」

安東妮娜沒有回話。她認為優劣是複雜的對比，而且無法比，就像警察買了半自動步槍，但犯罪者買到連發手槍。我們穿了防彈背心，但他們的子彈強到能穿破。創立特別組織辦案，但人家卻……

「總是有人比你更聰明。」

她從檔案夾中抽出一個夾鍊袋，遞給喬。袋子裡頭裝了一張珍珠相片紙。喬把光滑的紙片翻到正面，看見是一張照片。

相片上有一個年約三十五歲左右的細瘦男子，金色捲髮，正要上車。喬覺得那人神似《猜火車》中的蘇格蘭演員。不過，他無法肯定，因為拍攝位置相當遠，而且畫面並不清楚。

「這是唯一一張拍到他的照片。事實上，他本人不知道有這張照片的存在。倘若被他發現這件事，所有看過的人都不可能存在世界上了。他這個人就是這麼誇張。」

「他是誰？」

「在逃的殺人犯，大概是全世界目前懸賞獎金最高的犯人。金額我不確定，但我保證他是最優秀的犯罪者了。他有能力讓被他謀殺的人看起來像意外身亡。不管難度有多高，情況多麼險惡，他都辦得到。他在美洲、中東、亞洲……都犯過案。三年前開始在歐洲活動。」

喬十分吃驚。他知道在歐洲有幾名仍在犯案的罪犯，這些人物的事蹟連警方都知曉一二。每個都赫赫有名。

「我怎麼沒聽過他？」

「喬，他不是一般的殺手。這男人是惡魔。他從來不用親自動手行凶。他最愛的方式就是借刀殺人。」

喬・古鐵雷斯搔頭。「好像是個厲害的傢伙。」

「他是個非常危險的人物。喬，他是個魔鬼。」她重複了一次。「我需要我們一起抓到他。」

「他叫什麼名字？」

「我並不知道他的真實姓名。沒人知道。」

安東妮娜對於即將要說出他的稱呼有一絲猶豫，她最後說出那個人的名字是三年前的事了。

自從他闖入家裡，讓馬可士昏迷不醒，毀了一切之後，她就絕口不提那個人了。

「大家叫他懷特先生。」

馬德里，二〇一五年六月至二〇一八年五月

作者後記

在此，我想把自己寫這部小說的靈感，以及參考的資料來源與大家分享，與那些特別看重這方面資訊的讀者相互交流。

首先，我們談談安東妮娜聰明才智的進化過程，其實這一點都不誇張。書中所描述的心智能力開發的方法與程序，主要是參照兩個女性：瑪麗蓮・沃斯・莎凡特（Marilyn Vos Savant），她的智商高達二二八（不過此分數有些爭議）；以及伊迪絲・斯特恩（Edith Stern），十六歲即是密西根大學抽象代數的教授。在伊迪絲的案例中，她的智商有二〇五，但這不是她與生俱來的能力。她的父親艾倫・斯特恩（Aaron Stern）在她出生後兩天，在一場記者會中宣布要把女兒養成天才。他（和她的母親）投注所有時間與精力在這份工作上。他在女嬰只有六週大的時候，就不斷在她面前展示閃卡，讓她認得動物、知名建築物與抽象概念等。小女孩兩歲時，就已經記得所有字母。時至今日，在伊迪絲名下有一二八項專利發明，並且她對電腦科技是個有實質偉大貢獻的人才。事實上，雖然打造她的方法不太人道，而且也不被許可，但她不是第一個透過這種方式改造智商的人。西元四世紀，席恩就採用同樣的方式訓練他的女兒帕提亞，讓她成為全世界第一個公認為天才的女性。帕提亞在數學、哲學與天文學的領域表現特別突出。可惜，她最終被宗教狂熱分子殺害。事實上，潛能開發的書籍很多，相信讀者對此也略知一二。

另外，在馬德里的地理方位上，我讓拉斯羅薩斯（Las Rozas）結合山羊馬哈自然公園的溝壑地景，因而創造出馬場坐落的位置。希望拉斯羅薩斯地區的居民可以見諒。

以及，在書中創造出安東妮娜・史考特的父母：彼得・史考特與寶拉・加里多，他們兩人相遇時所背誦出的情詩：〈老虎，老虎（Tigre, Tigre）〉，真的是一首絕妙好詩，十分推薦大家閱讀，就算是在西班牙語的譯本中，依舊保有詩意中的優美與莫名恐懼的氣氛。這首詩旨主要是布萊克（Blake）質問附身在食肉老虎上的惡靈：

老虎！老虎！你炯炯
有神出沒在黑夜森林裡，
怎麼樣的不凡出手與慧眼
才能勾勒出你的恐怖平衡？

布萊克質問老虎與蒼天，關於上帝的事，質問為什麼不傾聽禱告，既創造出羔羊，同時也造出三呎大的惡夢。整首詩十分精采，不過我認為安東妮娜的媽媽背誦給她未來丈夫聽的那一段，應是最能代表詩意的部分。無論如何，她就是那個烤箱，她改造一顆腦袋，因而可以戰勝邪惡。

還有那句：「你生前長什麼模樣？」是一個koan，這類的句子都是沒有解答的問句，並為我在進行語言結構的邏輯練習時帶來許多驚喜。事實上，中國文字「矛盾」就是一組安東妮娜個人會蒐羅進字庫裡的詞彙。直譯就是矛與盾。這組字的詞源出處是西元三世紀《韓非子》中的一段哲學論述。故事講述一個男子同時想賣矛與盾，因此被買家質問：

「這矛有多好？」

「能攻破所有的盾！」

「這盾呢？」

「能擋住所有的矛！」

「若拿你的盾擋你的矛會如何呢？」

男子瞬間啞口無言。

最後一點說明，雖然我不認為有必要，但是我覺得若是說出來，應該可以省掉許多讀者來信。

沒錯。

安東妮娜和喬會回來的。

鳴謝

鳴謝 Antonia Kerrigan 以及整個團隊。Hilde Gersen, Claudia Calva, Tonya Gates 等諸位，你們是最棒的。

鳴謝 Carmen Romero，對這本書深具信心，並且不厭其煩，很有耐心地回應我許多問題。

鳴謝 Penguin Random House 整個團隊。行銷策略很強，盡心盡力替我們的書籍宣傳。尤其謝謝 Raffaella Coia, Eva Armengol 與 Juan Díaz。

鳴謝 Rodrigo Cortés 所犧牲的時間（他自身都不夠用了）。在他拍攝自己的劇情長片 Blackwood 時，仍抽空閱讀我的草稿，給予我珍貴的建議。

鳴謝 Arturo González-Campos，至親好友，一起幹傻事的夥伴。是我的讀者，給我最棒的回饋，並總能讓我鎮靜下來。

鳴謝 Javier Cansado。他還沒讀過此書，但參與初期的構想。

鳴謝 Joaquín Sabina 與 Pancho Varona，對我美言不斷。

鳴謝 Manuel Soutiño。總是在我身旁，不斷的鼓舞，友誼長存。感謝。我欠你太多了。

鳴謝 Bárbara Montes。你就算當時在寫自己的小說 El Pintor de Tiovivos（即將上

市！），還為我這本小說擔憂，努力想幫我忙。你是我一生中最大的寶藏。我愛你。

謝謝你，讀者，因為有你們，我的作品才能成功在四十個國家流通。在此，致上萬分感謝，並且請容許我最後一個請求。或許說得更正確些，是兩個。

第一個拜託，別跟任何人分享結局，甚至不要在社交媒體上寫下任何關於結局的評論。不過，當然歡迎你在線上書店或 Goodreads 寫些簡介（十分感謝你的幫忙），但評論就免了，更不要加「有雷」標籤，因為這些都可以破壞別人閱讀的興致，讓原本該有的驚奇消失。如果你想跟我分享、評論或詢問某些議題，你可以直接寫信告訴我，我會很樂意且親自回信的。

第二個拜託，如果你與此書度過了一段美好時光，請寫信給我分享吧。

（重申：請勿在網路上爆雷！）

電子信箱：juan@juangomezjurado.com

Twitter：twitter.com/juangomezjurado

國家圖書館出版品預行編目資料

紅皇后【紅皇后首部曲】/ 胡安 . 高美 (Juan Gómez-Jurado) 作 ; 謝琬湞譯 . -- 1 版 . -- [臺北市] : 城邦文化事業股份有限公司尖端出版 : 英屬蓋曼群島商家庭傳媒股份有限公司城邦分公司發行 , 2021.11

面 ;　公分

譯自 : Reina Roja.

ISBN 978-626-316-182-5 (平裝)

878.57　　110016169

逆思流

紅皇后

（原名：Reina Roja）

著　者／胡安・高美（Juan Gómez-Jurado）
執 行 長／陳君平
榮譽發行人／黃鎮隆
協　理／洪琇菁
總 編 輯／呂尚燁
譯　者／謝琬湞
美術總監／沙雲佩
美術編輯／李政儀
執行編輯／呂尚燁
國際版權／黃令歡、梁名儀
文字校對／施亞蒨
內文排版／謝青秀
企劃宣傳／陳品萱

出　版／城邦文化事業股份有限公司 尖端出版
台北市中山區民生東路二段一四一號十樓
電話：（〇二）二五〇〇—七六〇〇
傳真：（〇二）二五〇〇—二六八三
E-mail：7novels@mail2.spp.com.tw

發　行／英屬蓋曼群島商家庭傳媒股份有限公司城邦分公司 尖端出版
台北市中山區民生東路二段一四一號十樓
電話：（〇二）二五〇〇—七六〇〇（代表號）
傳真：（〇二）二五〇〇—一九七九

中彰投以北經銷／楨彥有限公司（含宜花東）
電話：（〇二）八九一九—三三六九
傳真：（〇二）八九一四—五五二四

雲嘉以南／智豐圖書有限公司
（嘉義公司）電話：（〇五）二三三—三八五二
傳真：（〇五）二三三—三八六三
（高雄公司）電話：（〇七）三七三—〇〇七九
傳真：（〇七）三七三—〇〇八七

香港經銷／城邦（香港）出版集團有限公司
香港灣仔駱克道一九三號東超商業中心一樓
電話：（八五二）二五〇八—六二三一
傳真：（八五二）二五七八—九三三七
E-mail：hkcite@biznetvigator.com

新馬經銷／城邦（馬新）出版集團 Cite（M）Sdn. Bhd.
E-mail：cite@cite.com.my

法律顧問／王子文律師 元禾法律事務所
台北市羅斯福路三段三十七號十五樓

二〇二一年十一月一版一刷
二〇二三年八月一版四刷

郵購注意事項：
1.填妥劃撥單資料：帳號：50003021戶名：英屬蓋曼群島商家庭傳媒(股)公司城邦分公司。2.通信欄內註明訂購書名與冊數。3.劃撥金額低於500元，請加附掛號郵資50元。如劃撥日起 10～14日，仍未收到書時，請洽劃撥組。劃撥專線TEL：(03)312-4212 ・ FAX：(03)322-4621。E-mail：marketing@spp.com.tw